DONGSUH MYSTERY BOOKS 105

HALFWAY HOUSE
중간지점의 집
엘러리 퀸/현재훈 옮김

동서문화사

옮긴이 현재훈(玄在勳)
고려대 철학과 졸업. 1959년 단편《분노》가〈사상계〉신인상에 당선되어
문단에 나온 뒤 단편《환》《여름밤의 법열》《기만자》장편《밤》《십자로》
《대석가》를 발표. 옮긴책에 엘러리 퀸《재앙의 거리》등이 있다.

DONGSUH MYSTERY BOOKS 105
중간지점의 집
엘러리 퀸 지음/현재훈 옮김
초판 발행/1977년 12월 1일
중판 발행/2003년 8월 1일
발행인 고정일/발행처 동서문화사
창업 1956. 12. 12. 등록 16-345(윤)
서울강남구신사동 540-22 ☎ 546-0331~6 (FAX) 545-0331
www.epascal.co.kr

*

이 책의 출판권은 동서문화사(동판)가 소유합니다.
의장권 제호권 편집권은 저작권 법에 의해 보호를 받는 출판물이므로
무단전재와 무단복제를 금합니다.

편찬·필름·제작 일체「동판」자본으로 이루어짐에 따라
출판권 소유권자「동판」에서 제조출판판매 세무일체를 전담합니다.
사업자등록번호 211-90-02201
ISBN 89-497-0190-1 04840
ISBN 89-497-0081-6 (세트)

중간지점의 집
차례

비극······ 11
흔적······ 74
재판······ 141
함정······ 226
진실······ 296

논리적 의문에 대한 놀라운 결론······ 356

등장인물

뉴욕의 인물들

　재스퍼 보든　반신불수의 부호

　그로브너 핀치　내셔널생명보험회사의 중역

　사이먼 프루에　전 상원의원

　앤드레 김볼　제시카와 전남편 사이의 딸

　조셉 켄트 김볼　제시카의 남편

　제시카 보든 김볼　재스퍼의 딸이자 김볼의 아내

　버크 존스　앤드레의 약혼자

필라델피아의 인물들

　윌리엄 에인절　변호사. 루시의 오빠

　조셉 윌슨　살해된 남자. 루시의 남편

　루시 윌슨　윌슨의 처로 에인절의 여동생

트렌턴의 인물들

　엘러 애머티　〈트렌턴 타임스〉의 기자

　아이라 드 종　경찰서장

　폴 폴린저　마서 군(郡)의 검사

The Tragedy
비극
"……그 연극은 '인간'이라는 비극, 그리고 연극의 주인공은 정복자인 구더기"
에드거 앨런 포
"The Conqueror Worm"

"트렌턴은 뉴저지 주의 주도입니다. 인구는 1930년의 조사에 의하면 남자, 여자, 어린아이를 포함하여 12만 3,356명이었습니다. 영국 정부가 파견한 윌리엄 트렌트 지사의 이름을 따서 처음에는 트렌트 타운이라고 불렀지요. 이런 사실을 알고 계셨습니까, 클로펜하이머 씨? 도시는 물론 델라웨어 강가에 있어요. 아시다시피 델라웨어는 미국에서 가장 아름다운 강이지요."
빼빼 마른 작은 남자가 조심스레 고개를 끄덕였다.
"델라웨어 강이라면 조지 워싱턴이 헤센 인을 전멸시킨 곳이지요. 정확히 1776년 크리스마스였어요."
몸집이 크고 뚱뚱한 사나이는 커다란 토기 컵에 두툼한 코를 디밀며 이야기를 계속했다.
"그날은 무서운 폭풍이 몰아쳤어요. 조지 워싱턴은 병사들을 작은 배에 태우고 살며시 델라웨어 강을 건너와 잔인무도한 헤센 용병들을 기습했던 거지요. 우군은 단 한 사람도 다치지 않았습니다. 역사에도 기록되어 있는 사실이지요. 그런데 그곳이 어딘지 아십니까? 바로 트렌턴입니다. 클로펜하이머 씨, 바로 이 트렌턴이라고요!"

클로펜하이머는 작고 여윈 턱을 문지르며 속으로 뭐라고 중얼거렸다. 뚱뚱한 사나이는 요란한 소리를 내며 큰 컵을 내려놓았다.

"그리고 무슨 일이 있었는지 아십니까? 트렌턴에 국회의사당이 설 뻔했답니다! 사실입니다. 1784년 이 작은 도시에 국회가 소집되어 강을 끼고 연방정부의 수도 건설까지 결의했던 거죠!"

"그렇지만." 클로펜하이머는 조심스럽게 지적했다. "국회의사당은 워싱턴에 있습니다."

클로펜하이머는 조심스럽게 지적했다.

뚱뚱한 사나이가 껄껄껄 웃었다. "정치적인 목적에서였습니다. 클로펜하이머 씨, 왜냐하면······."

섬뜩하리만큼 허버트 후버(미국 제31대 대통령)를 꼭 닮은 그 뚱뚱한 사나이는 클로펜하이머의 낙엽 같은 귀에 대고 트렌턴의 빛나는 역사를 큰소리로 설명했다.

코안경을 쓴 빼빼 마른 젊은이는 옆 자리에서 이들의 이야기에 완전히 감동하였다. 그래서 자기 앞에 놓인 돼지족발과 소금에 절인 배추 접시와 함께 옆에서 들려오는 장광설에도 골고루 신경을 쏟고 있었다.

그 뚱뚱한 사나이가 소심한 남자에게 무엇인가를 팔려고 한다는 것은 에드거 앨런 포 식의 추리력을 발휘하지 않더라도 쉽게 판단할 수 있는 일이었다. 그러나 대체 무엇을 팔려는 것이지? 설마 트렌턴 시를 팔아 넘기려는 것은 아니겠지······.

그러는 가운데 클로펜하이머가 '홉'이라는 말을 입에 올렸고, 마침내 '보리'라는 말도 나왔으므로 젊은이의 궁금증은 곧 풀렸다. 클로펜하이머는 분명 양조업자 대표이고, 뚱뚱한 이 사나이는 도시 상업회

의소의 대변인임을 의심할 여지가 없었다.

"양조업에는 더할 나위 없이 적합한 부지입니다." 뚱뚱한 사나이는 웃음 띤 얼굴로 상냥하게 말하며 몸을 돌렸다. "안녕하십니까, 상원의원님!…… 자, 내 말을 들어 봐요, 클로펜하이머 씨……."

수수께끼가 풀렸으므로 깡마른 젊은이도 더 이상 귀 기울이지 않았다. 그에게는 족발이나 술, 또는 다른 그 무엇보다도 퍼즐이 진미였다. 수수께끼라는 이름만 붙으면 무엇이든 그의 식욕을 돋웠다. 그러므로 그 뚱뚱한 사나이는 젊은이를 이미 30분이나 충분히 즐겁게 해 준 셈이었다.

이곳은 남자 손님이 가득한 스테이시 트렌트 호텔의 작은 술집이다. 희고 붉은 요란한 탁자보 무늬가 눈길을 끌고, 나무 칸막이 뒤에서 유리그릇 부딪는 쟁그랑 소리 속에서 그는 홀로 낯선 나라를 떠도는 여행자 같은 기분이 들었다.

주의회 건물인 금빛 돔이 가까이 있기 때문인지 스테이시 트렌트 호텔에는 알아듣지 못할 말로 떠들어대는 사람들로 우글거리고 있었다. 주위의 대화는 입법에 관한 이야기뿐이었지만 그는 '의원연맹'과 '간부회의'조차 구별할 수 없었던 것이다!

깡마른 젊은이는 한숨을 쉬었다. 웨이터를 불러 애플파이와 커피를 주문하고 손목시계를 보았다.

8시 42분. 맞춤한 시간이었다. 그럼…….

"엘러리 퀸 아닌가! 여기서 뭐하고 있나, 탐정 선생?"

깜짝 놀란 엘러리가 올려다보니 그와 비슷한 키의 깡마른 젊은이가 손을 내밀고 빙긋 웃는 얼굴로 그를 내려다보고 있었다. "아니 이게 누구야, 빌 에인절 아냐!" 엘러리는 반갑게 말했다.

"설마 내가 잘못 본 것은 아니겠지. 자, 앉게, 빌. 어디서 불쑥 나타났지? 이봐, 웨이터, 여기 한 잔 더! 대체 자네는……."

"한 가지씩 묻게." 그 젊은이는 웃으며 의자에 앉았다. "자네는 여전히 성급하군. 아는 사람을 좀 찾으러 왔는데 자네를 알아보는 데 1분은 걸렸어, 이 못생긴 아일랜드 친구야. 그래, 그 동안 어떻게 지냈나?"

"그럭저럭 지냈어. 자네는 필라델피아에 살고 있지 않나?"

"맞아, 볼일이 있어서 왔어. 자네는 여전히 냄새맡고 돌아다니는가 보군."

"여우는 털가죽을 바꾸어도" 엘러리가 속담을 들먹이며 말을 이었다. "습성은 바꾸지 않는 법이라네. 그 말을 라틴어로 해 줄까? 내 고전 실력이 곧잘 자네를 괴롭혔지……."

"여전하군, 엘러리. 트렌턴에는 무슨 일로 왔나?"

"지나던 길이야. 일 때문에 볼티모어에 갔다가 말일세. 그나저나 빌 에인절, 정말 오랜만이야."

"11년쯤 됐지. 하지만 여우는 조금도 달라지지 않았군." 에인절의 검은 눈동자는 맑고 잔잔했으나, 엘러리는 그의 쾌활한 표정 속에 걱정이 있는 듯한 느낌을 받았다. "나는 어떤가?"

"눈꼬리에 주름이 생겼군." 엘러리는 에인절을 평가하기 시작했다. "옛날과 달리 턱이 굳세어지고 코 주위에 주름이 생긴 게 신경질적인 느낌이 드는군. 머리털도 관자놀이께가 좀 드문드문해졌고…… 주머니가 터질 정도로 잘 깎은 연필이 꽉 찬 것으로 보아 바쁜 것 같군. 양복은 비싸 보이지만 항상 그랬던 것처럼 손질이 잘 되어 있지 않아. 자신만만한 태도 뒤에는 경계심 같은 게 깔려 있고……. 빌, 자네도 나이를 먹었군."

"추리 한번 멋지군." 에인절이 말했다.

"하지만 본질적으로는 달라지지 않았어. 역시 사회의 부정부패에 분개하던 젊은 시절의 자네 그대로야. 게다가 아주 사나이답네.

빌, 나도 자네 일은 여러 가지로 읽어서 알고 있어."

에인절은 얼굴을 붉히며 잔을 집어들었다. "너절한 일들뿐이야. 신문에서 터무니없이 써대서 난처하기만 해. 그 커리의 유언장 사건은 운이 좋았어."

"운이 좋았다니 말도 안 돼! 나도 그 사건을 눈여겨 보았어. 뉴욕 시의 샘프슨 지방검사는 그 사건을 그 해의 가장 훌륭한 법률적 업적이라고 말했어. 검사는 자네를 앞날이 유망한 인물이라고 하더군."

청년은 천천히 맥주를 마셨다. "요즘 같은 황금만능시대에 앞날이 다 뭔가." 그리고 어깨를 으쓱하며 말했다. "장래? 기껏해야 입에서 썩은 내 나는 늙은 판사 앞에서 손해배상사건 같은 시시한 변호라도 하면서 너절하게 살다가 생을 끝마치겠지."

"자네는 언제나 반항적이었어. 대학 시절부터 갖고 있던 열등의식을 아직도 버리지 못했군."

"가난뱅이는 말이야······." 말을 하다 말고 에인절은 희고 작은 이를 드러내며 싱긋 웃었다.

"집어치워, 수재 선생. 내가 화내도록 꼬시고 있군. 경감님은 안녕하신가? 나는 그분이 정말로 좋아."

"아버지께서는 안녕하시다네. 빌, 결혼했나?"

"아직 할 생각이 없어. 내가 아는 가난뱅이 여자들은 모두 나를 이상한 녀석으로 생각하고, 자네는 내가 돈 있는 여자들을 어떻게 생각하는지는 모를 거야."

"돈 있는 여자 가운데에도 더러 쓸 만한 사람이 있던데······," 엘러리는 한숨을 쉬었다. "그런데 자네의 예쁜 여동생은 잘 있나?"

"루시는 잘 해나가고 있어. 물론 결혼했지. 남편은 조 윌슨이라는 외판원이야. 성실한 사나이지. 술도 안 마시고, 담배도 안 피우고,

도박도 하지 않고, 아내도 때리지 않는 사나이야. 자네도 아마 좋아할 거야." 에인절은 시계를 보았다. "자네는 루시를 잘 기억하지 못할걸."

"무슨 소리야! 어른이 되어 갈 무렵 이 여린 가슴을 얼마나 애태웠는지 지금도 똑똑히 생각 나. 그녀를 보면 보티첼리라도 미쳤을 거야."

"누이동생은 지금도 꽤 아름답네. 페어마운트 파크의 아담한 집에서 살고 있지. 조는 중산층 치고는 괜찮게 사는 편이야."

"허, 또 쓸데없는 소리." 엘러리가 나무라더니 물었다. "무슨 장사를 하는데?"

"싸구려 보석이며 잡화며 값싼 장신구 등을 팔아." 빌이 씁쓸한 표정으로 말했다. "자네가 어떻게 생각할지 모르지만, 솔직히 말해서 루시의 남편은 혼자 이리저리 옮겨 다니는 떠돌이 행상과는 다른 자영업자야. 그가 훌륭하다는 것은 인정해. 가족도 없는 그가 무일푼으로 독립하여 혼자 힘으로 오늘에 이르렀으니까. 자수성가했다고 할 수 있지. 그런데 누이동생은 그보다는 잘 될 줄 알았는데……." 그는 얼굴을 찌푸렸다.

"이곳저곳을 다니며 올바른 상품을 팔아 정직하게 살아가는 그 사람의 어디가 나쁜가? 이 속물 같으니!"

"그가 정직하기는 해. 공연히 걱정하는 내가 어리석은지도 모르지. 그는 루시를 아주 사랑하고, 루시도 진심으로 남편을 사랑하고 있어. 더욱이 루시에게 결코 돈 문제로 까다롭게 굴지 않아. 내가 말하는 문제는 시저가 말한, 그 뭔가를 안타깝게 바라는 듯한 눈길 때문이야. *(셰익스피어의 《줄리어스 시저》 1막 2장)*"

"무슨 문제가 있군."

"아니야, 다만 내가 죄책감을 느끼고 있을 뿐이야. 내 아파트가 도시 중심가에 있어서 루시를 자주 찾아가지 못하지. 내가 나빠. 조는 거의 언제나 여행을 떠나 있으니 루시는 못 견디게 쓸쓸할 거야."

"음, 그럼. 자네는 매제에게 여자 문제가 있다고 생각하나?"

빌 에인절은 자기 손을 들여다보았다. "자네에게는 아무것도 숨기지 못하겠군. 이런 일에 있어 자네는 항상 마법사 같았지. 문제는 조가 너무 자주 집을 비운다는 데 있어. 1주일에 4, 5일은 집에 없어. 둘이 결혼한 뒤로 10년이나 이 상태가 계속되고 있지. 그는 물론 자동차를 가지고 있어. 그리고 나의 이 의심 많은 성격 말고는 그가 업무가 아닌 다른 일로 집을 비운다고 생각할 만한 까닭은 전혀 없어……." 그는 다시 시계를 보았다. "이봐, 엘러리, 나는 그만 가야겠어. 오늘 밤 9시에 이 근처에서 매제와 만나기로 했어. 벌써 9시 10분 전이야. 자네는 언제 뉴욕에 돌아가나?"

"내 듀센버그가 되살아나면 곧 떠나네."

"듀센버그라고! 아니, 아직도 그 고물 자동차를 몰고 다녀? 나는 벌써 오래 전에 국립박물관에 기증한 줄 알았는데. 돌아가는 길에 나를 좀 데려가 주지 않겠나?"

"잘됐어. 기꺼이 그렇게 하지."

"한 시간쯤 기다려 주겠나?"

"기다리라면 밤새도록이라도 기다리지."

빌은 일어나서 느릿느릿 말했다. "조와는 이야기가 금방 끝날 거야." 그는 잠시 말을 끊었다가 별로 중요치 않다는 듯이 덧붙였다. "어차피 나는 오늘 밤 뉴욕으로 갈 참이었어. 내일은 일요일인데, 뉴욕에 있는 내 의뢰인이 일요일이 아니면 만날 수 없다고 했어. 내 자동차는 트렌턴에 놔두고 가겠어. 자네 어디서 기다리겠나?"

"저기 로비에 있겠네. 오늘 밤은 내 아파트에서 아버지와 같이 쉬자구."

"그러지, 한 시간 뒤에 다시 보자구."

엘러리 퀸은 편안한 자세로 앉아 친구의 쐐기 모양의 등이 코트 보관소의 아가씨 옆을 지나 보이지 않게 될 때까지 바라보고 있었다. 가엾은 빌! 그는 옛날부터 다른 사람의 짐을 자신의 넓은 어깨에 짊어져 온 사나이였어……. 빌은 매제와 만날 약속이라고 했는데, 무슨 일이 있는 게 아닐까? 엘러리는 곧 어깨를 움츠리고 내 알 바 아니라고 중얼거리며 커피 한 잔을 더 주문했다.

엘러리는 기다리면서 생각했다. 빌이라는 사나이는 비록 걱정이 있을 때라도, 더욱이 쾌활한 때는 유쾌한 이야기 상대다. 그러므로 그와 함께라면 홀랜드 터널(뉴욕과 뉴저지를 잇는 허드슨 강 밑의 터널)까지 90분 동안의 드라이브는 눈 깜짝할 사이에 지나갈 것이다.

그리고 이상하게도 그것은 운명이었다. 왜냐하면 그때 엘러리 퀸은 전혀 모르고 있었지만, 그 6월 1일 토요일 나른한 밤에 엘러리 퀸이나 필라델피아의 청년 변호사 윌리엄 에인절이나 트렌턴을 떠날 수 없도록 운명이 가로막고 있었던 것이다.

빌 에인절의 낡은 폰티악 쿠페는 델라웨어 강 동쪽 기슭을 따라 인적 드문 램버튼 가도를 달리고 있었다. 길은 좁았고, 시커먼 길바닥에 군데군데 있는 물웅덩이가 그의 자동차 불빛에 번쩍번쩍 빛났다.

오후부터 보슬비가 포근하게 내리다 7시 조금 전에 그쳤지만 가도와 그 왼쪽으로 펼쳐진 쓰레기 처리장과 들판은 아직 질퍽거리고 있었다. 서쪽 강 건너에 있는 문 섬에는 흐릿한 등불 몇 개가 깜박이고 있었고, 동쪽 황무지는 페인트칠을 한 것처럼 잿빛으로 단조로웠다.

빌은 강가에 있는 길고 큰 건물 옆을 지나가며 자동차 속력을 조금 늦추었다. 그곳은 선착장이었다. 조가 일러준 바에 따르면 여기서 그리 멀지 않으리라고 그는 생각했다……. 빌은 이 길을 잘 알고 있었다. 전에 이따금 이 길을 따라 자동차로 필라델피아에서 캠든 다리를 지나 트렌턴까지 자동차로 왕복한 일이 있었다.

이 선착장 언저리는 줄곧 쓰레기를 버려온데다 동쪽에 있는 오수 처리장 때문에 사람이 살지 못하는 곳이 되어 가까이에 집 한 채도 없었다. 지정된 장소는 트렌턴 쪽에서 선착장을 지나 몇백 미터 떨어진 지점이라고 했다…….

그는 브레이크를 밟았다. 강이 있는 오른쪽을 보니, 짙은 저녁 어둠 속에서 강철처럼 매끄럽게 번뜩이는 수면과 램버튼 가도 사이에 낀 좁은 기슭에 건물이 하나 보였다. 창문에 흐릿한 빛이 비치고 있었다.

폰티악은 나직이 부르릉거리며 멈췄다. 빌은 눈길을 모아 둘러보았다. 강을 배경으로 검게 떠오른 건물은 오두막같이 보잘것없는 집이었다. 벽 널빤지는 비바람에 바래고, 기울어진 지붕은 반쯤 벗겨졌으며 금방 무너져내릴 듯한 굴뚝이 보였다.

그 집은 통로로부터 꽤 떨어져 있으며, 어울리지 않게 뚜렷한 반원형 자동차 길이 램버튼 가도에서 포물선을 그리며 집 정면 입구에 이르렀다가, 다시 빙 돌아 도로 쪽으로 되돌아가고 있었다. 주위는 어두컴컴한 저녁 어둠 속에 어딘지 모르게 쌀쌀한 기운이 감돌고 있었다. 앞문 층계 앞에는 사람이 타고 있지 않은 대형 스포츠 카 한 대가 멈춰서 있었다. 그 침묵 속의 괴물은 이쪽으로 코를 향하고 있었다.

빌은 몸을 돌려 의심 많은 짐승처럼 검고 푸르스름한 어둠 속을 더듬듯 둘러보았다. 저 자동차는 어떻게 된 것일까……. 루시의 자동차는 작았다. 조는 아내가 혼자인 것을 생각하여 언제나 그녀가 쓸 수 있도록 소형 자동차를 준비해 주었다. 그리고 조 자신은 고물이지만 쓸 만한 패커드를 갖고 있었다.

 그런데 지금 눈 앞에 있는 자동차는 강력한 16기통의 거대한 캐딜락으로, 차체는 특별히 제작한 것 같았다. 차체가 그렇듯 어마어마했지만 어딘지 이상하게 여성적인 모습을 하고 있었다. 어두워서 잘 보이지는 않았으나 자동차가 크림 빛이라는 것과 더덕더덕 붙은 크롬 부속품들을 겨우 식별할 수 있었다. 돈 많은 부인의 스포츠카인 듯했다……

 그때 빌은 자기가 있는 쪽인 그 집 옆면에 그의 매제의 패커드가 바짝 붙어 있는 것이 보였다. 그리고 이때 비로소 그는 램버튼 가도에서 뻗은 또 하나의 다른 자동차 길이 있는 것을 볼 수 있었다. 그것은 손질되지 않은 진흙길로, 매제의 자동차 몇 발짝 앞에서부터 갈라져 나가고 있었다. 이 진흙길은 반원형 자동차 길에 전혀 닿지 않고 그 가장자리를 따라 돌아 건물 옆면에 있는 두 번째 문에 이르고 있었다. 자동차 길이 둘, 문이 둘, 자동차가 둘……

 빌 에인절은 그대로 가만히 앉아 있었다. 조용한 밤이었다. 귀뚜라미 우는 소리, 강에서 희미하게 들려오는 배의 엔진 소리, 그의 자동차가 내는 낮은 엔진 소리들이 밤의 정적을 더했다. 트렌턴 교외를 떠난 뒤로 선착장 건물과 그 맞은편 감시인의 오두막 외에 그는 집을 한 채도 지나지 않았다. 그리고 눈 앞에 보이는 쓰러져가는 오두막 뒤로는 온통 황폐한 들판뿐이었다. 이곳이 약속 장소였던 것이다.

 얼마나 오래 그렇게 있었는지 모르겠다. 그런데 별안간 무서운 외침이 정적을 찢었다. 그 비명이 무슨 소리인지 깨닫기도 전에 그의 심장이 격렬하게 뛰었다. 그 소리는 여자의 목구멍에서 쥐어짜 나온 비명이었다. 공포에 의해 마비되었던 목청이 풀리며 퉁겨진 현처럼 갑자기 한꺼번에 울린 소리였다. 비명은 짧고 날카롭게 갑작스레 울렸다가 사라졌다.

폰티악 핸들에 얼어붙은 듯 매달려 있던 빌 에인절로서는 태어나서 처음 듣는 여자의 비명이었다. 그의 몸 속 무엇인가가 그것에 호응하듯 떨었다. 경악이란 바로 이런 것이었다. 그때 아무 까닭도 없이 그는 계기판 불빛으로 손목시계를 비춰 보았다. 9시 8분이었다.

 그는 재빨리 눈을 들었다. 별안간 시야가 밝아졌기 때문이다. 집의 문이 홱 열렸다. 문이 집 안쪽 벽에 '쾅' 부딪치는 소리가 들리며 문으로 새어나온 불빛이 돌층계 앞 스포츠카 옆면을 비추었다. 그러나 곧 열려진 밝은 문을 반쯤 검게 가로막으며 사람 그림자가 나타났다. 빌은 자세히 보려고 핸들 앞에서 엉거주춤 일어섰다.

 그 그림자는 여자였다. 뭔가 혐오스러운 것을 보지 않으려는 듯 두 손으로 얼굴을 가리고 있었다. 그녀는 잠깐 동안 거기 멈춰 섰고, 그 자세한 실루엣은 알아볼 수 없었다. 컴컴한 곳에 빛을 등지고 서 있었으므로 젊은지 늙은지조차 알 수 없다. 다만 가냘픈 몸매라는 것만 알았을 뿐, 입은 옷도 잘 보이지 않았다. 비명을 지른 사람은 이 여자였다. 그리고 토할 것 같은 혐오스러운 기분으로 오두막을 뛰쳐나온 것이다.

 그때 그녀는 폰티악을 보았고, 거대한 스포츠카에 달려들어 문에 매달렸다. 그녀는 재빨리 차에 올라탔다. 그리고 그 캐딜락은 그가 있는 쪽으로 돌진해 왔다. 그 자동차가 반원형 자동차 길을 빙 돌아와서 그를 덮치려고 할 때서야 그의 근육이 비로소 정신을 차렸다. 그는 폰티악의 기어를 최고로 높게 넣고 핸들을 오른쪽으로 꺾었다. 폰티악은 오두막 옆문으로 통하는 진흙길로 뛰어들었다.

 두 대의 자동차 바퀴 축이 서로 맞비벼졌다. 캐딜락은 옆으로 홱 기울어지며 바깥쪽 바퀴 두 개에 실려 커브를 돌았다. 운전석의 두 사람이 스치는 짧은 순간, 빌은 여자의 장갑 낀 오른손은 손수건을 쥐고 있고, 그 손수건이 얼굴을 가리고 있는 것을 보았다. 공포에 질

비극 21

린 그녀의 큰 눈이 손수건 위로 보였다. 그리고 그녀를 태운 스포츠카는 램버튼 가도를 트렌턴 쪽으로 달려 곧 어둠 속으로 사라졌다. 빌은 뒤쫓아 봐야 소용없다는 것을 알았다.

얼떨떨해진 그는 진흙길에서 자동차를 몰아 매제의 패커드 옆에 나란히 세웠다. 두 손이 땀으로 축축하게 젖어 있었다. 그는 엔진을 끄고 자동차 발판에서 오두막 옆면의 작은 널빤지 포치로 발을 옮겨 놓았다. 문이 조금 열려 있었다. 그는 잔뜩 긴장한 채 문을 열었다.

불빛에 눈을 깜박이며 그는 집 안을 한 바퀴 둘러보았다. 방은 천장이 낮았으며 벽은 빛바래고 군데군데 벗겨져 있었다. 맞은편 벽에는 남자 양복이 걸려 있는 구식 옷걸이가 있었다. 한구석에 있는 깨끗지 못한 싱크대, 아무 장식 없는 토굴 같은 벽난로, 전기 램프가 놓인 둥근 탁자 등이 눈에 들어왔다. 이 전기 램프만이 그 방을 비추고 있는 단 하나의 불빛이었다. 침대도, 침구도, 벽장도 없었다. 낡은 의자 몇 개와 가운데가 푹 꺼진 팔걸이의자가 하나 있을 뿐이었다……. 빌은 잔뜩 긴장했다.

한 남자가 탁자 저쪽 바닥에 누워 있었다. 바지를 입은 두 다리가 무릎을 꾸부리고 있었다. 그 두 다리는 왠지 죽음을 떠올리게 했다.

빌 에인절은 옆 문으로 들어가 우뚝 선 채 상황을 판단하려고 했다. 그는 입을 굳게 다물었다. 방 안에서는 아무 소리도 들리지 않았다. 그는 자신의 처지가 견딜 수 없이 쓸쓸하게 느껴졌다. 숨 쉬고 있는 사람들과는 아득히 멀어진 기분이었고, 웃는다는 일은 생각조차 할 수 없이 사치스러운 것으로 느껴졌다. 델라웨어 강에서 불어오는 바람에 창문의 커튼이 희미하게 흔들렸다……. 그때 한쪽 다리가 움직였다. 빌은 놀란 채 둔하고 무감각한 눈으로 그 다리의 움직임을 지켜보았다. 이윽고 그는 카펫 위를 움직여 탁자 저쪽으로 나아갔다.

사나이는 퀭한 눈으로 천장을 노려보며 누워 있었다. 이상하게 잿빛이 도는 그 두 손의 손가락은 사나운 새의 발톱처럼 꼬부려 카펫을 쥐어뜯고 있었다. 갈색 웃옷의 앞자락이 열어 젖혀져 있어 새하얀 와이셔츠의 심장 부분이 진홍빛 선혈로 화려하게 물들여져 있었다. 빌은 무릎을 꿇고 말했다. 자신의 목소리가 아닌 것 같았다.

"조, 어떻게 된 거야? 조!"

그는 매제의 몸에 손을 대지 않았다. 사나이의 흐릿한 눈이 윤기를 조금 띠었다. 그리고 조금씩 옆으로 움직이다가 멎었다.

"빌!"

"물 줄까?"

카펫을 쥐어뜯는 잿빛 손길이 빨라졌다. "아니, 늦었어……. 빌, 나는 죽어가고 있어."

"조, 누가……?"

"여자였어, 여자……." 띄엄띄엄하던 목소리가 끊기고 입만 계속 움직였다. 입술이 일그러졌다가 닫히고 혀가 내밀어졌다가 들어갔다. 그리고 다시 목소리가 흘러나왔다. "여자였어."

"어떤 여자? 조! 조, 이런 맙소사!"

"여자였어. 베일…… 두꺼운 베일. 얼굴이 보이지 않았어. 나를 찔렀어……. 빌, 빌."

"도대체 누구였어……."

"루시를 사랑해……. 빌, 루시를 부탁……."

"조!"

이제 움직이지 않았다. 입술은 본디 모양대로 되었고 혀가 조금 떨리다가 멈췄다. 눈은 다시 흐릿해졌고, 이상한 놀라움과 고뇌의 표정을 떠올린 채 빌을 계속해서 바라보고 있었다. 빌은 그의 손가락이 더 이상 카펫을 쥐어뜯고 있지 않다는 것을 알았다. 빌은 뻣뻣이 일어나 집 밖으로 나왔다.

비극 23

엘러리 퀸은 스테이시 트렌트 호텔 로비 종려나무 아래에서 편안한 자세로 한가로이 시간을 보내고 있었다. 지그시 눈을 감고 파이프를 빨고 있는데, 누가 그의 이름을 큰 소리로 부르는 것이 들렸다. 놀라서 눈을 뜨니 녹색과 밤색 제복을 입은 호텔 종업원이 앞을 지나가고 있었다. "이봐, 여기야."

로비는 혼잡했다. 여기저기서 호기심에 찬 눈이 그를 바라보았다. 그의 이름이 이 로비 구석구석까지 퍼져 버린 모양이다. 그는 약간 화가 난 모습으로 급사를 불렀다. "퀸 씨? 전화 받으십시오."

엘러리는 종업원에게 동전을 던져 주고 얼굴을 찌푸리며 데스크 쪽으로 갔다. 종업원의 목소리를 듣고 돌아본 많은 머리 가운데 갈색 트위드 슈트를 입은 젊은 빨강머리 여자가 있었다. 그녀는 입술을 일그러뜨리며 일어나 재빨리 엘러리를 뒤쫓았다. 그녀의 긴 다리가 대리석 바닥 위를 소리없이 움직여 나갔다.

엘러리는 수화기를 집어들었다. 젊은 여자는 그의 뒤에 몇 발짝 떨어져 서서 그에게 등을 돌리고 핸드백을 열어 루주를 꺼내 빨갛게 칠한 입술에 다시 덧칠하기 시작했다.

"빌인가?"

"하느님 감사합니다."

"무슨 일인가? 빌!"

"엘러리……. 오늘 밤 자네와 함께 뉴욕으로 돌아가지 못하게 됐어. 나는…… 자네 나 좀 도와줄 수……."

"빌, 무슨 일이 생겼군."

"큰일이 생겼어." 변호사는 잠시 말을 끊었다. 세 번 목을 가다듬는 소리가 들렸다. "엘러리, 정말…… 악몽 같아. 있을 수 없는 일이 일어났어. 내 매제가…… 죽었어."

"뭐라고!"

"살해됐어. 가슴을 찔렀어, 돼지처럼."

"살해됐다고!" 엘러리는 눈을 깜박였다. 그의 뒤에 있던 젊은 여자는 감전이라도 된 것처럼 흠칫 몸을 움츠렸다. 그리고 다시 어깨를 앞으로 구부리며 루주를 마구 칠했다. "빌…… 지금 어디 있나? 일은 언제 일어났나?"

"모르겠어. 오래되지는 않았어. 내가 갔을 때 그는 아직 살아 있었어. 말도 했고…… 그러나 곧 죽었어. 엘러리…… 내 가족에게 이런 일이 생기다니! 루시에게 어떻게 말하지?"

"빌," 엘러리는 힘주어 다시 말했다. "얼빠진 짓을 하고 있을 때가 아니야. 내 말 똑똑히 잘 들어. 경찰에는 알렸나?"

"아니…… 아직."

"지금 어디 있나?"

"선착장 맞은편에 있는 감시 오두막이야. 엘러리, 우리를 도와줘!"

"물론이지. 스테이시 트렌트 호텔에서 거기까지 얼마나 되나?"

"4.8킬로미터야. 와 주겠나? 엘러리, 자네 와 줄 건가?"

"곧 갈게. 가장 빨리 갈 수 있는 지름길을 가르쳐 주게. 빌, 똑똑히 말해야 해. 알았나, 정신차려."

"나는 괜찮네, 괜찮아." 수화기를 통해 숨소리가 거칠게 들려왔다. 마치 갓 태어난 어린애의 숨소리 같았다.

"가장 알기 쉬운 길은…… 그렇지, 자네는 지금 동(東) 스테이트와 남(南) 윌로의 교차점에 있군. 자동차는 어디에 두었나?"

"호텔 뒤 차고에 있네. 아마도 프런트 거리일 거야."

"프런트 거리를 동쪽으로 두 블록 가면 남 브로드 거리가 나오네. 그 곳에서 우회전해서 재판소 앞을 지나 남쪽으로 한 블록 간 데서 다시 오른쪽으로 꺾으면 센터 거리가 나와. 센터 거리를 두 블록 가서 오른쪽으로 돌면 페리 거리야. 페리 거리를 한 블록 가면 램버튼 거리야. 거기서 왼쪽으로 꺾어 램버튼 가도를 곧장 남쪽으로 달리면 선착장까지는 외길일세. 찾기 쉬울 거야. 오두막은…… 감시 오두막에서 200미터쯤이야."

"프런트 거리에서 남 브로드 거리, 거기서 센터 거리, 페리 거리, 램버튼 거리. 램버튼 거리에서만 좌회전하고, 그 밖에는 모두 우회전이군. 15분 안으로 그곳에 갈게. 감시 오두막에서 기다려 주게. 빌, 집으로 들어가서는 안 돼, 알았나?"

"어기지 않을게."

"트렌턴 경찰에 알려. 나는 지금 출발하네."

엘러리는 전화 수화기를 내려놓고 모자를 쓰며 소방대원처럼 달려 나갔다. 빨강머리의 젊은 여자는 연한 갈색 눈을 빛내며 그의 뒷모습을 바라보았다. 요염한 눈길이었다. 그녀는 핸드백을 찰칵 닫았다.

엘러리가 선착장 맞은편 감시 오두막 앞에서 브레이크를 밟은 것은 10시 20분 전이었다. 빌 에인절은 자신의 폰티악 발판에 걸터 앉아 두 손으로 머리를 감싸고 젖은 도로를 바라보고 있었다. 감시 오두막 문 앞에 몇 사람이 모여 서서 호기심 어린 눈길로 보고 있었다. 엘러리와 빌은 마주보았다. "엉망이야, 정말로 엉망이라고!" 빌은 숨이 막히는 듯한 목소리로 말했다.

"무슨 말인지 알겠어. 경찰에는 알렸나?"

"이제 곧 오겠지. 루시에게도 전화했는데……" 빌의 눈에 절망의 빛이 번쩍 빛났다. "집에 없더군."

"어디 갔지?"

"깜박 잊고 있었는데, 조가 토요일 밤에 집을 비울 때면 그 애는 으레 시내로 영화를 보러 가. 아무도 전화를 받지 않아서 하는 수 없이 조가 사고를 당했으니 곧 이리로 오라고 전보를 쳐 두었어. 그 애가 돌아오기 전에 전보가 닿겠지, 이미 벌어진 일인데 감춘다고 될 것도 아니잖아."

"그건 그래."

빌은 주머니에 찌르고 있던 두 손을 꺼내 바라보았다. 그리고 어두운 하늘을 올려다보았다. 그날 밤은 초승달로 접어들어 하늘에는 비에 씻긴 별만이 작게 빛나고 있었다.

"가세." 빌이 무겁게 말했고, 두 사람은 폰티악에 탔다. 그는 자동차를 빙 돌려 남쪽으로 향했다.

엘러리는 번뜩이는 헤드라이트 빛줄기를 바라보고 있었다. "알고 있는 일을 모두 찬찬히 말해 주게나."

빌은 이야기했다. 캐딜락 스포츠카에 타고 있던 여자 이야기를 할 때 엘러리는 상대의 얼굴을 흘끗 보았다. 빌은 어둡고 험악한 표정을 짓고 있었다.

"베일 쓴 여자라." 엘러리는 중얼거렸다. "빌, 윌슨이 살아 있다가 자네에게 그 말을 한 건 불행 중 다행이군. 자네가 본 여자는 베일을 쓰고 있었나?"

"모르겠어. 스쳐 지나갈 때는 얼굴에 베일이 없었어. 모자 위로 올렸는지도 모르지. 모르겠어⋯⋯. 조가 죽자 나는 밖으로 나와 자동차를 옆길에서 큰길까지 후진시켜 선착장으로 돌아갔네. 그리고는 자네에게 전화 걸었어. 그뿐이야."

그 집이 앞에 나타났다. 빌은 힘없이 핸들을 돌리려 했다.

"잠깐," 엘러리가 날카롭게 말했다. "여기에 세워. 자네 플래시 갖고 있나?"

"도어 포켓에 들어 있어."

엘러리는 자동차에서 내려 플래시로 주위를 비추었다. 불빛을 몇 번 움직이고 그는 그 정경을 뚜렷이 마음속에 새겨 넣었다. 고요한 정적에 잠긴 집, 그 옆면으로 통하는 진흙 길, 현관으로 가는 반원형 자동차 길, 그 자동차 길 가장자리에 있는 잡초 덤불 우거진 풀밭 등등.

그리고는 좀 구부정하게 몸을 굽혀 옆길 진흙 땅에 불을 비췄다. 그가 본 바로는, 젖은 흙 위로 사람 발자국은 보이지 않고 자동차 바퀴 자국이 몇 쌍인가 나 있을 뿐이었다. 그는 잠시 그 바퀴 자국을 열심히 살펴보더니 이윽고 폰티악으로 돌아왔다.

"빌, 여기서부터는 걸어 가세."

"그러지."

"그보다도 자동차를 돌려 이 길을 막아 놓는 게 좋겠어. 이 차도에 다른 자동차들이 들어가게 해서는 안 되니까. 이 진흙 위에는 사람 발자국이 없는데, 거기에는 중대한 의미가 있다고 생각돼. 이미 나 있는 바퀴 자국을 그대로 보전해야 해. 오후에 비가 내린 건 하늘이 도운 거야…… 이봐, 빌, 자네 듣고 있나?"

"아, 물론."

엘러리가 조용히 말했다. "그렇다면 내가 시키는 대로 해." 그리고 엘러리는 반원형 자동차 길이 시작되는 데까지 달려가 자동차 길을 밟지 않도록 주의하며 램버튼 거리 끄트머리에 멈춰 섰다. 그는 차도를 밟지 않도록 주의했다. 축축한 흙 위에 바퀴 자국이 또렷이 새겨져 있었다. 그는 잠시 그것을 바라보다가 이윽고 돌아왔다.

"역시 생각한 대로야. 빌, 자네는 여기서 자동차 길을 감시해 주게. 경찰이 오면 주의하도록 일러주라고, 아무도 못 들어가도록 하게. 길을 밟지 말고 길가 풀밭을 밟고 집에 들어가도록 말해……. 이봐, 빌!"

"나는 괜찮아, 엘러리." 빌이 작은 소리로 말했다. 그는 담배를 만지작거리며 몸을 떨고 있었다. "무슨 말인지 알아들었다고."

빌이 작은 소리로 말했다. 그는 담배를 만지작거리며 몸을 떨고 있었다. 길 한가운데에서 자기 자동차에 기대 서 있는 그의 눈에는 엘러리로 하여금 얼굴을 돌리게 하는 그 무엇이 있었다. 그러다가 엘러리는 충동적으로 다시 고개를 돌렸다. 빌은 이상야릇한 웃음을 떠올리고 있었다. 엘러리는 그의 어깨를 힘없이 토닥거린 뒤에 플래시를 비추면서 진흙길 쪽으로 갔다. 그는 강 쪽의 풀밭으로 뛰어올라 플래시를 비추며 조심해서 집의 옆 문 쪽으로 갔다.

엘러리는 포치로부터 5미터쯤 떨어진 곳에서 멈춰 섰다. 풀밭은 거기서 끝나고 있었다. 풀밭 끝과 포치 사이는 아무것도 없는 맨땅이었다. 엘러리는 옆에 서 있는 낡은 패커드를 흘끗 곁눈질해 보고 차체 주위와 그 너머 땅 위를 주의 깊게 바라보았다. 한참 동안 플래시 불빛을 여기저기 비춰 보았다. 사람 발자국이 어디에도 없다는 것을 확인하자 만족스러운 듯한 표정을 지었다. 그런 뒤에야 그는 젖은 땅 위에 자신의 발자국을 남겼다.

썩은 널빤지로 된 나무 포치는 조그만 네모꼴 대(臺)로, 땅 위로 10센티미터쯤 올라와 있었다. 그는 반쯤 열린 옆 문이나, 그 문을 통해 볼 수 있는 집 안의 둥근 탁자 아래로 뻗어나온, 움직이지 않고 있는 다리는 잠시 무시했다. 대신, 그는 포치 맞은 편 끝으로 가서 플래시를 땅에 비췄다. 그가 눈썹을 치켜 떴다. 작은 오솔길이 포치에서 강 쪽으로 나 있었다.

이 오솔길 흙 위에는 두 쌍의 남자 발자국이 찍혀 있었다. 한 쌍은 강 쪽으로, 다른 한 쌍은 강에서 집 쪽으로 향하고 있었다. 포치를 향한 발자국은 대부분 강 쪽으로 난 발자국 위에 찍혀 있었다. 얼른 보아 이 두 쌍의 발자국은 같았다.

엘러리는 오솔길을 따라 플래시 불빛을 비추었다. 12, 3미터쯤 앞의 델라웨어 강가에서는, 금방이라도 쓰러질 듯한 낡은 오두막집 모습이 나타났다. 이 두 번째 오두막은 집보다 더 지독하게 황폐한 것 같았다. 엘러리는 그것을 먼 빛으로 보며 '차고나 보트 하우스'일 거라고 생각했다. 그는 재빨리 플래시를 끄고 집 안으로 들어섰다. 램버튼 가도의 트렌턴 쪽에서 부릉거리는 소리가 들려왔기 때문이다. 그것은 강력한 자동차 엔진 소리였다.

그는 휙 방 안을 한번 둘러보았다. 엘러리 퀸은 빠르고 정확하게 관찰하는데는 천재였다. 그는 한눈에 모든 것을 보았다……. 이 초라한 오두막에서 바닥에 깐 카펫만이 기묘하게 두드러져 보였다. 카펫은 꽤 낡았으나 아주 고급품이었다. 윤기 흐르고 두툼한 털로 돼 있었는데 무늬는 없었다. 부드러운 엷은 갈색으로 테두리가 없는 것이 방에 맞추어 자른 것처럼 보였다. 왜냐하면 벽 모서리 부분의 카펫이 안으로 접혀 들어가 있었기 때문이다.

"현대적인 부인용 침실에 맞춰 만든 것이 틀림없어." 엘러리는 중얼거렸다.

"그런데 이런 물건이 어째서 이런 데 있을까." 그 카펫이 대단히 깨끗하다는 것을 알아채고서 그는 옆 문턱에 구두바닥에 달라붙은 진흙을 문질렀다. 문턱에는 누군가 그보다 먼저 똑같이 구두의 진흙을 문지른 자국이 있었다. 그리고 그는 조심스레 방으로 들어갔다.

조셉 윌슨은 눈을 아직 뜬 채로 옆을 노려보고 있었다. 그러나 이제 눈은 김 서린 유리처럼 빛을 잃고 있었다. 가슴의 출혈로 와이셔츠가 흥건히 젖었으나, 상처의 상태는 한눈에 알 수 있었다. 바로 심장 위에 엉겨붙은 선혈 한가운데에 가느다랗게 갈라진 금이 보였다. 틀림없이 폭이 좁은 예리한 칼로 찌른 상처였다. 요란한 엔진 소리가 귀를 울리며 다가오고 있었다.

그는 재빨리 싸구려 전기 램프가 비추고 있는 탁자를 살펴보았다.

이 빠진 도자기 접시가 하나 있었고, 거기에는 타다 만 노란 종이 성냥개비가 가득 들어 있을 뿐 그 밖에는 아무것도 없었다.

접시 옆에는 청동손잡이가 달린 페이퍼 나이프가 있었는데, 그 섬뜩한 날에는 손잡이께까지 피가 말라붙어 있었다. 그리고 그 칼날 끝에 무엇인가 꽂혀 있었다. 그것은 끝을 잘라 낸 작은 원추형으로, 표면이 검게 그슬려 무엇인지 전혀 알아볼 수 없었다. 다만 완전히 불로 그슬린 것만은 확실했다. 그는 다시 시체로 눈을 옮겼다.

처음 언뜻 보았을 때부터 그는 윌슨의 일그러진 얼굴이 왠지 모르게 마음에 걸렸다. 죽음의 고통으로 일그러지기는 했지만 얼굴이 아주 잘생겼다. 이목구비가 뚜렷한, 어느 모로 보나 호남이었다. 한창 때인 듯했다. 35살에서 40살 사이쯤 됐을까? 이마가 넓고 온화하며 입 언저리는 여자처럼 단아하고 코는 짧으며 턱에는 희미하게 보조개가 패여 있었다. 곱슬거리는 밤색 머리칼은 관자놀이께가 좀 성긴 듯했지만 아직 젊은이다운 탄력이 있었다.

엘러리는 이 사나이의 어디가 마음에 걸리는지 도무지 알 수 없었다. 어쩌면 그것은 그의 용모가 어딘지 지적이고 교양 있으며 명문 태생인 듯한 인상을 주기 때문이리라……

"대체 당신은 누구요?" 차갑고 낮은 목소리가 물었다.

"경찰이로군요. 어서 들어오십시오." 엘러리는 탁자 위에 무엇인가를 아무렇게나 던지며 말했다. "구두에 흙을 털어낸 뒤에 카펫을 밟으십시오."

옆 문 앞에 많은 사람들이 몰려 있었다. 그 맨 앞에 키가 크고 어깨가 넓으며 날카로운 눈을 한 사나이가 서 있었다. 두 사람은 한순간 서로 노려보았다. 키 큰 사나이가 퉁명스럽게 말했다. "모두 구두를 닦고 들어와."

그가 문턱에 자기 구두를 닦았다. 그는 엷은 갈색 카펫에서 엘러리에게로 눈을 옮기며 성큼성큼 걸어 들어와 엘러리가 탁자 위에 던진 것을 집어들었다.

"아," 그는 그것을 엘러리에게 돌려주었다. "퀸 씨, 만나서 반갑습니다. 밖에 있는 에인절이라는 사나이가 당신 이름을 말하지 않더군요. 당신 아버님을 두어 번 본 적이 있습니다. 나는 트렌턴 경찰서장 드 종입니다."

엘러리는 고개를 끄덕였다. "나는 이것저것 살펴보고 있는 중입니다. 여러분은 자동차 길을 밟지 않으셨겠지요?"

"에인절 씨가 주의를 주더군요. 좋은 착안을 하셨습니다. 자동차 길에 널빤지를 가로질러 놓으라고 일렀지요. 시체를 볼까요."

사람들이 몰려 들어와서 들끓는 바람에 갑자기 방이 좁아진 듯했다. 드 종은 시체 옆에 무릎을 꿇었다. 검은 가방을 든 나이 든 노인이 그를 밀쳤다. 사진기 플래시가 소리없이 터졌다. 빌 에인절은 사람들을 피해 방 한구석에 서서 차가운 눈으로 그 장면을 지켜보고 있었다.

"퀸 씨, 사건이 일어난 경위를 말씀해 주세요." 엘러리 뒤에서 달콤한 여자 목소리가 들렸다.

미심쩍은 표정으로 죽은 사람의 얼굴을 지켜보던 엘러리가 돌아다 보았다. 입술을 빨갛게 칠한 젊은 빨강머리 여자가 수첩과 연필을 들고 웃으며 서 있었다. 커다란 원반 같은 모자를 단정치 못하게 머리 뒤로 밀어붙이고 있어, 한줌의 빨강머리가 커다란 한쪽 눈 위로 내리덮여 있었다.

"내가 왜 당신한테 이야기해야 하지요?"
엘러리가 물었다.

"나는" 젊은 여자가 말했다. "민중의 목소리이자 양심이기 때문이에요. 세상 여론과 많은 광고주의 대표자지요. 말해 줘요, 퀸 씨."

엘러리는 파이프에 불을 붙이고 조심스레 타다 남은 성냥을 주머니에 집어넣었다. "당신과는 어디선가 한번 만난 듯싶군요."
"퀸 씨, 시시껄렁한 소리를 하시는군요. 클레오파트라가 독사에게 젖을 먹일 때에도 벌써 그 수작은 낡은 수법이었어요. 스테이시 트렌트 호텔 로비에서 당신에게 친구로부터 전화가 걸려왔을 때 나는 바로 옆에 있었어요. 소문대로 멋진 솜씨를 보였군요, 셜록 씨. 그 바닥에 쓰러져 있는 미남자는 누구지요?"
"아직 당신을 정식으로 소개받지 않았소." 엘러리가 끈질기게 물었다.
"제기랄! 나는 엘러 애머티, 〈트렌턴 타임스〉지의 특집기사 담당 기자예요. 자, 어서 부탁해요. 나는 다른 신문사 기자보다 앞질러 왔어요. 이제 곧 몰려올 거예요. 어서 말해요!"
"미안하지만 드 종 서장으로부터 들어요."
"거만하시군!" 애머티 양은 눈썹을 찌푸렸다. 그리고 가방을 들고 있는 늙은 의사와 드 종 서장 사이에 끼어들어 열심히 수첩에 써 나가기 시작했다. 드 종은 엘러리를 보고 윙크하더니 그녀의 동그스름한 엉덩이를 탁 때렸다. 엘러는 소리내어 웃었으며, 이번에는 그녀가 빌 에인절에게로 가서 마구 질문을 퍼부으며 수첩에 쓰더니, 그에게 키스를 던지며 집 밖으로 뛰어나갔다.
곧 그녀의 높은 목소리가 들렸다. "가장 가까운 전화는 어디 있지요?"
"이봐요, 풀밭 위를 걷도록 해요!" 한 남자가 통명스럽게 말하는 소리가 들리고, 이내 선착장 쪽으로 멀어져가는 자동차 엔진 소리가 들렸다.
"에인절 씨." 드 종이 상냥한 목소리로 불렀다. 사람들은 옆으로 비켜서서 빌에게 길을 내주었다. 엘러리는 시체를 내려다보며 서 있는 사람들 속에 끼었다.

"애기를 해 보시지요." 키 큰 서장이 말했다. "머피, 쓰게. 당신은 아까 밖에서 이 사나이가 매제라고 말했지요? 이름은?"

"조셉 윌슨입니다." 빌의 눈에서 멍한 표정이 사라졌다. 그는 턱을 앞으로 내밀었다. 그가 필라델피아 페어마운트 파크의 한 주소를 말했다.

"그는 여기에 왜 왔지요?"

"모릅니다."

"퀸 씨, 당신은 이 사건과 어떤 관련이 있지요?"

엘러리는 트렌턴에서 젊은 변호사와 우연히 만난 일을 이야기했다. 그리고 듣고 있는 두 사람이 끼어들 틈을 주지 않고 빌이 처음으로 오두막에 왔을 때까지 그로부터 들은 대로 자세하게 말해 주었다.

"그 여자가 베일을 쓰고 있었다고 윌슨이 말했다고요?" 드 종은 이마를 찌푸리며 빌에게 물었다.

"에인절 씨, 당신은 그 캐딜락을 타고 달아난 여자의 얼굴을 알아볼 수 있습니까?"

"내가 본 것은 그녀의 눈뿐이었고, 그 눈은 공포에 질려 있었습니다. 하지만 자동차는 보면 곧 알 수 있습니다." 에인절이 차의 모양을 설명했다.

"이 집 소유주는 누구지요?"

"나는 전혀 짐작도 할 수 없습니다. 나는 이곳이 처음입니다." 빌이 중얼거렸다.

"형편없는 곳이야." 드 종이 퉁명스레 말했다.

"지금 생각났는데, 이곳이 본디는 부랑자들의 소굴이었지요. 그들은 오래 전에 쫓겨났어요. 그 뒤로 사람이 살고 있다는 것은 나도 몰랐습니다. 땅은 시의 소유이지요……. 에인절 씨, 당신 누이동생은 어디 있습니까?"

빌은 긴장했다. 엘러리가 나직한 목소리로 말했다. "빌이 전화로 그녀에게 알려주려고 했는데, 집에 없었습니다. 그래서 빌은 전보를 쳤지요."

드 종은 냉정하게 고개를 끄덕이며 나갔다. 그가 돌아와서 물었다. "이 윌슨이라는 사나이의 직업은 무엇입니까?"

빌이 이야기했다. "흐음, 이 사건은 어쩐지 냄새가 나. 의사 선생님, 어떻게 됐습니까?"

노신사는 힘들여 일어섰다. "칼로 심장을 찔렸어. 상처가 꽤 깊어, 드 종. 깨끗하게 해치웠어. 즉사하지 않은 게 기적이군."

"게다가 찌른 뒤에 곧 흉기를 잡아 뽑았는데……." 엘러리가 말했다.

서장은 그를 날카롭게 쳐다보고 이내 탁자 위 피묻은 종이 자르는 칼로 눈길을 옮겼다.

"이상하군요. 게다가 그 끝에 꿰어 놓은 것은 뭐지요? 대체 그게 뭡니까?"

"코르크 같군요." 엘러리가 말했다.

"코르크라고요!"

"그렇습니다. 흔히 종이 자르는 칼을 살 때 그 끝에 꿰어져 있지요."

"흠, 하지만 설마 그것이 칼날 끝에 꿰어 있는 채로 찌르지는 않았을 테지요. 살인을 한 뒤에 누가 꽂았을 겁니다." 드 종은 화난 듯 접시 속의 타다 남은 성냥을 바라보았다. "그리고 그 코르크를 완전히 그슬린 듯한데, 도대체 왜 그런 짓을 했을까요?"

"그게 가장 큰 의문이지요." 엘러리는 파이프를 한 모금 빨았다. "당연한 질문입니다. 그런데 아무데나 성냥을 버리지 말아 주십시오.

나는 범행현장은 될 수 있으면 그대로 보존하자는 것을 원칙으로 합니다."

"당신 혼자만 담배를 피우고 있습니다." 드 종이 무뚝뚝하게 말했다.

"퀸 씨, 나는 이런 공상적인 수사 방법은 모릅니다. 어서 실제 문제로 들어갑시다. 에인절 씨, 당신은 여기서 매제와 만나기로 약속했다고 했죠. 그 이야기를 모두 들어봅시다."

빌은 잠시 꼼짝 않고 있었다. 그러다가 그는 주머니에 손을 넣어 구깃구깃한 노란 봉투를 꺼냈다. "그렇게 하는 게 좋겠군요." 그가 쉰 목소리로 말했다.

"조는 지난 수요일 여행에서 돌아왔다가 오늘 아침 다시 떠났습니다⋯⋯."

"당신은 그것을 어떻게 알고 있지요?" 서장은 봉투를 보며 무뚝뚝하게 물었다.

"조는 어제, 금요일 오후에 내 사무실을 찾아와 내일 아침에, 그러니까 오늘이지요. 다시 떠날 예정이라고 말했습니다." 빌의 눈이 번쩍 빛났다. "오늘 정오 무렵쯤, 나는 사무실에서 이 전보를 받았습니다. 읽어보십시오. 내가 이 무서운 사건에 대해 알고 있는 건 이게 다니까요."

드 종은 봉투를 받아 전보를 꺼냈다. 엘러리는 그 몸집 큰 사나이의 어깨 너머로 그것을 읽었다.

오늘 밤 꼭 만났으면 함. 중대 문제임. 다른 사람에게는 비밀로 하기 바람. 나는 트렌턴 남쪽 5킬로미터 델라웨어 강가 램버튼 가도에 있는 선착장 남쪽 3, 4백 미터 지점의 오두막에 있겠음.

근처에는 그 집 한 채뿐이니 못 찾을 리 없음. 반원형 자동차 길과 집 뒤에 보트 하우스가 있음. 오후 9시 정각에 거기서 만났으면 함.

　시간을 다투는 다급한 문제임. 난처한 일을 의논하고자 함.
　오늘 밤 9시에 꼭 오기 바람. 나를 실망시키지 말기를.

조

"이상하군." 드 종이 중얼거렸다. "게다가 맨해튼 중심가에서 친 전보입니다. 그의 마지막 여행 목적지는 뉴욕이었습니까, 에인절 씨?"

"모르겠습니다." 빌은 시체를 바라보며 짧게 대답했다.

"그는 당신에게 무엇을 의논하려 했을까요?"

"모른다고 했잖습니까. 그리고 그게 마지막 소식이 아닙니다. 그는 오늘 오후에도 2시 30분쯤 뉴욕에서 내 사무실로 전화를 걸었습니다."

"그래서 어떻게 됐지요?"

빌은 천천히 이야기해 나갔다. "그가 무엇을 말하려 했는지 나는 짐작조차 할 수 없습니다. 그는 몹시 의기소침하고 초조해 있는 것 같았습니다. 내가 자기 전보를 받았는지, 그리고 틀림없이 만나러 와 줄 것인지 확실히 알고 싶다고 했습니다. 자기에게 있어서는 아주 중대한 문제라고 몇 번이나 되풀이했으므로 나는 꼭 가겠다고 약속했지요. 내가 그 집에 대해 들으려 했으나……."

빌은 말을 끊고 이마를 만졌다.

"조는 그것 또한 비밀이며 아무도 그 집이 있다는 것조차 모른다고 했습니다. 그러면서 이유는 말할 수 없지만 단둘이 의논하기에는 딱 좋은 장소라더군요. 그는 몹시 흥분한 탓인지 앞뒤 말이 맞지 않았기에, 나는 더 추궁하지 않고 전화를 끊었습니다."

"아무도 모른다고 하던가? 루시도?" 엘러리가 중얼거리듯 물었다.

"조는 그렇게 말하더군."

"정말로 중요한 일이었던 모양이군." 드 종이 천천히 말했다. "왜냐하면 그가 말하기 전에 누군가가 그의 입을 막은 셈이니까. 그렇다면 그는 거짓말한 게 됩니다. 누군가 이 집을 알고 있었으니까.

"그중 한 사람이 나입니다." 빌이 차갑게 말했다. "나는 전보를 받고 나서부터 알게 되었으니까요. 당신은 그것을 말하고 싶은 거지요?"

"이봐, 빌, 진정해." 엘러리가 달랬다. "자네 기분은 충분히 알겠네. 그런데 윌슨이 어제 필라델피아의 자네 사무실을 찾아왔다고 했는데, 뭔가 중대한 볼일이 있었나?"

"어쩌면 그렇고, 어쩌면 아냐. 내게 두툼한 봉투를 맡기고 갔어."

"무엇이 들어 있었습니까?" 드 종이 다짜고짜 물었다.

"모릅니다. 봉인되어 있었고, 그는 아무 말도 하지 않았으니까요."

"세기랄, 봉투에 관해 아무 말도 하지 않았다는 말입니까?"

"잠시 맡아달라고 했을 뿐입니다."

"그게 지금 어디 있지요?"

"내 금고 속에 있습니다." 빌이 근엄한 목소리로 말했다. "그리고 앞으로도 그곳에 계속 있을 겁니다."

드 종이 불만스럽다는 듯이 말했다. "당신이 변호사라는 것을 잊었었군요. 좋습니다, 에인절 씨, 그 일이 어떻게 되나 봅시다. 의사 선생님, 이 사나이가 찔린 시각을 정확하게 알아낼 방법이 없을까요? 9시 10분쯤에 죽었다는 건 아는 데, 찔린 건 몇 시쯤이지요?"

검시의는 머리를 가로저었다. "잘 모르겠어. 하지만 오래되지는 않았을 거야. 이 사나이는 놀라울 만큼 끈질기게 목숨을 붙잡고 있었던 것 같아. 위험을 무릅쓰고 추측해 본다면, 8시 30분쯤? 하지만 확실하지는 않아. 차를 부를까?"

"그러지요. 아니, 그만두세요." 드 종이 이를 드러내보였다. "시체를 좀더 여기 두겠습니다. 차는 필요하면 내가 부르겠습니다. 선생님은 집에 가십시오. 내일 아침 시체 부검을 해주시면 됩니다. 이 칼로 찔린 건 틀림없겠지요?"

검시의가 말했다. "틀림없어. 하지만 뭔가 다른 문제가 있으면 조사해 봐야지."

엘러리가 천천히 물었다. "선생님, 손이나 어디 다른 데에 화상은 없었습니까?"

검시의는 눈을 크게 떴다. "화상? 화상이라고? 그런 건 없었어!"

"부검 때 화상이 있는지 없는지 충분히 살펴봐 주시겠습니까? 특히 신체 끝 부분에 말입니다."

"무슨 바보 같은 소린지…… 알았어, 알았다고." 검시의는 화를 내며 발소리도 크게 걸어 나갔다.

드 종이 뭔가 물으려고 크게 입을 여는데 입가에 흉터가 있는 뚱뚱한 형사가 들어와 서장에게 이야기했다. 빌은 목적도 없이 왔다갔다 하고 있었다. 얼마 뒤에 형사가 나갔다.

"부하의 말로는, 집 안이 지문투성이라고 합니다. 하지만 거의 모두 윌슨의 것이라는군요." 드 종이 불만에 찬 굵은 목소리로 말했다. "아니, 퀸 씨, 카펫에 납작 엎드려 무엇을 하는 겁니까? 꼭 개구리 같습니다."

무릎을 꿇고 있던 엘러리가 일어섰다. 그는 지난 몇 분 동안 엷은 갈색 카펫 표면이 자신의 목숨이 걸린 중대 문제라도 되듯 면밀히 살펴보고 있었다. 빌은 이상하게 눈을 번뜩이며 앞문 옆에 서 있었다.

"나는 가끔 동물로 돌아갑니다." 엘러리는 싱글거렸다. "그건 건강에 대단히 좋은 일입니다. 카펫이 대단히 깨끗합니다, 드 종 씨. 진흙 자국이나, 다른 아무것도 없습니다."

드 종은 어리둥절한 표정을 짓고 있었다. 엘러리는 기분좋은 듯 파이프를 빨며 나무 옷걸이가 있는 벽 쪽으로 걸어갔다. 그가 곁눈질로 문가에 있는 친구를 바라보았다. 빌이 갑자기 자기 발을 내려다보다가 얼굴을 찌푸리며 몸을 굽혀 왼쪽 구두끈을 만지작거렸다. 그가 끈을 고쳐매는 데 시간이 꽤 걸렸다. 그가 몸을 일으켰을 때는 무리한 자세로 말미암아 얼굴이 빨개져 있었고, 오른손은 주머니에 있었다.

엘러리는 한숨을 쉬었다. 그가 다른 사람들을 둘러보았다. 빌이 몸을 굽히면서 엘러리가 살펴보지 못한 카펫 한 부분에서 무엇인가를 줍는 것을 아무도 알아차리지 못했다는 것을 알 수 있었다.

드 종은 부하 머피에게 경계를 잘하라는 눈길을 흘끗 보내고 밖으로 나갔다. 나무 포치에서 그가 크게 명령하는 목소리가 들렸다. 빌은 의자에 털썩 주저앉아 두 팔꿈치를 무릎에 세우고 고통스러운 듯 기묘한 표정으로 죽은 사나이의 얼굴을 지켜보았다.

"나는 자네의 이상한 매제에게 갈수록 끌리고 있네." 엘러리가 옷걸이 앞에서 말했다.

"뭐라고?"

"이 양복 좀 봐, 윌슨은 어디서 옷을 사지?"

"필라델피아의 백화점에서 샀어. 그는 가끔 워너메이커 할인판매장에서 물건을 사기도 했어."

"그래?" 엘러리는 옷걸이에 걸린 한 벌의 외투를 뒤집어 라벨을 내보였다. "이상하군. 이 라벨을 보면 그는 뉴욕 5번가의 상류계급 손님 전문 양복점 고객이었어!"

빌이 서둘러 고개를 돌렸다. "말도 안 돼."

"재단이며 바느질이며 옷감이며, 이 라벨이 가짜라고는 여겨지지 않아. 좀 볼까……. 여기에 옷이 네 벌 있는데, 모두가 5번가의 그 양복점에서 만들었어."

"도저히 믿을 수가 없어!"

"물론 이 집, 또 집 안의 물건이 그의 것이 아닐 가능성도 생각할 수는 있어."

빌은 두려운 듯이 그 옷걸이를 노려보더니 간절한 목소리로 말했다.

"그래, 그럴 거야, 틀림없어. 조는 자기 옷을 사는 데 35달러 넘게 쓴 적이 없어!"

"여기 구두 두 켤레가 있는데, 둘 다 애버크롬비 & 피치 제품이야." 엘러리는 눈썹을 찌푸리며 옷걸이 밑에서 무엇인가를 집어올렸다.

그는 모자걸이에 걸린 모자에 손을 뻗쳤다. "게다가 이것은 고급 이탈리아제 중절모야. 옷에 멋을 부리는 사람이라면 20달러는 줬을 걸."

"그의 것일 리가 없어!" 빌은 큰 목소리로 말하며 일어나 어리둥절해하는 사복 형사를 밀치고 매제의 시체 옆에 무릎을 꿇었.

"자, 이걸 봐. 워너메이커 라벨이잖아!"

엘러리는 모자를 다시 모자걸이에 걸었다. 그러고 나서 차분하게 말했다. "알았어, 빌. 알았으니 앉아서 좀 진정해. 때가 되면 다 뚜렷이 밝혀지겠지."

"그래, 그렇겠지." 빌은 의자에 앉아서 눈을 감았다.

엘러리는 계속해서 방 안을 서성거렸다. 아무것에도 손대지 않고, 또 하찮은 것도 그냥 지나치지 않고 주의깊게 살펴보았다. 이따금 그는 친구 쪽을 흘끗 보았다. 그리고 얼굴을 찌푸리며 무엇에 끌리듯이 걸음을 빨리했다……
 그의 주의를 끄는 한 가지가 있었다. 그 집은 방이 하나뿐이며, 사람이 잠깐 동안이라도 숨어 있을 만한 구석이나 벽장이 전혀 없는 점이었다. 그는 벽난로 속까지 휘저어보았지만, 그것은 아궁이가 아주 낮고 굴뚝도 좁아 도저히 사람이 들어갈 만한 데가 못 되었다.
 한참 뒤에 드 종이 서둘러 돌아오더니 탁자 뒤에 쭈그리고 앉아 시체의 옷을 살펴보기 시작했다. 빌은 눈을 뜨고 다시 일어서서 탁자 앞으로 갔다. 그리고 주먹 쥔 두 손으로 탁자를 짚고 서장의 살찐 목덜미를 내려다보았다.
 집 밖에서는 여러 사람의 목소리가 들려왔다. 사람들은 두 개의 자동차 길에서 중요한 일을 하고 있는 듯했다. 그 목소리 가운데에서 형사들과 품위없는 말로 농담을 주고 받는 엘러 애머티의 새된 목소리가 한 번 들렸다.
 "자, 퀸 씨, 무슨 생각이 떠올랐습니까?" 드 종이 하는 일에서 눈길을 떼지 않으며 기분 좋은 목소리로 물었다.
 "버나드 쇼의 '슈퍼맨'처럼 싸울 만한 것은 없습니다. 왜 묻지요?"
 "당신은 솜씨가 빠르다는 소문을 들어서요." 몸집 큰 사나이는 어딘지 비꼬는 듯한 목소리로 말했다.
 엘러리는 소리 죽여 웃으며 맨틀피스 위에서 무슨 물건을 내렸다.
 "이것은 이미 보았겠지요?"
 "그런데요?"
 빌이 고개를 서둘러 돌렸다. "그게 대체 뭐야, 엘러리?" 그가 갈라진 목소리로 물었다.
 "보았습니다. 당신은 그것을 무엇이라고 생각합니까, 퀸 씨?" 드 종이 천천히 물었다.
 엘러리는 그를 흘끗 보고, 포장지와 함께 물건을 둥근 탁자 위에 놓았다. 빌은 눈을 크게 뜨고 그것을 바라보았다. 그것은 눌러 찍은 무늬가 있는, 가죽으로 만든 갈색 책상용 문구 세트였다. 세모꼴 가죽으로 모서리를 싼 압지판, 두 개의 만년필 끼우개가 달린 청동 만년필 스탠드, 청동 압지끼우개 등으로 한 세트가 되어 있었다. 대형 압지판 한 귀퉁이에는 흰 카드가 한 장 끼어 있었다. 그리고 그 카드에는 달필인 남자 필체로, '빌에게, 루시와 조로부터'라고 푸른 잉크로 씌어 있었다.

"생일이 가까운 모양이지요, 에인절?" 드 종이 시체가 입고 있는 옷의 가슴주머니에서 꺼낸 종이 쪽지를 가늘게 뜬 눈으로 더듬어 보며 부드럽게 물었다.

빌은 얼굴을 돌렸다. 입술이 떨리고 있었다. "내일입니다."

"아주 자상한 매제군요." 서장은 싱긋 웃었다. "의심할 바 없이 카드의 필적은 윌슨의 것입니다. 부하가 윌슨의 옷에서 발견한 그의 필적과 대조해 보았지요. 비교해 보십시오, 퀸 씨." 그는 손에 들고 있던 종이 쪽지를 탁자 위로 던졌다. 그리 중요하지 않은 듯 아무렇게나 쓴 종이 쪽지였다.

"아, 저는 서장님 말을 믿습니다." 엘러리는 침울한 얼굴로 문구 세트를 보고 있었다.

"당신은 그것에 흥미를 느끼는 모양이군요." 드 종은 여러 가지 물건을 탁자 위에 쌓아올렸다. "뭐에 흥미가 있는지 모르겠습니다. 그러나 나는 늘 새로운 것을 배우고 싶습니다. 무언가 내가 지나치고 못 본 것이 있습니까?"

"아직 당신 솜씨를 본 적이 없으므로 지금으로서는 당신의 관찰이 얼마나 정확한지 나로서는 잘 모르겠습니다. 하지만 적어도 가설로서 흥미를 느낄 자질구레한 것들은 있습니다."

"호오, 그래요?" 드 종은 재미있다는 표정이었다.

엘러리가 포장지를 집어들었다. "예를 들면, 이 문구 세트는 필라델피아의 워너메이커 백화점에서 산 것입니다. 그 일 자체는 대단한 의미가 있는 게 아닙니다. 그러나 그것은 하나의 사실입니다. 그리고 엘리스 파커 버틀러(1869~1937, 미국의 해학 소설가)의 말을 빌리면, '사실'은 어디까지나 '사실'입니다."

"당신은 그것을 어떻게 알았지요?" 드 종은 탁자 위에 쌓아올린 물건 가운데에서 영수증 한 장을 집어들었다. "이건 그의 주머니에 구겨진 채 들어 있었던 것인데, 그가 어제 워너메이커에서 산 게 틀림없습니다. 현금을 지불하고 샀습니다."

"어떻게 알았느냐고 하는데, 그것은 그리 놀라운 일이 아닙니다. 왜냐하면 제가 오늘 오후 필라델피아를 지날 때 그 가게에서 아버지에게 드릴 물건을 샀으므로 곧 워너메이커 포장지라는 것을 알았지요." 엘러리가 조용히 말했다. "그리고 당신은 물론 이 포장지의 상태에 주의를 기울였겠지요. 문제는, '누가 이 꾸러미를 풀었느냐'는 겁니다."

"어째서 그것이 문제가 되는지 모르겠군." 드 종이 말했다. "어쨌든 나는 모릅니다. 누가 포장을 푸는 범죄를 저질렀을까요?"

"이것을 푼 사람은 윌슨이 아닌 다른 사람이라고 생각됩니다. 빌, 오늘 밤 내가 여기 오기 전에 이 방 안의 물건에 손댔나?"

"아니."

"드 종 씨, 당신 부하가 풀지는 않았겠지요?"

"처음 맨틀피스 위에서 발견했을 때부터 지금의 상태 그대로였습니다."

"그렇다면, 확률로 따져 봐서 그것은 범인이 풀었습니다. 범행을 저지른 여자, 즉 윌슨이 죽을 무렵 빌에게 말한 베일을 쓴 여자가 푼 것 같습니다. 물론 이것은 확률로서의 이야기입니다. 어쩌면 다른 두 번째 침입자가 와서 풀었을지도 모릅니다. 어쨌든 확실한 건 윌슨이 풀지 않았다는 사실입니다."

"어째서지요?"

"이 문구 세트는 선물하기 위해 샀습니다. 그 카드를 보면 알지요. 선물로 포장되어 있고 정가표도 떼어 냈으며, 영수증도 꾸러미 속이 아니라 윌슨의 주머니에 들어 있었습니다. 따라서 이 물건을 산 사람은 틀림없이 빌 에인절에게 선물하기 위해서 산 것입니다. 아마 윌슨 자신이 샀겠지요. 비록 그 자신이 아니고 다른 사람을 시켜 대신 사게 했더라도 사서 선물하려는 것은 그의 생각이었을 게 분명합니다. 그렇게 생각하면 윌슨이 여기서 이 꾸러미를 풀어 볼 이유가 없지요……."

"그렇지 않습니다." 몸집 큰 사나이가 반대했다. "윌슨은 가게에서 이 선물 카드를 쓰지 않았는지도 모릅니다. 여기서 카드를 쓰려고 꾸러미를 풀고 펜을 꺼냈을지도 모르지요."

"내가 벌써 살펴보았는데, 문구 세트의 어느 펜에도 잉크가 없습니다." 엘러리는 끈기 있게 주장했다. "물론 그는 그것을 알고 있었을 겁니다. 만일 그가 여기서 꾸러미를 풀어야 할 무슨 이유가 있었다 하더라도, 선물 보내는 사람이 포장지를 찢지는 않았을 것입니다!"

엘러리는 엄지손가락으로 포장지를 툭 건드렸다. 포장지는 거칠게 찢겨 있었다.

"이 포장지는 두 번 사용할 수 없습니다. 게다가 이 방에는 대신 쓸 만한 포장지가 없습니다. 그러므로 나는 적어도 윌슨이 풀지는 않았다고 생각합니다. 만일 그가 풀었다면 그는 포장지가 찢어지지 않도록 조심했을 겁니다. 하지만 그 범인 여자라면 그런 일에 구애받을 필요가 없겠지요."

"그래서 어떻다는 겁니까?" 드 종이 물었다.

엘러리는 어리둥절한 얼굴이 되었다. "드 종 씨, 그것은 어리석은 질문입니다. 내가 지금 흥미를 갖고 있는 것은 범인이, 이 범행 현장에서 어떤 행동을 취했냐 하는 것입니다. 그 행동의 의미가 있나 없나 하는 것은 나중에 잘 생각하면 됩니다……. 그런데 흉기로 쓴 종이 자르는 칼 말인데, 이것을 문구 세트에서 꺼냈다는 것은 의심할 여지가 없고……."

"그렇습니다, 그래요." 드 종이 딱딱거리듯 말했다. "그 여자가 칼을 꺼내려고 꾸러미를 푼 겁니다. 포장을 푼 것이 범인이라는 건 이미 옛날에 알고 있었습니다."

엘러리는 눈썹을 치켜올렸다. "칼을 꺼내기 위해 풀었다고 생각하지 않습니다. 우선, 이 선물은 어제 샀습니다. 범인인 여자가 오늘 밤의 범행에 안성맞춤인 날카로운 새 종이 자르는 칼이 그 속에 들어있다는 것을 알았으리라고는 도저히 생각할 수 없습니다. 그렇지 않습니다. 종이 자르는 칼을 단도 대신 쓴 것은 완전히 우연이었을 겁니다.

범인은 범행을 저지르기 전에 방 안을 돌아다니다가 단순한 호기심으로 이 꾸러미를 풀었을 겁니다. 아니면 범행을 저지르기 전 흥분 때문에 풀었을 테지요. 그리고 종이 자르는 칼을 보고 그녀가 준비한 흉기보다 이것이 좋겠다고 생각했을 겁니다. 만일 이 범죄가 미리 계획된 범행이었다면 충분히 그럴 가능성이 있습니다. 일찍이 여자가 살인 충동을 만족시키는 수단으로서는 단도를 쓰는 것이 통례이니까요."

드 종은 코를 긁으면서 불쾌하다는 표정을 지었다.

빌이 더듬더듬 입을 열었다. "만일 그녀가 방 안을 돌아다닐 여유가 있었다면…… 그녀는 잠시 이 방에 혼자 있었다는 말이 돼. 그렇다면 조는 그동안 어디 있었지? 그녀는 조를 먼저 찔렀을까? 하지만 검시의는······."

"빌, 진정하게, 진정해." 엘러리는 그를 진정시켰다. "그 일에 마음을 쓰지 말게. 우리는 아직 사실을 확실히 파악한 건 아니야. 자네는 이 선물에 대해 전혀 모르고 있었나?"

"전혀 몰랐어. 나도 좀······당황해 하고 있어. 나는 생일 따위에 그리 신경을 쓴 적이 없으니까. 그런데 조는······."

그는 얼굴을 돌렸다.

"흠," 드 종은 어깨를 으쓱해 보였다. "매제의 시체라니 굉장한 생일 선물이로군······. 달리 뭔가 발견 했습니까, 퀸 씨?"

"드 종 씨, 당신은 아주 간단한 설명을 듣고 싶습니까?" 엘러리는 부드럽게 말했다. "당신들 경찰관은 아마추어들을 덮어놓고 경멸하는 나쁜 버릇이 있습니다. 아마추어가 당신들 전문가를 존중하는 것을 본 적이 있는데, 그 반대의 경우는 볼 수 없더군요. 머피, 나라면 수첩에 기록하겠소. 언젠가 지방검사가 그 기록을 감지덕지할지 누가 압니까?"

머피는 당황하는 표정이 되었다. 드 종이 차갑게 웃으며 고개를 끄덕였다.

"이 집의 상태와 집 안에 있는 물건들을 요약하여 말하면, 좀 묘한 결론에 이릅니다." 엘러리는 생각에 잠겨 파이프를 빨더니 계속 말을 이었다. "방이 하나뿐인 이 집 안에는 침대도 없고, 잠자리로 쓸 만한 것도 없습니다. 그러니까 숙박용 설비가 전혀 없습니다. 벽난로는 있지만 장작은 없습니다. 실제로 타고 남은 재도 없습니다. 그리고 벽난로는 너무나 깨끗합니다. 몇 달 동안 전혀 쓰지 않은 것 같습니다.

그 밖에 무엇이 있지요? 낡은 스토브가 있습니다. 이것은 녹이 슬어 조리용으로도 난방용으로도 쓸 수가 없습니다. 부랑자들이 살았을 무렵의 유물임에 틀림없습니다……. 그런 면으로 생각해 보면, 양초도, 석유 램프도 없습니다. 가스도 들어와 있지 않고 성냥 비슷한 것도 전혀 없습니다…….″

″아닌 게 아니라 정말 그렇군요.″ 서장은 고개를 끄덕였다. ″에인절 씨, 이 사람은 담배를 피우지 않았습니까?″

″아니오.″ 빌은 정면 창문으로 밖을 내다보고 있었다.

″실제로 불빛이라고는 이 탁자 위 전기 램프뿐입니다.″ 엘러리는 말을 이었다. ″근처에 발전소가 있습니까……?″

드 종이 고개를 끄덕였다. ″이 집에 살던 사람이 전기를 끌었는지 전부터 들어와 있었는지는 대단한 문제가 아닙니다. 아마 전부터 들어와 있었겠지요. 어쨌든 현재의 사실만을 기록하십시오. 게다가 세간이라고는 이 빠진 도자기 몇 개뿐이고, 식료품도 없고 어떤 가난뱅이라도 갖추고 있는 상비 약품도 없습니다.″

드 종은 소리 죽여 웃었다. ″머피, 전부 썼나? 훌륭합니다, 퀸 씨. 내가 힌디 해도 그 이상은 안 뙤겠시요. 하시만 그런 것을 모두 요약해서 대체 무엇을 알 수 있다는 겁니까?″

″당신이 생각하는 것보다 훨씬 많은 것을 알 수 있습니다.″ 엘러리가 응수했다. ″이 집에 살고 있는 사람은 여기서 잠도 자지 않고 식사도 하지 않았습니다. 주거지로서의 특성을 갖춘 게 거의 없습니다. 여러 가지 상황을 관찰하건대, 일시적인 주거든지 아니면 길가의 휴게소, 또는 일시적인 단기 체제지에 지나지 않습니다.

더욱이 여러 가지 점을 종합해 보면 거주자의 특성을 짐작할 수 있습니다. 이 갈색 카펫은 부랑자가 있었을 때는 없었으리라 여겨지는 것 가운데 하나입니다. 이 물건은 아주 고급품이고 또 값진 것입니다. 이것은 최근 이 집을 쓴 사람이 꽤 비싼 값을 치르고 중고품 상점에서 샀다고 여겨집니다. 고상한 취미를 가진 사람이 사치를 한번 해보자고 했던 것 같습니다. 이건 의미심장한 점입니다, 안 그렇습니까?

그런 사치스러운 마음은 옷걸이의 양복이며 커튼에도 잘 나타나 있습니다. 물건은 고급인데 그 취급 방법은 서투르기 짝이 없습니다……. 물론 이건 남자가 다뤘기 때문이겠지요. 그리고 마지막으로 방 안이 지나치리만큼 청결합니다. 카펫에는 티끌 하나, 재 하나 떨어져 있지 않습니다. 벽난로도 더할 나위 없이 깨끗합니다. 이런 상황으로 미루어 어떤 종류의 사나이가 머리에 떠오릅니까?"

창 밖을 바라보던 빌이 핏발선 눈으로 돌아보며 거칠게 내뱉었다.

"조 윌슨이 아냐."

"그렇지, 그는 아니야." 엘러리가 대꾸했다.

드 종의 얼굴에 떠오르던 웃음이 사라졌다. "하지만 그렇다면 윌슨이 오늘 에인절 씨에게 전화로 한 말과 일치하지 않습니다. 이 집은 그 말고는 아무도 모른다고 했잖습니까!"

"그렇다 하더라도 다른 한 사나이가 반드시 관련되어 있다고 나는 봅니다." 엘러리가 묘한 목소리로 말했다.

집 밖에서 떠들썩한 사람들 목소리가 들려왔다. 드 종은 턱을 문지르며 깊은 생각을 했다. "빌어먹을 신문기자들이 온 모양이군." 그가 나갔다.

"자, 드 종 선생이 윌슨의 주머니에서 무엇을 찾았는지 볼까?" 엘러리가 나직이 말했다.

탁자 위에는 남자들이 흔히 지니고 다니는 자질구레한 물건들이 놓여 있었다. 열쇠묶음, 지폐로 236달러가 든 낡은 지갑, 여러 가지 종이 조각, 등기우편 영수증 몇 장, 윌슨 명의의 자동차 운전면허증, 아담한 목조 주택 앞에 선 아름다운 부인 사진 2장 등이었다. 엘러리는 첫눈에 그것이 빌의 누이동생 루시임을 알았다. 엘러리는 빌을 흘끗 보았다. 그는 창밖을 바라보고 있었다. 그녀는 엘러리가 기억하는 것에 비해 살쪘으나 그래도 대학 시절과 다름없이 따뜻하고 생기발랄한 모습이었다. 그리고 필라델피아 가스 회사의 영수증, 만년필, 윌슨 앞으로 된 빈 봉투 몇 장이 있었는데, 그 뒷면에 무슨 계산을 한 듯 숫자가 씌어 있었다. 엘러리는 은행 예금통장을 집어 펼쳐 보았다. 그것은 필라델피아의 유수한 저축은행의 통장으로, 4,000달러가 약간 넘는 예금 잔고가 있었다.

"아주 저축 정신이 강한 사나이로군." 엘러리는 꼼짝도 않는 빌의 등에 대고 말했다. "지난 몇 년 동안 한 번도 돈을 꺼내지 않았어. 조금씩이지만 예금을 착실히 계속했군."

"그래, 그는 돈을 저축했어." 빌은 등을 돌린 채 대답했다. "아마 우편 저금도 있을 거야. 루시는 그만한 지위의 남편을 가진 여자로서는 모자라는 게 없는 생활을 하고 있었어."

"공채나 주식 같은 것은 가지고 있었나?"

"엘러리, 우리는 불경기 5년째의 중하위층 사람이라는 것을 잊었나?"

"미안하네. 당좌 예금은? 수표책이 안 보이는 것 같은데."

"없을 거야. 자기 일에는 수표책이 필요없다고 늘 말했어."

"그거 이상하군." 엘러리는 뜻밖인 듯했다. "그것은……." 그는 뭔가 말하려다 말고 다시 탁자 위 물건을 바라보았다. 그 밖에는 달리 아무것도 없었다.

그는 만년필을 집어들어 뚜껑을 벗겨 옆에 있는 종이 조각에 써 봤다. "아, 펜이 말랐군. 그렇다면 저 선물 카드를 쓴 장소가 확실해졌어. 이곳이 아닌 건 분명해. 그는 연필을 가지고 있지 않고 만년필에는 잉크가 없어. 그리고 내가 조사한 바에 의하면 이 집에는 잉크도 필기구도 없어. 그렇다면……."

엘러리는 탁자를 돌아가서 카펫에 달라붙은 듯이 누워 있는 시체 옆에 무릎을 꿇었다. 그리고 그는 묘한 일을 하기 시작했다. 엘러리는 윌슨의 빈 주머니를 하나하나 뒤집어 솔기에 낀 자잘한 먼지를 보석상처럼 눈을 빛내며 면밀히 살폈다. 또 그는 일어서서 이번에는 옷걸이 쪽으로 가서 네 벌의 양복 빈 주머니를 마찬가지로 살펴보았다.

그리고 그는 좀 당혹한 표정으로 만족스러운 듯이 고개를 끄덕이더니, 시체 곁으로 돌아가 죽은 사람의 손을 쳐들어 굳어 버린 손가락을 열심히 살펴보았다. 그러고 나서 카펫에 앉아 얼굴을 찌푸리며 죽은 사나이의 입술을 억지로 벌려 악물고 있는 이를 살펴보았다. 그는 일어서며 다시 혼자 고개를 끄덕였다.

엘러리가 탁자에 앉아 얼굴을 찌푸리고 조셉 윌슨의 죽은 얼굴을 바라보고 있는데, 드 종 서장이 형사 몇 명을 거느리고 발소리를 내며 들어왔다.

"신문기자들을 우선 처리하고 왔습니다." 서장이 쾌활하게 말했다. "또 무엇인가 즐기고 있었습니까, 퀸 씨? 우리 쪽에서 발견한 것을 먼저 듣고 싶으시겠군요."

"고맙습니다. 대단히 친절하시군요."

빌이 창가에서 몸을 돌렸다. "드 종 씨, 당신들이 여기서 우물쭈물하는 동안 캐딜락의 여자는 깨끗이 달아난다는 걸 물론 알고 있겠지요?"

드 종이 엘러리에게 한쪽 눈을 감아 윙크했다. "시골 경관이라 형편없다는 겁니까? 당신이나 정신차려요, 에인절. 이곳에 온 지 5분이 지나지 않아 나는 경보를 내렸지요. 아직 보고는 없지만 주 경찰이 총동원하여 길을 샅샅이 조사하고 있습니다. 순찰경찰대의 메리 대장이 직접 지휘하고 있지요."

"그 여자는 벌써 뉴욕에 도착했을 겁니다." 엘러리가 냉정히 말했다. "시간이 꽤 늦었군요, 드 종 씨. 그 밖에 당신이 알아낸 것은 무엇입니까?"

"두 개의 자동차 길에서 많이 발견했지요."

"아, 바퀴 자국 말이군요." 엘러리가 말했다.

"허니건 경사를 소개합니다." 소처럼 생긴 사나이가 머리를 들었다.

"경사는 자동차 바퀴 자국을 살피는 데 뛰어나지요. 허니건, 말하게."

"이 집 정면으로 통하는 큰 길," 경사는 엘러리를 향해 말했다. "에인절 씨가 캐딜락이 멈춰 있는 것을 본 구부러진 자동차 길에는 세 쌍의 바퀴 자국이 있습니다."

"세 쌍이라고요?" 빌이 큰 소리로 외쳤다. "내가 본 것은 캐딜락 뿐이었고, 내 차는 자동차 길에 들어가지도 않았어."

"바퀴 자국은 세 쌍입니다." 허니건은 잘라 말했다. "자동차가 세 대라는 말은 아닙니다. 실제로는 두 대였습니다. 두 쌍은 같은 자동차 자국으로 캐딜락이 만들었습니다. 아주 뚜렷한 자국으로 틀림없이 대형 캐딜락입니다. 에인절 씨. 세 번째 것은 가느다란 파이어스톤 바퀴 자국입니다. 확실하지는 않지만 포드인 것 같습니다. 바퀴 자국이 또렷이 나 있는데 꽤 닳았습니다. 짐작건대 1931년형이나 1932년형 포드인 듯합니다. 확실한 것은 아닙니다."

"이상한 일이군!" 엘러리가 말했다. "하지만 그 두 쌍의 캐딜락 자국은 같은 자동차가 찍어 놓은 것일 수도 있잖습니까?"

"아니, 그건 쉽게 알 수 있습니다." 경사가 말했다. "먼저 캐딜락 자국이 있습니다, 알겠습니까? 그 캐딜락 자국 위에 파이어스톤 바퀴 자국이 포개져 있습니다. 이 점으로 보아 캐딜락이 먼저 왔음을 알 수 있습니다. 그런데 어느 곳에서는 파이어스톤 자국 위에 다시 캐딜락 자국이 포개져 있습니다. 이것은 먼저 캐딜락이 왔다 갔고, 다음에 포드가 왔다 가고, 다음에 다시 캐딜락이 왔음을 뜻합니다."
"아, 참으로 명쾌하군요. 하지만 대형 자동차 자국 두 쌍을 같은 자동차가 낸 것이라는 것을 어떻게 압니까? 첫 번째 한 쌍의 자국은 같은 종류의 바퀴를 쓰는 다른 자동차가 만든 것인지도 모르잖습니까?"
"그럴 수는 없습니다. 바퀴 자국은 지문을 남겨 놓고 간 거나 마찬가지니까요."
경사는 자신의 멋진 표현이 겸연쩍은 듯 헛기침을 한번 했다.
"바퀴 하나에 비스듬히 찍힌 자국이 있는데, 그것이 두 쌍의 자국에 똑같이 나타나 있습니다. 그러므로 같은 자동차가 틀림없습니다."
"자동차가 오고 간 방향은 어떻습니까?"
"좋은 질문입니다. 먼저 캐딜락이 트렌턴 쪽에서 와서 돌층계 앞에 섰다가, 자동차 길을 반원형으로 돌아나가 캠든 방향으로 갔습니다. 다음에 포드가 캠든 방향에서 와서 돌층계 앞에 멈춘 다음 자동차 길을 빙 돌아 램버튼 가도로 나가, 예각으로 오른쪽으로 구부러져 아까 왔던 캠든 쪽으로 돌아갔습니다. 마지막으로 다시 캐딜락이 캠든 쪽에서 돌아와 돌층계 옆에 섰습니다. 그리고 에인절 씨는 그것이 옆을 스쳐 트렌턴 쪽으로 달려간 것을 보았던 겁니다."
엘러리는 코안경을 벗어 그것으로 보조개를 가볍게 두드렸다.
"훌륭하십니다, 경사님. 그림을 보듯 분명한 설명이었습니다. 그런데 집의 옆에 있는 진흙 자동차 길은 어떻습니까?"
"그쪽은 이렇다 할 것이 없습니다. 에인절 씨가 말한 윌슨의 패커드가 트렌턴 쪽으로부터 와서 진흙 위에 자국을 남겼습니다. 따라서 패커드는 비가 내리기 시작한 뒤 여기로 왔다고 여겨집니다."

"비가 그친 뒤에 온 것 같군." 엘러리는 중얼거렸다. "그렇지 않다면 바퀴 자국이 비에 씻겨 없어졌을지도 모릅니다."

"그렇습니다. 그리고 그것은 아까 이야기한 다른 바퀴 자국에 대해서도 같이 적용됩니다. 비는 7시 조금 뒤에 그쳤습니다. 따라서 자동차는 모두 7시가 넘어서 온 것 같습니다……. 집 옆 자동차 길에 있는 또 하나의 바퀴 자국은 에인절 씨의 폰티악 자국으로, 이것은 한 번 들어왔다가 후진했습니다. 알아낸 것은 이게 다입니다."

"경사님, 훌륭하십니다. 집으로 향한 사람의 발자국은 있었습니까?"

"없습니다. 당신이 5미터쯤 되는 흙 위에 남긴 발자국이 있을 뿐입니다." 드 종이 대답했다. "우리는 그곳에 널빤지를 가로질러 놓고 집에 들어왔습니다. 허니건, 바퀴의 형을 뜨도록 하게."

경사가 경례하고 나갔다.

"사람 발자국이라곤 집 주위에도 두 개의 자동차 길에도 전혀 없습니다. 자동차 길은 둘 다 포치 앞까지 이르므로 오늘 밤 여기 온 사람들은 모두 땅을 밟지 않고 자동차에서 직접 포치로 뛰어내린 듯합니다."

"보트 하우스로 통하는 오솔길의 발자국은 어떻습니까?"

드 종은 탁자 뒤에 웅크리고 앉아 시체의 다리를 만지고 있는 형사를 보았다. "조니, 어땠나?"

형사가 얼굴을 들었다. "이 시체가 만든 발자국뿐입니다, 서장님. 이 방으로 들어올 때 옆 문에서 구두의 흙을 문지른 듯한데, 그 발자국은 역시 그의 구두로 낸 것 같습니다."

"아, 그럼 강가로 걸어간 것은 윌슨이군요." 엘러리가 끼어들었다. "그리고 돌아와서 살해됐군요. 저 오두막에 뭐가 있습니까, 드 종 씨? 그것은 정말로 보트 하우스지요?"

 몸집 큰 서장은 윌슨의 움직임이 없는 얼굴을 내려다보며 눈썹을 찌푸렸다. "그렇습니다."

그러나 그의 차가운 눈에는 당혹한 빛이 있었다.

"당신은 아까 다른 사람이 이 집을 쓴 듯하다고 했는데, 아무래도 그 말이 맞는 것 같습니다. 그곳에는 모터 달린 작은 범선이 있습니다. 내가 보기에는 꽤 값진 장난감입니다. 모터가 아직 따뜻했습니다. 선착장의 한 사람이 증언했는데, 오늘 밤 7시 15분쯤 윌슨 비슷한 남자가 오두막의 배 타는 곳에서 그 범선을 타고 나가는 것을 보았다고 합니다."

"조가? 조가 범선을 탔다고?" 빌이 낮게 중얼거렸다.

"그래요. 게다가 그 남자는 윌슨이 돌아오는 것도 보았다더군요. 8시 30분쯤이었는데, 그때는 모터를 가동하고 있었다고 합니다. 나갈 때는 돛만 썼답니다. 7시 30분쯤에는 바람이 잦습니다."

엘러리는 목덜미를 긁적였다.

"이상하군······. 윌슨 혼자였답니까?"

"선착장의 남자는 그렇게 말했습니다. 선실이 없는 작은 배니까 잘못 보았을 리는 없다더군요."

"범선을 타고 나갔다고, 흐음······." 엘러리는 죽은 사나이의 얼굴을 보았다. "중대한 용건으로 처남과 9시에 만날 약속을 하고, 그 두 시간 전에 범선으로 뱃놀이를 나갔다······. 신경이 곤두서서 생각을 가다듬기 위해 혼자 바다로 나갔을지도 모르지······. 그래, 그랬을 거야."

엘러리는 빌의 얼굴을 쳐다보지도 않고 새삼스러운 말투로 덧붙였다.

"그런데, 드 종 씨, 윌슨이 그 보트를 썼다 하더라도 그게 그의 것이라고 단정지을 수 없는 것은 물론 알겠지요?"

"그건 알고 있습니다. 다만 한 가지……." 드 종의 눈이 흔들렸다. "그 남자는 몇 번이나 윌슨이 범선을 타고 나가는 것을 봤답니다. 늘 혼자였다고 합니다. 실제로 그는 윌슨을 이 근처 사람으로 여기고 있습니다."

"조가 전에도 여기 온 일이 있다고요?" 빌이 소리쳤다.

"몇 년 전부터 왔다고 해요."

집 밖에서 누군가의 웃음소리가 들렸다.

"믿을 수 없습니다." 빌이 말했다. "어딘가에 터무니없는 오해가 있습니다. 도저히 있을 수 없는 일입니다."

"그뿐이 아닙니다." 서장은 표정도 바꾸지 않고 말을 이었다. "이 집 뒤에 있는 창고에는 또 한 대의 자동차가 있어요."

엘러리가 조용히 말했다. "자동차가 또 한 대 있다고요? 무슨 말입니까?"

빌의 얼굴이 흙빛으로 변했다.

"최신형 링컨 스포츠카입니다. 차에 열쇠가 꽂혀 있으나 엔진은 식어 있습니다. 그리고 자동차에는 화려한 방수포가 씌워져 있어요. 소유자의 허가증은 없었지만 차량 번호로 조사하면 곧 알 수 있습니다. 간단합니다." 드 종은 두 사람의 얼굴을 보며 싱긋 웃었다. "틀림없이 그 자동차의 주인은 이 갈색 카펫을 갖다 깔고, 이 집을 쓰던 남자일 겁니다. 이것은 유력한 단서입니다……. 그 밖에 또 있습니다. 이봐, 피네티!"

"하느님 맙소사, 이번에는 또 뭡니까?" 빌이 숨넘어가는 목소리로 말했다.

드 종 뒤에 잠자코 서 있던 한 사나이가 앞으로 나서며 작은 여행가방을 서장에게 건네주었다. 드 종이 그것을 열었다. 그 속에는 싸구려 장신구가 달려 있는 마분지가 아무렇게나 쌓여 있었다. 목걸이, 반지, 팔찌, 커프스단추, 배지 등이 달린 마분지였다.
"조의 것입니다." 빌은 입술을 핥았다. "상품 견본입니다."
드 종이 굵은 목소리로 말했다. "이것은 패커드 안에 있었는데, 내가 말한 것은 이게 아닙니다. 피네티, 다른 것을 내놔."
형사는 쇠붙이를 하나 내밀었다. 드 종은 그것을 받아 엄숙한 표정을 지으며 들어올렸다. 그리고 싸늘한 눈으로 빌의 얼굴을 보았다.
"이것을 본 적 있소, 에인절?" 그는 그것을 빌의 손바닥에 털썩 얹어 주었다.
기묘한 일이 일어났다. 드 종의 질문이 기름이라도 되는 듯 빌의 태도가 달라졌다. 갑자기 표정이 싹 없어지며 유리판처럼 담담한 모습이 되었다. 엘러리는 깜짝 놀랐고, 드 종의 눈이 가늘어졌다. 빌의 손가락이 그것을 받아들자마자 변화는 눈에 띄게 뚜렷해졌다. 얼굴 표정이 보통 때의 그로 변하며 이마의 주름이 사라져 평온한 모습으로 변했다. 눈만이 대리석처럼 차갑게 보였다.
"물론입니다. 수많은 자동차에 달려 있는 걸 봤습니다." 그는 빙긋 웃음을 지으며 천천히 손바닥 위에서 그것을 돌렸다. 그것은 자동차 라디에이터 캡의 일부였다. 금빛 머리칼과 팔을 뒤로 날리며 달리는 여자의 조그만 나상(裸像)으로, 군데군데 녹이 슬어 있었다. 그 상은 발목께가 잘려나가서, 차에 붙었던 곳에는 녹슨 자국이 두 군데 있었다.
드 종 씨는 씨근거리며 그 상을 낚아챘다. "여러분, 이건 하나의 단서입니다. 내 부하가 요 앞 자동차 길에서 발견했습니다. 흙에 반쯤 묻혀 있었는데, 그곳은 허니건이 포드의 바퀴가 지나간 자리라고 한 곳입니다. 이것이 한 달 전부터 거기 묻혀 있었을 가능성은 있습니다." 그는 비웃듯이 입술을 일그러뜨렸다. "하지만 그렇지 않을지도 모릅니다……. 내 말뜻을 알겠습니까?"
 빌이 담담하게 말을 이었다.
 "당신 자신이 그것을 증거물로 제출하기에는 불충분하다는 점을 지적했소, 드 종 씨. 비록 그것이 달려 있던 자동차를 발견한다 하더라도, 6월 1일 밤에 그 자동차의 라디에이터 캡에서 떨어져 나갔다는 것을 입증하는 건 아마 꽤 힘들 거요."
 "아, 알았어요." 드 종이 말했다. "변호사다운 말입니다."
 엘러리는 그 조그만 여자 나상에서 멍하니 빌의 얼굴로 눈을 옮겼다. 이윽고 그는 눈을 껌벅이며 탁자 뒤로 돌아갔다. 엘러리는 시체 위로 몸을 구부려 카펫에 손톱을 세운 채 숨이 끊어진 윌슨의 손가락을 바라보았다……. 반지가 하나도 없었다. 반지가 없는 것은 잘 된 일이라고 그는 생각했다. 엘러리는 구부정한 자세 그대로 눈동자를 움직여 윌슨의 차가운 얼굴을 바라보았다. 이처럼 오늘 밤에 이 얼굴을 바라보는 것은 이미 스무 번도 더 되지만 그때마다 그는 곤혹스러운 표정을 떠올리고 있었다.
 드 종은 우쭐해서 떠들어대고 있었다. "이것이 떨어진 자동차를 즉시 찾아야 해, 모두들 알았지? 그것만 찾으면……."
 엘러리는 천천히 몸을 일으켰다. 그리고 조 윌슨의 시체 너머로 친구를 바라보았다. 한순간 그는 마치 넋을 잃은 듯한 충동에 사로잡혔다. 그가 다시 시체를 내려다보았는데, 이번에는 그의 얼굴에서 불안과 곤혹의 빛이 사라지고 놀라움과 확신, 그리고 연민만이 남아 있었다.
 "실례합니다." 엘러리는 감정 없는 목소리로 말했다. "바깥 공기를 쐬야겠습니다. 이 방은 숨이 막힐 것 같군요……."
 드 종과 빌은 그를 바라보았다. 그는 빙그레 웃으며 도저히 참을 수 없는 듯 서둘러 집을 나갔다. 간접 조명을 받은 검은 대리석처럼 윤기 흐르는 시커먼 하늘에는 별들이 물방울 무늬같이 반짝이고 있었다. 땀 밴 얼굴에 와 닿는 밤공기가 시원한 게 기운을 북돋웠다. 형사들은 길을 비켜 주었다. 엘러리는 질척질척한 옆길 위에 가로질러 놓은 널빤지 위를 재빨리 성큼성큼 걸어갔다.

 엘러리는 난처하게 되었군, 정말 난처하게 되었어, 하고 속으로 생각했다. 하지만 결국 밝혀진다. 만일 나 한 사람이 자유롭게 결정할 수 있는 일이라면……. 램버튼 가도로 나가자 거기 멈춰선 숱한 자동차 주위에서 담배를 피우고 있던 한 무리의 검은 그림자가 한꺼번에 몰려와 그를 에워싸며 질문을 퍼부었다.

 "여러분, 미안하지만 지금은 아무 말도 할 수 없습니다."

 그는 가까스로 그 사람들을 뿌리쳤다. 한 대의 자동차 옆을 지났을 때 그 안에 어떤 남자의 무릎에 올라앉아 있는 엘러 애머티의 늘씬한 모습이 보였다. 그녀는 그에게 조용히 웃음을 보냈다. 선착장 맞은편의 감시 오두막에 이르자 엘러리는 안으로 들어가 그곳에 있는 노인에게 뭐라고 말하며 손에 지폐를 쥐어 주었다. 그리고 수화기를 집어 들었다. 노인은 이상한 듯이 그를 지켜보고 있었다. 그는 전화 안내를 불러 뉴욕 시의 누군가의 이름을 일러주었다. 기다리는 동안 그는 초조한 듯이 손목시계를 보았다. 11시 10분이었다.

 12시 15분 전, 엘러리가 선착장 옆에 세워둔 자신의 듀센버그를 타고 그 집으로 되돌아왔다. 그 집 안에서 무슨 일이 일어난 듯 몰려든 신문기자들을 경찰관과 형사들이 가로막고 있었다. 그가 경계선을 뚫고 안으로 들어가려 했을 때 애머티 기자가 그의 팔에 매달렸으나 그는 그녀를 뿌리치고 서둘러 걸었다.

 집 안 상황은 나중에 온 두세 사람을 빼고는 달라진 점이 없었다. 형사들은 나가고 없었다. 드 종은 아직 있었다. 냉정하고 비웃는 듯한 우쭐한 얼굴로 가무잡잡한 얼굴의 키 작은 낯선 사나이에게 나직이 이야기하고 있었다. 빌도 있었다……. 그리고 처녀 때 성이 에인절인 루시 윌슨도 있었다.

엘러리는 거의 11년이나 지났지만 그녀를 곧 알아보았다. 그는 문 앞에서 보고 있었으므로 그녀는 그를 알아차리지 못했다. 그녀는 탁자 옆에 서서 빌의 어깨에 가느다란 한 손을 얹고 어리둥절한 공포에 찬 표정으로 바닥을 내려다보고 있었다. 그녀의 검소한 검정과 흰색 드레스는 마구 구겨져 있어 그녀의 얼굴과 마찬가지로 부자연스럽게 긴장되어 보였다. 얇은 코트는 불룩한 팔걸이의자에 아무렇게나 내던 져져 있었다. 그리고 그녀의 구두에는 진흙이 조금 묻어 있었다…….

그녀는 옛날과 다름없이 아름답고 생기 있어 보였다. 오빠 못지않게 키가 컸고, 단단해 보이는 턱과 검은 눈동자도 같았다. 용수철 처럼 강하고 유연한 몸매도 예전 그대로였다. 세월로 인해 그녀의 모습은 더욱 성숙해져 우아하고 정감 있는 여인이 되어 있었다.

엘러리 퀸은 여자에 관해서는 결코 감상에 빠지는 일이 없는 성격이었으나 이때만은──옛날에도 그녀 앞에 서면 언제나 그러했듯──특히 그녀의 동물적인 매력에 강하게 끌렸다. 그녀는 언제나 스스로는 의식하지 못하는 매혹으로 사나이를 항상 매료시켰다. 그녀를 잡으려 하는 남자로부터 살짝 몸을 피하면 피할수록 더욱 매혹에 사로잡히게 하는 타입의 여자였던 것이다. 그녀에게는 요염하고 아기자기한 면은 없었다. 그녀는 함초롬하고 고결한 흰 살갗, 귀여운 입술과 눈, 그리고 품위 있는 몸놀림이 매력이 있었다……. 그러나 지금은 그 모든 것이 사라지고 공포로 변하여, 남편의 차가운 시체를 지켜보는 그녀의 눈에 집중되어 있었다. 그녀는 빌의 어깨에 기대어 있었는데, 그녀의 가슴은 마치 돌을 던진 연못 물처럼 흔들리고 있었다.

엘러리는 고통스러운 목소리로 나직이 불렀다.

"루시 에인절."

그녀가 천천히 머리를 들었다. 잠깐 그 검은 눈동자에는 마룻바닥에 펼쳐져 있는 두려운 현실의 그림자밖에는 아무것도 비치지 않는 듯했다. 그때 그녀의 눈이 반짝 빛났다.

"아, 엘러리 퀸, 반가워요."

그녀가 손을 내밀었고, 엘러리는 가서 잡았다.

"뭐라 할 말이 없소……."

"잘 와 주었어요, 엘러리. 어쩌면 이처럼 무서운, 예상치 못했던 일이……." 그녀가 몸을 떨었다. "내 남편 조가 죽었어요……. 이런 흉칙한 곳에서. 엘러리, 어떻게 이런 일이 일어날 수 있지요?"

"하지만, 이것은 실제 일어난 일이오. 당신은 현실을 똑바로 봐야 해요."

"빌에게서 당신이 이곳에 온 경위를 들었어요. 엘러리…… 가지 말고 있어 줘요."

엘러리가 그녀의 손을 꼭 쥐었다. 그녀는 희미한 미소를 지어 보였다. 그리고 다시 머리를 돌려 바닥을 내려다보았다.

빌이 차갑게 말했다.

"비열한 드 종. 그는 내가 루시에게 전보친 일을 알고 있었어. 그런데도 그는 형사를 경찰차로 필라델피아에 보내 잠복시켰어. 그리고는 영화 보고 집에 돌아오는 루시를 붙잡아 이리로 끌고 왔어. 마치 루시가…… 마치 루시가……."

"진정해요, 빌."

루시의 목소리는 부드러웠다. 엘러리가 잡은 루시의 손은 따뜻했다. 그리고 그녀의 넷째 손가락에 낀 볼품없는 결혼 금반지가 엘러리의 손바닥에 딱딱하게 느껴졌다. 빌의 어깨에 얹은 루시의 한 손은 창백했고 나무십자가처럼 아무런 장식도 없었다.

비극 61

"나는 직무상 당연히 할 일을 했소, 에인절." 드 종이 악의 없는 목소리로 말했다. "퀸 씨, 당신은 윌슨 부인과 친한 듯한데 옛 친구입니까?"

엘러리는 얼굴을 붉히며 따뜻한 손을 놓았다.

"이 부인이 뭐라고 했는지 알고 싶습니까?" 드 종이 말하자 빌의 목구멍 깊은 곳에서 으르렁거리는 소리가 들렸다.

그러나 루시는 돌아보지도 않고 꿋꿋한 목소리로 말했다.

"나는 엘러리가 내 말을 듣기를 원해요. 아무것도 없어요, 엘러리. 설명할 것이 아무것도 없어요……. 이 분이 묻는 말에 모두 대답했어요. 당신이라면 내 말이 사실이라는 걸 이 분이 믿게 할 수 있을지도 모르겠군요."

"부인, 나를 오해하지 마십시오. 나는 직무상 할 일을 했을 뿐이니까요." 드 종은 기분이 상한 듯했다.

"좋아, 셀러스. 잘했어. 밖에 나가 있게."

그 키 작고 살빛이 검은 사나이와 드 종은 둘만 아는 비밀스러운 눈길을 교환했다. 형사는 무표정하게 고개를 끄덕인 다음 나갔다.

"이야기는 이렇습니다. 윌슨 부인의 말에 따르면, 남편은 오늘 아침에 패커드를 타고 언제나처럼 장사차 여행을 떠났다고 합니다. 그 뒤로 그녀는 남편에게서 연락을 받지도, 보지도 못했다는 겁니다. 남편은 여느 때와 조금도 다름없었으며, 다만 이따금 멍한 것처럼 보였으나 그것은 일 관계로 걱정되는 점이 있어서려니 여겼답니다. 내 말이 맞습니까, 윌슨 부인?"

"그래요." 루시는 죽은 남편의 얼굴에서 눈을 떼지 않았다.

"부인은 오늘 밤 7시쯤 비가 그친 바로 뒤 페어마운트 파크의 자택을 나와 전차를 타고 중심가에 있는 폭스 극장에 영화를 보러 갔답니다. 저녁 식사는 집에서 혼자 들었다고 합니다. 그리고 다시 전차로 자택에 돌아오니 내 부하가 기다리고 있어 이리로 끌려왔다는 겁니다."

"당신은 빠뜨린 게 있습니다." 싸늘한 목소리로 빌이 말했다. "누이동생은 남편이 여행중인 토요일 밤에는 늘 영화 보러 가는 것이 습관이라고 했잖습니까?"

"그렇군요. 깜박 잊었습니다. 알겠습니까, 퀸 씨? 그런데 이 범행에 대해서 말인데……." 드 종은 손가락을 꼽으며 하나하나 다짐하듯 말을 이었다.

"이 집에 대해 부인은 지금까지 전혀 듣지 못했고 본 적도 없다고 합니다. 윌슨이 한마디도 하지 않았답니다. 윌슨이 처한 곤경을 그녀는 전혀 알지 못했습니다. 그리고 그는 언제나 부인에게 다정했으며 부인이 아는 한 품행이 발랐다고……."

드 종이 빙긋 웃음을 지었다.

"제발……." 루시가 속삭이듯 말했다. "이런 일이 일어났으니 당신들이 어떻게 생각할지 잘 알지만, 하지만 윌슨은 정말로 내게 성실했어요. 나를 사랑했어요. 진실로 나를 사랑했어요!"

"부인은 전혀 남편 일에 대해서는 모릅니다. 왜냐하면 그는 그것을 숨기려 했고 부인도 캐물으려 하지 않았기 때문입니다. 부인은 31살, 그는 38살. 금년 3월이 결혼 10주년이 되며, 아이는 없습니다."

"아이가 없군." 엘러리의 눈에 이상하게도 기뻐하는 빛이 떠올랐다.

드 종은 얼굴빛도 변하지 않고 말을 이었다.

"부인은 그가 엔진 따위 기계류를 만지기 좋아하는 것은 알고 있었으나 범선을 조종할 줄 안다는 것은 전혀 몰랐습니다. 또 그가 부자와 친분이 있다는 것도 모릅니다. 친구라면, 필라델피아의 몇몇 친구처럼 모두 자기들과 마찬가지로 돈 없는 사람들뿐이라고 합니다.

 부인의 말로는, 윌슨에게 부도덕한 면은 전혀 없었습니다. 술도, 담배도, 노름도 하지 않으며 마약은 물론 가까이 하지 않았다고 합니다. 그가 집에 있을 때는 피크닉을 가거나——그가 집에 있을 때는 말이오——일요일에는 윌로 그로브(가로수가 늘어선 교외 길)를 드라이브하거나 그렇지 않으면 집에 들어앉아 즐겁게 지냈답니다."

드 종은 조롱하는 듯 그녀를 곁눈질해 보며 덧붙였다.

"그때는 사랑했나요, 윌슨 부인?"

"이 개자식……." 빌이 뇌까리며 덤빌 자세를 취했다.

엘러리가 그의 팔을 꽉 잡았다. "이봐요, 드 종, 무슨 뜻으로 그런 말을 하는 거요? 나는 당신이 빈정거리는 이유를 모르겠소."

루시는 꼼짝하지 않았다. 눈물이 그렁그렁한 그녀의 눈은 아득히 먼 곳을 바라보는 듯했다. 드 종은 낮은 소리로 웃고는 문 앞으로 가더니 큰 소리로 외쳤다.

"신문 기자를 들여보내!"

시간이 지나갔다. 그리고 그들은 소음의 홍수 속에 부대끼고 있었다. 모든 것이 악몽이었다. 천장이 낮은 그 방은 눈 깜짝할 사이에 담배 연기로 자욱했고, 가끔 카메라 플래시가 터지는가 하면 사방 벽에 웃음소리와 떠드는 소리가 울려 퍼졌다. 그리고 몇 분마다 누군가가 시체의 얼굴에 드 종이 덮어놓은 신문지를 치우고 새로운 각도에서 사진을 찍었다…….

엘러 애머티는 빨강머리의 괴상하게 생긴 새처럼 이리저리 날아다니며 사람들의 이야기에 끼어들었다. 그러나 엘러 애머티는 우아한 왕좌에 할 수 없이 앉아 있는 여왕처럼 팔걸이의자에 차분하게 앉은 검은 눈동자의 여자에게 되돌아왔다. 그녀는 루시가 자기의 소유물이기라도 하듯 이따금 춤추듯 돌아와 그녀에게 뭐라고 소곤거리고, 손을 잡고, 정답게 머리를 어루만졌다. 분노에 찬 빌은 그 뒤에서 묵묵히 바라보고 있었다.

결국 사람들이 모두 나갔다. 마지막 자동차 엔진 소리가 멀어져 갔을 때 드 종이 입을 열었다.

"자, 여러분, 오늘 밤은 이로써 끝입니다. 윌슨 부인, 당신은 언제든지 출두할 수 있도록 해주십시오. 주인의 유해는 시체공시소로 옮겨야겠습니다."

"드 종 씨, 잠깐만 기다려요." 엘러러가 방 한구석에서 말했다.

"기다리라고? 무엇을요?"

"중요한 일입니다." 엘러리는 심각하게 말했다. "기다려 주십시오."

엘러 애머티가 문 앞에서 말했다. "언제나 예감을 따라야 한단 말이야. 무엇을 감추고 있나요, 퀸 씨? 누구도 이 엘러를 속일 수는 없어요."

그녀의 빨강머리는 흐트러져 있었고 하얀 이가 반짝이고 있었다. 그녀는 벽에 기대서서 독사처럼 지켜보고 있었다. 그들은 오래도록 그대로 아무 말도 하지 않았다. 그들은 너무나 조용히 있었기 때문에 몇 시간 동안 사라졌던 아련한 강물 소리가 방 안까지 들려왔다.

드 종은 밖으로 나가며 묘하게 짜증스러운 목소리로 말했다.

"좋소."

루시가 한숨을 쉬었다. 빌은 입을 굳게 다물었다. 시간이 꽤 지나고 나서 드 종이 들것을 든 제복 경관 둘을 데리고 돌아왔다. 경관은 시체 옆에 들것을 털썩 내려놓았다.

"안 됩니다," 엘러리가 말했다. "아직 안 됩니다. 시체는 그대로 두어야 합니다."

"밖에서 기다려." 드 종은 사납게 말하고 시가를 씹으며 적의를 품은 눈으로 엘러리를 보았다. 그는 한동안 방을 서성거리더니 이윽고 자리에 앉았다. 아무도 움직이지 않았다. 사람들은 말할 기운도, 항의할 기력도 잃고 그저 멍하니 꼼짝 않고 앉아 있었다.

새벽 2시쯤, 미리 약속이라도 되어 있었던 듯이 램버튼 가도를 달려오는 엔진 소리가 들려왔다. 엘러리는 두 팔을 약간 구부렸다.

"밖으로 나갑시다, 드 종 씨." 엘러리는 차갑게 말하고 문 쪽으로 갔다. 드 종은 입술을 꽉 다물고 뒤따랐다. 엘러 애머티는 빨갛게 칠한 손톱을 의기양양하게 세웠다……. 빌 에인절은 주저하다가 누이의 얼굴을 흘끗 보고 조용히 나갔다.

운전 기사가 모는 기다란 리무진에서 세 사람이 칠흑 같은 길 위로 내려섰다. 그들은 형사들의 안내를 받아 앞 자동차 길에 깔린 널빤지 위를 천천히 걸었다. 걸음걸이가 무거웠다.

세 사람의 기는 모두 비슷하게 깊고, 어딘지 위임이 있다. 중년 부인 한 사람과 젊은 여자, 그리고 또 한 사람은 중년 남자였다. 세 사람은 모두 야회복을 입고 있었다. 나이 많은 부인은 스팽글이 붙은 흰 가운 위에 검은 담비가죽 코트, 젊은 부인은 땅에 끌릴 만큼 길고, 타는 듯이 빨간 시폰 가운 위에 짧은 흰 담비 가죽 숄을 걸치고 있었다. 남자는 실크해트를 손에 들고 있었다. 여자는 둘 다 운 것 같았다. 남자의 근엄한 얼굴에는 성난 듯이 깊은 주름이 있었고 긴장된 표정이 떠올라 있었다.

엘러리는 자동차 길에 서서 침착한 목소리로 물었다.

"김볼 부인이십니까?"

나이 많은 부인이 눈길을 보냈다. 그 눈 밑에는 주름이 져 있었고, 겁에 질린 파란 눈은 최근에 크게 상심했었다는 것을 말해주는 듯했다. "당신이 아버지에게 전화한 분인가요? 이 아이는 딸 앤드레예요. 그리고 이분은 가까이 지내는 그로브너 핀치 씨예요. 저, 어디에 ……?"

"그래서 어떻다는 겁니까?" 드 종이 조용히 물었다.

빌은 환한 문 앞에서 조금 떨어진 어둠 속으로 갔다. 그는 눈을 가늘게 뜨고 젊은 여자의 아름답고 가느다란 왼쪽 손가락을 바라보았다. 그는 흰 담비 숄에 거의 닿도록 그녀 가까이 있었다. 드 종의 깊은 의혹이 깃들인 굵은 목소리도, 실크해트를 든 사나이의 세련된 목소리도, 나이 많은 부인의 좀 쉰 듯한, 떨리는 목소리도 가물가물하니 귀에 거의 들리지 않았다. 어둠 속에 선 채 그는 멈칫거렸다. 그리고 젊은 여자의 손에서 그녀의 얼굴로 눈을 옮겼다.

앤드레 김볼이라, 하고 그는 생각했다. 그게 그녀의 이름이었다. 그는 그녀의 얼굴이 앳되고 조금도 때묻지 않았다고 느꼈다. 그가 이제까지 알고 지낸 젊은 여자들의 얼굴과도, 또 신문 잡지의 사교란에서 볼 수 있는 젊은 여자의 얼굴과도 전혀 달랐다. 선량한 얼굴이었다. 섬세하고 우아했으며, 어쩐지 그의 마음을 움직이는 그런 얼굴이었다. 불현듯 그는 그녀에게 말을 걸고 싶어졌다. 그의 머리 한구석에서 날카롭게 그에게 경고하는 소리가 들려왔다. 그러나 그는 그것을 무시했다. 그는 어둠 속에서 손을 뻗어 드러난 그녀의 팔을 건드렸다.

그녀는 그쪽으로 조용히 머리를 돌렸다. 파란 눈이 놀라움으로 더욱 파래졌다. 손가락이 닿은 그녀의 살갗이 갑자기 싸늘하게 식었다. 만져서는 안 된다고 생각했을 때 그는 그녀가 본능적으로 몸을 빼려는 것을 느꼈다. 스스로도 알지 못할 어떤 감정에 끌려 그는 그녀의 팔을 잡은 손에 힘을 주어 아무 말 없이 저항하는 그녀를 그림자 속으로 끌어당겼다.

"당신은…… 당신은 누구…….” 그녀는 무슨 말을 하다가 말고 그의 얼굴을 보려고 했다. 희미하게밖에 보이지 않겠지만 그래도 마음 놓은 듯 그녀의 살갗은 온기를 되찾고 겁먹었던 눈이 피로한 기색으로 변했다. 그는 겸연쩍은 듯 손을 놓았다.

"김볼 양, 잠깐이면 됩니다. 내 말을 들어주십시오…….” 그가 나직이 속삭였다.

"당신은 누구시지요?” 그녀가 조용히 물었다.

"빌 에인절입니다. 이름은 아무래도 좋습니다. 내가 누구든 신경 쓰지 마십시오.” 그러나 그는 자기가 진심으로 그렇게 말하고 있다고는 생각지 않았다. “김볼 양, 나는 당신이 한 일을 밝히려 했지만…… 지금은 나 자신의 마음을 알 수가 없게 됐습니다.”

"밝히다니…… 무슨 말인가요?” 그녀는 떨리는 목소리로 물었다.

그는 어둠 속에서 그녀의 머리칼과 살갗의 향기를 느낄 만큼 바싹 다가섰다. 그리고 별안간 그녀의 왼손을 잡았다.

"반지를 보십시오.”

흠칫 놀라는 그녀의 태도와 손을 눈 가까이로 들어올리는 부자연스러운 움직임으로 그는 자신의 판단이 옳다는 것을 알았다. 그러나 이상하게도 그것을 확인한 것이 후회스럽게 느껴졌다. 그녀는, 그가 한때 마음에 그려 온 여자와는 너무도 동떨어진 존재였던 것이다.

"내 반지…….” 그녀는 고통스럽게 말했다. “내 반지가…… 보석이 없어졌어요.”

반지는 왼손 넷째 손가락에 끼워져 있었다. 섬세하게 세공된 가느다란 백금반지의 받침대 두 개가 위로 꼬부라져 있었고, 보석이 물렸던 자리는 구멍이 뻥 뚫려 있을 뿐이었다.

"보석은 내가 발견했습니다……. 저기서.” 그는 속삭이며 턱을 들어 집 쪽을 가리켰다. 그리고 재빨리 주위를 둘러보았다. 그의 움직임에 놀란 그녀는 다시 겁먹은 눈초리로 더 가까이 다가섰다.
"어서, 사실대로 말씀하십시오." 그가 속삭였다. "당신이 캐딜락에 탔었지요?"
"캐딜락이라고요?" 그녀의 목소리는 거의 들리지 않았다. 숨 막힐 듯한 한순간, 그녀의 체취가 그의 코를 간질였다.
"사실대로 말해 주십시오." 그가 속삭였다. "경찰에 말할 수도 있었습니다. 당신은 오늘 밤 캐딜락 스포츠카를 타고 여기 왔습니다. 다른 드레스를 입고 있었습니다. 검은 옷이었지요. 이 집에서 나왔습니다. 여기서 무엇을 하고 있었습니까? 김볼 양, 말해 보십시오!"
그녀가 너무 오래도록 잠자코 있으므로 그는 자기 말이 들리지 않았는가 생각했다. 그때 그녀가 말했다.
"오, 빌 에인절 씨, 나는 너무나 놀라 뭐라고 해야 할지 모르겠어요. 설마…… 내가 당신을 믿을 수만 있으면 좋으련만……."
빌은 씁쓸한 마음으로 생각했다. 여자에게 마음약하게 대했더니, 이런 일이 생겼어. 이 여자는 약삭빠르게 굴고 있는 것일까, 절망에 빠졌기 때문일까?
빌이 나직하게 말했다. "아직 깊이 생각할 틈이 없었습니다. 여자는 대체로 믿지 않습니다. 그러나……."
그녀의 늘씬한 몸이 그에게 기대졌고 그녀의 목소리가 기묘한 억양으로 그의 마음에 호소했다.
"이런 부탁을 할 자격이 제겐 없어요, 빌 에인절 씨…… 당신이 누구든 간에. 하지만 잠자코 있을 수 없을까요? 나를 보호해 주실 순 없으세요? 저들은 너무나 쉽게 오해하는 사람들이에요!" 그녀는 차가운 물 속에서 금방 나온 듯이 덜덜 떨고 있었다.
"글쎄요……. 그럼, 아무 말 하지 않겠습니다."
기쁨에 젖은 작은 외침이 음악으로 여겨지는 그 순간, 그는 자신의

비극 69

목에 그녀의 두 팔이 감기고, 그녀의 입술이 더듬거리다가 이윽고 뜨겁게 자기 입술을 덮치는 것을 느꼈다. 그리고 그녀는 훌쩍 어둠 속에서 빠져나갔다.

빌은 이상하게도 고독감을 느끼고 몸을 떨었다. 잠시 후 그는 오두막 안의 추한 현실로 발을 들여놓았다.

어둠 속 한 옆에서 엘러리의 나지막한 목소리가 들렸다.

"드 종 씨, 뭣하면 이 일을 뒤로 미뤄도 좋습니다."

그녀의 어머니, 키 큰 사나이, 드 종, 모두가 그녀를 잊어버리고 있었다. 아무도 말을 하지 않았다. 이윽고 드 종이 그들을 집 안으로 안내했다.

루시 윌슨은 아까와 같은 자리에 앉아 있었다. 파리한 얼굴로 눈썹 하나 움직이지 않았다. 마치 아주 짧은 시간 밖에 흐르지 않은 듯했다.

빌은 방 한구석에서 바닥을 내려다보고 있었다. 어쩐지 흰 담비 솔을 걸친 여자를 볼 수가 없었다. 그의 신체 조직의 세포 하나하나가 밝은 불빛 속에서 그녀의 맵시를 보자고 갈망하고 있었다. 그녀는 예쁠 거야. 아니, 굉장한 미인일 거야. 도대체 내가 무슨 짓을 했지?

"어디 있지요……?"

검은 담비가죽 코트의 부인이 문 앞에서 머뭇거리며 물었다. 그녀의 나이보다 훨씬 늙어 보이는 눈이 모두의 얼굴을 차례차례로 불안한 듯 둘러보았다. 그 눈이 공포로 차츰 더 커지면서 탁자 저쪽의 뻣뻣한 다리에 딱 멈추었다.

"제발, 어머니 진정해요……." 앤드레 김볼이 속삭였다.

그때 빌은 그녀를 보았다. 전깃불 아래에서 우아함과 젊음, 그리고 아름다움을 보았다. 꽉 다문 그의 입술을 뜨겁게 달구었던 기억으로 몰고 가는 다른 무엇이 있었다. 하지만 소용없는 일이었다. 게다가 때가 좋지 않았다. 이 아가씨는 그가 이제까지 더없이 경멸하고 있던 모든 것의 대명사였다. 바야흐로 사교계로 진출하려 하는 나이 어린 상류계급의 아가씨, 사교계, 부유함, 가문을 내세우는 거만함, 나태함. 이것이야말로 그와 누이동생 루시가 믿고 또 지켜 온 사고 방식과는 아주 대조적인 것이었다.

그가 해야 할 일은 뚜렷했다. 법률에 관한 의무 이상의 또 다른 것이 있었다. 그는 죽은 듯 조용히 의자에 앉아 있는 누이동생을 흘끗 보았다. 그녀도 아름다웠다. 하지만 그것은 다른 아름다움이었다. 더욱이 그의 누이동생이 아닌가. 이런 때에 이런 일을 어떻게 생각할 수 있지……. 지금 그의 안에는 두 가지가 불타고 있었다. 그것은 그의 입술과 카펫에서 주운 다이아몬드를 쥐고 있는 주머니 속의 손가락이었다.

엘러리의 냉정한 목소리가 멀리서 들려왔다. "김볼 부인, 이 시체가 누구인지 확인해 주시겠습니까?"

루시 윌슨의 얼굴에서 핏기가 싹 가셨다. 전보다 더 파리해진 누이동생의 얼굴을 보고 빌 에인절은 서둘러 정신을 차렸다.

"나는 무슨 소린지 모르겠습니다. 당신은 대체 무슨 짓을 하려는 거요, 퀸 씨?"

드 종 서장이 이상하다는 듯이 물었다.

그러나 검은 담비가죽 코트를 입은 부인은 엷은 갈색 카펫 위를 몽유병자처럼 흐느적흐느적 걸어갔다. 꼿꼿이 등을 세운 여위고 위엄 있는 그녀의 모습은 쇠붙이처럼 보였다. 딸은 자기 자리에서 움직이지 않았으나 실크해트를 든 사나이는 손을 뻗어 부인의 몸을 부축했다. 드 종은 코를 벌름거리고 있더니 갑자기 탁자 저쪽으로 걸어 가 조셉 윌슨의 얼굴에서 신문지를 치웠다.

"이 사람은……." 부인은 말을 중단했다. "그는……." 그리고 그녀는 보석을 잔뜩 낀 손을 내밀어 등 뒤의 탁자에 의지 했다.

"확실합니까? 틀림없겠지요?" 문 쪽에서 엘러리가 부드럽게 물었다.

"틀림없어요……. 절대로. 지금도 15년 전 자동차 사고를 당해 생긴 왼쪽 눈썹 위에 있던 흉터가 보여요."

루시 윌슨이 알아들을 수 없는 비명을 지르며 벌떡 일어났다. 그녀는 자제력을 잃었다. 검소한 드레스 속의 가슴이 부풀어올랐다. 그리고 잡아먹을 듯이 담비 코트의 여자 앞으로 달려갔다.

"뭐라고요! 무슨 말이에요! 무엇 때문에 여기 왔지요? 당신은 누구예요?"

키 큰 부인은 천천히 머리를 돌렸다. 두 사람의 눈과 눈이 마주쳤다. 젊고 검은 눈과 늙고 메마른 푸른 눈동자가.

김볼 부인은 경멸하는 듯한 움직임으로 검은 담비가죽 코트를 잡아당겨 몸을 감쌌다.

"당신은 누구지요?"

"내가 누구냐고? 내가?" 루시가 고함쳤다. "나는 루시 윌슨이에요. 이 남자는 필라델피아의 조 윌슨이고요. 그는 내 남편이에요!"

야회복의 부인은 한순간 이해할 수 없다는 표정을 지었으나 곧 문 앞의 엘러리를 바라보더니 차갑게 말했다.

"터무니없는 소리를…… 어떻게 된 건지 이해가 안 가요, 퀸 씨. 이게 무슨 장난이지요?"

"어머니. 어머니, 제발 진정하세요."

앤드레 김볼이 걱정스러운 목소리로 말했다.

"김볼 부인, 그 바닥에 누운 사람이 누구인지 윌슨 부인에게 똑똑히 말씀해 주십시오."

엘러리는 꼼짝도 않고 말했다.

노부인이 말했다.
"이 사람은 뉴욕 파크 애버뉴의 조셉 켄트 킴볼이에요. 내 남편이에요. 내 남편이란 말예요."
"하느님 맙소사!"
엘러 애머티가 날카로운 비명을 지르고 고양이처럼 문 밖으로 뛰어나갔다.

The Trail
흔적
"……이리저리 뱀이 지나간 흔적이 보인다."

"호, 이럴 수가? 거기 서지 못해!"

드 종은 입에 물었던 시가를 바닥에 냅다 던지고 날 듯이 애머티의 뒤를 쫓았다.

루시 윌슨은 목이 터지지나 않을까 걱정이라도 되는 것처럼 목을 소르듯 꽉 누르고 서 있었다. 그녀의 검은 눈은 고통에 차서 킴볼 부인과 바닥에 누워 있는 사나이를 번갈아 보고 있었다. 앤드레 킴볼은 입술을 깨물며 떨고 있었다.

"킴볼이라고!" 빌이 놀라 고함쳤다. "말도 안 돼! 킴볼 부인, 당신 지금 제정신입니까?"

상류사회 부인은 파란 힘줄이 보이는 희고 고운 손을 오만하게 움직였다. 전깃불 빛을 받아 손가락의 보석이 반짝반짝 빛났다.

"이건 미친 짓이에요. 이 사람들은 누구지요, 퀸 씨? 어째서 내가 이런 우스꽝스러운 일에 끼어들어야 하나요? 남편이…… 이런 모습으로 쓰러져 있는데."

루시는 폭풍 속의 돛처럼 코를 벌름거렸다. "당신 남편이라고요?

이 사람이? 이 사람은 조 윌슨이에요. 아마 당신 남편이 내 남편 조를 닮았나 보죠. 제발 돌아가 주세요."

"개인적인 일로 당신과 말하기 싫어요." 검은 담비가죽 코트를 입은 부인이 거만하게 말했다. "책임자는 어디 갔지요? 이런 데서 이런 수모를……."

"제시카, 당신은 앉아 있어요." 중년 남자가 끈기 있게 달랬다. "그리고 이 일은 퀸 씨와 내게 맡겨요. 이건 뭔가 큰 착오일 거요. 화를 내거나 싸운다고 해결될 일이 아니오." 그는 어린아이를 타이르듯 말했다. 그의 미간에 패였던 성난 듯한 주름은 사라지고 없었다. "자, 제시카 내 말대로 해요."

그녀는 입술을 꽉 깨물고 의자에 앉았다.

"필라델피아 페어마운트 파크의 루시 윌슨 부인이라고 하셨지요?" 실크해트의 사나이가 정중하게 물었다.

"그래요, 맞아요!" 루시가 외쳤다.

"그렇군요." 그는 차가운 눈으로 그녀를 보았다. 이 여자의 어디까지가 정말이고 어디까지가 거짓인지 신중하게 헤아려 봐야겠다는 눈길이었다.

"그렇군요." 그가 같은 말을 했고 다시 그의 미간에 주름이 나타났다.

"성함을 확실히 듣지 못했는데, 누구시지요?" 빌이 힘없이 말했다.

키 큰 사나이는 얼굴을 찌푸렸다. "그로브너 핀치입니다. 보든과 김볼, 두 집안과 옛날부터 친하게 지내고 있지요. 오늘 밤 여기로 오게 된 것은 김볼 부인의 아버님인 재스퍼 보든 씨는 환자라서 못 오고, 의뢰를 받아 그분 대신 내가 부인과 동반한 겁니다."

핀치는 실크해트를 조심스럽게 탁자 위에 놓고 억양 없는 목소리로 말을 이었다.

"지금 말한 바와 같이 나는 김볼 부인의 친구 자격으로 여기에 왔습니다. 그러나 전혀 다른 자격으로 여기 머물러 있어야 할 것 같군요."

"무슨 뜻이지요?" 빌이 침착하게 물었다.

"당신은 무슨 권한으로 그걸 묻습니까?"

빌의 눈이 번쩍 빛났다. "나는 필라델피아의 변호사 빌 에인절입니다. 윌슨 부인의 오빠입니다."

"윌슨 부인의 오빠라고요? 그렇군요." 핀치는 흘끗 엘러리를 보며 뭔가 묻고 싶은 듯이 고개를 끄덕였다. 문 앞에서 줄곧 꼼짝 않고 있던 엘러리는 입속으로 무슨 말을 중얼거렸다. 핀치는 탁자를 돌아가더니 상체를 기울여 시체를 내려다보았다. 그는 시체를 만지지 않았다. 한참 동안 위로 향한 싸늘한 얼굴을 지켜보던 그가 나직이 말했다. "앤드레, 기운을 내서 잠깐 이리로……."

앤드레는 침을 삼켰다. 금방이라도 토할 것 같은 모습이었다. 그녀는 매끄러운 턱을 긴장시킨 채 앞으로 나와서 그의 어깨 옆에 섰다. 그리고 억지로 아래를 보았다.

"맞아요." 그녀는 파리한 얼굴을 돌렸다. "맞아요. 조예요, 더키(그로브너의 애칭)."

핀치가 고개를 끄덕였다. 앤드레는 어머니가 앉은 의자 뒤로 가서 힘없이 섰다.

"윌슨 부인," 그 훌륭하게 보이는 신사가 말을 이었다. "당신은 무서운 오해를 하고 있다는 것을 아시겠지요?"

"내가 오해하고 있는 게 아녜요!"

"오해입니다. 당신의 오해이기를 바랄 뿐입니다."

루시는 말없이 손을 저어 항의했다.

"되풀이 밝히지만, 저 신사는 뉴욕의 조셉 김볼입니다." 키 큰 사나이는 진지한 목소리로 덧붙였다. "그는 지금 이 의자에 앉아 있는 부인과 결혼했고 법적으로 남편입니다. 저 부인의 처녀 때 이름은 제시카 보든으로 뒤에 리처드 페인 몬스텔 부인이 되었는데, 몬스텔이 죽은 다음 조셉 켄트 김볼 부인이 되었습니다. 그리고 이 젊은 아가씨는 제시카 김볼 부인과 첫남편과의 사이에 태어난 조셉 김볼의 의붓딸입니다."

"족보 설명은 필요없습니다." 엘러리가 말했다.

그러니 핀치의 정직해 보이는 밝은 잿빛 눈동자는 동요하지 않았다. "나와 조 김볼은 그가 프린스턴 대학 학생 때부터 20년이 넘게 사귀어 온 사이입니다. 그의 아버님도 알았습니다. 로저 김볼 노인은 김볼 가문의 보스턴 백 베이 파에 속하는 사람으로 세계대전 중 세상을 떴지요. 그의 어머님은 프로비던스 켄트 부인으로 6년 전 세상을 떠났습니다. 김볼 집안은 지난 몇 대에 걸쳐 우리나라의 명문으로 알려진 가문입니다. 그러니 그가 당신 남편이 아니라는 건 당신이 더 잘 아시리라 여기는데, 어떻습니까, 윌슨 부인?"

루시 윌슨은 마치 희망이 사라진 듯한 이상한 한숨을 쉬었다.

"우리는 이름 없는 사람이에요. 한낱 노동자에 불과했지요. 조도 그랬어요. 그런데 조가 어떻게 그런……."

"루시." 빌이 정답게 위로하듯 말하고 말투를 바꾸었다. "우스운 점은, 우리도 그가 필라델피아의 조 윌슨이라고 확신한다는 사실입니다. 그는 행상으로 중류층 부인들에게 싸구려 보석 장신구를 팔아 생활했습니다.

이 집 밖에는 그가 장사할 때 쓰던 자동차가 있고, 그가 가지고 다니던 상품도 있습니다. 그의 양복 주머니에 든 내용물이며 그의 필적 견본 등, 그가 행상인 윌슨이지 상류사회 신사 김볼이 아니라는 갖가지 증거가 있습니다. 말이 안 된다고요, 핀치 씨? 당신도 그 말은 믿지 않으시겠지요."

키 큰 신사는 눈을 돌려 빌을 마주보았다. 그의 깨끗한 턱에 어딘지 완고한 모습이 나타나 있었다.

"행상이라고?" 제시카 김볼이 업신여기는 듯한 목소리로 말했다.

앤드레는 이 집에 발을 들여놓았을 때부터 띠고 있던 공포 어린 눈길로 빌을 바라보고 있었다.

"그 해답은 뻔합니다." 엘러리가 문 앞에서 말했다. "빌, 자네도 벌써 짐작했을 테지."

그가 어깨를 으쓱했다. "이 사람은, 두 사람 다였어."

드 종이 의기양양하게 눈을 빛내며 뛰어들어왔다. 그가 멈춰 서서 두 손을 마주비비며 말했다.

"여러분, 화해했습니까? 그래야지요. 입씨름해 봐야 무슨 소용 있겠습니까. 참 안됐습니다. 안됐어요."

그러나 그는 계속해서 두 손을 마주비비고 있었다. 집 밖에서 자동차 떠나는 소리가 끊임없이 들려왔다.

"이제야 결론에 도달했습니다, 드 종 서장." 엘러리는 천천히 앞으로 나섰다. "이 사건은 쌍둥이 형제라든가, 다른 사람이 위장한 것이라든가 소설 같은 이야기가 아닙니다. 신중하게 계획된 이중 생활자의 이야기지요. 이런 예는 세상에 생각보다 많습니다. 의심할 여지가 없습니다. 양쪽이 분명하게 확인했습니다. 모두 완전히 들어맞습니다."

"그렇습니까?" 드 종이 유쾌한 듯이 말했다.

"이 사람은 지난 몇 년 동안 조셉 윌슨이라는 이름으로 1주일에 2, 3일을 필라델피아에서 루시 윌슨과 함께 살았습니다. 빌, 자네도 내게 말했잖나. 이 사나이의 기괴한 행동에 대해 이상히 여기고 있다고. 또, 킴볼 부인도 주인이 매주 며칠 동안은 뉴욕의 저택을 꼭 비웠다는 사실을 인정하시리라고 믿습니다."

이미 젊음을 잃은 눈은 분노로 말미암아 핏발이 서 있었고, 앙상한 얼굴에서 불을 내뿜었다.

"몇 년 전부터 조는 으레…… 아, 어떻게 그런 몹쓸 짓을 할 수 있었지? 남편은 언제나 이따금 혼자 있지 않으면 미칠 것 같다고 말했지요. 짐승예요, 짐승!" 그녀는 감정이 폭발해 목이 막힌 듯했다.

"어머니," 앤드레가 보드라운 손을 어머니의 떨고 있는 어깨에 살며시 얹었다. "조는 뉴욕 근처에 은거지가 있다고 했어요. 누구나 이따금 혼자 있고 싶어하는 법이라며, 엄마나 누구에게도 알리지 않겠다고 했어요. 사교성이 없는 분이어서 우리도 그리 이상하게 여기지는 않았지요……."

"이제 알겠어." 킴볼 부인이 외쳤다. "그게 다 이 여자에게 가기 위해 집을 빠져나가려는 구실이었어!"

루시는 얻어맞은 듯이 몸을 떨었다. 그로브너 펀치는 킴볼 부인의 태도가 못마땅하다는 듯이 머리를 가로저으며 킴볼 부인에게 조심하라는 눈길을 보냈다. 그러나 그녀는 몸부림치며 고함쳤다.

"꿈도 못 꿨어. 내가 바보지!" 그녀의 목소리는 사나웠다. "천박해요, 천박해. 그런 천박한 짓을…… 하다니!"

"천박하다고 말하는데, 그것은 견해 문제입니다, 킴볼 부인." 빌이 차갑게 말했다. "내 누이동생도 관계되었다는 점을 잊지 마십시오. 누이동생은 누구보다 훌륭한……."

"빌," 엘러리가 가로막았다. "이처럼 서로 싸운다고 될 일이 아닐세. 그보다 먼저 상황을 확실하게 파악하는 게 좋겠어. 이 장소는 이중 생활자 설을 유력하게 뒷받침해 주고 있어. 이 집에서 우리는 두 인격이 섞여 있는 것을 발견할 수 있다고. 윌슨의 옷과 킴볼의 옷,

윌슨의 자동차와 김볼의 자동차가 있어. 여기는 말하자면 중립 지대야.

그는 필리델피아에 가는 도중 정기적으로 여기서 윌슨의 옷으로 갈아입고 윌슨의 패커드로 바꿔 탔어. 그리고 뉴욕으로 돌아갈 때 다시 이곳에 들러 김볼의 옷차림으로 바꾸고 김볼의 링컨을 타고 돌아갔던 거야.

그는 물론 싸구려 보석을 팔러 다니지는 않았어. 루시에게 그렇게 말했을 뿐……. 그런데 김볼 부인, 당신은 어떻게 이 사나이가 윌슨 부인과 천한 치정 관계에 빠져 있었다고 말씀하시는 겁니까?"

그녀는 입술을 일그러뜨렸다. "조 김볼 같은 사람이 이런 여자와 관계를 가졌다면 이유는 뻔하지 않아요? 이 여자는 약간은 천한 매력을 풍기니까……."

루시는 가슴께까지 새빨개졌다.

"하지만 조는 교양 있고 취미가 고상한 사람이었어요. 어쩌다 잘못 빠진 게 틀림없어요. 남편이라니! 말도 안 돼! 무슨 계략이 있어."

그녀가 증오가 끓는 가시 돋친 눈으로 잡아먹을 듯이 노려보자 루시는 입고 있는 옷이 녹아 없어져 벌거벗은 몸이 드러난 듯했다. 루시는 매서운 눈길에 몸을 움찔했으나 눈은 빛을 내뿜고 있었다. 빌은 나직한 목소리로 누이동생을 달랬다.

"김볼 부인……." 엘러리가 냉정하게 말을 시작하려 했다.

"듣기 싫어요! 제발 이 사람들을 어떻게 해 줘요, 더키. 이 여자에게는 입 막는 돈이나, 뭐라나 하는 돈을 줘요. 수표 한 장이면 조용하겠지요. 돈이 가장 효과적예요."

"제시카, 제발." 핀치가 화난 듯이 말했다.

"그렇게 간단한 문제가 아닙니다, 김볼 부인." 엘러리가 사납게 말했다. "루시…… 루시!"

루시의 검은 눈동자가 멍하니 그를 보았다. "네?"

"당신은 조셉 윌슨이라고 알고 있는 이 사람과 결혼식을 올렸습니까?"

"결혼했어요. 나는 결코 그런 여자가…… 정말로 결혼했어요!"

"결혼했다고, 흥." 귀부인은 코웃음을 쳤다. "잘도 지어내는군."

"어디서 결혼했지요?" 엘러리가 조용히 물었다.

"필라델피아 시청에서 결혼 허가증을 받았어요. 시내 중심가에 있는 교회에서 그 교회 목사가 주례를 섰어요."

"결혼 증명서는 있겠지요?"

"네, 물론 가지고 있어요."

김볼 부인은 초조한 듯이 몸을 바로 세웠다. "언제까지 이런 무례함을 참아야 하지요? 이것은 무슨 계략인 게 분명해. 어떻게 해봐요, 더키. 결혼 증명서라니, 원……."

"어머니, 윌슨 부인은 어머니가 말하는 그런 분이 아니에요." 앤드레가 속삭였다. "제발 진정하세요, 어머니. 이 일은 어머니가 생각하는 것보다 훨씬 심각한 것 같아 보……. 어머니, 제발 정신차리세요."

빌 에인절은 목이 막히는 듯한 목소리로 물었다. "부인, 당신은 언제 조셉 켄트 김볼 씨와 결혼했습니까?"

노부인은 대답조차 하기 싫다는 태도로 머리를 홱 젖혔다. 그러나 펀치가 걱정스러운 목소리로 말했다.

"두 분은 1927년 6월 10일 뉴욕의 세인트 앤드류 성당에서 결혼했습니다."

루시가 소리를 질렀다. 그 기쁨에 찬 목소리에 노부인은 흠칫 놀랐다. 두 여자는 굳어 버린 시체의 다리를 울타리처럼 사이에 끼고 5피트 남짓한 거리를 두고 서로 똑바로 노려보았다.

루시가 숨가쁘게 중얼거렸다.

"일요일, 5번가, 커다란 성당, 실크해트, 리무진, 귀금속, 꽃을 장식한 소녀들, 사교란 담당 기자들, 대주교가 주례를 서고…… 하느님 맙소사!" 그녀가 웃음을 터뜨렸다. "조가 본명을 감추고 윌슨이라는 이름으로 필라델피아에서 나에게 구혼한 것은 정말로 천한 짓이었을지 몰라요. 나를 사랑하여 나와 결혼한 것도 천한 행동이었겠지요."

그녀가 벌떡 일어났다. 모두가 놀란 나머지 숨죽인 고요 속에 그녀의 목소리가 울려 퍼졌다. "지난 8년 동안 천한 짓을 한 건 그와 당신이에요. 내가 천하다고요? 8년 동안 당신은 그와 함께 살았지만 …… 당신은 아내로서의 권리가 없는 거리의 여자와 다름없어요."

"무슨 말을 하는 거예요, 윌슨 부인?"

앤드레가 속삭였다.

빌이 느릿느릿 말했다.

"그는 1925년 2월 24일 소섭 윌슨이라는 이름으로 내 누이동생과 결혼했습니다. 그것은 그가 당신 어머님과 결혼하기 2년 전입니다. 김볼 양."

잠깐 침묵이 흐른 뒤에 들린 소리는 제시카 김볼이 내뱉은 짧은 외침뿐이었다. 이윽고 그녀가 입을 열었다.

"1925년이라고? 그럼, 그가 이중 결혼을 했단 말이야? 그리고 이 나는…… 거짓말이야. 당신들은 모두 거짓말하고 있는 거야!"

"확실해요, 빌 에인절? 오, 틀림없어요?" 앤드레가 속삭였다.

빌은 손으로 입을 쓸었다. "정말입니다, 김볼 양. 우리에겐 확실한 증거가 있습니다. 만일 당신들이 1925년 2월 24일 이전의 결혼 증명서를 내놓지 못할 경우 당신 어머님은 몹시 난처한 입장에 놓이게 됩니다. 정의는 우리 편입니다. 그리고 우리는 자신을 지켜야 합니다."

"이런 수치스러운 일은 없어!" 김볼 부인이 부르짖었다. "이건 뭔가 잘못된 거야. 잘못된 게 틀림없어!"

"여러분, 성급하게 행동하지 맙시다." 그로브너 핀치가 입을 열었다. "에인절 씨, 김볼 부인은 당연히 신경이 곤두서 있습니다. 당신 누이동생에 대해 그런 말을 한 것도 나중에 후회할 겁니다. 이 일을 우리끼리 잘 마무리 지을 수 없겠습니까? 조용히 해요, 제시카! 퀸 씨, 그렇게 가만히 있지만 말고……."

"이미 늦었습니다." 엘러리가 차갑게 말했다. "당신은 빨강머리 젊은 여자가 뛰어나가는 것을 봤지요? 그 여자는 신문 기자입니다. 이 이야기는 벌써 전신을 통해 곳곳으로 퍼졌을 겁니다, 핀치 씨."

"하지만 그녀는 이중 결혼 이야기는 모르잖습니까. 그러니……."

빌은 얼굴을 찌푸리고 서성거리기 시작했다. "그 사냥개 같은 신문 기자들이 결혼 날짜를 찾아내는 것을 막을 도리가 없습니다. 우리는 이 일에 같이 대처해야 합니다. 우리 모두가 난처한 입장에 빠졌습니다." 루시는 죽은 듯이 조용히 앉아 있었다.

"좋습니다." 핀치가 커다란 턱 근육을 움직이며 천천히 말했다. "결국 싸워야 한다면 우리 쪽에도 방법이 있습니다……."

"이제 그쯤 해 두시지요." 방 한구석에서 드 종의 빈정대는 목소리가 들렸다. 그는 차가운 웃음을 짓고 있었다. 모두들 그의 존재를 잊고 있었던 것이다. "여러분이 꼴사납게 싸우기만 하니 나도 강경하게 나가야겠습니다. 머피, 모두 기록했겠지?"

문 앞에 있던 형사가 연필을 씹으며 고개를 끄덕였다. 드 종이 성큼성큼 앞으로 나섰다.

"그럼, 조직적으로 일을 시작합시다. 먼저 퀸 씨, 어떻게 된 것인지 당신이 좀 설명해 주십시오."

엘러리는 어깨를 으쓱하고 입에서 파이프를 떼었다.

"오늘 밤 이 사나이의 얼굴을 처음 봤을 때부터 내내 마음에 걸렸습니다. 왠지 도무지 생각나지 않다가 문득 머리에 떠오르는 것이 있었지요. 그것은 그가 누군가와 닮았다는 점이었습니다.

몇 달 전이었습니다. 한 만찬회에 초대받은 적이 있었는데, 그때 소개받아 서로 이야기했던 사람이 오늘 밤에 본 루시의 남편이라는 조 윌슨과 쌍둥이라고 여길 만큼 꼭 닮았던 겁니다. 그러나 그때 소개받은 사람은 뉴욕의 조셉 켄트 김볼이었습니다. 오늘 밤 조 윌슨이 필라델피아의 자택을 습관적으로 비운다는 말을 듣고, 어쩌면 조 윌슨과 김볼은 동일 인물이 아닐까 생각했던 겁니다. 그래서 길 저쪽으로 가서 뉴욕의 김볼 집안에 전화를 걸었습니다."

"그것은 우리도 쉽게 알아냈을 텐데요." 드 종은 불평하듯이 중얼거렸다. "그래서요?"

엘러리는 놀란 눈으로 그를 바라보고 나서 말을 이었다.

"김볼의 장인인 재스퍼 보든 혼자 집에 계시더군요. 몇 마디 물어보고 김볼이 지난 주 중간 무렵부터 집에 없다는 말을 듣고는 내 생각이 옳다는 것을 알았습니다. 그래서 사건 내용을 알렸지요. 보든 씨는 지금 가족이 모두 외출하고 없다. 하지만 곧 연락을 해서 되도록 빨리 현장으로 보내겠다고 말하더군요."

"보든이라고요?" 드 종이 중얼거렸다. "철도업계의 우두머리 말입니까? 어째서 부친께서는 같이 오지 않았습니까, 부인?"

앤드레가 한숨을 쉬었다. "할아버지는 지난 4, 5년 동안 집 밖으로 나오신 일이 없어요. 1930년에 뇌일혈로 쓰러져 좌반신 불수가 되셨어요."

"당신들은 오늘 밤 어디 있었습니까? 노인이 어디로 연락했습니까?"

"어머니와 나는 워돌프 아스토리아 호텔의 자선무도회에 참석했어요. 여러 친구들과 함께였지요. 여기 계신 핀치 씨, 내 약혼자인 뉴포트의 버크 존스 씨, 그리고……."

"모두 함께요? 꽤 성대한 무도회였던가 보군요." 드 종이 말했다.

빌 에인절은 까닭도 없이 얼굴을 붉혔다. 그런 줄은 알았어야 하는 건데. 그는 그녀의 얼굴을 흘끗 본 다음 그녀의 왼손으로 눈길을 옮겼다. 반지는 끼고 있지 않았다.

핀치가 차갑게 입을 열었다.

"만일 우리 가운데 누군가 무도회에서 살그머니 빠져 나와 자동차로 여기까지 달려와서 조 킴볼을 찔렀을지도 모른다는 뜻으로 한 말이라면, 그것은 가설로서는 가능합니다. 하지만 그런 엉터리 같은 소리를 한다면 나도 할 말이 있습니다."

"알리바이만 확실하다면 해될 것이 없습니다." 드 종이 천천히 말했다. "보이프렌드는 지금 어디 있습니까, 킴볼 양? 그 존스라는 사나이 말입니다."

"우리는 조가 죽었으리라고는 생각하지 않았어요……." 앤드레는 빌의 눈을 피하고 있었다. "버크에게는 말하지 않았어요. 할아버지께서 전화로 어머니에게 알렸을 때 우리는 그 말을 믿지 않았어요. 하지만 가지 않으면 안 된다고 하므로 일단 가 봐야겠다고 생각했던 거예요. 나는 버크를 이런 일에 말려들게 하고 싶지 않아서……."

"알겠습니다, 알겠어." 드 종이 말했다. "약혼이 깨질 수도 있겠지요. 아가씨가 보이프렌드에게 버림받으면 신문 기삿거리가 되고요. 웃기는 짓들을 하는군! 그런데 핀치 씨, 당신은 뭔가 할 말이 있는 모양인데, 어서 말씀해 보시지요."

"보통 때라면 이런 문제는 끄집어내지도 않았을 거요." 핀치가 뻣뻣하게 말했다. "하지만 우리는 우리들의 입장도 지켜야만 합니다.

이따금 중류 계급 사람들이 부유층에 대해 품고 있는 반감에 불쾌할 때가 있소, 드 종, 할 말이 있는 건 사실이오, 좋지 않은 소리가 되게 틀림없소."

"말하는 요점이 무엇입니까?" 엘러리가 몸을 움직였다.

"내가 누구인지 당신들은 모르실 겁니다. 보통 때 같으면 내가 누구든 관계가 없으니 말할 필요도 없겠지만 이제부터 이야기하려는 일과 관련이 있으니 밝히겠습니다. 나는 내셔널 생명보험 회사 부사장입니다."

"그래요?" 드 종은 내셔널 사가 세계에서 손꼽히는 대보험회사인데도 전혀 놀라는 기색이 없었다.

"그러다 보니 나는 많은 친구를 보험에 가입시켰습니다. 아시다시피 이것은 물론 내가 브로커로서 한 것이 아니라 오래 전부터 사람들에게 보험 가입을 권유하는 뜻에서 한 것입니다." 그가 희미하게 웃었다. "친구들은 나를 세계 제1의 고급 브로커라고 하지요, 하하하……."

"그래서요?" 드 종도 찌푸린 얼굴로 하하 웃는 시늉을 했다.

"내가 직접 취급한 몇 안 되는 보험계약 가운데 김볼이 들어 있었습니다. 그 일로 우리는 곧잘 농담을 했는데, 실로 엄청난 보험계약이었습니다. 그는 1930년에 100만 달러의 생명보험에 가입했습니다."

"얼마라고요?" 서장이 입을 쩍 벌렸다.

"100만 달러입니다. 이것은 내가 취급한 보험계약 가운데 가장 큰 액수는 아닙니다. 그러나 젊은 사람이 그렇듯 큰 보험에 가입한 예는 없습니다. 1930년 김볼은 겨우 33살이었습니다. 1년에 보험료가 2만 7,000달러쯤 됩니다. 어쨌든 그를 보험에 가입시켰습니다. 그는 건강했으므로 그 해부터 시작되는 보험 증서를 발행했습니다."

"내셔널이 전액 가입시켰습니까? 법적으로 한 보험회사가 그런 거액의 위험 부담을 갖지 못하도록 되어 있다고 알고 있는데요."

엘러리가 나직이 말했다.

"맞습니다. 한 회사가 취급할 수 있는 법률상의 한도는 30만 달러입니다. 그 금액을 넘는 계약일 경우 초과액은 다른 보험회사가 인수하게 되어 있습니다. 그런 일은 흔히 있지요. 이 경우도 내셔널이 30만 달러를 인수하고 나머지는 일곱 보험회사가 10만 달러씩 인수했습니다.

계약은 일괄 계약으로, 김볼은 내셔널을 통해 보험료를 넣었지요. 이 보험 증서는 아주 건실한 것으로, 보험 대부도 없으며 보험료도 기일 안에 꼬박꼬박 불입되고 있었습니다."

"100만 달러." 빌은 얼떨떨하게 말했다. 드 종은 놀란 눈으로 아무 말 없는 시체를 내려다보았다.

"그래서요?" 엘러리가 끈기 있게 물었다.

키 큰 신사는 그의 눈을 똑바로 보았다. "나는 내셔널의 중역입니다. 모든 보험회사는 피보험자가 사망했을 경우 조사를 합니다. 이번 사건은 명백한 살인입니다. 더욱이 피해자가 100만 달러의 생명보험에 들어 있는 큰 사건입니다. 당신도 법을 아시겠지만, 피보험자가 보험수익자에 의해 죽음에 이르렀다는 충분한 증거가 있을 경우 그 보험계약은 자동적으로 무효가 되는 것으로 법은 정하고 있습니다."

한참 아무도 입을 열지 않았다. 이윽고 김볼 부인이 놀란 목소리로 말했다. "하지만, 더키……."

"더키! 머리가 이상해졌어요?" 앤드레가 날카롭게 외쳤다.

핀치가 빙긋 웃었다. "무엇보다도 나는 회사에 대한 의무를 다해야 합니다. 이 살인은 철저히 조사할 필요가 있습니다. 관계된 금액이 막대하니까요. 만일 김볼이 보험수익자에 의해 살해되었다는 증거가 확실해진다면, 내셔널 및 다른 일곱 회사는 그가 불입한 금액과 누적된 이익 배당금과 이자만 지불하면 됩니다. 이자도 겨우 5년 동안에 대한 것뿐입니다. 게다가 보험해약 반환금을 고려하면 그 금액은 보험 증서 액면 100만 달러와 비교할 때 아주 하찮은 액수입니다."

"아니, 내셔널쯤 되는 대회사가 30만 달러의 보험금도 지불하지 못한다는 말입니까?" 드 종이 큰 소리로 말했다.

키 큰 사람은 어이없다는 얼굴을 했다. "그런 뜻이 아닙니다. 재정 상태가 나쁜 보험회사는 운영할 수 없도록 법이 막고 있습니다. 내셔널이 보험금을 지불하지 못하다니…… 말도 안 돼요! 이것은 원칙 문제입니다. 보험회사가 이와 같은 조사를 해서 스스로를 보호하지 않으면 도의심이 결여된 보험수익자들은 마구 피보험자를 죽이려 할 겁니다."

"그럼, 김볼의 보험수익자는 누굽니까?" 엘러리가 물었다.

아까 왔던 두 정복 경관이 다시 들것을 들고 들어와 시체 옆에 내려놓았다.

갑자기 김볼 부인이 그 험상궂은 얼굴을 두 손으로 감싸고 흐느끼기 시작했다. 그로브너 핀치와 앤드레 김볼의 놀란 표정으로 미루어서 제시카 김볼이 눈물을 흘리는 일은, 사하라 사막에 비가 내리는 것보다도 더 진기한 현상인 듯했다.

"제시카, 제시카! 당신 설마 내가 당신을……." 핀치는 곤혹스러운 듯 말했다.

"손대지 말아요. 당신은…… 당신은 나쁜 사람예요. 나를 범인으로 몰다니……." 부인이 더욱 흐느꼈다.

"김볼 부인이 보험수익자입니까?" 엘러리는 두 사람을 무표정하게 바라보았다.

"제시카, 제발 이러지 말아요. 내가 바보같이 굴었어……. 내 말 들어요, 퀸 씨, 나는 물론 제시카 김볼이 범인이라고 비난하는 것은 아닙니다. 그것은……." 그는 너무도 어이가 없어 알맞은 말이 떠오르지 않는 듯했다. "나는 제시카 김볼이 전에는 조 김볼의 보험수익자였다고 말하려던 참이었습니다. 그러나 지금은 아닙니다."

흐느끼던 부인의 몸이 갑자기 굳어졌다. 앤드레는 날씬한 몸을 발딱 일으켜 세웠다. 파란 눈은 분노로 빛나고 있었다.

"정도가 지나치다고 생각하지 않아요, 더키? 우리 모두 어머니가 조의 보험수익자라는 건 알고 있어요. 조에게 처음 보험가입을 권한 것은 남편의 의무니 뭐니 하는 구식 사고를 갖고 계시는 할아버지였어요. 어머니는 그 돈이 필요하지 않아요! 농담은 그만두세요."

"농담하는 게 아냐." 핀치는 괴로운 듯이 말했다. "미리 제시카에게 말해 줬어야 하는 거지만 그럴 입장이 아니었어. 남에게 이런 일을 알릴 수 없게 되어 있어. 조가 보험수익자를 바꿨다는 것을 내가 알았을 때 그는 나에게 절대 비밀로 해 달라고 부탁했어. 그러니 나는 아무 말도 할 수 없었어."

"이 문제는 확실히 합시다." 드 종은 먹이에 달려드는 짐승처럼 눈을 번뜩였다. "처음부터 이야기해 주시오. 그가 당신을 찾아간 게 언제였지요?"

"그가 직접 온 게 아닙니다. 3주 전쯤, 그러니까 5월 10일에 내 비서 재커리 양이 김볼로부터 보험수익자 명의 변경 수속 용지를 보내 달라는 편지를 받았다고 보고하더군요. 나는 조가 내게 그 건에 대해 말하지 않았으므로 놀랐습니다. 왜냐하면 그의 보험에 관한 일은 다른 몇몇 건과 함께 내가 직접 취급하고 있었기 때문입니다.

하지만 김볼의 보험에 관한 일은 어차피 모두 내 책상으로 오게 되어 있으므로 결국 마찬가지였습니다. 물론 의뢰받은 보험수익자 명의 변경 용지는 곧 보냈습니다. 그리고 나는 그의 사무실로 전화 했지요."

"잠깐 기다려 주십시오." 드 종이 거칠게 말했다. "이봐, 이 시체를 치워. 여기가 구경하는 곳인 줄 알아?"

멍하니 서 있던 두 경관은 시체에 덮개를 씌우고 서둘러 나갔다.

"조……." 루시는 애절하게 부르며 닫혀진 문을 바라보았다. 그리고 다시 입을 다물었다.

김볼 부인은 절대로 죽은 사나이가 저지른 짓을 용서하지 못하겠다는 태도를 보이며 비난 섞인 눈길로 문을 바라보았다. 그녀의 보석으로 장식된 손가락 끝이 바르르 떨렸다.

키 큰 사나이는 서둘러 말을 계속했다.

"사실 확인을 위해 전화를 걸었습니다. 어째서 조가 보험수익자를 변경하려는지 이해할 수 없었습니다. 물론 엄밀하게 말하면 그것은 제가 관여할 일이 아니지만요. 제가 그 말도 했습니다. 하지만 조는 그리 기분나빠 하지도 않았습니다. 다만 신경이 몹시 날카로운 것 같았습니다. 그는 그때 말할 수 없는 복잡한 사정이 있어서 보험수익자를 바꿀 생각이라고 말하더군요. 그는 말했어요. 제시카는 돈이 많으므로 보험으로 보호받을 필요가 없으니 어떻느니, 또 이 일에 대해서는 얼마 뒤 단둘이 만나 설명할 테니 그때까지는 아무에게도 말하지 말아 달라고요."

"그래, 나중에 설명하던가요?" 엘러리가 나직이 물었다.

"유감스럽게도 만나지 못했습니다. 3주 전에 전화 통화가 있은 뒤 그를 만나지도 이야기하지도 못했습니다. 그는 약속한 그 설명을 하기 싫어 나를 피했던 것 같습니다. 보험수익자 명의 변경 용지에 적힌 새로운 수익자의 이름을 보았을 때 내게 와 닿는 것은 물론 없었습니다. 다만 처음에는 제시카와 조 사이에 뭔가 문제가 있지 않나 조금 걱정했을 뿐 그 일은 까맣게 잊어버렸습니다."

"킴볼과 통화한 뒤는 어떻게 됐습니까?" 드 종이 물었다.

"며칠 뒤 그는 명의 변경 용지를 기입하여 보험증서를 동봉해 우편으로 보내 왔습니다. 다른 보험회사와의 수속 등으로 2주일쯤 걸렸지만 지난 주 수요일에는 보험수익자를 변경한 보험 증서를 그에게 다시 보냈지요. 그로써 그 일은 완전히 결말지어진 것으로 생각하고 있었습니다. 오늘 밤에 여기 오기 전까지는."

그가 미간을 찌푸렸다.

"그런데 그가 오늘 밤 누군가의 손에 의해 살해되었습니다. 정말로 이상합니다."

"꽤 멀리 돌아서 겨우 요점에 닿은 것 같군요. 계속하십시오." 엘러리는 끈기 있게 말했다.

핀치는 사람들의 얼굴을 죽 둘러보고 불안스러운 목소리로 말했다. "미리 말해 두겠는데, 이제부터 내가 하는 이야기는 글자 그대로 사실입니다. 나는 아직 생각의 방향을 정하지 않았고, 또 내 입장이 오해받는 것을 원치 않습니다⋯⋯. 오늘 밤 이곳에 와서 이런 일을 발견하기 전까지는 보험수익자 명의 변경의 의미를 잘 몰랐습니다⋯⋯."

그가 잠시 말을 끊었다가 이었다.

"킴볼이 보험 증서와 함께 보내 온 명의 변경 신청서를 보니 보험수익자 이름 쓰는 난에 제시카 보든 킴볼 대신 루시 윌슨 부인이라는 이름이 씌어 있었습니다. 분명 필라델피아 시 페어마운트 파크의 루시 윌슨 부인이었습니다."

"내게요? 내게 100만 달러라고요?" 루시가 기어들어가는 목소리로 물었다.
 "그게 정말입니까, 핀치 씨?" 드 종이 진지한 표정으로 몸을 내밀었다. "설마 우리를 혼동시키려고 지어낸 이야기는 아니겠지요?"
 핀치는 싸늘하게 대답했다. "솔직히 말해야겠군요. 나는 윌슨 부인에게 아무런 감정도 없습니다. 부인을 만난 건 오늘 밤이 처음입니다. 저는 오히려 부인이 무서운 오해를 받고 있다고 생각합니다. 따라서 세세한 문제를 갖고 따지자면, 내가 말을 '지어냈다'는 건 당신이 잘못 생각하고 있는 겁니다. 내셔널 보험회사는 개인의 책략 같은 것이 끼어들 여지가 없는 큰 회사입니다."
 "쉬운 말로 하시지요."
 핀치는 드 종을 바라보았다.
 "그리고 그렇게 무례한 태도를 보일 필요는 없습니다. 어쨌든 이야기를 계속하자면, 회사에는 기록이 있습니다. 이것만은 아무도, 나나 내셔널 사의 사장인 하사웨이도 바꿀 수 없습니다. 그리고 조사하면 알게 되겠지만, 조셉 켄트 김볼의 자필 명의 변경 신청서는 우리 회사에 보관되어 있고, 한 부는 틀림없이 그의 사무실 금고나 은행 보관 금고 속에 들어 있을 겁니다. 그러니 신청서를 그가 썼다는 것은 확인할 수 있을 겁니다."
서장은 초조한 듯 고개를 끄덕였다. 그리고 의자에 앉은 루시를 뭔가 속마음을 꿰뚫어보기라도 하듯 냉혹한 눈초리로 바라보았다. 루시는 몸을 움츠리고 옷의 단추를 더듬었다.
 "조가 이런 지독한 짓을 하다니." 김볼 부인이 격분하여 외쳤다. "이런…… 이런 여자가 보험수익자라니! 아내라니!…… 아니야, 못 믿겠어. 돈 문제가 아니에요. 이런 무정한, 이런 저속한 행동을 참을 수 없는 거예요……."
 "부인, 히스테리를 부린다고 될 일이 아닙니다." 엘러리는 코안경을 벗어 열심히 렌즈를 닦으며 못마땅하게 말했다. "핀치 씨, 당신은 그 보험수익자가 바뀐 사실을 아무에게도 이야기하지 않았습니까?"

"물론이오." 핀치는 볼멘 소리로 대답했다. 그는 여전히 화가 나 있었다. "조가 남에게 말하지 말라고 해서 안 했소."

"물론 김볼 자신이 남에게 말했을 리는 없겠지요." 엘러리는 생각에 잠겼다. "그는 확실히 어떤 감정적 기로에 서 있었던 듯합니다. 그는 먼저 어떤 행동을 취한 다음 그것을 어떻게 발표하나 고심하고 있었던 것 같습니다. 이제 이야기의 앞뒤가 들어맞는 것 같군요.

빌 에인절은 어제 아침 윌슨으로부터 중대한 문제가 있으니 밤에 이곳에서 만나자는 전보를 받았습니다. 그는 전보에서 난처한 지경에 빠졌다고 했고요. 이것은 틀림없이 빌에게 그가 처해 있는 형편을 모두 털어놓고 앞으로의 일을 의논하려 한 것입니다.

나는 그 자신이 어떤 결정을 내렸었을 거라고 생각합니다. 왜냐하면 그는 보험수익자를 루시로 바꿨기 때문입니다. 그러나 그는 분명 자기가 전혀 다른 사람이라는 것을 루시가 어떻게 받아들일지 불안했던 겁니다. 빌, 자네 생각은 어떤가?"

"나는 아무것도 모르겠네. 아마 자네 말이 맞겠지." 빌이 힘없이 말했다.

"금요일에 그가 자네에게 두툼한 봉투를 맡기고 갔다고 했지? 거기에 여덟 장의 보험 증서가 들어 있을지도 모른다는 생각은 안 했나?"

"그렇게 생각했어."

"그렇다면 누가 생각해도……."

"윌슨 부인, 여기를 보십시오." 드 종이 거칠게 말했다.

루시는 최면술에 걸린 듯 시키는 대로 얼굴을 돌렸다. 그 상냥하면서도 강인한 얼굴 모습에는 곤혹과 비탄과 놀라움의 표정이 아직도 남아 있었다.
 "당신 말투가 맘에 안 들어, 드 종." 빌이 으르렁거렸다.
 "안 들어도 할 수 없어. 윌슨 부인, 당신은 김볼이 보험에 가입한 사실을 알고 있었습니까?"
 "내가요?" 그녀가 움찔했다. "아니오, 전혀……. 조는 보험 같은 것 들지 않았어요. 틀림없어요. 한 번 내가 어째서 보험에 들지 않느냐고 물어 봤더니 그는 보험 같은 건 믿을 수 없다고 말했어요."
 "물론 그게 진짜 이유가 아니었습니다." 엘러리가 천천히 말했다. "조 윌슨이라는 이름으로 보험에 가입하려면 건강 진단을 받아야 하고 서류에 서명도 해야 합니다. 자기의 이중 생활을 늘 겁내던 사나이가 가능한 한 서명을 안 하려고 한 것은 아주 당연한 일입니다.
 이로써 수표책을 갖지 않은 이유도 설명됩니다. 얼마쯤 위험이 뒤따르니까요. 아무튼 이 거짓을 숨기려고 늘 긴장해 있었으므로 굉장한 신경 쇠약의 마지막 단계에 와 있던 게 틀림없습니다. 아마 편지조차도 되도록 쓰지 않으려고 했을 겁니다."
 "윌슨 부인, 부인께서는 그가 보험에 가입했다는 것을 알았을 뿐 아니라 보험수익자를 김볼 부인으로부터 당신 명의로 바꾸도록 권하지 않았습니까?" 드 종은 엘러리를 무섭게 노려보며 내뱉듯 말했다.
 빌이 한 발짝 앞으로 나서며 외쳤다.
 "드 종……. 당신 입 닥치지 못해!"
 뉴욕에서 온 세 사람은 모두 바짝 긴장을 했다. 황폐한 이 오두막에 갑자기 살기가 번뜩였다. 드 종의 얼굴은 붉어졌고 관자놀이에 푸른 힘줄이 불끈 솟았다.
 "나는 무슨 말인지 모르겠어요." 루시가 속삭였다. "아까 말했듯이 나는 그가 신분이 높은 사람이라는 것은 꿈에도 몰랐어요. 그저 조 윌슨인 줄만 알았으니 이 부인이 누구인지도 알 리 없잖아요?"

드 종은 비웃는 듯 콧구멍을 벌름거렸다. 그는 옆문을 열고 손가락을 까딱했다. 루시를 데려왔던 가무잡잡한 사나이가 들어와 불빛에 눈을 끔벅거렸다.

"이봐, 셀러스, 어젯밤에 필라델피아의 윌슨 부인 집에 가서 어떻게 했나, 이 사람들 앞에서 말하게."

"집은 금방 찾았습니다. 나는 자동차에서 내려 벨을 눌렀지요." 형사는 지친 목소리로 대답했다.

"응답이 없고 집 안은 깜깜했습니다. 개인주택이었습니다. 잠시 포치에서 기다렸는데, 집을 한 바퀴 둘러보고 싶은 생각이 들더군요. 뒤로 돌아가자 뒷문도 앞문과 마찬가지로 잠겨 있었습니다. 지하실 문도 잠겼더군요. 그래서 이번에는 차고로 갔습니다. 문은 닫혔는데 빗장이 망가지고 자물쇠가 채워져 있지 않았습니다. 문을 열고 전등을 켰습니다. 자동차를 두 대 넣을 수 있는 차고로, 안이 텅 비어 있었습니다. 문을 닫고 포치로 돌아가 윌슨 부인이 돌아올 때까지 기다렸습니다······."

"됐어, 셀러스." 가무잡잡한 사나이가 나갔다.

"그런데 윌슨 부인, 당신은 영화보러 갈 때 자동차를 쓰지 않았다고 했습니다. 전차로 갔다고 했지요. 그럼, 당신 자동차는 어디 있습니까?"

"내 자동차요?" 루시가 힘없이 되물었다. "그럴 리가 없어요. 그분은 다른 차고를 봤을 거예요. 어제 오후에 혼자 드라이브 나갔다가 비를 맞고 돌아와 차고에 넣고 내가 직접 문을 닫았어요. 자동차는 안에 있었어요. 지금도 있을 거예요."

"셀러스가 없다고 했으니 없는 겁니다. 자동차가 어떻게 됐는지 당신은 모릅니까, 윌슨 부인?"

"방금 말한 대로······."

"차종은 무엇이고, 몇 년 형이지요?"

"말을 한 마디도 하지 마, 루시."

빌이 조용히 말했다. 그는 몇 발자국 앞으로 나서서 몸집 큰 경찰관과 가슴을 마주 대고 우뚝 섰다. 두 사람은 서로 한참을 노려보고 있었다.

"드 종, 당신의 질문에 담긴 뜻이 기분 나빠. 알아듣겠어? 나는 누이동생에게 더 말하지 못하게 하겠소."

드 종은 아무 말 없이 그의 얼굴을 바라보다가 악의에 찬 웃음을 떠올렸다. "흥분하지 말아요, 에인절 씨. 이것은 직무상의 절차를 밟는 일에 지나지 않습니다. 나는 누구를 범인 취급하는 게 아닙니다. 그저 사실을 알려고 할 뿐이지요."

"칭찬해 줘야겠군." 별안간 빌은 루시 쪽으로 홱 돌아섰다. "루시, 그만 돌아가자. 엘러리, 실례하네. 이 사나이는 참을 수가 없어. 내일 트렌턴에서 만나세. 자네가 돌아가지 않고 있어 준다면."

"여기 있겠네." 엘러리가 대답했다.

빌은 루시를 도와 코트를 입혀 주고 어린아이를 부축하듯이 하며 그녀를 문 쪽으로 데려갔다.

"잠깐만 기다려 주세요." 앤드레 김볼이 말했다.

빌은 귓불이 빨개지며 멈춰 섰다. 루시는 흰 담비 숄을 걸친 젊은 여자를 보았다. 오늘 밤 비로소 그녀를 보는 듯한 호기심에 빛나는 눈길이었다. 앤드레는 곁으로 다가와 루시의 크고 부드러운 손을 잡았다. 그리고 빌의 눈을 피하면서 또렷이 말했다.

"오늘 밤엔 정말 여러 가지로 죄송하게 됐어요. 우리는 결코 인정 사정없는 악독한 사람은 아니에요. 만일 우리가 댁의 마음을 아프게 했다면 용서해 주세요. 당신은 불운하지만 정말로 꿋꿋한 분이라고 생각해요."

"오, 고마워요." 루시는 중얼거리고 눈물을 글썽이며 밖으로 뛰어 나갔다.

"앤드레!" 김볼 부인은 놀라서 노여움이 깃들인 소리로 고함쳤다. "감히 그런 말을…… 너는 그런 말을 어떻게 할 수 있니……."

"김볼 양." 빌이 나직이 불렀다. 앤드레는 그의 얼굴을 바라보았으나 그는 잠시 아무 말 하지 않았다. "이 일은 결코 잊지 않겠습니다."

그는 말을 마치고 휙 돌아서서 루시의 뒤를 쫓았다. 문이 '쾅' 닫히고, 빌의 폰티악이 캠든 쪽으로 움직이는 소리가 들렸다. 반항적인 배기음이 들리자 드 종의 얼굴이 분노로 하얗게 질렸다. 시가에 불을 붙이는 그의 손이 떨렸다.

"안녕." 엘러리는 일부러 라틴어로 말한 뒤에 덧붙였다. "드 종 씨, 당신은 그를 싫어하는 것 같은데, 빌은 아주 훌륭한 젊은이입니다. 동물의 수컷은 암놈이 위협받으면 사나워집니다……. 김볼 양, 그들의 친구로서 당신에게 감사를 드립니다. 그런데 당신의 손을 보여 주시겠습니까?"

그녀는 천천히 눈을 들어 그를 바라보았다. "내 손을요?" 그녀가 속삭였다.

드 종은 뭐라고 중얼거리며 발소리를 거칠게 내며 나가 버렸다. 엘러리는 그녀의 두 손을 잡았다. "이처럼 고통스러운 경우가 아니었다면 이 순간은 대단히 기쁜 순간일 겁니다. 김볼 양, 나에게 아킬레스 건 같은 약점이 있다면 그것은 손질이 잘된 여인의 손입니다. 당신의 손은 그야말로 전형적인 완전한 손이군요……. 당신은 분명 약혼했다고 말했지요?"

그의 손가락에 그녀의 손바닥이 촉촉하게 젖어 드는 것이 느껴졌다. 그가 쥐고 있는 손이 미세하게 떨리는 듯했다. "그래요."

"물론 내가 끼어들 문제는 아니지만." 엘러리는 나직한 목소리로 말을 이었다. "결혼을 앞둔 젊고 돈 많은 예비 신부가 혼인을 맹세한 정표를 감추는 것이 요즘 세상의 유행입니까? '신은 잔뜩 쥐고 있는 손이 아니라 장식이 없는 손을 본다'고 했지만, 상류사회에서 전통을 따르고 있는 줄은 미처 몰랐습니다."

그녀는 아무 말 하지 않았다. 그녀의 얼굴이 너무나 파리해 그는 그녀가 금방이라도 쓰러지지 않을까 걱정스러웠다. 그러나 고맙게도 엘러리는 어머니 쪽으로 몸을 돌렸다.

"한데 김볼 부인, 나는 확인을 하지 않고는 못 배기는 성미라서 말입니다. 손 얘기가 나왔으니 말인데, 당신 주인어른의 손에는 니코틴 자국이 전혀 없습니다. 또 치아 색도 변하지 않았습니다. 주머니 속에도 담뱃가루 하나 없으며 여기에는 재떨이조차 없습니다. 남편은 담배를 피우지 않았습니까?"

드 종이 돌아와서 거칠게 물었다. "담배가 어떻다는 거요?"

귀부인이 날카롭게 말했다. "네, 조셉은 담배 피우지 않았어요. 바보 같은 질문을 다 하는군."

그녀는 일어나 지친 듯이 키 큰 신사의 팔을 끼었다.

"그만 돌아가도 되겠지요? 이 모든 것이……."

"물론입니다." 드 종이 불만스럽다는 목소리로 중얼거렸다. "하지만 내일 아침에는 다시 와 주셔야 합니다. 절차상 몇 가지 처리할 것이 있습니다. 그리고 폴린저라는 검사가 여러분을 만나 뵈었으면 합니다."

"다시 오겠어요." 앤드레는 나직이 대답하고 몸을 떨면서 숄로 어깨를 감쌌다. 그녀의 눈 밑이 푸르게 그늘져 있었다. 그녀는 엘러리 쪽을 훔쳐보고 재빨리 고개를 돌렸다.

"그 일을 틀어막는 방법은 없겠지요……." 핀치는 끈질겼다. "전에 결혼해 있었다는 문제 말입니다. 이분들의 입장이 대단히 곤란하게 되었습니다."

드 종은 어깨를 으쓱했다. 그는 건성으로 말을 듣고 있는 듯했다. 세 사람은 문 앞에 쓸쓸히 서 있었다. 김볼 부인은 뾰족한 턱을 앞으로 내밀었으나 그 여윈 어깨는 무거운 짐이 든 망태처럼 축 늘어져 있었다. 그리고 무거운 침묵 속에서 그들은 돌아갔다. 두 사나이는 자동차 소리가 멀리 사라질 때까지 한 마디도 하지 않았다.

마침내 드 종이 입을 열었다. "자, 그럭저럭 끝났습니다. 아주 복잡하게 되었군."

엘러리는 손을 모자로 뻗었다. "복잡하다는 건 당신 생각에 달렸습니다. 드 종 씨. 이것이 재미있는 사건이기는 합니다. 브라운 신부라면 굉장히 기뻐했을걸요."

"누구요?" 드 종이 건성으로 물었다. "뉴욕으로 돌아갈 겁니까?"

그는 엘러리가 갔으면 하는 표정이었다.

"아니오, 이 수수께끼는 몇 가지 풀어야 할 점이 있습니다. 지금 손을 떼면 나는 잠을 이루지 못할 겁니다."

드 종은 탁자 쪽으로 돌아섰다. "자 그럼, 안녕히 계시오."

"잘 가시오." 엘러리는 명랑하게 말했다.

경찰관은 탁자 위에 놓인 접시를 집어, 접시 위에 있는 것과 함께 봉지 속에 넣었다. 어깨가 딱 바라진 게 아주 무뚝뚝하고 반항적으로 보였다. 엘러리는 휘파람을 불면서 자기 자동차에 오르더니 스테이시 트렌트 호텔로 돌아갔다.

일요일 오전, 엘러리 퀸은 좀 꺼림칙한 기분으로 호텔을 나섰다. 폭신한 침대 덕분에 11시가 넘어서야 깨어났던 것이다.

오전의 햇살이 비친 트렌턴의 중심가는 오가는 사람이 거의 없었다.

거리 모퉁이에서 그는 동쪽으로 꺾어 큰 길을 가로질러 좁은 길로 들어섰다. 챈서리 레인이라는 기묘한 이름의 골목이었다. 그 블록 중간쯤까지 가니 군 병영처럼 보이는 낮고 긴 3층 건물이 있었다. 그 건물 앞 보도에는 고풍스러운 높은 가로등이 있었고, 그 꼭대기에 유리갓이 씌워져 있었다. 그 기둥에 붙은 흰 사각형 간판에는 굵직한 글씨로 다음과 같이 씌어 있었다.

> 경찰본부 · 주차금지

 가까이 있는 문으로 들어가니 좁고 초라한 응접실이었다. 천장이 낮고 벽이 더러웠다. 한복판에 긴 책상이 있고 그 안쪽에 있는 방에는 녹색 철제 로커가 죽 늘어 놓여 있었다. 방 전체가 누르스름하니 낡고, 시큼한 남자 냄새가 코를 찔렀다.
 접수구의 경사가 그에게 26호실로 가라고 했다. 그곳에서는 드 종이 키 작은 남자와 무엇인가를 열심히 이야기하고 있었다. 그 사나이는 비쩍 마르고 얼굴이 창백한 것이, 두뇌는 명석하지만 소화 기능에 문제가 있는 것 같았다. 옆 의자에는 빌 에인절이 앉아 있었다. 밤새 옷도 벗지 않고 잠도 자지 않은 듯 눈은 충혈돼 있었고 복장이 흐트러져 있었다.
 "아, 안녕하시오." 드 종이 반기는 기색 없이 말했다. "퀸 씨, 이 분은 폴 폴린저 씨입니다. 머서 군의 검사님이십니다. 어디 갔었습니까?"
 "갓난아기처럼 정신없이 잤습니다." 엘러리는 마른 사나이와 악수했다.
 "오늘 아침에 뭔가 새로운 것이 발견되었습니까?"
 "당신은 김볼 집안 사람들을 놓쳤습니다. 지금 막 돌아갔지요."

"그렇게 일찍 왔습니까? 안녕, 빌."

"안녕." 빌은 검사를 바라보고 있었다.

폴린저가 시가에 불을 붙였다. "펀치라는 사나이가 내일 아침 자기 사무실에서 당신을 만나고 싶다고 말하더군요."

그는 성냥 너머로 엘러리를 바라보았다.

"그래요?" 엘러리는 어깨를 으쓱했다. "검시 소견서를 받았소, 드 종? 궁금해서 견딜 수가 없군요."

"검시의는 시체에 화상은 전혀 없다고 전해 달라더군."

"화상?" 폴린저는 얼굴을 찌푸렸다. "화상이라뇨, 퀸 씨?"

엘러리는 빙긋 웃었다. "화상을 문제 삼아서는 안 됩니까? 변덕을 좀 부렸을 뿐이에요. 검시의의 보고는 그게 다요?"

"제기랄! 나야 상관할 바가 없잖아. 오른손에 칼을 쥐고 김볼의 몸을 찔렀다나 뭐라나, 그런 말이야 항상 지껄이는 거 아니오?"

"그럼, 윌슨이…… 참, 김볼이었지, 빌어먹을…… 여기 있는 빌 에인절에게 맡기고 간 봉투는 어떻게 됐지요?"

검사는 드 종의 책상 위에 놓인 서류를 둘째손가락으로 넘겼다. "당신이 추측한 대로입니다. 여덟 장의 보험 증서였소. 보험수익자를 루시 윌슨으로 변경시켜 놓았더군. 김볼은 윌슨 부인의 이익을 보호하기 위해 에인절 씨에게 맡겨 둔 듯합니다. 나는 그가 에인절 씨에게 자기가 다른 사람이라는 것을 털어놓으려고 했다고 확신합니다."

드 종이 싱긋 웃었다. "보험수익자를 바꾼 것도 거래에 써먹으려고 했을 겁니다. 틀림없이 처남이 분개할 것이므로 그는 100만 달러의 돈 다발로 일을 처리하려고 생각한 거지요."

빌은 아무 말 하지 않았다. 그러나 그의 시선은 검사로부터 서장에게 옮겨갔다. 무릎을 짚은 그의 손이 부르르 떨리고 있었다.

"나는 그렇게 생각지 않습니다." 엘러리가 말을 이었다. "아무도 깊은 애정 없이는 8년 동안이나 마음의 고통을 억누르며 견딜 수 없습니다. 만일 김볼이 루시 에인절을 노리갯감으로 생각했다면, 드 종 씨, 당신의 생각이 맞을 거요. 그러나 그는 10년 전에 그녀와 결혼했소. 더욱이 적어도 8년 동안 그는 이중 생활이라는 지옥의 고통을 견디면서도 그녀와 이혼한다거나, 스스로 자취를 감추지 않았소. 그는 현실에 남아 있으면서 지옥과 같은 고통을 참았던 거요."

"그는 그녀를 사랑했어." 빌이 갈라진 목소리로 말했다.

"아, 그야 의심의 여지가 없어." 엘러리는 브라이어 파이프를 집어 들고 담배를 채우기 시작했다.

"그는 루시를 열렬히 사랑했어요. 그는 루시와 헤어지고 싶지 않아 마치 프루스트의 소설에 나오는 듯한 생활을 견뎌 왔던 거요. 그는 절대로 무정한 난봉꾼이 아닙니다. 그 얼굴 모습과 경력을 보면 알지요. 만일 그에게 나쁜 점이 있었다면, 그것은 의지가 약했다는 점일 것이오.

그리고 루시 윌슨과 제시카 김볼을 비교해 보십시오. 폴린저 씨, 당신은 루시를 보지 못했습니다. 그러나 드 종은 봤습니다. 드 종의 뱀처럼 차가운 심장이라도 고동이 조금은 높아졌을 겁니다. 그녀는 대단히 매력 있는 젊은 여자입니다. 그런데 제시카 김볼은 어떻습니까? 부인의 주름살을 두고 뭐라고 말하는 것은 실례인 줄 압니다."

"그런데 퀸 씨, 그게 전부 사실이라면, 만일 그렇다면 어째서 그는 이 상류사회 부인과 이중 결혼을 했을까요?"

폴린저가 물었다.

"아마도 야망 때문이겠지요. 보든 집안이라면 억만장자입니다. 그런데 김볼은 유서깊은 가문 출신이기는 하지만 내가 알고 있는 바로는 근래에 경제적으로 꽤 곤란을 겪어 왔습니다. 그리고 재스퍼 보든 노인에게는 아들이 없습니다. 의지가 강하지 않고 게다가 야심 있는 사나이라면 이 결혼 유혹을 결코 이겨내지 못했을 테지요. 그의 어머니는 이런 일에 대해 아주 큰 영향력을 발휘할 만한 성격의 여자니까요. 김볼의 어머니는 여장부였습니다. 상류사회 부인들 사이에서는 그녀를 '미국의 으뜸가는 억척할멈'이라고 헐뜯었을 정도입니다. 그의 괴로운 입장도 알지 못하고 그녀가 아들을 이중 결혼으로 몰아넣었다 해도 놀랄 일은 아니라고 생각합니다."

트렌턴의 두 사람은 얼굴을 마주보았다.

"그럴지도 모르지." 검사가 말했다. "나는 오늘 아침 김볼 부인과 이야기했는데, 여러모로 보아 이 결혼은 세상에 흔히 있는 편의적인 결혼이었던 것 같았어. 적어도 김볼로서는."

빌 에인절이 몸을 움직였다. "이 이야기는 나와 관계없는 것 같군요. 그만 돌아가도 됩니까?"

"잠깐만요." 드 종이 막았다. "윌슨 쪽은 어떻습니까? 그는 윌슨으로서 유언장을 만들었소?"

"유언장은 분명히 안 만들었소. 만일 만들었다면 나를 통했을 거요."

"모든 것이 당신 누이동생 명의로 되어 있소?"

"그렇소. 자동차 두 대와 집도. 저당에도 들어 있지 않아 모두가 동생 것이지요."

"거기에 100만 달러라." 드 종은 회전의자에 앉았다. "그 위에 100만 달러가 더해지는 겁니다. 젊고 아름다운 미망인에게는 꽤 큰 돈이지."

"드 종, 머잖아 내가 너의 그 하이에나 같은 징그러운 웃음을 너의 더러운 목구멍에 도로 처박을 거야." 빌은 엷은 웃음을 떠올렸다.

"아니, 당신 뭐라고……."

"그만, 그만." 폴린저가 얼른 말렸다. "그런 짓은 할 필요가 없어요. 에인절 씨, 누이동생의 결혼 허가증을 가져왔습니까?"

빌은 서장을 노려보며 책상 위로 서류를 내던졌다.

"흠," 폴린저는 신음 소리를 냈다. "실은 필라델피아의 기록을 조사했는데 의심할 여지가 없소. 그는 보든이라는 여자와 결혼하기 2년 전에 루시 에인절과 결혼했소. 골치 아프게 됐군."

빌은 결혼 허가증을 낚아챘다. "골치 아픈 건 이쪽입니다. 누이동생이 욕을 당하고 있습니다."

"아무도 그런 일을……."

"아무튼 유해를 돌려주십시오. 그는 루시의 남편입니다. 우리에게는 그를 매장할 정당한 권리가 있습니다. 누가 뭐라 해도 이것만은 토론할 여지가 없습니다.

나는 내일 재판소에 가서 매장 허가증을 떼어 올 겁니다. 루시 쪽이 먼저 결혼했다는 증거가 있는 한 이 주의 어떤 판사라도 루시의 매장 권리를 인정하지 않을 수 없습니다."

"아, 이봐요, 에인절." 폴린저는 불안스러운 듯 말했다. "그건 지나친 생각 같은데. 여기 뉴욕 사람들은 힘깨나 쓰는 사람들이오. 그리고 그는 실제로 조셉 켄트 김볼이 틀림없습니다. 정당하게 생각하면……."

"정당?" 빌이 심각하게 말했다. "정당하다고? 그럼, 내 누이동생의 정당한 권리는 누가 생각해 주지요? 당신들은 한 여자의 10년 동안의 삶을 한 마디로 지워 버릴 수 있다고 생각합니까? 그들에게 지위와 돈이 있다고 내가 두려워할 줄 압니까? 지옥에 가서라도 싸울 겁니다!"

그는 입술을 일그러뜨리고 쿵쿵대며 나갔다. 세 사람은 그의 발소리가 층계 아래로 사라질 때까지 한마디도 하지 않았다.

엘러리가 말했다.

"어제도 말했듯이 빌 에인절은 유능한 사나이입니다. 변호사로서 그의 실력을 얕잡아 보아서는 안 됩니다."

"그건 무슨 뜻이지요?" 검사가 퉁명스럽게 물었다.

엘러리는 모자를 집어들며 대답했다.

"키케로(기원전 106~43, 로마의 정치가, 웅변가)는 '신중이란 추구할 것과 회피할 것을 판별하는 일이다'라고 말했습니다. 그 말과 '3월 15일을 경계하라'(셰익스피어 《줄리어스 시저》 1막 2장), 뭐, 그런 얘기지요……. 그럼, 실례."

월요일 아침 9시 30분, 엘러리는 산뜻한 올리브 색 개버딘 양복에 파나마 모자 차림이었다. 그는 뉴욕 매디슨 애버뉴에 있는 내셔널 생명보험 회사의 으리으리한 중역실로 들어섰다. 그는 일요일은 하루 종일 집에서 꼼짝도 안 하고 지냈다. 주나의 정성어린 요리를 맛보고, 아버지의 비꼬는 듯한 사건 논평을 들으면서 이번 사건을 되풀이 생각했다. 그리고 지금 봄다운 화사한 옷차림에도 불구하고 그의 마음은 그다지 즐겁지 않았다.

부사장 비서실에 있는 젊고 발랄한 여직원은 엘러리의 명함을 보고 청초한 웃음을 띠며 눈썹을 치켜올렸다.

"핀치 씨는 선생님이 이렇게 일찍 오시리라고는 생각지 않으셨을 거예요. 아직 출근하시지 않았어요. 10시에 약속하지 않으셨어요?"

"시각은 들은 바 없지만, 기다리지요. 핀치 씨가 나에게 무슨 용무가 있는지 아십니까?"

여비서는 생긋 웃었다.

"평소 같으면 모른다고 대답하겠지만, 선생님은 탐정이시니 감출 수가 없군요. 어제 오후 핀치 씨가 제 집에 전화를 걸어 오늘 일을 모두 말씀하셨어요. 용건은 트렌턴에서의 그 무서운 일에 대한 것으로, 김볼 부인도 오실 거예요. 핀치 씨 방에서 기다리지 않으시겠어요?"

엘러리는 그녀의 뒤를 따라 파랑과 상아색으로 꾸민 호화스러운 방으로 들어갔다. 영화 속의 한 장면 같았다.

"이 며칠 동안 나는 황금 고리 속을 걷는 것 같습니다. 이건 물론 비유입니다. 글자 그대로 받아들여서는 난처하지요, 재커리 양이시지요?"

"어떻게 아셨지요? 앉으세요, 퀸 씨."

그녀는 서둘러 커다란 책상으로 가서 상자를 들고 왔다.

"담배 피우시겠어요?"

"아니, 괜찮습니다. 파이프를 피우겠습니다."

엘러리는 푸른 가죽을 씌운 의자에 몸을 묻었다.

"그럼, 핀치 씨의 잎담배를 맛보시겠어요?"

"파이프를 피우는 사람에게 거절할 수 없는 제의를 하십니다."

젊은 아가씨는 책상에서 커다란 담배통을 가져왔다. 엘러리는 파이프에 담배를 담았다.

"호, 괜찮은데요. 아주 좋습니다. 무슨 담배입니까?"

"글쎄요, 저는 잘 몰라요. 외국의 어느 특별한 회사 상품이라고 하던데 5번가 피에르 상점에서 팔고 있어요. 조금 보내드리도록 할까요?"

"이거, 그럴 필요까지야……."

"핀치 씨는 뭐라고 안 하세요. 전에도 보내드린 일이 있어요……. 아, 안녕히 주무셨어요, 핀치 씨."

젊은 아가씨는 다시 한 번 방긋 웃고 나갔다.

"일찍 오셨군요." 핀치가 악수를 하며 말했다. "문제는 점점 어려워지는군요. 오늘 아침 신문 봤습니까?"

엘러리는 씁쓰레한 얼굴이 되었다. "늘 하는 식으로 떠들어댔더군요."

"큰일입니다." 키 큰 신사는 모자와 지팡이를 한쪽으로 치우고 의자에 앉아 우편물을 훑어보며 담배에 불을 붙였다. 갑자기 그가 얼굴을 들었다.

"퀸 씨, 빙빙 돌려 얘기해야 소용없다고 생각되니 곧바로 요점을 말하겠소. 나는 어제 하사웨이 사장과 몇몇 중역에게 얘기했습니다. 그리고 회사의 입장은 조치를 취해야 한다는 데 의견의 일치를 보았습니다."

"조치라니요?" 엘러리는 조용히 눈썹을 치켜올렸다.

"당신도 알다시피 뭔가 좀 의심스럽습니다. 회사가 누구에게 의심을 품고 있다는 말이 아닙니다. 하지만…… 잠깐만 기다려 주십시오. 제시카가 온 것 같군요."

재커리 양이 문을 열고 김볼 부인과 앤드레, 그리고 두 사나이를 방으로 들여보냈다.

살인 사건이 일어나고 36시간 동안 앤드레의 어머니는 꽉 늙었다고 엘러리는 생각했다. 그녀는 딸의 팔에 매달리듯 기대어 있었고, 인사조로 치켜 뜬 눈에는 생기가 없었다. 핀치의 방 창문을 통하여 들어오는 밝은 햇빛 속에서 엘러리는 그녀의 편협하고, 오만하며, 억압된 마음이 거의 빈사 상태에 있음을 볼 수 있었다. 그녀는 거의 걸을 수조차 없을 정도였다. 핀치가 아무 말 없이 그녀를 의자로 데려가 앉혔다.

몸을 일으킨 핀치는 걱정스러운 표정을 짓고 있었다.

"퀸 씨, 보든 집안의 변호사 프루에 상원의원을 소개합니다."

흔적 107

엘러리는 키가 작고 배가 튀어나온, 혈색 좋은 사나이의 물렁한 손을 잡았다. 턱수염이 멋진 그는 날카로운 눈으로 엘러리를 탐색하듯 차갑게 바라보았다.

엘러리는 프루에의 명성을 들어 잘 알고 있었다. 전 상원의원으로, 지금은 화려한 사건만 다루는 변호사로, 그 턱수염 기른 얼굴이 늘 신문 사회면을 장식하는 인물이었다. 두 갈래로 갈라진 좀 붉그스름하고 당당한 턱수염은 가슴께까지 내려왔다. 그는 턱수염이 자랑스러운 듯 살찐 손으로 계속해서 만지작거리고 있었다.

"그리고 이쪽은 버크 존스 씨, 김볼 양의 약혼자입니다. 오는 줄 몰랐네, 버크."

"나도 뭔가 도울 일이 없을까 해서 왔습니다."

엘러리는 존스의 목소리가 이상하게도 주눅이 든 듯하다고 생각했다. 그는 몸집이 크고 우둔한 눈을 가진 젊은이로, 얼굴은 볕에 그을렸고, 언뜻 보기에 부랑자 같았다. 오른팔을 붕대로 매달고 있었다.

"아, 당신이 퀸이군요. 나는 오래 전부터 당신의 애독자입니다."

존스는 엘러리를 서커스에 나오는 무슨 괴물이나 되는 듯이 대하고 있었다.

"나를 보고 실망했겠지만 앞으로도 계속해서 내 책을 읽기 바랍니다."

엘러리는 낮게 웃었다.

"나도 당신의 소문은 들었습니다. 2주일 전에 메도브룩 폴로 경기장에서 낙마를 하셨지요? 신문에 크게 났더군요."

존스는 얼굴을 찌푸렸다.

"형편없는 말이었습니다. 혈통이 나쁘죠. 폴로 말도 사람과 마찬가지로 혈통이 말해 주거든요. 폴로에서 어디가 부러진 건 처음입니다. 다리가 아니어서 다행이지요."

"자, 앉읍시다." 핀치가 서둘렀다. "재커리 양, 면회는 사절이오."

모두들 의자에 앉자 핀치는 말을 이었다. "지금 우리가 결정한 일을 퀸 씨에게 이야기하고 있던 참입니다."

"어째서 내가 여러분에게 환영받고 있는지 잘 모르겠군요." 엘러리가 말했다. "좀 어리둥절합니다. 존스 씨, 나도 혈통이 나쁜 편은 아니지만 어쨌든 서민층이거든요. 오늘은 좀 분에 넘치는 자리에 끌려나온 듯합니다."

앤드레 김볼이 몸을 약간 움직였다. 엘러리는 곁눈질로 그녀를 보았다. 그녀가 화장을 함으로써 교묘하게 감추고 있기는 하지만 커다란 걱정을 가슴에 품고 있다는 것을 알았다. 이 방에 들어온 뒤로 그녀는 존스 쪽은 한 번도 보지 않았다. 한편 존스는 사랑을 하고 있는 사나이답지 않게 미간에 깊은 주름이 잡혀 있었다. 두 사람은 싸우고 있는 어린애들처럼 화난 얼굴로 나란히 앉아 있었다.

"당신이 이야기를 시작하기 전에 미리 말해 두겠는데, 핀치, 나는 퀸 씨가, 내가 이 일을 못마땅하게 여기고 있다는 것을 알았으면 해요." 프루에 상원의원이 퉁명스럽게 말했다.

"뭐가 못마땅하지요?" 엘러리가 빙긋 웃었다.

"이런 식으로 일부러 동기를 혼란시키는 일이 못마땅해요." 턱수염의 변호사가 사납게 말했다. "핀치는 자기 회사를 위할 속셈으로 이 일을 하고 있어. 반대로 우리는 전혀 다른 목적으로 일을 추진하고 있다고. 핀치, 어젯밤에 말했지만 제시카와 당신이 너무 강력히 주장하는 바람에 나는 마지못해 찬성한 거요. 만일 제시카가 내 충고, 그리고 나와 같은 의견인 앤드레의 충고를 받아들였다면 이 깨끗지 못한 일에 발을 들여놓지 않아도 됐을 거요."

"그럴 수 없어." 김볼 부인이 낮은 목소리로 말했다. "그 여자는 내가 가지고 있는 모든 것을 뺏어 갔어. 내 명예와 조의 사랑을……

나는 싸울 테야. 이제까지 나는 누구에게나 눌려 지내 왔어. 아버지, 조, 앤드레에게조차도. 이번에는 내가 나 자신을 지키겠어."

엘러리는 부인이 좀 과장하고 있다고 생각했다. 아무리 보아도 그녀는 지금 말한 것 같은 여자가 아니었다.

"하지만 김볼 부인, 당신은 어쩔 수 없습니다. 루시, 그러니까 윌슨 부인의 법적인 입장에서 하는 말입니다. 그녀는 그의 정식 아내였습니다. 그녀의 남편이 거짓 이름을 썼다 해도 상황이 바뀌지는 않습니다."

"그 점은 나도 어머니에게 몇 번이나 말씀드렸어요." 앤드레가 말했다. "이런 식으로 나오면 나쁜 소문만 퍼질 뿐이에요. 어머니, 제발……"

제시카 김볼은 입을 꽉 다물었다. 그리고 그 목소리의 묘한 울림이 모두를 침묵시켰다. "그 여자가 조를 죽였어."

"이제 알겠군요. 한데 어떤 근거로 그런 말을 합니까, 김볼 부인?" 엘러리는 침통한 목소리로 말했다.

"나는 알고 있어, 느낌으로 안다고."

"하지만 법정은 그러한 증거를 인정하지 않을 겁니다." 엘러리가 싸늘하게 말했다.

"제발 그만해, 제시카." 그로브너 핀치가 얼굴을 찌푸렸다. "이봐요, 퀸 씨, 김볼 부인은 지금 제정신이 아닙니다. 부인은 판단력을 잃고 있어요. 그러나 나는 회사 입장에서 말하겠습니다. 내셔널 생명 보험은 그 부인에게 압력을 가할 만한 이유를 갖고 있지 않습니다. 회사로서는 다만 진상을 밝히고 싶을 뿐입니다."

"나 또한 같은 목적을 위해 일하고 있는 제3자이니 그리 쓸모는 없겠지만 도와 달라, 이겁니까?"

"제발, 내 이야기를 끝까지 들어주십시오. 하사웨이 사장님의 입장을 말하겠습니다. 사장님이 직접 오려 했는데 갑자기 병환이 나서 나오지 못했습니다. 윌은 부인은 우리 회사의 피보험자가 흉칙한 죽음을 당하기 며칠 전에 그 보험 수익자가 된 사람입니다.

피보험자가 직접 그녀를 보험 수익자로 만들었다는 것은 사실입니다. 그러나 그녀가 보험 수익자를 바꾸도록 피보험자를 속였거나 압력을 넣지 않았다는 증거가 없습니다."
"그렇게 하게 했다는 증거도 없지요."
"사실입니다. 그러나 우리 입장에서 볼 때 가능성은 있습니다. 이 보험 계약에 의하면 새로운 보험 수익자에게 100만 달러를 지불하게 되어 있습니다. 이에 대한 상황이 이상합니다. 이 새로운 보험 수익자는 피보험자의 비밀의 아내였습니다. 적어도 그의 진짜 신분에서 볼 때 비밀의 아내지요. 만일 그녀가 별안간 남편의 불륜을 발견했다면, 그 이전 그녀가 갖고 있던 남편에 대한 애정이 아무리 순수한 것이었다 하더라도 그 애정이 증오로 바뀌리라는 것은 인간인 이상 당연한 일입니다. 더욱이 그녀가 100만 달러의 보험 수익자라는 사실을 아울러 생각하면, 그녀가 미움 때문에 그에게 강제로 보험 수익자 명의를 바꾸도록 했을 가능성은 제쳐놓더라도, 우리는 살인에 대한 이중의 동기를 생각할 수 있는 겁니다. 우리 입장을 이해하시겠지요?"
프루에 상원의원은 턱수염을 만지며 의자 속에서 침착치 못한 태도로 몸을 움직였다.

엘러리는 미안한 듯이 말했다.
"외람된 말씀이지만, 나는 지금 당신이 말씀하신 것과 같이 김볼 부인에 대한 강력한 가설을 세울 수 있습니다. 부인은 남편이 다른 여자와 결혼하고 있었다는, 따라서 부인은 결코 법률상 정당한 아내가 아니었다는 사실, 더욱이 주인이 그 다른 여자를 보험 수익자로 바꾸어 부인의 인격을 완전히 손상시켰다는 사실을 발견했다면 …… 알겠습니까?"

"문제는 윌슨 부인이 보험 수익자고, 100만 달러는 그녀의 손에 들어간다는 점입니다. 만일 이 일에 대한 충분한 조사가 끝날 때까지 보험금 지불을 보류하지 않는다면 회사는 다른 보험계약자들에 대해 책무를 게을리한 셈이 됩니다."

"그럼, 어째서 나와 상의하는 겁니까? 회사에는 그런 일에 전문인 조사 기관이 있을 텐데요."

"아, 물론 있습니다." 핀치는 신중하게 말을 끊었다. "거기에는 개인적인 요소가 작용합니다. 저는 이 일을 제3자에게 특별히 의뢰하면 그가 좀더 신중하게 처리하겠다고 생각했습니다. 게다가 당신은 처음부터 사건에 관계되어 있었으니……"

엘러리는 손가락으로 의자 팔걸이를 두드렸다. 모두의 눈길이 그에게 쏠렸다. 이윽고 그는 입을 열었다.

"나는 난처한 입장에 처해 있습니다. 여러분이 몰아세우려고 하는 부인은 내 오랜 친구의 누이동생입니다. 그러므로 나는 여러분의 반대편에 있는 사람입니다. 당신의 요구 사항 가운데 한 가지 좋게 평가하는 점은, 당신들이 미리 정한 결과 쪽으로 조사를 하라는 게 아니라 단순히 진상을 확인하려 한다는 점입니다……. 핀치 씨, 나는 신중히 조사는 하겠지만 내 입을 막을 생각은 마십시오."

"그건 무슨 뜻입니까?" 프루에 상원의원이 물었다.

"이치가 그렇잖습니까? 나는 나름대로 곤란한 사람을 도와주는 메시아 콤플렉스를 잃지 않으려고 노력하고 있습니다. 만일 내가 일의 진상을 밝혀 냈을 경우, 그것이 반드시 당신들 맘에 든다고 보증할 수 없습니다."

핀치는 책상 위 종이를 들춰 한 장을 빼냈다. 그는 만년필 뚜껑을 열고 종이에 글을 쓰며 조용히 말했다.

"내셔널 생명보험이 바라는 것은 루시 윌슨이 그녀의 남편을 살해했는가 살해하지 않았는가, 또는 남편이 살해당할 만한 조치를 취했는가 취하지 않았는가에 대한 합리적인 증거를 얻어내는 일입니다."

그는 글을 쓴 종이를 압지로 누르고 일어나서 책상을 돌아 나왔다.

"조사 의뢰금으로 이만하면 되겠소, 퀸?"

엘러리는 눈을 껌벅거렸다. 그것은 수표였다. 핀치의 녹색 잉크로 씌어진 서명 위에 5,000달러의 금액이 스탬프로 찍혀 있었다.

"굉장히 큰돈이군요. 하지만 보수에 대해서는 좀더 조사를 한 다음에 의논하십시다. 나는 아직 결심이 서 있지 않으니까요."

핀치는 실망한 표정을 지었다. "그러시죠."

"몇 가지 묻겠습니다. 김볼 부인, 당신 남편의…… 김볼의 현재 재산이 얼마나 되는지 알고 있습니까?"

"재산?"

그녀는 멍청한 얼굴로 되물었다. 질문이 불쾌하다는 표정이었다.

"조는 사업 능력이 없었어요." 앤드레가 씁쓸하게 말했다. "자기 명의의 것은 아무것도 없었어요. 그분은 모든 면에서 가난한 분이었어요."

"그의 유산에 대해 말하는 거라면, 그는 모든 소유물을 제시카 보든 김볼에게 남겼습니다." 프루에 변호사가 나직이 말했다. "그러나 그가 실제로 남긴 것은 빚과 생명보험밖에 없는 지금, 그의 유산은 그야말로 시니컬하게 되었군요."

엘러리는 고개를 끄덕였다. "그런데 상원의원님, 김볼이 보험 수익자를 바꾸기로 한 것에 대해 전혀 몰랐습니까?"

"전혀. 어이가 없군."

"존스 씨, 당신은?"

"나요?" 젊은이는 눈썹을 치켜올렸다. "내가 알 리 없지요. 그분과 그리 친하지 않았으니까요."

"그럼, 미래의 당신 장인은 당신을 탐탁치 않게 여겼나 보군요, 존스 씨. 아니면 공통 흥밋거리가 없었나요?"

"제발 그만하세요." 앤드레가 말했다. "이래 봐야 아무 소용없지 않아요, 퀸 씨? 조는 우리 약혼에 대해 이래라 저래라 할 입장이 아니었어요."

앤드레가 힘없이 말했다.

"그랬군요." 엘러리는 일어서며 말을 이었다.

"하루 이틀 트렌턴에서 여러 가지 정보를 더 얻은 뒤에 내 결심을 알려드리겠습니다. 그럼, 실례합니다."

월요일 저녁 막 어둠이 깃들 무렵, 엘러리는 파크 애버뉴의 크고 당당한 건물 11층에서 보든 킴볼의 아파트 현관벨을 눌렀다. 물고기저럼 부표정한 얼굴을 한 연미복 차림의 사나이가 아래 위층을 합친 어마어마하게 넓은 아파트 거실로 그를 안내했다.

엘러리는 기다리는 동안 방 안을 서성거리며 벽에 걸린 그림과 값진 골동품 가구들을 둘러보며 누구의 돈으로 이처럼 호화스러운 생활을 하고 있을까 생각했다. 아파트 임대비만도 1년에 2만 달러 내지 3만 달러쯤 되겠다고 생각했다. 지금 그가 있는 거실을 기준으로 상상하건대 아파트 시설비는 몇십만 달러가 넘었을 것 같았다. 이 아파트는 그가 며칠 전 트렌턴의 시체 공시소에서 본 그 가냘프고 시적인 신사보다 재스퍼 보든 노인의 취향을 풍기고 있었다.

무표정한 사나이는 소리없이 그를 안내하여 벨벳 벽걸이를 드리운 신비스럽게 조명을 한 커다란 방으로 안내했다.

방 한가운데에는 당당한 몸집을 한 노인이 왕좌에서 죽어가는 왕처럼 휠체어에 앉아 있었다. 매서운 눈매의 간호사가 그의 등 뒤에 호위병처럼 우뚝 서 있었다. 노인은 윙 칼라 셔츠에 폭넓은 애스콧 넥타이를 매고 무늬 있는 실내복을 입고 있었다. 마디가 불거진 오른쪽 손가락에는 기묘한 문장(紋章)이 달린 두툼한 반지를 끼고 있었다.

80살이 넘은 노인으로서는 놀라우리만큼 신체 기능이 좋은 듯했으나, 자세히 보니 그의 좌반신이 이상하게도 딱딱해 보였다. 얼굴도 왼쪽 근육은 움직이지 않았고, 눈도 오른쪽 눈은 헤엄치듯 양옆으로 움직이고 있는데 왼쪽 눈은 깜박이지도 않고 앞을 바라보고 있을 뿐이었다. 그는 죽은 반신과 살아 있는 반신의 두 몸을 함께 지니고 있는 것처럼 보였다.

"퀸 씨, 어서 오시오." 쉰 듯한 굵은 목소리가 노인의 입 한 귀퉁이에서 새어나왔다. "일어서지 않는 걸 용서하시오. 토요일 밤에는 친절하고 용감하게 알려 주셔서 고마웠소. 오늘은 무슨 볼일로 오셨소?"

그 곰팡내 나는 어두운 분위기, 그곳에서는 고대의 큰 공동묘지 같은 섬뜩한 기운이 감돌았다. 엘러리는 이 노인은 이미 무덤에 들어가 있는 것이라고 느껴졌다. 눈을 둘러싸고 있는 부위가 크게 코발트 색으로 변해 이미 죽어 있었다. 그러나 다부진 턱과 흙빛 얼굴 한가운데 우뚝 자리잡은 코를 보았을 때 엘러리는 재스퍼 보든 노인은 아직도 만만치 않은 힘을 갖고 있음을 알았다. 날카로이 움직이는 한쪽 눈은 대자연의 맹렬한 위력처럼 그에게 불안을 느끼게 했다.

"만나 주셔서 고맙습니다, 보든 씨." 엘러리는 서둘러 말했다. "힘이 드실 테니 인사를 길게 하지 않겠습니다. 사위님이 돌아가신 데 대해 제가 어떤 관심을 가지고 있는지 혹 알고 계십니까?"

"당신 얘기는 들었소."

"하지만 김볼 부인은······."
"딸은 내게 모든 것을 말했소."
엘러리는 잠시 아무 말 하지 않고 있다가 입을 열었다.
"보든 씨, 진실이란 참으로 이상합니다. 그것을 부정하는 일은 불가능합니다만, 진실이 빨리 나타나게끔 만들 수는 있습니다. 저에 대해 아신다니 드리는 말씀입니다만, 저는 이런 비극에 맞닥뜨렸을 경우 편견을 갖고 일하지 않습니다. 제 질문에 대답해 주시겠습니까?"
움직이던 움푹한 눈이 정지했다.
"퀸 씨, 이 일이 내게 얼마나 중요한지 알고 있소? 내 명예, 내 가족에게 말이오."
"알고 있습니다."
노인은 잠시 말이 없었다.
"그래, 무엇을 알고 싶소?"
"선생님의 사위가 이중 생활을 하고 있는 것을 처음 안 것은 언제입니까?"
"토요일 밤이오."
"여지껏 조셉 윌슨에 대해 들은 적이 없습니까? 그 인물 또는 이름에 대해서요."
무거운 머리가 한 번 옆으로 천천히 움직였다. 엘러리가 말을 이었다.
"사위님에게 100만 달러 생명보험에 가입하도록 한 분은 다름아닌 선생님이라고 하던데, 맞습니까?"
"그렇소."
엘러리는 코안경을 닦았다.
"보든 씨, 그렇게 한 특별한 이유가 있습니까?"

희미한 웃음이 그 푸르스름한 입술 오른쪽 끝을 모을 듯 말 듯 올라가게 했다.

"사건과 관계되는 이유는 없었소. 내가 그랬던 것은 원칙 문제였소. 내 딸이 경제적으로 남편한테 의지할 필요는 전혀 없었어." 노인의 목소리가 날카로워졌다. "그러나 남자들은 신을 두려워하지 않고, 여자들은 창피한 줄도 모르고 싸돌아다니는 요즘 같은 세상에 누군가 예스러운 미덕을 강요하는 것도 좋다고 생각했소. 퀸 씨, 나는 시대에 뒤떨어진 옛날 사람이오. 나는 지금도 신과 가정(家庭)을 믿고 있소."

"옳으신 말씀입니다." 엘러리는 서둘러 대답했다. "그런데 선생께선 모르셨겠지요. 사위님이……."

"그 남자는 지금 내가 말한 인품을 갖고 있지 않았소."

여든 살 노인은 중얼거렸다.

"김볼 씨는 그럼……."

보든 노인이 조용히 말을 이었다. "그는 개만도 못한 사람이었소. 육욕만 아는 야수였지. 그는 교양 있는 사람들 얼굴에 먹칠하고 품위를 떨어뜨리는 짓만 했소."

"보든 씨, 저도 전적으로 선생 마음을 이해합니다. 제가 알고 싶은 것은 그가 보험 수익자를 바꾼 것을 선생께서 알고 계셨나 하는 점입니다."

"만일 알았다면, 몸이 쇠약하여 비록 이 의자에 묶여 있기는 하지만 내 손으로 목졸라 죽였을 거요."

"너무 사적인 문제라 여쭤 보기가 죄송합니다만 어떻게 해서 김볼 씨가 따님에게 구혼하고 결혼하게 되었는지, 그때 상황을 자세히 말씀해 주시겠습니까?"

잠깐 노인의 날카로운 외눈이 번쩍 빛났다. 그리고 눈꺼풀이 내려

앉았다.

"우리는 요즘 세상에 살고 있소, 퀸 씨. 나는 조셉 김볼이 처음부터 마음에 들지 않았어. 나는 늘 그가 겁쟁이고 껍데기뿐인 남자라고 생각했지. 너무 잘생기고, 책임을 질 줄 모르는 사람이라 생각했던 거요. 그런데 내 딸이 그에게 반해 버렸소. 나는 사랑하는 외동딸의 행복을 막을 수가 없었소."

그가 굵은 목소리를 잠시 끊었다.

"당신도 알다시피 내 딸은 첫 결혼이 불행했지. 젊어서 결혼했는데, 가문도 지위도 더할 나위 없는 그 남편이 엽성 폐렴으로 죽었던 거요. 몇 년이 지나 김볼이 나타났을 때 제시카는 이미 마흔 살이었소."

노인은 오른쪽 어깨를 움찔했다.

"여자란 어떤지 당신도 알지 않소."

"그때 김볼의 경제 상태는 어땠습니까?"

"가난뱅이였소." 보든은 불만스러운 표정으로 중얼거렸다. "그의 어머니는 교활한 할멈이었어. 그 어머니의 욕심이 아들을 이중 결혼을 하게끔 몰았을 거야. 조셉 김볼은 배짱이라고는 전혀 없었어. 그러니 어머니의 말이라면 움쭉달싹 못했겠지.

제시카는 자기 명의의 상당한 재산이 있었어. 죽은 남편의 재산과 죽은 내 아내의 유산을 합친 것이지. 물론 나로서도 딸이 결혼하는데 그냥 있을 수만은 없었어⋯⋯. 그는 무일푼이었어. 나는 그를 내 사업에 참여시켰지. 그러면 일이 제대로 풀리리라고 생각했지. 나는 그에게 모든 기회를 줬소."

그의 목소리가 갑자기 낮아졌다.

"개만도 못한 놈, 개만도 못한 배은망덕한 놈⋯⋯."

간호사가 매서운 눈초리로 눈짓했다.

"그가 선생의 일을 돌보았습니까, 보든 씨?"
"비록 실수하더라도 가장 손해가 적은 부문을 맡겼소. 나는 대주주요. 그래서 내 영향력이 미치는 회사들 두세 개의 이사직을 그에게 맡겼지. 그런데 1929년에서 1930년 공황 때 그는 내가 준 것을 모두 없앴소. 그 암흑의 금요일(주가가 폭락한)에, 그는 필라델피아의 은신처에 들어앉아 그 여자와 노닥거리고 있었던 게 틀림없소!"
"선생께선 그때 어떻게 하셨습니까?"
엘러리가 정중하게 물었다.
"그때는 내가 활동하고 있을 때였소." 노인이 엄한 표정으로 말했다. "나, 보든은 낮잠이나 자다가 그런 일을 당하지는 않아. 하지만 지금의 나는 산 송장이나 다름없소. 시가도 못 피우게 하고, 식사도 떠먹여 주는 형편이지……."
간호사는 화가 나 있었다. 그녀가 엄지손가락으로 문을 가리켰다.
"또 하나만 묻겠습니다. 선생께서는 이혼을 반대합니까?"
엘러리가 서둘러 말했다.
잠시 엘러리는 백만장자 노인이 발작을 일으키지 않나 겁이 났다. 그의 건강한 오른쪽 눈이 원을 그리며 움직이고 얼굴이 검붉게 충혈되었다. 그가 외쳤다.
"이혼! 그것은 악마나 저지르는 죄악이야! 내 자식은 결코……."
노인은 갑자기 입을 다물더니 이윽고 차분한 목소리로 말했다.
"이혼은 내 신조가 허락하지 않소, 퀸 씨. 어째서 그런 일을 묻는 거요?"
엘러리가 중얼거렸다. "친절하게 답변을 해 주셔서 감사합니다, 보든 씨. 알았어요, 간호사. 그만 가겠습니다."

"퀸 씨."

뒤에서 힘없이 부르는 목소리가 들렸다. 돌아보니 바로 뒤에 검은 옷을 입은 제시카 김볼의 유령 같은 모습이 보였다. 그 옆에 키 큰 핀치가 서 있었다.

어두운 분위기가 숨막힐 듯했다. 엘러리는 '실례합니다' 하며 옆으로 비켜섰다. 그녀는 이미 그의 존재를 잊은 모습으로 그의 옆을 지나갔다. 핀치가 한숨지으며 그녀 뒤를 따랐다.

엘러리가 나가는데 재스퍼 보든의 화난 듯한 굵은 목소리가 들렸다.

"제시카, 그렇게 죽어 가는 얼굴좀 하지 말아라!"

"네, 아버지."

중년 부인의 힘없는 목소리가 들렸다.

엘러리는 층계를 내려오며 생각했다. 이제까지 희미했던 배경이 어느 정도 윤곽을 드러냈군. 그리고 거의 송장 같은 재스퍼 보든이 아직도 강력한 지배력을 가지고 이 가족 위에 군림하고 있다는 것이 분명해.

엘러리가 층계를 내려와 이 신성한 곳에서 밖으로 나가지 않고 앤드레 김볼을 만나야겠다고 말했을 때, 그 무표정한 집사는 자기도 감정을 나타낼 줄 안다는 듯이 불쾌한 표정을 지었다.

앤드레가 안쪽 방에서 나오자 집사는 빳빳하게 옆으로 한 발짝 물러나 그녀를 지키는 것이 자기 임무인 것처럼 서 있었다. 그녀 뒤에서 턱시도를 입은 버크 존스가 건들건들 걸어왔다. 팔에는 호화스러운 검은 비단을 매달고 있었다.

"안녕하시오, 퀸?" 존스가 말했다. "수사중입니까? 부러운데요. 날마다 조금도 지루하지 않겠습니다. 뭔가 찾아냈습니까?"

"이렇다 할 만한 것은 찾아내지 못했습니다." 엘러리는 빙그레 웃었다. "안녕하십니까, 킴볼 양? 제가 또 나타났습니다."

"안녕하세요?."

엘러리의 모습을 본 앤드레는 이상하게도 얼굴이 창백해졌다. 몸의 선이 대담하게 드러난 검은 이브닝 가운 차림을 한 그녀를, 다른 젊은이가 봤다면 존경하는 모습으로 눈을 크게 떴을 테지만, 엘러리는 동요하지 않고 그녀의 눈을 바라보았다. 그녀는 공포에 질린 듯이 눈을 크게 뜨고 있었다.

"당신이…… 당신이 보자고 했나요?"

엘러리는 아무렇지도 않은 듯 말했다.

"조금 전 여기 왔을 때 밖에 크림색 자동차가 있는 것을 봤습니다. 16기통 캐딜락으로……."

"아, 그건 내 자동차입니다." 존스가 대답했다.

엘러리는 앤드레의 얼굴에 공포의 빛이 번개같이 지나가는 것을 보았다.

"버크!" 앤드레는 자기도 모르게 외치고 입술을 깨물며 의자 등받이를 더듬더듬 잡았다.

"어떻게 된 거야, 앤디?" 존스가 눈썹을 찌푸렸다.

"당신 거라고요, 존스?" 엘러리가 나직이 말했다. "이상하군요, 빌 에인절은 조셉 킴볼이 살해된 날 밤, 범행 현장에서 크림빛 캐딜락 스포츠 카가 떠나는 것을 봤다고 하던데. 정말 이상하군. 빌은 하마터면 그 자동차와 충돌할 뻔했다고 하더군요."

볕에 그을린 존스의 얼굴이 잿빛으로 바뀌었다.

"내…… 내 차가……?"

그가 입술을 핥으며 가까스로 말했다. 그가 텅 빈 눈으로 앤드레를 보다가 고개를 옆으로 돌렸다.

"그건 있을 수 없는 일이요, 퀸. 그날 밤 나는 킴볼 집안과 함께 워돌프 아스토리아 호텔의 자선 무도회에 갔고, 내 차는 밤새도록 큰길에 서 있었소. 그건 아마 다른 자동차였을 겁니다."

"그렇겠지요. 물론 김볼 양도 그것을 보증하겠지요?"

그녀는 거의 입술을 움직이지 않고 대답했다. "네."

"그럼, 당신이 보증하는 겁니까?" 엘러리가 물었다.

그녀가 손을 움직였다. "네" 하고 그녀가 속삭이듯 대답했다.

존스는 그녀를 보지 않고 있었다. 그는 자기가 사건에 휘말려든다고 여긴 듯 커다란 어깨를 조금 낮추며 싸울 태세였으나, 무엇을 상대로 싸워야 할지 어리둥절한 모습이었다.

"그렇다면 하는 수 없이 당신의 약혼 반지를 보여 주셔야겠습니다." 엘러리가 심각하게 말했다.

순간 존스가 바짝 긴장하는 것 같았다. 그가 눈길을 엘러리로부터 앤드레의 왼손으로 재빨리 옮기고, 공포의 빛을 띠며 굳어 버린 듯 그 자리에 멈추어 버렸다.

"약혼 반지? 대체 그것이 무슨 관계가 있길래……"

"그에 대한 대답은 김볼 양이 할 수 있을 겁니다."

존스는 앤드레 쪽으로 한 발짝 다가섰다. 위층에서 말소리가 들렸다. "어떻게 된 거요? 이 사람에게 왜 보여주지 않는 거요?"

그녀는 눈을 감았다. "버크……"

"왜 반지를 보여주지 않느냐고 내가 말했소." 그가 가라앉은 목소리로 말했다. "앤드레, 반지는 어디 있소? 그가 왜 묻는 거요? 당신은 내게 아무 말 하지 않았잖소……?"

2층 발코니 쪽에서 '쾅' 문이 닫히는 소리가 나고 김볼 부인과 그로브너 핀치가 나타났다.

"앤드레! 왜 그러니?" 부인이 외쳤다.

앤드레는 두 손으로 얼굴을 감쌌다. 그녀의 왼손 넷째 손가락에는 반지가 없었다. 그녀는 흐느껴 울기 시작했다.

김볼 부인이 빠른 걸음으로 층계를 내려왔다.

"바보처럼 울지 마!" 부인이 날카롭게 소리쳤다. "퀸 씨, 어떻게 된 거예요?"

"나는 다만 김볼 양에게 약혼 반지를 보여 달라고 했을 뿐입니다." 엘러리가 차분히 말했다.

"앤드레, 나를 곤란한 일에 끌고 들어갔다면……." 존스가 거칠게 말했다.

"앤드레, 무슨 일이냐?……." 김볼 부인의 낯은 흙빛으로 변했고 몹시 늙어 보였다. 핀치가 괴로운 표정으로 층계를 뛰어내려왔다.

앤드레는 계속 흐느꼈다. "모두가 나를 나쁘게 보고 있나요? 나는 다만……."

김볼 부인이 차갑게 말했다. "퀸 씨, 내 딸은 쓸데없는 당신 질문에 대답하고 싶지 않으면 대답하지 않을 거예요. 그런 질문을 하는 속셈이 뭔지 모르겠지만, 나는 이제 당신이 그 필라델피아의 구역질 나는 젊은이의 소중한 누이동생을 감싸고 있다는 것을 알았어요. 당신은 우리 편이 아니에요. 그 여자가 그를 죽였다는 것을 당신도 알고 있어요!"

엘러리는 한숨을 쉬며 문 쪽으로 가다가 몸을 돌렸다. 밖으로 나가는 줄 알고 있던 무표정한 하인이 실망스런 표정을 지었다. "아 참, 핀치 씨……."

"어린애들 싸움하듯이 굴지 말고," 핀치가 서둘러 말했다. "서로 잘 이야기하면……."

"여자는 이야기하고, 남자는 행동합니다. 나는 남성으로 돌아가겠습니다."

"무슨 말인지……?"

"지금 같은 상황에서 내가 내셔널 생명보험의 후원 아래 이 사건을 제대로 조사한다는 것은 불가능합니다." 엘러리는 안타깝다는 듯이 말을 이었다. "그런 간단한 질문을 했는데도 협조를 안 합니다. 따라서 조사 의뢰는 거절하겠습니다."

"혹시 금액 때문이라면……." 키 큰 사나이가 힘없이 말했다.

"그까짓 돈……."

"엘러리."

낮은 목소리가 들렸다. 엘러리가 돌아보니 문 앞에 빌 에인절이 서 있었다. 물고기 같은 얼굴을 한 집사는 잔뜩 화가 나 있는 듯했다. 그가 할 수 없다는 듯이 코를 위로 쳐들고 한 걸음 물러나자 빌 에인절이 들어왔다.

엘러리는 눈을 가늘게 뜨고 천천히 말했다.

"아, 빌, 기어이 왔군. 자네가 오리라 생각했네."

빌은 마음이 편치 않은 표정이었으나 동그스름한 턱엔 굳은 결의가 나타나 있었다.

"미안하네, 엘러리. 나중에 설명하겠네." 빌은 냉정하게 모두를 둘러보며 높은 목소리로 말했다. "나는 김볼 양과 단둘이 이야기하고 싶습니다."

앤드레는 한 손으로 목을 누르고 일어섰다. "당신은 여기 오시지 않았어야 해요……."

"앤드레……." 김볼 부인이 새된 목소리로 말을 시작했다.

"뭐가 어떻게 되어 가는 것인지, 나는 참을 만큼 참았어." 존스가 화난 목소리로 말했다. "앤드레, 오래 전부터 당신은 나를 놀리고 있었어. 자, 당장 어떻게 된 건지 설명해, 그렇지 않으면 우리 사이는 이것으로 끝이야. 저 남자는 누구요? 약혼 반지는 어디 있소? 토요일 밤 당신은 내 자동차로 뭘 했소? 만일 당신이 이 살인 사건에 관계돼 있다면······."

앤드레의 눈이 잠깐 빛을 내뿜었다. 이윽고 그녀는 눈을 내리뜨고 뺨에 홍조가 떠올랐다.

"당신 자동차?" 빌이 멍청히 물었다.

"빌, 왜 사랑할 때는 솔직해야 하는지 이제 알겠지." 엘러리가 중얼거렸다. "앤드레 킴볼은 크림색 캐딜락 스포츠카를 갖고 있지 않으며, 그런 차를 몰지 않는다는 것을 나는 어젯밤에 자네에게 얘기할 수 있었어. 적절한 질문을 올바른 곳에 해야 한다는 것은 기본이야. 여러분, 문을 닫고 의자에 앉아 분별 있는 사람들처럼 의논하지 않으시겠습니까?"

집사에게 펀치가 뭐라 말하자 그 사나이는 슬픈 표정을 짓고 문을 닫고 사라졌다. 킴볼 부인은 화를 내며 앉았다. 그녀는 한껏 악의에 찬 말을 내뱉고 싶은 듯했으나 적절한 말이 떠오르지 않는 듯 입을 일자로 꼭 다물었다. 존스는 무서운 얼굴로 앤드레를 노려보았고, 그녀는 바닥을 내려다보고 있었다. 그녀는 태연한 얼굴이었다. 빌은 갑자기 자기의 발을 주체하기 어려운 듯 이리저리 움직이며 비참한 모습을 하고 있었다.

엘러리가 조용히 물었다.

"빌, 자네 킴볼 양과 할 이야기가 있다고 했잖나, 무엇인가?"

빌은 고개를 저었다. "할 말은 킴볼 양에게 있어. 나는 할 말이 없어."

앤드레는 수줍고 원망스러운 눈길로 그를 흘낏 보았다.

"아무래도 내가 말해야 할 것 같군요." 한순간 긴장된 침묵이 흐른 뒤 엘러리가 입을 열었다. "나는 듣는 역할을 하고 싶었는데. 킴볼 양 그리고 빌 에인절, 당신 둘은 이상한 행동을 했습니다. 어린애들처럼 굴었지요."

빌의 얼굴이 빨개졌다.

"내가 그때 일을 말해 줄까? 토요일 밤, 오두막에서 그 카펫을 내가 살펴보고 있을 때 빌, 자네는 카펫 틈에 뭔가 반짝이는 것이 끼어 있는 것을 발견했어. 자네는 그것을 발로 밟았어. 그리고 아무도 안 본다고 생각했을 때 구두끈을 고쳐 매는 척하며 그것을 주웠지. 하지만 나는 똑똑히 보았네. 그것은 큰 다이아몬드로 적어도 6캐럿은 되어 보였어."

빌은 몸을 꿈틀거렸고 앤드레는 숨을 들이마셨다. 존스의 얼굴은 다시 흙빛이 되고 그의 광대뼈가 노여움으로 더욱 불거져 보였다.

"내 생각엔……." 빌은 입 속으로 우물거렸다.

"아무도 못 본 줄 알았을 테지. 하지만 빌," 엘러리는 차근차근 말했다. "나는 무엇이나 놓치지 않도록 훈련받았고, 친구라 하더라도 진실을 방해하는 것은 용서하지 않아. 자네는 그 다이아몬드가 누구 것인지는 알지 못했어. 하지만 자네는 그 일을 드 종에게 말하기가 겁났겠지. 왜냐하면 그것이 루시와 관계가 있을지 모른다고 여겼을 테니.

거기에 김볼 양이 왔어. 그리고 자네는 그녀 손가락에 끼워진 반지에 보석이 없는 것을 발견했어. 자네는 그것이 우연의 일치라고는 생각하지 않았지. 자네는 그녀가 그 집에 온 적이 있다는 것을 알았어……. 그러나 빌, 나도 그것을 알아차리고 있었어."

빌은 어정쩡하게 웃었다. "나는 아주 바보 같은 짓을 저질렀어. 정말 미안하네, 엘러리."

그는 앤드레에게 신호하듯 어깨를 은밀히 으쓱했다. 이제 자기로서는 더 이상 어떻게 할 수 없다는 몸짓이었다. 그녀는 긴장과 고뇌 속에서도 희미한 웃음을 지었다. 그리고 그것을 본 존스는 얇은 입술을 굳게 다물었다.

"자네는 그녀를 어두운 구석으로 끌어들였어." 엘러리는 아무 일도 없었던 것처럼 말을 이었다. "그 옆에 안성맞춤인 그늘이 있길래 나는 배신당한 우정의 특권으로 어둠 속에 서서 엿들었지. 계속 이야기할까?"

앤드레가 나직한 목소리를 냈다. 그리고 별안간 얼굴을 들었다. 그녀의 눈은 맑았다. "계속할 필요가 없어요, 퀸 씨."

그녀가 침착하게 말을 이었다.

"이제 생각하면 쓸데없는 짓을 했어요. 나는 그런 일에는 재주가 없나 봐요. 빌 에인절, 고마웠어요. 정말 제게 잘해 주셨어요."

빌은 얼굴이 또 새빨개지며 어찌할 바를 몰랐다.

"당신은 토요일 오후에 내 자동차를 빌렸어." 버크 존스가 중얼거리며 말을 이었다. "제기랄! 앤드레, 나를 차 문제에서 빼내 줘야 해."

그녀는 경멸에 찬 눈길로 바라보았다. "걱정 말아요, 버크. 당신을 끌어들이지 않을 테니. 퀸 씨, 토요일 오후에 나는 조로부터 전보를 받았어요."

"앤드레." 김볼 부인이 힘없이 말을 이었다.

"앤드레, 그런 말은 안 하는 게……." 핀치가 나직이 말했다. 그녀는 눈을 내려뜨렸다.

"나는 아무것도 숨길 것이 없어요, 더키. 나는 그분을 죽이지 않았어요. 여러분은 그게 걱정될지 모르지만." 그녀는 말을 끊었다. "전보에는 아주 중요한 이야기가 있으니 그 집으로 꼭 와 달라고 씌어 있었어요. 거기로 가는 길이 적혀 있었고 시간은 9시였어요."

"내가 받은 전보와 내용이 같았을 거요." 빌이 중얼거렸다.

"나는 버크의 자동차를 빌렸어요. 그날 오후에 우리는 외출했지만 버크는 차를 쓸 수 없었어요……. 나는 버크에게 어디 간다고 말하

흔적 127

지 않았어요."

"어째서 당신은 자기가 운전했다고 말하지 않는 거요? 나는 이렇게 팔을 다쳐서 운전할 수 없잖소." 존스가 으르렁거렸다.

"제발, 버크." 앤드레가 조용히 말했다. "퀸 씨는 그것을 아실 거라고 생각해요. 나는 그곳에 일찍 갔어요. 그곳에 아무도 없어 잠시 드라이브하려고 캠든 쪽으로 갔어요. 그리고 다시 집으로 돌아와 보니……."

"당신이 처음 그 집에 갔을 때는 몇 시였습니까?" 엘러리가 물었다.

"잘 모르겠어요. 아마 8시쯤. 그리고……."

"두 번째 갔을 때는 몇 시였지요?"

그녀는 망설였다. "잘 기억나지 않아요. 주위가 어두웠거든요. 집 안으로 들어가니 전등이 켜져 있고……."

"이야기를 방해하는 걸 용서하십시오, 김볼 양. 당신이 다시 그 집으로 갔을 때 뭔가 의심스러운 것은 없었습니까?"

"네, 아무것도." 그녀가 너무도 재빨리 대답했으므로 그는 다음 질문을 하지 않고 담뱃불을 붙였다. "이상한 것은 아무것도 없었어요. 집 안에는 조가 있었어요……. 바닥에 있었어요. 죽은 줄 알았어요. 손은 대지 않았지요. 댈 수가 없었어요. 피가…… 소리를 질렀던 것 같아요. 그리고 밖으로 뛰쳐 나갔지요. 집 옆에 자동차가 한 대가 보였어요. 나는 겁이 났어요. 캐딜락을 타고 마구 달렸어요. 지금 알고 보니 그것은 에인절 씨 차로 하마터면 충돌할 뻔했어요."

그녀는 잠시 말을 끊었다. "이게 다예요."

잠시 모두들 조용했고, 버크 존스가 헛기침을 했다. 그는 아까와 달리 당황하고 있었다.

"저어…… 미안해. 내게 미리 한마디만 해줬더라도…… 당신이 내 자동차 쓴 일을 아무에게도 이야기하지 말라고 일요일에 부탁하는 바람에……."

"정말 고마웠어요, 버크." 그녀가 차가운 목소리로 말을 이었다. "당신이 너그럽게 해주신 일은 결코 잊지 않겠어요."

그로브너 핀치가 그녀 곁으로 가서 가볍게 어깨를 두드렸다. "앤드레, 퀸 씨 말대로 어린애같이 바보 짓을 했어요. 어째서 나나 어머니에게 말하지 않았지? 당신이 잘못을 저지른 것도 아니잖아. 에인절 씨도 전보를 받고 증인 없이 그곳에 혼자 갔어요. 하지만 그는 곧장……."

앤드레는 눈을 감았다. "나, 굉장히 피곤해요. 나는……."

"김볼 양, 그 보석은 어떻게 된 거지요?" 엘러리가 아무렇게나 물었다.

그녀는 눈을 떴다. "그 집을 나올 때 문에 손을 부딪친 것 같아요. 아마 그때 다이아몬드가 빠졌나 봐요. 그날 밤늦게 에인절 씨가 말해 줄 때까지 그것이 없어진 줄 전혀 몰랐어요."

앨러리는 일어섰다.

"알았습니다. 고마워요, 김볼 양. 충고해 둡니다만, 당신이 한 그 이야기를 폴린저 검사에게 하는 것이 좋을 겁니다."

"아, 안 돼요!" 그녀는 놀라서 외쳤다. "그러긴 싫어요. 부탁이에요. 그분에게는 당신이 말해 주세요. 그 사람들을 만나야 한다니, 생각만 해도……."

"그럴 필요는 없다고 생각되네, 엘러리." 빌이 나직이 말했다. "왜 일을 복잡하게 만들지? 그래야 좋을 것도 없고, 김볼 양에 대한 나쁜 소문만 생기네."

"에인절 씨의 말이 옳습니다."

핀치가 열심히 찬성했다. 엘러리는 싱긋 웃었다. "그야말로 절대다

수로 내가 졌군요. 그럼, 안녕히 주무십시오."

그는 펀치와 존스에게 악수를 했다. 빌은 문 앞에 어색하게 서 있었다. 그는 앤드레와 눈길이 마주쳤으나 곧 돌렸다. 그리고 어깨를 축 늘어뜨리며 엘러리를 따라 아파트를 나왔다.

트렌턴으로 돌아가는 도중 두 사람은 거의 말을 하지 않았다. 제너럴 펄래스키 스카이웨이와 뉴아크 공항의 등불을 뒤로했을 때 빌이 불쑥 말했다.

"자네에게 숨겨 미안하네. 엘러리, 나는 왠지……."

"잊어버리게."

폰티악이 계속 달렸다. 빌은 깜깜한 어둠 속에서 말했다.

"그녀가 진실을 말했다는 것은 뻔하지 않은가?"

"아, 그래?"

엘러리가 짧게 대꾸했다. 빌은 잠시 입을 다물었다가 재빠르게 덧붙였다.

"왜 그러나? 누가 보더라도 그녀는 진실해. 설마 자네는 그녀가…… 그럴 리 없어. 나는 그녀가 범인이라고 여기지 않아. 루시를 범인이라고 생각하지 않는 거나 마찬가지야."

엘러리는 담배에 불을 붙였다.

"내 보기에 자네는 요 2, 3일 사람이 싹 달라졌어."

"무슨 말인가?"

"무슨 말이냐고? 이봐, 빌, 그런 바보 짓 하지 마. 자네는 똑똑한 사람이야. 바로 지난 토요일 밤 자네는 부자를, 특히 돈 많은 젊은 여자를 호되게 비난하지 않았나. 그런데 그 앤드레 김볼은 바로 자네가 혐오하는 사회의 기생충 계급의 한 사람일세. 나는 자네가 그녀를 감싸는 게 이상하네."

빌은 힘없이 말했다. "그 여자는…… 그 여자는 달라."

엘러리는 한숨을 쉬었다. "자네가 그렇게까지······."
"뭐가 그렇게까지라는 거야?" 빌은 어둠 속에서 눈을 부라렸다.
"화내지 말게, 이 친구야." 엘러리가 말했다. 그리고 엘러리는 담배를 피웠다.
빌은 액셀을 밟았다. 두 사람은 침묵 속에서 여행을 끝냈다.
챈서리 레인의 드 종 서장실에는 아무도 없었다. 빌은 남 브로드 거리를 돌아 마켓 거리 가까이에 폰티악을 세웠다. 그리고 두 사람은 빠른 걸음으로 마서 군 재판소 로비로 들어섰다. 2층 지방검사실에는 우울한 표정의 폴린저와 서장이 머리를 맞대고 있었다. 두 사람은 나쁜 일을 꾸미다 들킨 듯 재빨리 떨어졌다.
"호, 이게 누구야?"
드 종의 목소리가 이상했다.
"호랑이도 제 말 하면 온다더니."
폴린저의 표정은 불안해 보였다.
"이야기하던 참입니다. 앉아요, 에인절. 뉴욕에서 오는 길입니까, 퀸 씨?"
"네, 뭔가 새로운 사실이 있나 해서 왔습니다. 빌과는 어쩌다 동행하게 됐고요. 새로운 사실이 밝혀졌습니까?"
폴린저는 드 종을 흘끗 보았다. 그리고 아무렇지 않게 말했다.
"그 이야기를 하기 전에 혹시 무슨 의견이 있다면 먼저 당신 의견을 듣고 싶습니다, 퀸 씨."
"의견이란 저마다 다르기 마련이지요."
엘러리는 낮게 웃었다.
"내게도 한 가지 생각이 있습니다. 하찮은 것이지만 내 나름대로 갖고 있는 생각이지요."
"펀치가 만나자고 한 용건은 무엇이었습니까?"

"아, 그거."

엘러리는 어깨를 으쓱했다. "내셔널 생명보험이 이 사건 조사를 내게 의뢰하고자 하는 것이었습니다."

"보험 수익자 문제를 조사하자던가요?" 폴린저는 손가락으로 책상을 톡톡 두드렸다. "나도 그가 그렇게 할 거라고 생각했습니다. 나도 기꺼이 협력하겠습니다. 우리 서로 협조할 수 있습니다."

"나는 거절했습니다." 엘러리가 말했다.

"그래요?" 폴린저는 눈썹을 치켜올렸다. "이것 참, 어쨌든 당신 의견을 들읍시다. 나는 아마추어의 이야기를 경멸하는 근시안적인 법률가가 아닙니다. 이야기해 봐요."

"빌, 앉아. 무슨 문제가 있는 모양이야." 엘러리가 말했다. 빌은 의자에 앉았다. 그가 경계의 빛을 띠었다.

"어서 말해 봐요." 드 종이 흥미로운 듯 재촉했다.

엘러리는 파이프를 꺼냈다. "나는 불리한 입장에 놓였습니다. 당신들은 내가 모르는 정보를 가지고 있는 듯하군요. 지금으로서 나는 어떤 특정 개인에게 초점을 맞출 만한 이론을 내놓을 수는 없습니다. 내가 아는 사실로는 해결의 열쇠를 잡을 수 없습니다. 하지만 윌슨과 김볼이 동일 인물이라는 것을 알게 된 순간에 수사 방향이 하나 떠올랐습니다. 당신들은 이 도시의 최근 신문을 읽었겠지요?"

폴린저는 우울한 표정을 지었다.

"신문들이 신나게 떠들어댔지."

"그 가운데 한 여성이 쓴 이야기가 하나 있습니다. 나는 그 기사에 감명을 받았습니다. 그것은 그 빨강 머리의 귀여운 말괄량이 아가씨가 〈트렌턴 타임스〉지에 쓴 특집기사입니다."

"엘러 애머티는 괜찮은 여자야." 드 종이 지나가는 말로 말했다.

"정신차려요, 드 종. 그 정도 칭찬으로는 모자랍니다. 그녀는 당신들 모두가 못 보고 넘긴 것을 잡았습니다. 김볼이 살해된 그 오두막을 그녀가 뭐라고 했는지 압니까?"

관리 두 사람은 어리둥절한 얼굴이었고 빌은 자기 주먹을 깨물며 생각에 잠겨 있었다.

"그녀는 그 오두막을 '중간지점'이라고 했습니다."

"'중간지점'? 그게 어떻다는 겁니까?"

폴린저는 답답하다는 투였다.

"언뜻 들어서는 별 뜻이 없습니다." 엘러리는 심각하게 말했다. "그러나 그렇지 않습니다. 그녀가 사건의 핵심을 찌른 거죠."

드 종은 코웃음쳤다. "내게는 엉터리로 들리는데."

"그렇게 생각한다면 당신만 손햅니다. 이 말에는 영감이 번뜩이고 있습니다. 당신은 이것이 무엇을 뜻하는지 모르십니까?" 엘러리는 담배 연기를 내뿜었다. "당신은 지금 '누구'의 살인 사건을 조사하고 있습니까?"

"누구의 살인?" 폴린저는 몸을 세웠다.

"수수께끼 같은 소리군." 드 종이 빙긋 웃었다. "모르겠는데. 미키 마우슨가?"

"괜찮은 대답입니다, 드 종 씨. 그런데 다시 한 번 묻겠는데, 살해된 것은 누구입니까?" 엘러리는 기다란 손가락을 휘둘렀다. "그 이름을 밝히지 못하면 범인을 찾는 일이 더욱더 힘들게 됩니다."

"무슨 뜻으로 하는 말이오?" 폴린저가 날카롭게 말했다. "그야 물론 조셉 켄트 김볼이지. 아니면 조셉 윌슨이거나, 헨리 스미스거나, 당신이 부르고 싶은 아무 이름이나 써 봐요. 우리에겐 시체가 있어. 이것이 중요해요. 그리고 우리는 그가 누구인지 알고 있어. 이름이야 아무려면 어때?"

"그가 누구냐는 것은 세상에서 가장 중대합니다. 셰익스피어는 불행하게도 범죄 과학이 없던 시대에 살았습니다. 당신들도 죽은 사람이 김볼인지 윌슨인지 모르고 있어요. 이 사나이는 필라델피아의 윌슨인 동시에 뉴욕의 김볼이었습니다. 그리고 트렌턴에서 살해됐습니다……. 엘러가 말하는 '중간지점'에서 살해됐습니다. 실로 교묘한 표현입니다."

엘러리는 진지하게 말을 이었다.

"그 '중간지점'에서 김볼의 옷과 윌슨의 옷, 김볼의 자동차와 윌슨의 자동차를 발견했습니다. 이 '중간지점'에서 그는 김볼 및 윌슨이라는 두 인물이었던 겁니다.

다시 한 번 묻겠는데, 그는 어느쪽 인물로서 살해되었을까요? 김볼일까요, 윌슨일까요? 그를 살해한 여자는 뉴욕의 조셉 켄트 김볼을 죽인다고 생각했을까요, 아니면 필라델피아의 조셉 윌슨을 죽인다고 생각했을까요?"

"나는 그 생각은 하지 못했어."

빌이 중얼거렸다.

폴린저는 일어서서 자기 책상 앞을 돌아다니기 시작했다.

드 종이 비웃었다. "바보 같은 소리야. 과장해서 지껄이고 있어."

폴린저는 멈춰 섰다. 그의 듬성듬성한 눈썹 밑의 눈이 이상한 눈초리로 엘러리를 쏘아보았다.

"당신은 그가 어느 쪽 인물로 살해됐다고 생각합니까?"

"그것이 문제입니다. 나는 대답할 수 없습니다. 당신은 어떻습니까?"

엘러리는 한숨을 쉬었다.

"나도 대답 못하겠어." 폴린저가 앉았다. "하지만 이것은 어디까지나 논리상의 문제요. 나는 그게 사건과 실제로 무슨 관계가 있는지 모르겠어……. 자, 내 말을 들어 봐요……."

"이제야 나오는군."

빌이 말했다. 그는 침착하게 무릎 사이에 두 손을 찌르고 있었다. 엘러리는 조용히 담배를 피웠다.

검사는 책상 위 페이퍼 나이프를 가느다란 손가락으로 만지작거리며 말했다.

"드 종 서장이 중요한 것을 발견했소. 그는 토요일 밤 김볼을 살해한 범인이 쓴 자동차를 발견했소. 파이어스톤의 바퀴를 끼운 소형 차였소."

엘러리는 빌을 흘끗 보았다. 폴린저의 말 한 마디에 이 젊은이는 이상 반응을 일으켰다. 빌의 얼굴은 부식제 극약을 뒤집어쓴 듯 일그러지고, 갑자기 노인이 된 것처럼 꺼칠해졌다. 그는 조금이라도 움직이면 허물어져 내리지 않을까 두려워하듯 몸을 동그랗게 움츠린 채 꼼짝하지 않았다.

"그래서? 그래서요?"

그가 목을 가다듬었다.

폴린저는 어깨를 으쓱했다. "사고가 나서 버렸더군."

"어디서 찾았습니까?" 엘러리가 물었다.

"의심할 여지도 없으니 걱정 마십시오. 그 자동차가 틀림없습니다." 드 종이 말했다.

"자신만만하게 말씀하시는데, 정말로 확실합니까?"

폴린저는 책상 윗서랍을 열었다. 그리고 사진 묶음을 내던졌다. "여기 결정적인 이유가 될 세 가지 사실이 있습니다. 바퀴 자국입니다. 그 집 앞 진흙길에서 바퀴 자국을 채취하여 그 형을 떠 두었는데, 그것과 이번에 발견한 자동차 바퀴 자국을 비교했습니다. 차는 1932년형 포드 쿠페로 검은색입니다. 형과 바퀴 자국이 완전히 일치합니다. 이것이 첫 번째 이유지요."

빌은 녹색 갓을 씌운 전등 불빛이 눈부신 듯 눈을 껌벅거렸다.
"그럼, 두 번째 이유는?"
"두 번째는." 검사는 다시 서랍에 손을 집어넣었다. "이것입니다."

그는 범행이 있었던 날 밤에 드 종의 부하가 그 집 앞 자동차 길에서 발견한 녹슨 여인 나상의 작은 조각을 꺼냈다. 발목께가 부러진 라디에이터 캡의 여인상이었다. 그리고 다음에 그는 또 하나의 녹슨 쇠붙이를 꺼내 그 상 옆에 나란히 놓았다. 그것은 라디에이터 캡으로, 위쪽에 두 군데 뾰족하게 튀어나온 부분이었다.

"살펴봐요. 그 발목 부러진 부분과 캡에 남은 다리의 부러진 부분이 꼭 들어맞을 테니."
"이 캡이 포드 쿠페에 달려 있었습니까?" 엘러리는 진지하게 물었다.
"그렇지 않다면 나는 그것을 뺄 때 꿈꾸고 있었던 모양이오." 드 종이 대답했다.
"물론 이것은 지문 못지않은 훌륭한 증거지요. 다음은 세 번째 이유요." 폴린저는 네 번째 서랍에 손을 넣었다. 그의 손이 검고 엷은 것에 싸여 나왔다. 엘러리는 손을 뻗으며 외쳤다.
"그 베일이로군요! 이것은 도대체 어디서 찾았습니까?"
"쿠페 운전석에 있었어." 폴린저는 의자등받이에 기댔다. "이것이 얼마나 중요한 증거물인지 당신도 알겠지요? 바퀴 자국과 부러진 라디에이터 캡으로, 그 포드가 토요일 밤에 범행 현장에 갔다는 것이 입증됩니다. 이 베일은 범인에 대한 결정적인 단서입니다. 이것이 포드 안에 있었다는 사실로 그 포드를 운전한 사람이 범인이라는 추측은 움직일 수 없는 사실이 됩니다. 왜냐하면 피해자 자신이 죽을 때 에인절에게 여자 범인은 베일을 쓰고 있었다고 말했기 때문입니다.

베일은 요즘 시대엔 좀처럼 보기 힘듭니다."

빌은 베일을 노려보고 있었다. 그리고 쉰 목소리로 말했다.

"법조인으로서, 당신도 그것이 정황증거로서 대단히 빈약하다는 점을 알고 있겠지요? 당신은 그것과 범행을 연결시키지 못하고 있소. 목격자는 어디 있습니까? 문제는 그점입니다. 또 시간 문제는 조사했습니까? 그 차는 범행 훨씬 이전에 버렸는지도 모르잖습니까? 어떻게······."

폴린저는 천천히 말했다. "법은 나도 잘 알고 있어, 젊은이." 그가 일어서서 다시 거닐기 시작했다.

문에서 노크 소리가 났다. 몸집 작은 검사는 몸을 홱 돌렸다.

"들어오시오."

드 종의 부하인 가무잡잡한 작은 사나이 셀러스가 문을 열었다. 그 뒤에 형사가 한 사람 더 있었다. 가무잡잡한 사나이는 두 방문자를 보고 좀 놀란 듯했다.

"어떻게 됐어? 잘 됐어?" 드 종이 소리쳤다.

"잘 됐습니다."

드 종은 폴린저의 얼굴을 흘끗 보았다. 검사는 고개를 끄덕이며 얼굴을 돌렸다.

빌은 의자팔걸이를 붙잡고 사람들 얼굴을 미친 듯이 훑어보았다. 셀러스가 뭐라고 중얼거리자 다른 한 사나이가 나갔다. 잠시 뒤에 그는 루시 윌슨의 팔을 잡고 다시 나타났다.

그녀의 얼굴은 완전히 핏기를 잃고 있었다. 눈밑 넓은 부분이 둥글게 그늘져 있었다. 두 주먹을 꼭 쥐고 있었고, 불룩한 가슴이 크게 요동치고 있었다. 그녀의 모습은 몹시 초췌하고 수척하여 한참 동안 아무도 입을 열지 못했다.

이윽고 그녀는 빌 쪽으로 쓰러질 듯 걸음을 옮기며 힘없이 말했다.

흔적

"아, 빌."

빌은 용수철처럼 의자에서 퉁겨 나왔다. 그리고 드 종을 향해 부르짖었다.

"이 자식! 이 한밤중에 왜 내 누이동생을 여기로 끌고 온 거야?"

드 종이 몸짓을 하자 가무잡잡한 사나이가 앞으로 나와 빌의 팔을 잡았다.

"이러지 말아요, 에인절. 당신과 다투고 싶지 않습니다."

빌은 형사의 손을 뿌리치고 루시의 어깨를 붙잡아 몸을 흔들었다.

"루시, 어째서 이 녀석들이 뉴저지까지 오게 했지? 녀석들은 그런 일을 할 수 없어. 범인 인도증이 없으면 주경계선을 넘지 못해."

그녀는 가냘픈 목소리로 말했다.

"나는 잘 알지 못했어요, 빌. 나는 너무나 지쳤고……. 저 사람들은 폴린저 씨가 이야기할 게 있다고 말했어요. 그리고……."

"사기꾼 같으니!" 빌이 고함쳤다. "네가 무슨 권리로……."

폴린저는 작은 체구에 위엄을 띠며 앞으로 나섰다. 그는 루시 손에 무엇인가를 쥐어 주었다.

"월슨 부인, 당신은 이 자동차를 본 적 있습니까?" 그가 사무적인 목소리로 말했다.

"대답하지 마!" 빌이 외쳤다.

그러나 그녀는 지친 듯 눈썹을 찌푸리며 대답했다.

"네, 내 자동차예요. 몇 년 전 생일 선물로 조가 사준 포드예요. 조는 그것을 주고……."

"당신은 아직도 토요일에 당신 자동차가 어떻게 차고에서 나왔는지 모른다고 고집할 겁니까?"

"네, 몰라요."

"필라델피아 페어마운트 파크 근처 도로에 있는 나무에 자동차가 처박혀 있었습니다." 검사는 단조로운 목소리로 말했다. "당신 집에서 5분도 채 안 걸리는 곳입니다, 윌슨 부인. 당신은 토요일 밤 트렌턴에서 집으로 가다가 그 지점에서 사고를 낸 게 아닙니까?"

강한 녹색 전등 불빛, 입 다물고 서 있는 사나이들, 책장에 가득한 법률 서적, 어질러진 책상 등, 그 방의 삭막한 분위기가 그녀의 머리 속으로 파고들었다. 루시의 조그만 코끝이 떨리고 콧잔등에 땀이 배어 나왔다.

그녀는 속삭이듯 말했다.

"아녜요, 폴린저 씨, 당치도 않아요!" 검은 눈동자가 공포로 번쩍였다.

폴린저는 검은 베일을 집어들었다. "이 검은 베일은 당신 것이지요?"

그녀에게는 베일이 보이지 않는 것 같았다. "뭐라고요? 뭐라고 했지요?"

"이 여자에게 물어 봐야 아무 말도 듣지 못합니다, 폴린저 씨." 드종이 퉁명스럽게 말했다. "이 여자는 교활합니다. 빨리 끝냅시다."

벽시계의 초침 소리가 요란하게 들렸다. 가무잡잡한 형사가 루시 윌슨의 소매를 꽉 잡았다. 엉거주춤한 모습의 빌은 주먹을 꽉 쥐고, 눈은 두려움에 떨고 있었다.

"여러분," 엘러리가 날카롭게 말했다. "이 가엾은 부인을 세상 여론의 희생이 되지 않도록 할 것을 경고합니다. 빌, 가만히 있게."

"퀸 씨, 나는 내 직무를 잘 알고 있습니다." 검사가 책상 위 서류로 손을 뻗으며 차갑게 말했다.

빌은 외쳤다.

"안 돼! 이런 짓은 할 수 없다······."

"루시 윌슨, 여기 당신 체포 영장이 있습니다." 폴린저가 지친 목소리로 말했다. "나는 당신이 1935년 6월 1일, 토요일 밤에 뉴저지 주 마서 군에서 조셉 윌슨, 또는 조셉 켄트 김볼로 알려진 사나이를 계획적으로 살해한 혐의로 뉴저지 주민의 이름으로 당신을 고발하는 바입니다."

 루시의 검은 눈동자가 뒤집어지더니 정신을 잃고 오빠의 품 안에 쓰러졌다.

The Trial
재판
신이여, 우리를 지켜보시고,
우리에게 알맞는 재판을 해주옵소서.

　루시 윌슨이 남편 조셉 윌슨 혹은 뉴욕의 유명한 부호이자 사교계의 명사 조셉 켄트 김볼을 살해한 혐의로 고발되었다. 그녀의 운명을 결정할 재판을 맡게 된 마서 군 재판소는 트랜턴의 남 브로드 거리와 마켓 거리 모퉁이에 있는 오래된 석조 건물이다. 그 옆 쿠퍼 거리에는 군 구치소가 있다. 루시 윌슨은 그곳에서, 앞으로 있을 법정에서의 큰 투쟁에 대비하여 체력을 기르고 있는 중이다.
　이 건물 북쪽 끝에 있는 207호실은, 그녀의 오빠인 필라델피아의 변호사 윌리엄 에인절이 뉴저지 주 검찰당국이 고발한 그녀를 위해 월요일 오후에 변론을 하기로 예정된 법정으로, 원래 민사 재판소 구역이지만 보통 이곳에서 마서 군의 살인 사건 재판이 열린다. 이 방은 크고 넓으며 출입구는 방 뒤에 있고, 높은 천장에는 네모꼴 불투명유리를 끼운 커다란 채광 창이 두 개 있다.
　노련한 아이러 V. 메난더 판사의 재판석은 넓고 높아서 의자가 보이지 않을 정도였다. 판사석 뒷벽에는 문이 세 개 있다. 오른쪽 문은 배심원실로 통하고 왼쪽 문은 구치소로 가는 통로, 곧 '한숨의 다리'로 통한다. 판사의 의자 바로 뒤에 있는 문은 판사실로 통한다.

 판사석 오른쪽에 증언석이고 그 뒤쪽에 배심원석이 있다. 배심원석은 의자가 네 개씩 세 줄이다. 판사석 앞에는 서기가 앉을 작은 공간이 있고, 널찍한 그 앞에는 둥근 탁자가 두 개 있어 검사와 변호인이 쓰게 되어 있다.

 법정의 나머지는 모두 방청인석으로, 한가운데 통로가 그 방청인석을 양쪽으로 갈라놓고 있다. 한쪽에는 열 개의 긴 의자가 다섯 줄로 놓여 있다. 이 긴 의자 하나에 여섯 내지 일곱 사람이 앉을 수 있으므로, 방청석은 120명에서 140명쯤 된다.

〈트렌턴 타임스〉지의 특집기사 담당기자 엘러 애머티 양은 이런 식의 멋없고 메마른 기사를 경멸하고 있었다. 6월 23일, 일요판에 그녀가 쓴 정감 있는 상세한 기사는 사건의 핵심을 찌른 것이었다.

 내일 오전 10시(서머타임), 젊음과 건강미가 넘치고 현대의 광기와 퇴폐에 물들지 않은 청초하고도 아름다운 부인이 쿠퍼 거리의 구치소에서 궤짝 같은 '한숨의 다리'를 건너 아무런 장식도 없는 삼엄한 입구를 지나 법정으로 끌려갈 것이다. 이곳은 마서 군민의 이름으로 가장 흉악한 범죄자가 재판을 받는 곳이다.

 그녀는 고대의 여자 노예처럼 수갑을 차고 정의의 심판대에 세워져 가장 비싼 값을 부른 사람에게 팔리는 것이다. 뉴저지 주 마서 군을 대표하는 지방검사 폴 폴린저 씨에게 낙찰될까, 그녀의 변호를 맡은 충실하고 명민한 오빠 윌리엄 에인절 씨에게 낙찰될까?

 과연 필라델피아의 젊은 부인 루시 윌슨이 남편의 심장에 날카로운 페이퍼 나이프를 꽂은 것일까, 아니면 어느 다른 여자일까? 사람들은 그 결정이 그녀와 대등한 위치에 있는 사람들 가운데에서 뽑힌 배심원에 의해 공정하게 이루어져야 한다고 생각한다. 그렇지 않으면 정당한 재판을 기대할 수 없다는 의견이 지배적이었다.

왜냐하면 바야흐로 생사를 가늠하는 재판에 서는 사람은 루시 윌슨이 아니라 사회 그 자체이기 때문이다. 재력과 지위가 있는 한 남자가 다른 도시에서 거짓 이름으로 가난하고 보잘것없는 여자와 결혼하여 그녀의 생애 가운데 가장 중요한 10년을 빼앗고, 이미 돌이킬 수 없는 지경에 이르러서야 그는 진실을 털어놓기로 마음먹고 자신의 가증스러운 죄를 고백하려 했다. 이같은 일을 가능하게 하는 것이 현대사회다. 이러한 남자가 이중 결혼을 하고 필라델피아에 가난한 아내를, 뉴욕에 돈 많은 아내를 두고 자신은 통근하듯 두 도시를 오가며 두 아내에게 시간을 나누어 태연하게 생활을 하였다. 그녀가 무죄거나 유죄이거나 진정한 피해자는 루시 윌슨이지, 필라델피아 공동묘지에 조셉 윌슨으로 묻힌 사나이도, 1927년 뉴욕의 세인트 앤드류스 대성당에서 거짓 결혼을 한 김볼도 아닌 것이다. 사회는 루시를 박해에서 지켜줄 것인가? 사회는 그가 루시의 생애에서 빼앗은 10년을 보상해 줄 것인가? 사회는 과연 재력과 권력이 그녀를 그 발굽 아래에 짓밟지 않도록 할 것인가? 이것이야말로 바야흐로 트렌턴, 필라델피아, 뉴욕, 아니, 온 국민이 스스로에게 묻는 질문이다.

빌 에인절은 배심원석 난간을 주먹이 하얘지도록 꽉 잡고 있었다.
"배심원 여러분, 법은 검찰 측과 마찬가지로 피고 측에게도 그가 입증하려는 것을 미리 요약해서 발표할 수 있도록 특권을 주고 있습니다. 여러분은 지금 이곳 군(郡) 검사의 말을 들었습니다. 나는 긴 말은 하지 않겠습니다. 우리의 학식 있는 검사 및 판사님은 충분히 아시겠지만, 살인 사건 재판에 있어 대부분의 경우 피고 측은 재판 전에 배심원에게 변론할 권리가 있는데도 이를 포기하는 것이 통례입니다. 왜냐하면 대부분의 경우 피고 측은 숨길 일이 있든가, 검찰 측 주장의 찌꺼기를 바탕으로 피고 측 주장을 해야 하기 때문입니다. 그러나 이 피고 측은 숨길 일이 아무것도 없습니다. 피고 측은 마서 군에서는 정의가 이루어질 수 있고, 또 마서 군에서는 정의가 이루어지리라는 것을 굳게 믿고 마음을 활짝 열어 여러분에게 호소하고 있습니다.

다만 이 말만은 드리고 싶습니다. 여러분은 내가 피고, 루시 에인절 윌슨의 오빠라는 점을 잊어 주시기 바랍니다. 여러분은 아울러 루시가 아직 젊고 아름다운, 인생의 절정기에 있는 여자라는 점도 잊어 주시기 바랍니다. 또 조셉 윌슨이 그녀에 대해 남자로서 저지를 수 있는 가장 잔혹한 일을 했다는 사실도 잊어 주시기 바랍니다. 또 실은 그가 부호 조셉 켄트 김볼이며, 그녀는 루시 윌슨이라는 여러분과 같은 사회적 계급에 속하는, 가난하고 남편에게 충실한 아내였다는 사실도 잊어 주시기 바랍니다. 그리고 마지막으로 이 10년에 걸친 평화로운 결혼 생활에서, 루시 윌슨은 조셉 켄트 김볼의 몇백만 달러의 돈 가운데 단돈 한 닢도 은혜를 받은 일이 없다는 사실 또한 잊어 주시기 바라는 바입니다.

만일 내가 루시 윌슨의 무죄에 대해 아주 하찮은 의혹을 한순간이라도 품은 적이 있었다면 나는 여러분에게 지금 말씀드린 일을 잊어 달라고 하지 않습니다. 만일 내가 그녀가 유죄라고 생각한다면 나는 이런 사실들을 과장하여 여러분의 동정심에 호소했을 것입니다.

하지만 나는 그렇게 생각지 않습니다. 나는 루시 윌슨이 이 살인 사건에 무죄임을 알고 있기 때문입니다. 내가 이 재판을 끝내기 전에 여러분은 루시 윌슨이 무죄라는 것을 알게 되리라 믿어 의심치 않습니다.

오직 하나 여러분이 기억하시기를 바라는 것은, 살인죄는 문명 국가가 개인에 대해 행할 수 있는 가장 엄숙한 고발이라는 사실입니다. 그러므로 여러분은 이 공판 중 언제나 한 가지 일을 마음에 간직해 주시기 바라는 바입니다. 그것은 검찰 측은 루시 윌슨이 의혹의 여지없이 명백한 살인범이라고 증명해야 한다는 점입니다.

이번과 같은 정황에 따른 사건에서 검찰 측은 피고가 범죄를 저지른 그 순간에 이르기까지 행동을 한 발짝 한 발짝 틈새 하나 놓치는 일 없이 완전히 입증할 필요가 있으며, 판사님은 여러분에게 이를 감시하도록 요구할 겁니다. 어떠한 틈도 짐작으로 메워서는 안 됩니다. 이것이야말로 정황 증거에 의한 재판의 철칙이며 여러분은 여기에 바탕을 두고 행동해 주시기 바랍니다. 그리고 또 증거는 검찰 측이 제출해야 한다는 것을 기억해 주십시오. 이 점에 대해서는 판사님께서 지시를 내리시리라 생각합니다.

배심원 여러분, 루시 윌슨은 여러분이 이 원칙을 늘 염두에 두기를 바라고 있습니다. 루시 윌슨은 정의를 몹시 바라고 있습니다. 그녀의 운명은 여러분의 손에 달려 있습니다. 그것은 훌륭한 손에 달려 있습니다."

"그 병에 든 것이 무엇이든 좋으니 좀 주시겠어요."

엘러 애머티가 말했다. 엘러리는 얼음과 소다수와 위스키를 섞어 빨강머리 젊은 여자에게 건네주었다. 빌 에인절은 윗옷을 벗고 와이셔츠 소매를 걷어올린 채 머리를 흔들며 창문으로 다가갔다. 창문은 활짝 열려 있었다. 창 밖 트렌턴의 밤은 무덥고 소란스러우며 카니발 때처럼 술렁거렸다.

엘러리는 아무 말 없는 빌의 등으로 눈길을 보내며 물었다. "자, 어떻게 생각하나?"

"내 생각을 말하지요." 엘러 애머티는 다리를 포개며 유리잔을 내려놓았다. "나는 우리가 모르는 커다란 뭔가가 있다고 생각해요."

빌이 재빨리 돌아보았다. "왜 그렇게 생각하지, 엘러?"

엘러는 포개 얹은 다리를 답답하다는 듯이 흔들었다. "내 말 들어요, 빌 에인절. 나는 이 도시를 잘 알고 있지만 당신은 몰라요. 당신은 폴린저가 바보라고 생각하세요? 누구 담배 좀 줘요."

엘러리가 건네주었다. "나도 여기자 말이 옳다고 생각해, 빌. 폴린저는 어린아이가 아니야."

빌은 얼굴을 찌푸렸다. "나도 그가 능력 있는 검사라 생각해. 하지만 사실이 말을 하고 있어. 그가 숨기고 있을 만한 것으로 중요한 것이 없잖아."

엘러는 스테이시 트렌트 호텔의 팔걸이의자에 깊숙이 몸을 묻었다. "내 말 들어요, 이 바보 양반. 폴 폴린저는 이 주에서 가장 날카로운 머리를 가진 사람 가운데 하나예요. 법률 책을 먹으며 자란 사람이지요. 폴린저는 아마 메난더 판사라면 내가 세상일을 알듯 속속들이 알고 있겠죠. 더욱이 그는 이 군의 배심 전문가예요. 그런 검찰관이 실수하리라고 생각해요? 충고하겠는데, 조심하세요, 빌."

빌은 화가 나서 얼굴이 빨개졌다. "알았어요, 알았어. 그 마술사가 모자 속에서 무엇을 꺼낼지 가르쳐 주시겠습니까? 나는 이 사건을 손바닥을 들여다보듯 잘 알고 있어요. 폴린저는 센세이셔널한 사건을 유죄로 몰고 가는 데 집착한 나머지 잘못 생각하고 있는 거예요. 전에도 그런 일은 있었고 앞으로도 있을 겁니다."

"그럼, 자네는 동생이 유죄 판결을 받지 않는다고 생각하나?" 엘러리가 물었다.

"절대로 그런 일은 없을 걸세. 이 사건은 배심 평결에도 가지 않을 거야. 뉴저지 주 법도 다른 곳과 마찬가지로 법이지. 폴린저가 검찰 측 증언을 끝내면 나는 기소 각하를 신청하겠어. 그렇게 하면 메난더 판사는 이 사건을 곧장 창 밖으로 내던질 거야."

여기자는 한숨지었다. "정말로 자기중심적인 가엾은 사람이군요. 이래서 제가 당신에게 많은 시간과 정력을 허비하고 있는지 몰라요. 엉터리 자신감! 나는 당신이 좋아요. 하지만 내 인내력엔 한계가 있어요. 누이동생의 목숨이 달려 있는 일인데, 어떻게 그토록 자신을 가질 수 있지요?"

빌은 다시 창문 밖을 내다보았다. 이윽고 그는 입을 열었다. "당신들 두 사람은 법률가가 아니야. 그러므로 내가 하는 말을 이해 못해. 당신들은 보통 사람의 잘못된 관념으로 상황 증거를 보고 있어."

"꽤 유력하다고 생각되는데."

"아냐, 빈약하기 그지없어. 폴린저가 갖고 있는 게 뭐야? 피해자가 죽을 때 한 말인데, 불행하게도 이건 내가 밝힌 거지. 그 말은 피해자가 자신이 죽는다는 것을 알고 한 말이야. 이 점은 법률적으로 중요해. 그는 베일을 쓴 여자가 찔렀다고 했어. 또 검찰관은 범행 현장의 진흙길에 찍힌 포드의 바퀴 자국을 증거로 가지고 있지. 그가 전문가에게 감정시켜 루시의 포드가 그 바퀴 자국을 낸 차라는 것이 확인됐다고 하자고. 그게 어쨌다는 거야? 범인이 그녀의 자동차를 썼던 것일세.

루시의 자동차 안에서 베일이 발견되었어. 그것은 그녀의 것이 아니야. 나는 그 베일이 루시의 것이 아니라는 것을 알아. 왜냐하면 그녀는 베일을 쓴 적도 없고 또 가지고 있지도 않기 때문이지. 따라서 그는 그 베일이 그녀의 것이라고 증명할 수 없어.

그렇다면 문제는 베일쓴 여자 범인이 사용한 루시의 자동차야. 그에게는 범행 현장 가까이에서 베일을 쓴 여자가 포드를 타고 있는 것을 보았다는 증인이 있는지도 몰라. 그 증인이 위증을 한다거나, 잘못 알고 루시를 확인했다고 하더라도 그의 증언의 진실성을 깨는 것은 어렵지 않지. 베일을 쓰고 있었다는 사실 자체가 아무도 확실히 확인할 수 없다고 법은 보고 있어."

"그녀에게는 알리바이가 없어." 엘러리가 지적했다. "그리고 이론적으로 말하면 그녀에게는 살의를 품을 만한 두 가지 동기가 있지."

"모두 과장된 이야기야." 빌이 사납게 말했다. "법률적으로 말해 알리바이는 필요 없어. 그렇다고 해도 폭스 극장의 매표계원이 루시를 확인해 주었으면 해. 어쨌든 폴린저의 증거가 이 이상은 안 될 거야.

그리고 자네에게 묻겠는데, 지금 이야기한 몇 가지 사실 가운데 루시와 조금이라도 직접 관계된 것이 있어? 자네는 법률을 몰라, 유죄 인정을 시키기에 충분한 정황 증거란 어떤 증거보다도 먼저 피고가 범행 현장에 있었다는 것을 증명해야 해. 폴린저가 어떻게 루시 윌슨이 6월 1일 밤 그 오두막에 있었다는 것을 증명할 수 있나 말해 봐."

"그녀의 자동차……." 엘러가 말을 시작했다.

"말도 안 돼! 그녀의 자동차가 있었다고 해서 그녀가 그곳에 있었다고는 말할 수 없어요. 누구든 그녀의 자동차를 훔칠 수 있어. 그리고 실제로 그렇게 됐고."

"하지만 추정만으로는……."

"법률에서는 그런 추정을 인정하지 않아. 비록 폴린저가 그 집에서 그녀가 지녔던 물건——손수건, 장갑, 그 밖의 것——을 찾아내어 제시한다 하더라도 그것은 '그녀'가 거기 있었다는 증거가 되지 못해. 상황 증거의 원칙에 적용되는 증거는 못 돼요."

"너무 흥분하지 말아요, 빌." 빨강머리 여자는 한숨을 내쉬었다. "당신 말대로라면 괜찮을 듯싶기도 하군요. 그러나……."

그녀는 얼굴을 찌푸리며 잔을 집어들어 길게 들이켰다.

빌의 얼굴이 부드러워졌다. 그는 다가가서 그녀의 다른 한 손을 잡았다. "엘러, 나는 고맙다는 말을 하고 싶었는데 이제까지 그럴 기회가 없었어요. 고마움을 모른다고 생각하지 말아요. 당신이 큰 힘이 되고 있어요. 그리고 당신이 신문에 쓴 글이 확실히 세상 여론을 움직여 주었어요. 당신이 한편이라 얼마나 반가운지 모릅니다."

"무슨 말을 하는 거예요, 내 할 일을 했을 뿐인데." 그녀가 말은 가볍게 했으나 정다움이 깃들인 웃음을 빙긋 떠올리고 있었다. "나는 루시가 그 원숭이를 쩔렸다고 믿지 않아요. 연애나 살인 사건 재판이나 공평해야 하잖아요? 이 사건에 상류 계급이 있길래 내가 내 자신의 유혹을 뿌리치지 못하고 한 방 먹였어요……. 어쨌든 나는 그 파크 애버뉴 사람들이 마음에 들지 않아요."

엘러는 잡힌 손을 슬그머니 뺐다.

"빌도 같은 생각예요." 엘러리가 중얼거렸다.

"이봐, 내 말 들어. 그들 중에서 인간적인 면을 가진 사람을 발견했다고 해서……." 빌이 말하다 말고 얼굴을 붉혔다.

엘러 애머티는 눈썹을 치켜올리고 그를 흘끗 보았다.

"로맨스 냄새가 나는데. 어떻게 된 거예요, 빌. 또 하나의 몬터규 집안과 캐플렛 집안인가요?"

"바보 같은 소리 말아요. 당신들 두 사람은 바늘만한 일을 몽둥이만큼이나 부풀리는 곤란한 재주를 가졌어! 그 여자는 약혼자가 있어. 그녀는 나와 신분이 영 달라요. 나는 다만……."

그녀는 엘러리를 향해 왼쪽 눈을 천천히 감았다. 빌은 화가 나서 이를 악물며 얼굴을 돌렸다. 엘러는 일어나 유리잔에 다시 술을 따랐다. 한참 동안 아무도 말하지 않았다.

 사람이 가득 찬 법정에서, 폴린저는 냉혹하고 자신 있게, 마치 이 공판은 이미 예정된 유죄 판결을 얻기 위한 단순한 수속에 지나지 않는다는 듯 재빨리 일을 처리해 나갔다. 창문과 천장의 채광 창이 열리고, 선풍기도 돌고 있었으나 법정은 사람들의 숨결로 숨막힐 것 같았다. 폴린저의 옷깃은 걸레가 되어 있었고, 빌의 얼굴에도 땀이 흐르고 있었다. 교도관 두 사람의 경비 아래 피고석에 앉아 있는 루시 윌슨만이 더위를 느끼지 않는 듯했다. 그녀의 피부는 발한 작용이라는 중요한 생리 현상이 멎어 버리기라도 한 듯 메마르고 파리했다. 그녀는 두 손을 무릎에 얹고 온갖 종류의 사람들로 이루어진 배심원들의 당혹한 눈길을 피하듯 몸을 꼿꼿이 하고 앉아 땀이 흐르고 있는 메난더 재판장의 얼굴을 바라보고 있었다.
 첫날 공판이 끝날 때 〈필라델피아 레저〉지의 사팔뜨기 기자는 다음과 같이 타자를 쳤다.

  폴린저 검사는 또다시 살인 사건 재판에서의 그 특유의 천재성을 발휘하여 결정적인 중요 요소를 눈 깜박할 사이에 논증해 보였다. 그는 빠르게 움직였다. 이날 폴린저 씨가 증인석에 앉힌 증인은 하이람 오딜 검시관, 윌리엄 에인절 피고 측 변호인, 드 종 경찰서장, 뉴욕의 그로브너 핀치, 존 셀러스, 아서 피네티, 허니건 경사 그리고 뉴욕 시 경찰국 도널드 페어차일드 경위 등이었다. 검사는 이들의 증언에 따라 피고의 보험에 의한 범행 동기 및 시체 발견에 관한 중요한 사실, 여러 가지 중요한 증거물——그 가운데에는 피고 소유의 포드 쿠페에서 떨어진 것으로 밝혀진 라디에이터 캡도 있다——을 확인했다.

믿을 만한 소식통에 따르면 폴린저 씨는 에인절 씨의 집요한 힐문과 이의에도, 조셉 켄트 윌슨이 찔려 죽은 집 앞 진흙길에 찍힌 중요한 파이어스톤 바퀴 자국에 관한 전문가의 증언을 재판기록에 넣음으로써 변호인 측에 결정적인 일격을 가했다.

오후에는 바퀴 흔적을 처음으로 살펴본 트렌턴 경찰 토머스 허니건 경사와 윌슨 부인 소유의 포드 쿠페를 발견한 드 종 서장 및 페어차일드 경위의 직접심문과 반대신문이 있었다. 페어차일드 경위는 자동차 바퀴자국 감식의 저명한 권위자이다. 증인석에 선 페어차일드 경위는 그가 발견한 것에 대해 의문을 던지려는 에인절 변호인의 필사적인 시도를 물리치고 허니건 경사의 증언을 심도 있게 확증했다. 이 뉴욕의 전문가는 자동차 길에 찍힌 바퀴 자국 사진과 석고형을 법정에 제출된 윌슨 부인의 포드 바퀴 현품과 대조 비교해 보았다. 페어차일드 경위는 그가 발견한 것을 요약하여 다음과 같이 증언했다.

"마모된 자동차 바퀴는 사람 지문과 마찬가지로 틀림없이 확인할 수 있습니다. 똑같은 바퀴일지라도 오래 사용한 두 개의 바퀴는 절대로 똑같은 자국을 남기는 일이 없습니다. 이들 파이어스톤 바퀴는 몇 년 동안 쓴 낡은 것이므로 그 표면에 긁힌 자국과 찢긴 자국이 나 있습니다. 나는 피고의 자동차를 살인 현장 앞 길에서 범죄가 일어난 날 밤과 똑같은 조건 아래서 주의 깊게 운전하여 보았습니다. 그 결과 이들 바퀴가 이 석고형의 것과 똑같은 긁힌 자국, 찢긴 자국, 마모 상태 등의 자국을 남겼다는 것을 확인했습니다."

"그것에서 어떤 결론을 얻었습니까, 경위?" 폴린저 씨가 물었다.

"이 사진 및 석고형에 찍힌 자국은 여기 증거로 제출된 네 개의 바퀴가 만들었다는 것은 의심할 여지가 없다고 생각합니다."

피고 측의 에인절 변호사는 '증거물로 제출된 네 개의 바퀴'는 윌슨 부인의 자동차 것이 아니라 경찰 측이 고의로 다른 차의 것과 바꿔치기한 것이라는 인상을 사람들에게 심어 주려고 했으나, 그것은 폴린저 씨의 재직접심문에 의해 좌절되고 말았다.

"아직은 심하지 않아." 사흘째 되는 날 밤, 에인절이 엘러리에게 말했다. 두 사람은 스테이시 트랜트호텔, 빌의 방에 있었다. 빌은 속옷차림으로 찬물에 얼굴을 담갔다. "휴, 엘러리, 술을 좀 마셔. 소다수는 옷장 위에 있어. 진저엘도 있고."

엘러리는 신음소리를 내며 앉았다. 그의 린네르 양복은 마구 구겨지고 얼굴은 먼지투성이었다. "아니, 괜찮아. 아래에서 지독한 레몬수를 마셨어. 오늘은 어땠나?"

빌은 수건을 집어들었다. "언제나 똑같아. 사실 나는 좀 걱정이 되기 시작해. 이런 식으로 해서는 폴린저도 이 사건에서 유죄 판결을 얻어낼 가망이 거의 없는 것을 알 거야. 그는 아직 루시를 사건과 결부시키지 못했어. 자네는 하루 종일 어디 갔었지?"

"돌아다녔어."

빌은 수건을 집어던지고 깨끗한 셔츠를 꺼냈다.

"그래?"

그는 좀 실망한 표정이었다.

"돌아와 줘서 고마워. 이번 일로 자네도 일이 뒤죽박죽 됐을 거야."

"그런 게 아냐. 자네 일 때문에 뉴욕에 갔다 왔어."

"엘러리! 무슨 일로?"

엘러리는 손을 뻗어 복사된 두툼한 서류 한 다발을 집어들었다. 그것은 그날 증언의 공식 기록이었다. "별로 소득이 없었어. 내게 어떤 생각이 있었는데 잘 되지 않더군. 이 기록을 봐도 괜찮지? 내가 없는 동안 어떤 일이 있었는지 알고 싶어."

빌은 우울하게 고개를 끄덕이고 옷을 갈아입은 뒤 방을 나갔다. 엘러리는 열심히 복사물을 읽고 있었다. 빌은 엘리베이터로 7층에 가서 745호실 문을 노크했다. 앤드레 김볼이 문을 열었다.

두 사람 모두 조금 어색한 얼굴이었다. 한순간 빌의 얼굴빛이 그녀의 살갗과 마찬가지로 창백해졌다. 그녀는 깃 높은 원피스를 입고 진주가 박힌 핀으로 옷깃을 여미고 있었다.

빌은 곧 그녀가 근심하고 있다는 것을 알 수 있었다. 앤드레의 푸른 눈 가장자리는 흉하게 검었고 얼굴은 몹시 수척하여 병자 같았다. 그녀가 힘없이 날씬한 몸을 문틀에 기댔다.

"빌 에인절, 반가…… 반가워요. 어서 들어오세요." 그녀의 목소리가 목에 걸렸다.

"어서 들어와요, 빌. 진짜 파티를 열자고요!" 방 안에서 엘러 애머티가 소리쳤다.

빌은 이상하다는 표정을 지은 뒤에 안으로 들어갔다. 거실에는 꽃을 가득 장식했고 가장 큰 의자에 엘러 애머티가 누워 있었다. 팔꿈치 옆에는 술잔이 있었고, 손가락 사이에 담배를 끼우고 있었다. 몸집 큰 버크 존스는 창문틀에 걸터앉아 있었다. 헝겊으로 매단 그의 팔을 위협하듯 내밀고 있었다.

"실례했습니다, 김볼 양. 나중에 다시 찾아 뵙겠습니다." 빌은 멈춰 섰다.

"이게 뭐요? 사교적인 방문이요? 당신들은 서로 반대 입장에 있다고 생각했는데요." 존스가 말했다.

"나는 김볼 양에게 볼일이 있습니다." 빌이 무뚝뚝하게 말했다.

"모두들 친구예요. 앉으세요," 앤드레가 희미하게 빙긋 웃었다.

"에인절 씨. 나는 그 뒤로 아직…… 아무튼 약간 거북하게 됐어요."

"그렇군요." 빌은 멍청히 대답하고 앉으며 어째서 이런 짓을 하고 있을까 생각했다.

"당신은 무슨 일로 왔지, 엘러?"

"나는 탐색하러 다니는 중예요. 이쪽은 어떤가 알아보러 왔어요. 어쩌면 기삿거리가 될 만한 것을 얻었지요. 킴볼 양은 친절히 대해 줬고, 존스 씨는 나를 스파이로 알고 있어요. 아주 멋져요."

여기자는 재미있다는 듯 소리내어 웃었다.

존스는 커다란 몸집을 움직여 창문틀에서 초조한 듯이 내려왔다.

"당신들은 어째서 우리를 가만히 내버려두지 않는 거요? 이런 싸구려 호텔에 묶여 있는 것만으로도 화가 나서 참을 수 없는데." 존스가 사납게 말했다.

앤드레는 자기 손을 내려다보았다.

"저, 버크, 잠깐 자리를 피해 주시겠어요?"

"피해 달라고? 좋아. 둘이서 잘해 봐." 그는 안으로 통하는 문을 거칠게 연 후에 '쾅' 닫고 나갔다.

"저런, 보이 프렌드가 성질이 보통이 아니군요. 저 친구 교육 좀 받아야겠어. 형편없는 친구 같아요."

엘러리가 중얼거렸다.

그녀는 게으른 몸짓으로 일어나 잔을 비우고, 두 사람에게 짓궂은 웃음을 지어 보이며 방을 나갔다.

빌과 앤드레는 얼마 동안 아무 말 없이 앉아 있었다. 침묵이 그들을 짓눌렀다. 두 사람은 서로 보지 않았다. 이윽고 빌은 헛기침하고 나서 입을 열었다.

"엘러에게는 신경 쓰지 마십시오, 킴볼 양. 악의는 없으니까요. 신문 기자들이 어떤지 아시잖습니까?"

"마음 쓰지 않아요." 앤드레는 자기 손을 바라보고 있었다. "무슨 일로 오셨는지?"

빌은 일어서서 두 손을 주머니에 찔렀다. "우리는 둘 다 불쾌한 일을 당하고 있습니다. 존스 말대로 우리 입장은 서로 다릅니다. 나는 여기 오는 게 아니었어요."

"왜요?" 그녀는 손을 머리로 가져가며 나직이 중얼거렸다.

"그것은 옳지 않아요. 내가 이렇게 해서는 안 되는데……."

"왜 안 되지요?" 그녀는 얼굴을 들어 똑바로 그를 보았다.

빌은 의자를 발로 툭툭 찼다.

"좋아요, 말하지요. 개인 감정을 말하는 겁니다. 사실을 털어놓는다고 해서 죄가 되지는 않겠지요. 나는 당신에게 호의를 느끼고 있습니다. 바보같이 그런 감정을 갖게……. 그런 뜻이 아닙니다. 내 말은 내 누이동생이 지금 살기 위해 싸우고 있습니다. 나는 어떤 무기나 쓰지 않으면 안 됩니다. 싫어도 그렇게 하지 않을 수 없을 겁니다."

그녀는 좀 핼쑥해졌다. 그리고 입술을 핥았다. "말씀하세요. 뭔가 할 말이 있군요. 설마……."

빌은 다시 앉았다. 그가 그녀의 손을 덥석 잡았다. "내 말 들어요, 앤드레. 나는 오늘 밤 내 본능이나 여태까지 받은 훈련을 무시하고 여기 왔습니다. 나는 당신이 화내지 않기를 바라요."

그가 숨을 깊이 들이마셨다. "앤드레, 나는 당신을 증인석에 세워야 할지도 모릅니다."

그녀는 불에 데기라도 한 듯 얼른 손을 뺐다. "빌, 설마 그런 일을 ……!"

그는 두 손으로 얼굴을 쓸었다. "그런 일이 생길지도 모릅니다. 내 입장을 이해해 주시오. 지금 나는 빌 에인절이 아니라 루시의 변호인으로서 이야기하고 있습니다. 폴린저는 앞으로도 계속 공격을 해올 겁니다. 이제까지는 그가 이길 가망성은 없습니다. 그는 검찰 측 증거 제출을 끝내기 전에 사정을 완전히 바꿀 만한 것을 들고 나올지도 모릅니다. 만일 그렇게 되었을 경우 나는 무슨 일을 해서라도 피고를 지켜야 합니다."

"그게 나와 무슨 관계가 있지요?" 그녀는 속삭이듯 물었다. 그는 눈을 내리떠서 카펫을 보고 있었으므로 그녀의 눈에 떠오른 공포를 보지 못했다.

"대부분 살인 사건에서 피고 측은 언제나 수동적인 입장에 있습니다. 쟁점을 혼란시키는 것이 피고 측 전술이지요. 피고 측은 배심원의 머리에 되도록 많은 의문을 주어야 합니다. 내 생각에 폴린저는 틀림없이 당신이 그 범행 현장에 갔었다는 것을 알고 있습니다. 캐딜락을 추적하면 쉽게 알 수 있으니까요. 나는 그가 당신에게 자동차 문제를 물었는지 안 물었는지는 모릅니다."

그가 말을 끊었으나 그녀는 아무 대답도 하지 않았다.

"물론 그는 당신을 증인석에 세우지는 않겠지요. 그런 일을 하면 검찰 측이 불리해지기 때문입니다."

그는 다시 그녀의 손을 잡고 싶었으나 차마 그러지 못했다.

"검찰 측에 불리하다고 피고 측에 유리하다는 것은 아니지 않습니까?"

그녀는 일어섰다. 빌은 올려다보며 그녀가 오만한 태도로 화내리라고 생각했다. 그러나 그녀는 그러지 않았다. 그녀는 입술을 깨물고 손으로 의자를 더듬었다.

"빌……. 부탁이에요. 제발 그것만은 시키지 말아 주세요. 나는 이제까지 애원한 적이 없지만 지금은 이렇게 부탁하겠어요. 나는 증인석에 서기 싫어요, 설 수 없어요, 서면 안 된단 말예요!"
 그녀가 울부짖었다.
 비로소 빌은 샤워기의 차가운 물을 뒤집어쓴듯 머리가 맑고 냉정해져 명석한 판단력을 되찾았다. 그는 일어섰다. 두 사람은 마주서서 서로를 바라보았다.
 "앤드레, 어째서 서면 안 된다는 겁니까?" 그가 낮게 물었다.
 "그건…… 그건 말할 수 없어요! 나는……." 그녀는 다시 입술을 깨물었다.
 "세상의 평판이 두렵습니까?"
 "아녜요, 빌. 그게 아녜요, 내가 평판 따위 때문에……."
 "앤드레, 당신은 뭔가 중요한 것을 알고 있어!" 그의 목소리는 날카로웠다.
 "아니, 아녜요, 그런 일은 없어요, 정말 없어요."
 "틀림없소, 이제야 알았소, 당신은 나를 속이고 있었어. 내 동정심을 이용하고 있었던 거야."
 그는 성난 눈으로 그녀를 노려보았다. 그리고 그녀의 어깨를 꽉 잡았다. 그녀는 몸을 움츠리며 얼굴을 두 손에 묻었다.
 "당신이 잘되기를 바란다니 뭐니 한 말은 전부 부질없는 얘기였어! 나는 좋은 교훈을 얻었소, 송충이는 솔잎이나 먹어야 하는 건데. 당신은 나를 용케 속여넘긴 줄 알겠지요, 나를 속여서 누이동생이 삶과 죽음의 갈림길에서 헤매고 있는 이때 내 주의를 흩트리고, 내게 아무 말도 못하게 한 줄 알았지!
  그러나 그것은 틀렸어. 나는 더 이상 속지 않아. 김볼 양, 당신은 반드시 증인석에 설 거야. 그리고 내 누이동생을 구해 낼 만한 사실을 알면서 숨기고 있다면 그때는 각오해!"
 그녀는 흐느끼고 있었다. 그는 그녀의 몸에 손이 닿는 것이 징그럽다는 듯 어깨에서 손을 뗐다.

"그게 아녜요, 당신은 이해 못하고 있어요." 그녀는 얼굴을 감싼 채 울먹이는 목소리로 말했다. "빌, 어쩌면 그런 말을 하세요. 나는 연극을 하고 있는 게 아니에요. 내 힘으로는……. 누이동생을 도와드릴 수 없어요. 내가 알고 있는 일이라고는……."

"그럼, 뭔가 알고 있군!"

그녀의 공포에 질린 눈이 빌을 놀라게 했다. 그는 이제까지 사람의 얼굴에서 그런 표정을 본 적이 없었다. 그는 뒤로 물러섰다. 그리고 노여움이 썰물처럼 빠져나가는 것을 느꼈다.

"나는 아무것도 몰라요." 그녀는 숨막힌 듯한 목소리로 재빠르게 속삭였다. "나 자신 무슨 말을 하고 있는지도 모르겠어요. 나는 쇼크 상태에 있어요. 정말로 아무것도 몰라요. 오, 빌, 제발 부탁이에요……."

"앤드레, 무슨 일이요?" 그가 나직이 말을 이었다. "왜 나를 믿고 의논해서 내게 도움을 청하지 않는 거요? 당신은 뭔가 곤경에 처해 있어요. 당신은 이 사건과 관계가 있소? 당신이…… 그를 죽였소?"

그녀는 펄쩍 뒤로 물러났다. "아녜요! 나는 아무것도 몰라요. 정말예요. 나를 증인석에 세운다면 나는 달아나겠어요. 외국으로 가 버리겠어요. 나는……."

빌은 길게 숨을 내쉬고 긴장을 풀었다. "알았습니다, 이렇게 되면 나도 방법이 있습니다."

그가 조용히 말했다. "한 마디 경고하겠는데, 킴볼 양, 당신이 분별없는 행동을 하면 나는 당신이 죽을 때까지 쫓아다니겠습니다. 나는 곤란한 입장에 있습니다. 당신도 마찬가집니다. 그러나 루시는 더욱더 위험한 운명에 놓여 있습니다. 당신은 아무데도 가지 말고 얌전히 있어야 합니다. 나도 되도록 당신을 괴롭히지 않을 테니까요. 알겠습니까?"

앤드레는 아무 대답도 하지 않고 긴 의자에 엎드려 흐느끼고 있었다. 그는 오래도록 뺨의 근육을 실룩거리며 그녀를 바라보고 있었다. 이윽고 그는 몸을 돌려 방을 나갔다.

엘러리는 증언 기록을 죽 읽은 다음, 윗옷을 벗고 담뱃불을 붙인 뒤 다시 한 번 처음부터 다시 읽기 시작했다. 특히 그의 주의를 끄는 것은 굉장한 분량의 증언 가운데 어느 한 부분이었다. 그 증인은 오후 늦게 소환된 증인이었다. 그는 증언 기록을 한 자 한 자 자세히 다시 읽었다. 읽어 가는 동안 눈썹 사이의 주름이 깊어졌다.

폴린저의 직접 심문
문 : 당신 이름은?
답 : 존 하워드 콜린스.
문 : 콜린스 씨, 당신은 주유소를 경영하고 계십니까?
답 : 그렇습니다.
문 : 당신의 주유소는 어디에 있지요?
답 : 내 가게는 트렌턴에서 램버튼 가도를 따라 10킬로미터쯤 간 곳에 있습니다. 트렌턴과 캠든 사이에 있습니다. 트랜턴 쪽으로 치우쳐 있는데……
문 : 콜린스 씨, 지금 내가 이 지도 위에서 한 지점을 가리키고 있습니다. 대충 이쯤에 당신의 주유소가 있습니까?
답 : 그쯤 됩니다. 그렇습니다.
문 : 당신은 그곳을 잘 압니까?
답 : 알다마다요. 그곳에 가게를 낸 지 벌써 9, 10년쯤 됩니다. 나

는 트랜턴 가까이에서 죽 살았습니다.
문 : 그럼, 당신은 선착장이 있는 곳을 알겠군요? 이 지도 위에서 그곳을 가리킬 수 있습니까?
답 : 네. (증인은 막대기를 들어 지도 위의 선착장이 있는 지점을 가리켰다.)
답 : 바로 여기입니다.
문 : 맞습니다. 증인석으로 돌아가십시오. 자, 콜린스 씨. 당신 가게에서 선착장은 얼마쯤 떨어졌습니까?
답 : 5킬로미터입니다.
문 : 당신은 금년 6월 1일 밤 일을 기억하고 있습니까? 한 달이 채 못 된 때 일입니다.
답 : 기억하고 있습니다.
문 : 확실하게 기억합니까?
답 : 그렇습니다.
문 : 어떻게 특별히 그날 밤 일을 그토록 잘 기억하고 있습니까?
답 : 여러 가지 일이 있었기 때문입니다. 첫째, 그날은 오후 내내 비가 내려 거의 장사가 되지 않았습니다. 둘째, 그날 밤 7시 30분쯤 나는 고용인과 말다툼을 한 뒤 그를 해고시켰습니다. 셋째, 금요일 밤 휘발유 재고량이 적어 토요일 아침 아주 일찍 트럭으로 가져다 달라고 정유 회사에 부탁했습니다. 일요일에 휘발유가 부족하면 안 되니까요. 그런데 토요일 하루 종일 기다려도 그 휘발유 트럭이 오지 않았습니다.
문 : 그랬군요. 그럼, 콜린스 씨. 지금 당신이 말씀하신 일들 때문에 그날을 확실하게 기억하고 있겠군요. 자, 이제 당신에게 검찰 측 증거물 제17호인 자동차 사진을 보여 드리겠습니다. 당신은 이 사진에 있는 자동차를 본 일이 있습니까?

답 : 네, 그날 밤 8시 5분에 그 자동차는 우리 가게에 왔습니다.
문 : 어떻게 이 사진에 있는 자동차가 6월 1일 밤 8시 5분에 당신 주유소에 온 차라는 것을 압니까?
답 : 이것은 1932년형 포드 쿠페이고, 내 가게에 온 자동차도 같은 차였습니다. 만일 자동차 번호를 적어 두지 않았더라면 나는 그것이 같은 자동차라고 잘라 말하지는 못했겠지요. 하지만 이 사진의 자동차에는 같은 자동차 번호판이 달려 있습니다.
문 : 콜린스 씨, 당신은 자동차 번호를 적어 두었습니까? 왜죠?
답 : 왜냐하면 그것을 운전하던 여자분이 어쩐지 이상했기 때문입니다. 지금 그것이라고 한 건 포드를 말한 것입니다. 그 여자는 행동하는 게 좀 우스꽝스러웠습니다. 그 여자는 뭔가를 두려워하는 것 같았습니다. 게다가 얼굴을 베일로 완전히 가리고 있었지요. 요즘 베일은 흔히 볼 수 있는 게 아닙니다. 특히 그런 베일은. 나는 아무래도 이상하다는 생각이 들어 기억해 두어야겠다고 그 번호를 적어두었습니다.
문 : 그 베일 쓴 여자가 당신 가게에 자동차를 갖다 댔을 때 어떤 일이 있었는지 배심원 여러분에게 말씀하십시오.
답 : 나는 사무실에서 달려나가 그 여자에게 '휘발유를 넣어 드릴까요' 하고 물었습니다. 그러자 그 여자는 머리를 끄덕였습니다. 나는 '얼마나 드릴까요' 하고 물었습니다. 그리고 나는 그녀에게 휘발유 5갤런을 넣었습니다. (자동차는 여성 명사이므로 '그 자동차'라는 말을 '그녀'라고 말하고 있음)
판사 : 법정에서 무례한 행동은 금합니다. 이 증언 가운데 그처럼 웃을 만한 부분은 없습니다. 정리는 이 심문의 올바른 진행을 방해하는 사람은 퇴장시키시오. 검사는 심문을 계속하십시오.
문 : 콜린스 씨, 당신이 그 포드의 연료 탱크에 휘발유 5갤런을 넣은 뒤 어떤 일이 있었습니까?

답 : 그녀는 나에게 1달러 지폐를 건네주고 거스름돈을 받지도 않고 떠났습니다. 그렇습니다, 이것도 그녀를 기억하고 있는 이유 가운데 하나입니다.

문 : 그녀는 자동차를 어느 방향으로 몰고 갔습니까?

답 : 선착장 근처, 살인이 있었던 오두막 쪽이었습니다.

에인절 : 재판장님, 부당한 결론을 암시하는 듯한 대답에 이의 있습니다. 증인 자신의 증언에 따르면 그의 주소는 선착장에서 4.8킬로미터쯤 떨어진 곳에 있습니다. 게다가 이 대답 방식은 명백하게 편견을 내포하고 있습니다.

폴린저 : 만일 그 자동차가 트렌턴 쪽으로 갔다면 그것은 범행 현장 쪽으로 간 것이라고 할 수 있습니다. 우리는 지금 방향을 말하는 것이지 그 행선지를 말하는 게 아닙니다.

판사 : 그것은 사실입니다, 폴린저 씨. 하지만 지금의 대답이 행선지를 연관시키는 의미를 내포하고 있습니다. 이 대답은 기록에서 삭제하시오.

문 : 그 포드는 캠든 쪽으로 갔습니까?

답 : 아닙니다. 그것은 캠든 쪽에서 와서 트랜턴 쪽으로 갔습니다.

문 : 콜린스 씨, 검찰 측 증거물 제43호를 보여 드립니다. 당신은 이것이 무엇인지 아십니까?

답 : 네, 그것은 필라델피아에 버려진 자동차 안에서 발견된 여자의 베일로, 그것은……

에인절 : 이의 있습니다…….

폴린저 : 콜린스 씨, 묻지 않는 말에 대답해서는 안 됩니다. 당신이 아는 것과 자신의 눈으로 본 사실만을 대답해 주기 바랍니다. 좋습니다. 이것은 여자의 베일입니다. 당신은 이 베일을 알아볼 수 있습니까?

답 : 네.
문 : 이것을 본 건 마지막으로 언제입니까?
답 : 내 주유소로 그날 밤 자동차를 몰고 온 여자가 쓰고 있었습니다.
문 : 피고는 일어서 주십시오. 자, 콜린스 씨. 피고를 잘 보십시오. 당신은 전에 이 여자를 본 일이 있습니까?
답 : 있습니다.
문 : 언제, 어디서, 어떤 상황에서였습니까?
답 : 저 여자는 그날 밤 휘발유를 넣으러 온 포드에 탔던 사람입니다.
정리 : 조용히, 조용히 하십시오.
폴린저 : 변호인, 증인을 넘깁니다.

에인절의 반대신문
문 : 콜린스 씨, 당신은 램버튼 가도의 한 곳에서 9년 동안이나 주유소를 경영했습니다. 그러니 당신의 가게는 꽤 바쁠 만큼 손님이 많다고 여겨도 되겠습니까?
답 : 예, 그건 저……
폴린저 : 이의 있습니다.
문 : 그 대답은 안 해도 됩니다. 장사는 잘 됩니까, 콜린스 씨?
답 : 네.
문 : 거기서 9년 동안이나 계속해서 장사를 할 정도입니까?
답 : 네.
문 : 당신 주유소에는 해마다 몇천 대의 자동차가 휘발유며 그 밖의 자동차에 관한 갖가지 서비스를 받으러 찾아옵니까?
답 : 네, 그렇다고 생각합니다.

문 : 당신은 그렇다고 생각하는군요. 대략 몇 대쯤일까요? 지난 한 달 동안에 몇 대쯤이나 휘발유를 넣으러 왔습니까?

답 : 그건 좀 어려운 질문이군요. 일일이 적어 두지 않으니까요.

문 : 대충 짐작할 수는 있겠지요. 100대입니까, 1,000대입니까, 5,000대쯤입니까?

답 : 대답할 수 없습니다, 정말입니다. 잘 모르겠군요. 굉장히 많아서요.

문 : 좀더 자세히 말할 수 없겠습니까? 이를테면 한 달에 100대라면 하루 몇 대입니까?

답 : 세 대쯤되지만 실제로는 그보다 많습니다.

문 : 하루 세 대보다는 많군요. 하루 30대쯤 됩니까?

답 : 확실하지는 않지만 네, 그 정도입니다.

문 : 하루 30대라면 한 달에 대충 1,000대가 됩니까?

답 : 그렇습니다.

문 : 그렇다면 지난 6월 1일 저녁부터 지금까지 약 1,000대의 차에 기름을 넣었다고 할 수 있군요.

답 : 그렇다고 할 수 있습니다.

문 : 그런데도 한 달이 지난 지금, 1,000명의 운전수와 이야기하고 1,000대의 자동차에 기름을 넣어 준 뒤의 지금, 어느 한 대의 자동차를 아주 명확하게 기억하고 있어 그 자동차와 그 운전자의 모습을 분명히 말할 수 있다는 겁니까?

답 : 어떻게 기억하고 있는지는 아까 말했습니다. 그날은 비가 왔습니다.

문 : 콜린스 씨, 6월 1일 이후 오늘까지 비가 내린 날은 닷새였습니다. 당신은 그 닷새에 대해서도 마찬가지로 명확하게 기억하고 있습니까?

답 : 아니오. 하지만 그날은 고용인을 해고시켰으므로……

문 : 고용인을 해고시켰으므로 당신 가게에 자동차를 타고 온 손님 1,000명 중 한 사람을 기억하고 있다는 겁니까?

답 : 그리고 정유 회사에 전화 건 일도 있어서……

문 : 콜린스 씨, 올해 당신 가게 저장 탱크의 휘발유 재고량이 줄어든 것은 5월 31일에서 6월 1일 사이뿐입니까?

답 : 아니오.

문 : 잘 알았습니다. 콜린스 씨, 당신은 포드 쿠페의 자동차 번호를 적어 두었다고 증언했습니다. 그 메모를 좀 보여주시겠습니까?

답 : 지금 가지고 있지 않습니다.

문 : 어디 있습니까?

답 : 다른 옷에 들어 있습니다.

문 : 그 다른 옷은 어디 있습니까?

답 : 집에 있습니다.

정리 : 조용히, 조용히 하시오.

폴린저 : 증인은 되도록 빨리 그 메모를 제출하리라고 생각합니다.

에인절 : 검사님께 이 반대신문은 피고 측 변호인에게 맡겨 달라고 요청합니다.

답 : 그 메모는 내일 가져오겠습니다.

문 : 콜린스 씨, 그것은 그 메모의 원본을 말하는 거겠지요?

답 : 그렇습니다.

문 : 복사한 건 아니겠지요?

폴린저 : 변호인이 암시하는 것에 강력한 이의를 제기합니다. 검찰 측은 이 증인이 제출할 메모의 진실성을 입증할 수 있습니다. 오늘 그 메모를 제출하지 못한 것은 부주의에 지나지 않습니다.

에인절 : 재판장님, 검사 증언에 강력한 이의를 제기합니다.

판사 : 변호인에게 말하는데, 이 점에 관해서는 잠시 보류해도 좋다고 생각합니다. 증거를 가져왔을 때 다시 조사하면 되겠습니다.

문 : 콜린스 씨, 그 베일 쓴 여자가 당신 주유소에 자동차를 댔을 때부터 그녀가 떠날 때까지 몇 분이나 걸렸습니까?

답 : 5분쯤 됩니다.

문 : 5분이라고요. 당신은 그녀의 자동차에 휘발유 5갤런을 넣었다고 증언했습니다. 그 일에는 시간이 얼마쯤 걸립니까?

답 : 얼마쯤 걸리냐고요? 시간의 대부분은 그 일에 썼겠지요. 4분쯤 걸릴 겁니다. 캡을 벗기느라고 조금 시간이 걸렸지요. 나사가 녹슬어 있었거든요.

문 : 그럼, 5분 가운데 4분을 그 자동차 탱크 일로 쓴 셈이군요. 그 자동차 탱크는 어디 달려 있었습니까?

답 : 물론 자동차 뒷부분입니다.

문 : 뒷부분입니까? 그 5분 동안에 베일 쓴 여자가 자동차 밖으로 나온 일이 있습니까?

답 : 그 여자는 죽 운전석에 앉아 있었습니다.

문 : 그렇다면 당신은 그 5분 가운데 4분은 전혀 그녀를 못 본 셈이군요.

답 : 뭐, 그렇다고 할 수 있습니다.

문 : 그럼, 당신이 실제로 그녀를 본 것은 겨우 1분쯤인 셈이 되는군요.

답 : 그런 식으로 계산하면 그렇게 됩니다.

문 : 그런 식으로 계산하다니, 무슨 뜻입니까? 당신은 그렇게 생각하지 않습니까? 5에서 4를 빼면 1이잖습니까?

답 : 그렇습니다.
문 : 알겠습니다. 그 1분 동안에 베일 쓴 여자의 모습을 얼마만큼이나 봤습니까?
답 : 거의 다라 할 수 있습니다.
문 : 좀더 확실하게 말할 수 없습니까?
답 : 글쎄요······.
문 : 그 여자의 허리는 보였습니까?
답 : 거기까지는 보이지 않았습니다. 그녀는 핸들 앞에 앉아 있었으니까요. 또 그녀는 문을 열지 않았으므로 나는 그녀의 가슴 위밖에 보지 못했습니다.
문 : 당신이 본 부분만 말한다면 그녀는 뭘 입고 있었습니까?
답 : 큰 모자를 쓰고, 무슨 코트를 입고 있었습니다.
문 : 어떤 코트였지요?
답 : 천으로 된 헐렁한 코트입니다.
문 : 무슨 색이었습니까?
답 : 확실하게 말할 수는 없습니다. 짙은 색이었습니다.
문 : 짙다고요? 푸른색입니까, 검정입니까, 갈색입니까?
답 : 확실히는 모르겠습니다.
문 : 콜린스 씨, 그녀가 자동차를 몰고 왔을 때는 아직 밝았을 텐데요.
답 : 그렇습니다. 서머타임이 아닌 때라면 7시 조금 지났을 뿐이니까요.
문 : 아직 해가 지기 전에 보았는데 그녀의 코트가 무슨 색인지 말할 수 없다는 겁니까?
답 : 정확하게는 모르겠습니다. 지금 말한 대로 짙은 색 코트였습니다.
문 : 무슨 색 코트였는지 기억하지 못한다는 말이군요.

답 : 짙은 색으로 기억하고 있습니다.
문 : 하지만 당신은 그녀의 코트를 보았잖습니까?
답 : 지금 봤다고 말했습니다.
문 : 그렇다면, 6월 1일 저녁에는 그녀의 코트가 무슨 색인지 알았는데, 오늘은 어떤 색이었는지 모르겠다는 말입니까?
답 : 당신이 말하는 것과 같은 뜻으로는 몰랐습니다. 나는 코트 색에는 주의하지 않았습니다. 짙은 색 코트라는 것만 알고 있을 뿐입니다.
문 : 그런데 그녀의 용모는 주의해 보았다는 거군요.
답 : 그렇습니다.
문 : 당신은 증인석에 앉아, 이 피고가 한 달 전에 포드 쿠페를 타고 온 여자라고 확인할 수 있을 만큼 그녀의 용모를 자세히 보았다는 말이군요.
답 : 그렇습니다.
문 : 그렇지만 코트 색은 기억하지 못한다는 말입니까?
답 : 기억하지 못합니다.
문 : 모자는 어떤 색이었습니까?
답 : 모릅니다. 헐렁한 모자로……
문 : 그녀는 장갑을 끼고 있었습니까?
답 : 기억이 안 납니다.
문 : 당신은 그녀의 가슴 위쪽만을 봤습니까?
답 : 그렇습니다.
문 : 그녀를 본 것은 모두 합쳐서 1분 동안뿐이었지요?
답 : 그쯤됩니다.
문 : 그녀는 얼굴 전체를 가리는 두꺼운 베일을 쓰고 있었단 말이지요?

답 : 그렇습니다.
문 : 그럼에도, 당신은 피고가 그 포드 안에 앉아 있던 여자라고 확신하는 겁니까?
답 : 두 사람은 비슷한 몸매입니다.
문 : 아, 두 사람이 비슷한 몸매라고요? 물론 그것은 가슴에서부터 윗부분이 비슷한 몸매라는 뜻이겠지요?
답 : 그런 것 같습니다.
문 : 대충 그러리라고 생각하는 거로군요. 당신은 상상에 바탕을 두고 증언하는 겁니까, 아니면 알고 있는 사실에 따라 증언하는 겁니까?
폴린저 : 변호인이 증인에게 이런 식으로 질문하는 데 이의 있습니다. 이것은 쓸데없는 반대신문으로……
판사 : 검사, 증인이 피고를 확인했으니 변호인은 증인 기억력에 대한 신빙성을 반대신문할 권리가 있습니다. 변호인은 계속하십시오.
문 : 콜린스 씨, 당신은 6월 1일 밤 8시 5분에 그 포드 쿠페가 당신 주유소에 왔다고 했습니다. 그것은 확실한 증언입니까, 아니면 그것도 짐작으로 말한 겁니까?
답 : 아닙니다. 내 사무실 시계가 정확하게 8시 5분을 가리키고 있었습니다.
문 : 그 자동차가 들어왔을 때 당신은 시계를 보았다고요? 콜린스 씨, 그것은 당신의 습관입니까?
답 : 그 자동차가 왔을 때 나는 마침 시계를 보고 있었습니다. 아까도 말했듯이 그 자동차가 왔을 때 나는 전화를 걸고 있었습니다. 나는 아침에 전화했는데 하루 종일 기다려도 유조 트럭이 오지 않아 정유 회사에 항의 전화를 걸고 있었습니다. 나는 벌

써 8시 5분이라고 말했습니다. 그러니 내가 그때 시계를 보고 있었다는 것을 아시겠지요?

문 : 마침 그때 포드가 밖에 와 있었단 말이지요?

답 : 그렇습니다.

문 : 그래서 당신은 사무실을 나가 그 부인에게 휘발유 몇 갤런이 필요하냐고 물었습니까?

답 : 그렇습니다. 그러자 그 여자가 손가락 다섯 개를 들어 보였으므로 나는 탱크에 기름을 채웠습니다.

문 : 그 여자가 손을 들어 보였는데 당신은 그녀가 장갑을 끼었는지 어떤지 기억하지 못한다는 겁니까? 당신은 기억하는 일과 기억하지 못하는 일이 따로 있습니까?

답 : 그녀는 손을 들어 보였지만 나는 장갑에 대해서는 기억이 없습니다.

문 : 그렇군요. 당신은 탱크를 채웠다고 했지요? 5갤런으로 가득 채웠습니까?

답 : 그렇습니다.

문 : 그럼, 콜린스 씨, 당신은 포드의 연료 탱크의 크기가 어느 정도 되는지 알지 못합니까?

답 : 알고 있습니다. 대충 11갤런쯤 들어갑니다.

문 : 그렇다면 5갤런으로 탱크를 가득 채웠다는 건 잘못 말한 겁니까?

답 : 잘못 말하지 않았습니다. 나는 정말로 가득 채웠습니다. 거의 가득 채웠지요.

문 : 아, 그럼, 탱크는 비어 있지 않았습니까?

답 : 그렇습니다. 5갤런쯤 들어 있었습니다. 왜냐하면 내가 5갤런 넣으니 거의 찼으니까요.

문 : 그렇군요, 잘 알겠습니다. 다시 말해서 그 부인이 자동차를 타고 와서 손가락 다섯 개를 들어 휘발유가 5갤런 필요하다고 했을 때 그녀의 자동차 탱크는 비어 있지 않았다는 말이지요? 아직 반쯤 들어 있었다고요? 그리고 그 탱크의 남은 휘발유로 아직 상당한 거리를 갈 수 있었다는 말이지요?

답 : 그렇습니다.

문 : 자동차를 운전하는 사람이 탱크에 아직 휘발유가 절반이나 들어 있는데 주유소에 들러 기름을 넣는다는 것은 좀 이상하다고 생각하지 않았습니까?

답 : 글쎄, 잘 모르겠군요. 세상에는 도중에 기름이 떨어지는 것을 몹시 싫어하는 사람이 흔히 있습니다. 하지만 그때 나도 좀 이상하게 여기기는 했습니다.

문 : 조금 이상하게 여겼군요. 왜 이상한지는 몰랐습니까?

폴린저 : 이의 있습니다. 증인의 생각을 묻고 있습니다.

판사 : 지금 질문은 삭제하시오.

문 : 콜린스 씨, 당신은 아까 그녀가 손가락 다섯 개를 들어 필요한 휘발유 양을 나타냈다고 했는데, 그녀가 입으로는 아무 말도 하지 않았습니까?

답 : 한마디도 하지 않았습니다.

문 : 그것은 당신이 그녀와 그녀의 자동차 옆에 있는 5분 동안 단 한마디도 하지 않았다는 겁니까?

답 : 한마디도 하지 않았습니다.

문 : 그럼, 당신은 한 번도 그녀의 목소리를 듣지 못했습니까?

답 : 못 들었습니다.

문 : 만일 피고가 지금 이 법정에서 일어나 뭐라 말한다 해도 당신은 그 목소리만으로는 그녀가 그 자동차를 운전하고 있던 인물

이라고 확인할 수 없다는 말이군요.
답 : 확인할 수 없습니다. 운전하던 여자 목소리를 듣지 못했는데 어떻게 확인합니까?
문 : 당신은 가슴 위의 몸매가 비슷하다는 점만으로 피고가 그 자동차를 운전하고 있던 인물이라고 확인한 겁니까? 그녀의 목소리나 가려 있어 보이지 않았던 얼굴로 확인한 것은 아닙니까?
답 : 그렇습니다. 하지만 몸집이 크고, 몸매가……
문 : 자, 당신이 확인한 이 베일 얘기입니다. 당신은 이것이 그 자동차에 탔던 여자가 쓰고 있던 것과 같은 물건이라고 분명히 증언했지요?
답 : 분명히 그랬습니다.
문 : 비슷하지만 다른 베일일 가능성은 없습니까?
답 : 그거야 있을 수 있겠지요. 하지만 나는 여자분이 그런 베일을 쓰고 다니는 것을 벌써 20년도 넘게 보지 못했습니다. 그리고 그때 내가 특별히 주의한 것은…… 그것을 뭐라고 부르던가요 …… 그것이…….
폴린저 : 망사 말입니까?
에인절 : 검사는 증인에게 대답을 가르쳐 주지 마십시오.
답 : 그렇습니다. 망사입니다. 그 손으로 짠 것 같은 것 말입니다. 나는 특별히 그것에 주의했습니다. 주름이 촘촘히 잡혀 있어 안이 조금도 보이지 않았습니다. 그 베일이라면 어디서 보든지 곧 알 수 있습니다.
문 : 당신은 그 베일을 알 수 있고, 그물의 주름도 잘 기억하고 있지만 그녀의 옷 빛깔이나 모자 색은 기억하지 못하고, 장갑을 꼈는지 안 꼈는지도 기억하지 못한다는 말입니까?
답 : 그건 벌써 백 번도 더 말하지 않았습니까.

문 : 당신은 아까 그 포드는 캠든 쪽에서 왔다고 증언했지요?
답 : 그렇습니다.
문 : 그런데 자동차가 주유소에 와서 멈췄을 때 당신은 사무실 안에 있었잖습니까?
답 : 그렇습니다. 하지만…….
문 : 당신은 그 자동차가 캠든 쪽에서 온 것을 실제로 본 건 아니지요?
답 : 내가 밖에 나갔을 때 자동차는 트렌턴 쪽을 향해 서 있었습니다. 그러므로 캠든 쪽에서 온 것이 틀림없습니다.
문 : 그렇다면 실제로 오는 것을 본 건 아니군요?
답 : 못 보았습니다. 하지만…….
문 : 실제로는 트렌턴 쪽에서 와서, 주유소 앞에서는 캠든 쪽에서 온 것처럼 보이도록 설 수도 있잖습니까?
답 : 그럴 수 있겠지요. 하지만…….
문 : 당신은 이 자동차가 5월 31일이나 6월 2일에 온 것이 아니라 분명히 6월 1일에 왔다고 확신합니까?
답 : 확신합니다.
문 : 당신은 운전하고 있던 인물의 옷 색깔은 기억하고 있지 못하면서 정확한 날짜는 기억하고 있군요.
답 : 아까도 말했듯이…….
에인절 : 이것…….
폴린저 : 변호인은 증인이 하려는 말을 끝까지 하도록 하는 게 어떻습니까? 증인은 벌써 5분 동안이나 변호인에게 설명하려 하지만 성공하지 못하고 있습니다.
에인절 : 폴린저 씨, 앞으로 5분 더 계속하면 좀더 좋은 결과를 얻을 수 있다고 생각합니까? 만일 그렇다면 나는 기꺼이 5분

동안 질문을 더 하겠습니다. 게다가 또 검사는 변호인 말을 도중에서 가로막아 끝까지 말하게 하지 않았습니다. 나는 '이것으로 질문은 끝입니다'라고 말하려고 했습니다.

폴린저의 재직접심문

문 : 콜린스 씨, 운전하던 인물의 확인 문제는 제쳐 두고 그 여자가 증거물 제17호에 있는 것과 같은 자동차를 운전하고 있었다는 것은 확언할 수 있습니까?

답 : 확언할 수 있습니다.

문 : 당신은 당신이 앞에서 말한 정당하고 충분한 이유로써 그 자동차가 6월 1일 밤 8시 5분에 당신 가게로 들어왔다는 것을 분명히 말할 수 있습니까?

답 : 있습니다.

문 : 그 자동차에 그 여자 말고는 아무도 타고 있지 않았습니까?

답 : 아무도 없었습니다.

문 : 그 여자는 혼자였습니까?

답 : 그렇습니다.

문 : 그리고 지금 내가 손에 들고 있는 바로 이 베일을 쓰고 있었습니까?

답 : 그렇습니다.

문 : 그리고 그녀가 어느 방향에서 왔든, 그녀는 트렌턴 쪽으로 갔습니까?

답 : 그렇습니다.

문 : 당신은 서서 그녀가 트렌턴 쪽으로 가는 것을 봤습니까?

답 : 보이지 않을 때까지 서서 보고 있었습니다.

폴린저 씨 : 콜린스 씨, 이것으로 끝입니다.

에인절의 재반대심문

문 : 콜린스 씨, 그 여자는 자동차에 혼자 타고 있었다고 했지요?
답 : 분명히 그렇게 말했습니다. 그리고 그것은 사실입니다.
문 : 차는 뒷부분에 열었다 닫았다 하는 보조석 뚜껑이 달린 쿠페형 이었습니까?
답 : 그렇습니다.
문 : 그 보조석 뚜껑이 열려 있었습니까?
답 : 아닙니다. 보조석 뚜껑은 완전히 닫혀 있었습니다.
문 : 완전히 닫혀 있었군요. 그럼, 당신 모르게 그 닫힌 보조석에 누가 숨어 있었을 수도 있겠군요. 그렇다면 당신은 자동차에 그 여자 한 사람만이 타고 있었다고 맹세할 수는 없잖습니까?
답 : 그렇게 말하면……
폴린저 : 지금 그 질문의 방법과 내용에 이의 있습니다. 재판장님, 변호인은 어떤 의도를 가지고……
에인절 : 폴린저 씨, 이 일로 논쟁을 벌이지 맙시다. 나는 이것으로 만족합니다. 콜린스 씨, 이것으로 끝입니다.

증인은 증인석을 떠나도록 허락받았다.

"드디어 저들이 시작이야." 이튿날 아침 법정에서 빌이 엘러리를 향해 중얼거렸다.

폴린저는 그 자체가 수수께끼였다. 그는 몸집이 작고 위가 좀 좋지 못한 것 같은 사나이로, 날카로운 눈매에 나이를 짐작할 수 없는 것이 직업적인 도박사 같았다. 사람이 가득 들어찬 법정에서, 그는 제일 냉정했다. 폴린저는 여위고 작은 몸집에 단정한 옷차림은 조금도 빈틈 없었으며, 더욱이 악의라고는 전혀 없을 듯한 모습이 마치 참새

같은 느낌을 주었다.

제시카 보든 김볼은 검사석 뒤쪽 증인 대기석인 가죽 씌운 긴 의자에 앉아 장갑 낀 손을 무릎에 얹고 있었다. 그녀는 아무 장식도 없는 검은 상복을 입고 있었다. 화장기 없는 혈색 나쁜 뾰죽한 얼굴은 움푹 눈이 패고 피부가 까칠하게 메말라 마치 생활에 허덕이는 하층 계급의 노파처럼 보였다. 죽은 사람처럼 창백한 앤드레가 그녀와 나란히 앉아 있었다.

방 건너편에서 이 모녀를 바라보는 빌은 사나운 표정을 짓고 있었다. 탁자 밑에서 그는 누이동생의 손을 다독거렸다. 그러나 루시의 최면에 걸린 듯한 표정은 달라지지 않았다. 그녀는 긴 의자에 앉은 노부인의 얼굴에서 눈을 떼지 않았다.

"필립 오를레앙, 증인석으로."

술렁거리는 방 안 분위기가 가라앉았다. 모두 긴장되어 있었다. 메난더 판사조차 여느 때보다 표정이 무거워 보였다. 키가 크고 모난 머리에 유난히 눈이 번쩍이는, 금욕주의자 같은 사나이가 선서를 마치고 증인석에 섰다. 빌은 앞으로 상체를 내밀고 한 손에 턱을 올려놓았다. 그는 앤드레와 마찬가지로 창백했다. 그 뒤쪽 증인석 긴 의자에서는 엘러리가 부스럭거리며 몸을 쿠션 깊숙이 묻었다. 그의 눈은 이 자리의 중심 인물인 폴린저에게서 떠나지 않았다. 폴린저는 훌륭했다. 그의 태도에는 오늘 특별한 일이 있다는 것을 조금도 드러내지 않고 있었다. 그는 보통 때보다 더 냉정하고 평온하게 보였다.

"오를레앙 씨, 당신은 프랑스 공화국 국민이지요?"

"그렇습니다." 키 큰 사나이는 프랑스어 억양이 섞인 콧소리로 말했다.

"당신 나라에서 당신의 공식 직책은 무엇입니까?"

"파리 경찰청에 근무하고 있습니다. 나는 이 나라의 범죄 감정 국장에 해당하는 직위에 있습니다."

엘러리는 빌이 두려운 듯 긴장하는 것을 보았다. 그 자신도 긴 의자에서 몸을 일으켰다. 그는 처음에 그 이름과 눈앞의 사람을 결부시키지 못했지만 지금은 그가 누군지 생각났다. 오를레앙은 현대 범죄사 연보에 나와 있는 가장 저명한 인물 가운데 한 사람이었다. 국제적으로 이름이 높고 더없이 성실하며, 그 공적에 대해 열 손가락이 넘는 나라의 정부로부터 훈장을 받은 인물이었다.

"그럼, 당신은 범죄 감정에 관해서는 전문가겠군요?"

프랑스 사람은 희미하게 웃었다. "내 자격에 대해 이 법정에서 서술하게 해주시면 영광이겠습니다."

"그렇게 하십시오."

엘러리는 빌이 불안스러운 모습으로 입술을 핥고 있는 것을 볼 수 있었다. 이 저명한 인물이 증인으로 출두했다는 사실이 빌에게는 전혀 뜻밖이라는 것이 분명했다.

"나는 범죄 감정을 내 생애의 업으로 하고 있습니다." 오를레앙이 편안하게 말했다. "지난 25년 동안 나는 다른 일은 하지 않았습니다. 나는 알퐁스 베르티용(1853-1914, 프랑스의 인류학자) 밑에서 공부했습니다. 또 미국의 포럿 경감과는 개인적인 친분을 맺고 있습니다. 내가 직책상 관계한 사건으로는……."

빌은 창백하지만 침착한 태도로 일어섰다. "피고 측은 이 증인의 전문가로서의 자격을 인정합니다. 이의 없습니다."

폴린저의 입술 끝이 보일 듯 말 듯 올라갔다. 그것이 그가 보여준 유일한 승리의 표정이었다. 그는 증거물이 놓인 탁자로 가서 범죄현장에서 발견된 페이퍼 나이프를 집어들었다. 손잡이에는 꼬리표가 달려 있었고, 칼날에는 아직도 김볼의 핏자국이 검게 묻어 있었다.

폴린저는 증거물을 신중하게 다뤘다. 그는 그것에 사람의 피가 묻었다는 사실에 아랑곳하지 않고 칼끝을 쥐고 있었다. 그리고 그것을 악단의 지휘자처럼 조용히 자기 눈앞에서 흔들었다. 마치 법정이 음악당으로 바뀌었고, 법정 안에 가득 찬 사람들 모두가 악단원으로 변한듯 그들의 눈이 칼끝으로 쏠렸다.

"오를레앙 씨," 폴린저가 조용하게 말했다. "피고 측 변호인 및 배심원 여러분에게 당신이 어떻게 해서 이 사건의 증인으로 나오게 됐는지 말씀해 주시겠습니까?"

빌의 눈도 다른 사람들 눈과 마찬가지로 페이퍼 나이프에 쏠려 있었다. 그의 얼굴빛은 잿빛에서 노란색으로 바뀌어 있었다. 루시는 입을 벌리고 그 칼을 바라보고 있었다.

"5월 20일부터 나는 미국 여러 곳의 경찰국을 방문하고 있었습니다." 프랑스 사람이 대답했다. "6월 2일에 나는 필라델피아에 있었습니다. 그때 이곳의 드 종 서장이 방문하여 이 사건의 어떤 증거에 관해 전문가인 내 의견을 물어 왔습니다. 그때 몇 가지 물건의 감정을 의뢰 받았으므로 오늘 그 증언을 하기 위해 여기 나온 것입니다."

"오를레앙 씨, 당신은 트렌턴 경찰이 발견한 물건이 무엇이었는지 전혀 몰랐지요?"

"전혀 몰랐습니다."

"당신은 그 일에 대해 사례를 받았습니까?"

"사례를 하겠다는 이야기가 있었지만 거절했습니다." 유명한 전문가는 어깨를 으쓱했다. "나는 직무 아닌 일에 대해서는 보수를 받지 않습니다."

"당신은 여기 있는 사람들—— 이 사건에 관한 피고며 변호인이며 검사와는 아는 사이가 아니지요?"

"그렇습니다."

"당신은 순수하게 진실과 정의를 위한다는 생각에서 증언하는 겁니까?"

"그렇습니다."

폴린저는 잠깐 말을 끊었다. 별안간 그는 그 전문가 눈앞에 페이퍼 나이프를 흔들었다. "오를레앙 씨, 이것은 검찰 측 증거물 제5호입니다. 당신이 검사한 물건 중에 이것도 있었습니까?"

"그렇습니다."

"어떤 검사를 했는지 정확하게 대답해 주시겠습니까?"

오를레앙은 흰 이를 반짝이며 싱긋 웃음을 지었다.

"나는 지문을 조사했습니다."

"결과는 어땠습니까?"

오를레앙은 연기자 기질이 많은 인물이었다. 그는 서둘러 대답하지 않았다. 그의 번쩍이는 눈은 냉정하게 법정을 둘러보았다. 밝은 샹들리에 아래서 그의 이마가 번들거렸다. 법정은 아주 조용했다.

"나는 두 사람의 지문을 발견했습니다." 그는 감정 없는 목소리로 분명하게 말하기 시작했다. "우선 그 지문들을 A와 B라고 합시다. A의 지문이 B의 지문보다 더 많이 찍혀 있었습니다. 그 수를 정확하게 말하면 다음과 같습니다." 그는 메모를 참고했다. "칼날에 있었던 A의 지문은 엄지 지문 하나, 둘째손가락 지문 둘, 가운뎃손가락 지문 둘, 약손가락 지문 둘, 새끼손가락 지문 하나입니다. 손잡이에 찍힌 A의 지문은 엄지 지문 하나, 둘째손가락 지문 하나, 가운뎃손가락 지문 하나입니다.

칼날에 있었던 B의 지문은 엄지 지문 하나, 둘째손가락 지문 하나, 가운뎃손가락 지문 하나입니다. 손잡이에 찍힌 B의 지문은 둘째손가락 지문 하나, 가운뎃손가락 지문 하나, 약손가락 지문 하나, 그리고 새끼손가락 지문 하나입니다."

"오를레앙 씨, B의 지문에 대해서만 얘기합시다." 폴린저가 말했다.

"손잡이에 찍힌 B의 지문은 어떤 위치에 찍혀 있었습니까? 지문은 여기저기 흩어져 있었습니까, 아니면 어떤 순서대로 찍혀 있었습니까?"

오를레앙이 말했다. "그 칼을 높이 쳐들어 주시겠습니까?"

폴린저는 그 흉기의 손잡이를 위로 하여 마룻바닥에 수직으로 쳐들었다.

그러자 오를레앙이 말을 이었다.

"손잡이에 묻은 B의 지문은 지금 내가 말한 순서대로 위에서 밑으로 향해 찍혀 있었습니다. 즉 맨 위에 둘째손가락, 둘째손가락 바로 밑에 가운뎃손가락, 가운뎃손가락 밑에 약손가락, 약손가락 밑에 새끼손가락입니다. 그것들은 아주 가까이에 있었습니다."

"그 어려운 기술적인 설명을 알기 쉽게 말하도록 할까요, 오를레앙 씨? 이렇게 말해도 되겠습니까? 즉 이 흉기의 손잡이에는 지금 내가 쥐고 있는 모양을 기준으로 해서 위에서 아래로 네 개의 손가락 지문이 서로 뭉쳐 있다. 즉 둘째손가락, 가운뎃손가락, 넷째손가락, 새끼손가락, 이런 순서입니까?"

"그렇습니다."

"당신은 이 네 개의 지문이 하나의 그룹을 이루고 있다고 했습니다. 당신은 지문에 관한 권위자로서 이렇게 지문이 모여 있는 것을 어떻게 해석하십니까?"

"나는 틀림없이 B가 이 칼을, 사람을 찌를 때 흔히 잡는 방식대로 손잡이를 잡았다고 생각합니다. 엄지손가락 지문은 찍히지 않습니다. 왜냐하면 이런 식으로 잡았을 때 엄지손가락은 흔히 다른 네 개의 손가락 위에 얹히기 때문입니다."

"이 지문들이 분명히 보였습니까? 지문을 잘못 판독할 우려는 없었습니까?"

프랑스 사람은 눈썹을 찌푸렸다. "지금 말한 지문은 모두 똑똑히 보였습니다. 그러나 판독하기 어려운 얼룩 흔적이 많이 있었습니다."

"손잡이에는 그런 것들이 없었겠지요?" 검사가 재빠르게 물었다.

"주로 손잡이에 있었습니다."

"하지만 지금 당신이 B의 것이라고 한 똑똑히 보인 지문에 대해서는 의심할 여지가 없겠지요?"

"전혀 없습니다."

"손잡이에 있는 B의 지문 위에 다른 지문이 포개져 있지는 않았습니까?"

"아닙니다. 군데군데 얼룩 흔적은 있었으나 그 지문 위에 다른 지문이 있지는 않았습니다."

폴린저는 눈을 가늘게 떴다. 그는 증거물 탁자로 가서 두 개의 작은 서류철을 집어들었다. "이것은 검찰 측 증거물 제10호입니다. 이것은 조셉 켄트 김볼 또는 조셉 윌슨의 시체 손에서 채취한 지문입니다. 당신은 흉기에 찍힌 지문을 조사할 때 이 한 쌍의 지문을 비교 재료로 사용했습니까?"

"그렇습니다."

"그럼, 이제 A와 B로 나눈 칼에 있던 지문에 대해 무엇을 발견했는지 배심원 여러분에게 분명히 말해 주십시오."

"내가 A로 지정한 지문은 당신의 증거물 제10호 지문입니다."

"다시 말하면 A의 지문은 조셉 켄트 김볼의 지문이군요."

"그렇습니다."

"좀더 자세히 설명해 주시겠습니까?"

"이렇게 말할 수 있습니다. 그러니까 이 칼의 손잡이와 칼날 양쪽에 김볼의 두 손 지문이 찍혀 있습니다."

폴린저는 잠시 입을 다물고 있다가 입을 열었다. "이제 검찰 측 증거물 제11호를 보여 드리겠습니다. 이것에 대해서도 같은 설명을 해 주시겠습니까?"

"내가 B로 지정한 지문은 증거물 제11호에 있는 지문과 같은 것입니다."

"분명합니까?"

"그렇습니다. 칼날에 있는 지문은 B의 왼손 지문이고, 손잡이에 있는 지문은 B의 오른손 지문입니다."

"그럼, 배심원을 위해 증거물 제11호의 표제를 읽어 주시겠습니까?"

오를레앙은 폴린저로부터 작은 서류철을 받아들었다. 그리고 조용히 읽었다. "증거물 제11호, 지문 기록서, 루시 윌슨."

폴린저는 증인으로부터 떨어지며 어금니를 꽉 다물고 말했다. "변호인, 당신 증인입니다. 조사해 보시지요."

빌 에인절은 둥근 탁자 위에 두 손을 짚고 피로한 모습으로 일어섰다. 엘러리는 꼼짝하지 않았다. 빌의 얼굴은 죽은 사람 같았다. 그는 변호인석에서 걸어나가기 전에 돌이 되어 버린 듯 표정이 굳어 있는 옆의 누이동생을 내려다보며 빙긋 웃었다. 그 웃음은 너무나 기괴하고, 용감하고, 기계적이어서 엘러리는 얼굴을 돌리고 말았다.

빌은 증인석으로 다가섰다.

"오를레앙 씨, 당신은 지문에 관한 권위자입니다. 그 점에 대해서는 피고 측으로서 아무런 의혹도 가지고 있지 않습니다. 당신이 진실을 밝히기 위해 사심 없는 도움을 베푸는데 대해 대단히 고맙게 생각하고 있습니다. 그리고 그에 따라……."

"이의 있습니다." 폴린저가 싸늘하게 말했다. "변호인은 연설을 하고 있습니다."

메난더 판사는 목을 가다듬었다. "변호인은 반대신문을 시작하십시오."
"그럴 생각이었습니다, 재판장님. 오를레앙 씨, 당신은 조셉 켄트 윌슨을 살해한 칼에 루시 윌슨의 지문이 찍혀 있다고 증언했습니다. 또 그 칼에는 판독할 수 없는 얼룩이 많이 있었다고 증언했지요?"
"그것은 내가 한 말과는 좀 다릅니다." 오를레앙은 정중한 목소리로 대답했다. "나는 많은 얼룩 흔적이 있다고 했습니다."
"손가락이 만든 얼룩이 아닙니까?"
"얼룩은 판독할 수 없었습니다. 그것은 맨손가락으로 만든 자국은 아니었습니다."
"그렇지만 뭔가 가공품을 낀 손가락이 만든 것이라고는 생각할 수 없습니까?"
"그렇게 생각할 수 있습니다."
"예를 들면 장갑 낀 손가락 자국으로 볼 수 있습니까?"
"가능합니다."
폴린저는 화난 모습이었다. 빌의 뺨에 엷게 핏기가 돌았다. "오를레앙 씨, 당신은 또 이들 얼룩 대부분은 손잡이에 찍혀 있었다고 증언했지요?"
"그렇습니다."
"사람이 칼을 휘두를 경우에는 흔히 손잡이를 잡겠지요?"
"그렇습니다."
"그리고 그 칼 손잡이에 찍힌 루시 윌슨의 지문 위에 이 특수한 얼룩이 묻어 있다는 말씀이었지요?"
"그렇습니다." 전문가는 몸을 조금 움직였다. "하지만 그 더러운 얼룩의 성질을 명확히 설명하라고 한다면, 그 점은 기록에서 빼 주셨으면 합니다. 나는 그것들이 무엇으로 만들어진 얼룩인지 판독할 수 없습니다. 과학적으로 설명이 불가능하다고 생각합니다. 우리는 기껏해야 상상밖에 할 수 없습니다."

"그 손잡이에 찍힌 얼룩은 손가락 끝 같은 모양이었습니까?"

"아닙니다. 모양이 불규칙적인, 얼룩에 불과했습니다."

"장갑 낀 손으로 손잡이를 잡았을 때 찍힐 수 있는 얼룩이었습니까?"

"되풀이하지만, 그것도 가능은 합니다."

"그리고 그 얼룩들은 루시 윌슨의 지문 위에 찍혀 있었습니까?"

"그렇습니다."

"그녀가 그 손잡이를 잡은 뒤 누군가가 그것을 또 잡았다는 걸 뜻하는군요."

프랑스 사람은 다시 이를 드러내 보였다. "그렇다고 잘라 말할 수는 없습니다. 그 얼룩은 사람이 만든 것이 아닌지도 모릅니다. 이를테면 그 칼이 얇은 헝겊에 허술하게 싸여 상자에 들어 있었다 하고, 그 상자가 몹시 흔들렸다면 역시 그런 얼룩이 생길 수도 있습니다."

빌은 증인 앞을 서성거렸다. "오를레앙 씨, 당신은 칼 손잡이에 루시 윌슨의 지문이 그녀가 사람을 찌르기 위해 그 손잡이를 잡은 듯한 모양으로 찍혀 있다고 증언했습니다. 하지만 그것은 부당한 결론이라고 생각하지 않습니까?"

오를레앙은 미간을 찌푸렸다. "질문의 뜻을 이해하지 못하겠습니다."

"누구든 그 칼을 보려고 집기만 했어도 역시 당신이 발견한 듯한 배열의 지문을 남길 수 있잖습니까?"

"아, 물론입니다. 나는 그 지문의 배열 상태를 예로 들어 보았을 뿐입니다."

"그럼, 당신은 전문가로서 루시 윌슨이 살인을 할 목적으로 그 칼을 썼다고 확언할 수는 없습니까?"

"물론 확언할 수 없습니다. 내가 관심 갖는 것은 사실에 관한 것입니다. 사실은 아무도 바꿀 수 없습니다. 그것에 대한 해석은……." 그는 어깨를 으쓱했다.

빌이 물러가자 폴린저가 벌떡 일어났다. "오를레앙 씨, 당신은 이 칼에서 루시 윌슨의 지문을 발견했지요?"

"그렇습니다."

"당신은 이 법정에 아까부터 출두해 있었으므로 이제까지 증언으로 그 칼은 범행 전날 피해자 자신이 샀다는 것을 알고 있습니다. 또 그것은 필라델피아에 있는 그의 자택이 아닌 그가 살해된 집에서 발견되었고, 샀을 때 씌웠던 포장지에 싸여 있었으며, 그 속에 든 선물 카드는 루시 윌슨의 필적이 아닌 피해자 자신의 필적으로 씌어 있었으며……."

"이의 있습니다." 빌이 큰 소리로 외쳤다. "이의 있습니다. 검사의 질문은 정당하지 않습……."

"이상입니다." 폴린저가 침착한 웃음을 빙긋 떠올리며 말했다. "오를레앙 씨, 수고했습니다."

그는 말을 끊고 숨을 깊이 들이마셨다. "이것으로 검찰 측 증거 제출을 마칩니다."

빌은 몸을 홱 돌려 판사에게 기소 각하를 요구했다. 그러나 프랑스 지문 전문가의 증언은 사건의 양상을 완전히 바꾸어 놓았다. 메난더 판사는 빌의 요구를 거절했다. 빌은 화가 나서 얼굴이 빨개지며 씩씩댔다.

"판사, 피고 측은 연기를 요구합니다. 마지막 증인의 증언은 완전 예상 밖입니다. 우리는 이 증언의 주요한 내용에 대한 조사할 기회가 없었으므로, 그 기회를 요청합니다."

"좋습니다." 판사는 일어섰다. "내일 오전 10시 30분까지 휴정합니다."

루시가 끌려나가고 배심원들이 물러가자 신문기자석이 들끓었다. 기자들은 앞 다투어 서로 밀며 법정을 뛰쳐나갔다.

빌은 지친 눈으로 엘러리를 보았다. 그가 곧 법정 저쪽으로 눈길을 보냈다. 앤드레 김볼이 입을 꼭 다문 채 걱정스러운 눈길로 그를 바라보고 있었다. 그는 눈을 돌렸다. "완전 기습이야! 루시가 그 말을 안 해서……."

엘러리는 가만히 그의 팔을 잡았다. "가자고, 빌, 할 일이 있어."

빨강머리 여자는 낡은 주 의사당 뒤 벤치에서 엘러리를 찾았다. 그는 조용히 흐르는 강을 내려다보며 생각에 잠겨 담배를 피우고 있었다. 빌 에인절은 벤치 앞 보도를 어지간히 오랫동안 왔다갔다하고 있었다. 밤하늘이 더위로 흐릿했다.

"여기들 있었군요." 그녀는 엘러리 옆에 앉으며 명랑한 목소리로 말했다.

"빌 에인절, 구두창이 닳겠어요, 이 더위에! 온 세계의 신문기자가 당신을 찾아 헤매고 있어요. 심판 받는 이브라니 뭐니 하며……." 그녀는 갑자기 말을 끊고 덧붙였다. "수다떨어 죄송해요."

빌의 누런 얼굴은 수척했고 붉게 충혈된 눈은 음울한 기를 띠고 있었다. 오후부터 밤까지 그는 감식 전문가에게 전화를 걸고, 조사원을 파견하고, 증인들을 끌어 모으고, 동료와 협의하고, 셀 수 없을 만큼 많이 전화를 걸었다. 그는 쓰러질 것만 같았다.

"빌, 이런 식으로 나가서는 자네나 루시에게 좋을 게 없어." 엘러리가 나직이 말을 이었다. "이러다간 자네가 병원에 입원할 텐데, 그 때 가엾은 루시는 어떻게 되지?"

빌은 여전히 열심히 왔다갔다했다. 빨강머리 여자는 한숨지으며 긴 다리를 포갰다. 강 쪽에서 여자의 공허한 외침과 사나이의 굵은 웃음소리가 들려왔다. 그들 뒤에는 어두운 잔디밭 너머 주 의사당의 육중한 건물이 식용개구리처럼 조용히 웅크리고 있었다. 빌은 별안간 두 팔을 흐릿한 하늘로 뻗고 흔들었다. "루시가 내게 미리 말해 줬어야 하는 건데!"

"그녀는 뭐라고 하던가?" 엘러리가 나직이 물었다.

빌은 씨근거리며 절망에 차서 말했다. "아주 간단하더군. 너무나 간단해서 아무도 믿지 않을 거야. 금요일 밤 조가 그 문구 세트를 집에 가지고 왔더래. 당연히 그녀는 보고 싶어서 포장을 풀어 보았지. 그래서 그때 칼에 그녀의 지문이 묻었던 거야, 근사하지?" 그는 짧게 웃었다. "그런데 그녀의 말을 증명해 줄 수 있는 단 한 사람은 죽었어."

"그럼 됐군요, 빌. 말 되네요." 엘러 애머티가 명랑하게 말했다. "두 사람이 보내는 선물이니 그 두 사람이 만진 게 당연하다고 믿지 않을 사람이 어디 있겠어요. 조와 루시가 선물하는 문구 세트에 조와 루시의 지문이 찍혔다. 배심원이 그걸 믿지 않을 리 없다고 생각해요."

"워너메이커 백화점 점원의 증언을 당신도 들었을 거요. 그 세트는 조 혼자서 샀소. 그리고 물건은 건네주기 전에 포장 담당 직원이 깨끗이 닦아서 포장했고 선물 카드는 상점에서 자신이 직접 썼소. 여기까지는 루시가 전혀 관계하고 있지 않아. 그런 다음에 어떻게 됐지? 조가 집에 갔다고 하지만 그것을 내가 증명할 수 있을까? 없소. 물론 그는 내게 다음날 아침에 필라델피아를 떠난다고 했으니, 그 말에는 그가 그날 밤 루시와 함께 지낼 생각이라는 뜻이 포함되어 있기는 하오. 그러나 그런 뜻이 포함되어 있다는 것만으로는 증거가 되지 않아요. 더욱이 그 말이 내 입에서 나와서는 편견을 갖고 있는 증언이라고 인정받을 수밖에 없소.

 그가 금요일 밤에 집에 온 것을 본 사람이 없고, 토요일 아침에 나가는 것을 본 사람도 없소. 본 사람은 루시뿐인데 편견을 가진 배심원이 피고의 아무런 뒷받침 없는 증언을 믿어 줄 리 없소."
"배심원은 편견을 갖고 있지 않아요, 빌." 빨강머리 여자가 재빠르게 말했다.
"위로해 주는 건 고맙지만, 당신은 그 네 번째 배심원의 얼굴을 보았지? 나는 그녀라면 충분히 가망성 있으리라 여기고 배심원으로 승인했어요. 풍채 좋은 50대 여자로 정말 가정적인 중류 계급의 대표라고 생각했지……. 그런데 그녀는 성난 여성으로 바뀌었소.

 루시가 너무 미인인 거요. 그녀를 보면 여자들은 모두 질투심을 느껴요. 그리고 일곱 번째 배심원은 만성 배앓이라도 하고 있는 것 같소. 그것을 내가 어떻게 알 수 있었겠소. 그 사나이는 세상 모든 것에 불만을 품고 있어. 제기랄!"
빌은 팔을 휘둘렀다.
 그들은 할 말이 없어 입을 열지 않았다. 이윽고 빌이 중얼거렸다.
"나는 최선을 다해 싸워 볼 거야."
"자네는 루시를 증인석에 세울 셈인가?" 엘러리가 조용히 물었다.
"물론! 그녀만이 유일한 희망이지. 루시가 영화 보러 갔다는 알리바이 증인을 찾을 수 없고, 지문이 칼에 묻은 상황을 증언할 방법도 없어. 그러니 누이동생이 스스로 자신의 증인이 될 수밖에. 어쩌면 그녀가 증인석에 나가면 동정을 받을지도 모르지." 그는 맞은편 벤치에 앉아 머리를 쥐어뜯었다. "그래도 안 되면 모든 게 끝장이야."
"하지만 빌," 엘러가 반박하는 투로 말을 이었다. "당신은 너무 비관적으로 생각하는 거 아니에요? 나는 법률에 밝은 몇 사람과 부딪쳐 보았는데, 모두 이번 사건의 배심 결과는 폴린저에게 불리할 거라고 말하더군요. 폴린저의 정황 증거에는 의심스러운 게 많이 남아 있어서……."

빌이 끈기를 갖고 말했다.

"폴린저는 뛰어난 검사요. 배심원에게 마지막으로 말하는 사람이 그라는 점을 잊지 말아요. 변호인측에서 변론이 끝난 뒤에 검사가 논고를 합니다. 경험 있는 형사 변호사라면 누구나 알고 있듯이 검사는 자기 주장을 일부러 반밖에 내세우지 않다가 마지막에 가서 배심원에게 강한 인상을 심어 줍니다. 그러면 마침내 여론이……." 빌은 얼굴을 찌푸렸다.

"여론이 어떻다는 거지요?" 그녀는 화난 듯 물었다.

"엘러, 당신은 믿음직스러운 사람이오. 하지만 법률적인 일을 너무도 모르오. 그 보험 문제가 우리를 얼마나 불리한 입장에 몰아넣고 있는지 아오?"

"뭐가요?" 엘러리가 긴 의자 위에서 몸을 꿈틀거렸다.

"재판에 이 사건이 회부되기 전에 내셔널 생명보험은 보험수익자가 피보험자를 살해한 혐의가 있으므로 보험금 지불을 보류하고 있다는 소문이 퍼졌어. 이건 큰 뉴스야. 하사웨이 사장이 신문 기자에게 발표했어. 물론 그는 그런 식으로 말하지는 않았지만 거기 담겨 있는 뜻은 분명했어. 물론 나는 그 피해를 조금이라도 줄이기 위해 뉴욕에서 내셔널을 상대로 보험금 지불 요청을 해 놓았어. 하지만 이것은 형식적인 일에 불과해. 중요한 것은 재판 결과야. 그런데 배심원으로 뽑힐 만한 사람은 모두 그 기사를 읽었어. 지금 법정에 나와 있는 배심원들은 입으로는 부정하지만 틀림없이 읽었어."

엘러리는 담배를 집어던졌다. "피고 측은 어떻게 할 셈인가, 빌?"

"지문 문제와 알리바이에 대해서는 루시가 스스로 설명할 거야. 자네는 검찰 측에서 설명할 수 없는 모순을 찾아내 지적해 주었으면 해. 그렇게 해주겠지, 엘러리?" 빌이 갑자기 물었다.

"빌, 바보 같은 소리는 작작해."

"자네가 도와줄 수 있는 일이 하나 있어, 엘. 그것은 성냥개비 문제야."

"성냥개비?" 엘러리는 눈을 껌벅거렸다. "그게 어떻다는 거지? 어떻게 돕는다는 거야?"

빌은 벤치에서 벌떡 일어나 다시 왔다 갔다 하기 시작했다. "성냥개비가 있었다는 것으로 미루어 보아 범인인 여자는 김볼을 기다리는 동안 담배를 피운 것이 틀림없어. 그런데 루시 윌슨은 담배를 피우지 않으며, 또 이제까지 한 번도 피운 적이 없다는 것은 쉽게 입증할 수 있어. 그러니 내가 자네를 증인석에 세워서……."

"하지만 빌," 엘러리는 천천히 말을 이었다. 거기에도 의심쩍은 점이 있어. 꽤 의심스러운 점이 있어. 너무 의심스러워서 이론적으로 자네 생각이 완전히 잘못이라는 결론이 나와."

빌이 멈춰 섰다. "뭐라고? 담배를 피우지 않았다는 거야?"

그는 믿을 수 없다는 표정이었다. 눈은 더욱 움푹 들어간 듯했다.

엘러리가 한숨 쉬었다. "빌, 나는 구석구석 그 방을 살펴보았어. 그리고 그 접시에는 분명히 탄 성냥개비가 많이 있었지. 그러니 금방 머리에 떠오르는 것은 누군가가 담배를 피웠다는 거야. 하지만 사실은 어떤가?"

"탐정학 제1과로군." 빨강머리 여자는 소리내어 웃었으나 눈은 걱정스레 빌을 지켜보고 있었다.

"담배를 피웠다면 재와 꽁초가 남았겠지." 엘러리는 얼굴을 찌푸렸다. "그런데 내가 찾은 것은 뭐지? 재도 꽁초도 흔적조차 없어.

담배는 피우다 만 것도, 피우지 않는 것도 전혀 없었어. 담배가 타다 남긴 자국은 전혀 없었어. 접시에도 탁자에도 담배를 비벼 끈 자국은 없어. 또 벽난로 속에도 카펫 위에도 탄 자국이나 재나 담배꽁초는 조그만 흔적조차 없었어. 나는 카펫을 끝에서 끝까지 1센티미터씩, 섬유 한 올도 빼놓지 않고 이 잡듯 살펴보았어. 그리고 마지막으로 밖에 나가 집 주위를 살펴보았는데, 재나 꽁초를 창문을 통해 집 밖으로 버린 흔적도 전혀 찾아내지 못했어." 그는 머리를 가로저었다.

"아니야, 빌. 그 성냥은 담배 피우는 데 절대로 쓰지 않았어."

"그럼, 담배 문제는 틀렸군." 빌은 입을 다물었다.

"하지만 잠깐 기다려." 엘러리는 다시 담뱃불을 붙였다. "한 가지는 분명히 틀렸지만 그 대신 다른 것이 떠올랐어. 이것은 분명히 자네의 작전 계획에 도움이 될 거야."

그는 담배 연기 때문에 눈을 가늘게 떴다.

"내가 그 얘기를 하기 전에 묻겠는데 자네는 앤드레 김볼 양을 어떻게 할 셈이지?"

시원한 옷을 입은 키 큰 여자가 동행한 사나이의 팔에 손을 걸고 잔디밭 사잇길을 걸어왔다. 벤치에 앉은 사람들은 꼼짝도 하지 않았다. 여자의 얼굴은 희미하여 잘 알아볼 수 없었으나, 그녀가 함께 온 사나이의 이야기를 듣고 있는 것만은 틀림없었다. 사나이는 무엇 때문인지 흥분해 있는 듯 큰 몸집을 양옆으로 바쁘게 흔들고 있었다. 두 사람은 가로등 가까이까지 왔다. 앤드레 김볼과 그녀의 약혼자였다.

버크 존스가 몹시 불쾌한 표정을 지으며 갑자기 멈춰 섰다. 앤드레도 멈춰 서서 유령이라도 본 듯한 눈길로 빌을 보았다. 그러자 빌은 누런 살갗이 갑자기 빨갛게 되더니 고개를 떨어뜨리고 움켜쥔 두 손을 바라보았다.

앤드레는 몸을 홱 돌려 오던 길을 유령처럼 재빨리 달려갔다. 존스는 한순간 멈칫거리며 빌을 노려보던 눈을 돌려 달려가는 여자를 바라보다가 그 역시 달려갔다. 어깨에 매단 팔이 윗옷을 스치며 바쁘게 흔들거리고 있었다.

엘러 애머티가 벌떡 일어나 외쳤다. "빌 에인절, 혼내 주고 싶어! 머리가 어떻게 된 게 아니에요? 바보 같으니! 이럴 때 첫사랑을 하는 소년처럼 굴고 있으니 기가 막혀요!"

빌은 움켜쥐었던 주먹을 폈다. "당신은 잘못 알고 있어, 엘러. 당신 두 사람 다 잘못 알고 있어. 저 아가씨는 내게 아무것도 아냐."

"그런 말을 누가 믿을 줄 알아요!"

"내가 저 아가씨에게 관심을 갖는 건 뭔가 숨기고 있다는 것을 알았기 때문이야."

"그래요?" 엘러의 목소리가 달라졌다. "뭔데요?"

"모르겠소. 그러나 앤드레는 증인석에 불려 나가는 것이 대단한 일이라도 되는 듯, 그런 생각을 하는 것만으로도 미친 사람처럼 된단 말이오." 빌은 손을 쥐었다 폈다 했다. "그래서 나는 어떤 일이 있어도 그녀를 증인석에 세울 작정입니다. 그런데도 내가 바보라고?"

그는 오솔길 저쪽을 쓰러질 듯 달려가는 여자의 뒷모습을 바라보았다. "나는 반드시 누가 바보인지 그 여자에게 알려주겠어. 앤드레는 나나 루시에게나 중요한 인물이야. 너무나 중요해서 내 마지막 증인으로 간직해 두고 있다고!"

"어머나, 빌, 훌륭해요. 꼭 블랙스턴 경$^{(1723\sim1780,\ 영국\ 법률학자)}$ 같아요. 축하합니다, 변호사님. 이 일을 발표해도 좋아요?"

"정식 발표는 곤란하지만 소문이라면 상관없겠지요." 빌은 심각하게 말을 이었다.

"폴린저라 하더라도 소문이야 어떻게 하지는 못할 겁니다. 나는 이미 그녀에게 소환장을 냈어요."

"그럼, 소문으로 해두지요, 각하. 나중에 만나요!" 엘러는 손가락을 딱 통기고 오솔길 저쪽으로 사라져 가는 두 사람을 쫓아 뛰어갔다.

"빌." 엘러리의 눈을 피해 돌아앉는 에인절에게 엘러리가 말을 걸었다. "그 결심이 자네에게 어떤 의미를 갖는지 나는 잘 아네."

"의미라고? 무슨 의미가 있어야 하지? 나는 루시를 위해 잘한 일이라고 생각하고 있을 뿐이야. 자네들은 귀찮게만 하고 있어. 의미라니!"

"물론 그렇겠지, 빌." 엘러리는 위로하듯 말했다. "나도 기쁘네." 그리고 그는 생각을 깊이 하며 덧붙였다.

"자네가 여러 가지 이유로 그렇게 결정한 게 나도 기뻐."

메난더 판사의 훈시가 끝나고 배심원이 물러간 뒤 방청석의 의견은 여러 갈래로 나뉘어졌다. 대부분의 사람은 곧 무죄석방 평결이 내려지리라고 생각했다. 다른 사람들은 오랜 시간이 걸려도 배심원의 의견은 일치되지 않을 거라고 예언했다. 몇몇 사람만이 유죄 평결을 상상했다.

확실히 루시는 증인으로서 형편없었다. 처음부터 그녀는 두려워하며 불안에 떨고 있었다. 빌이 이끄는 대로 증언하는 동안 그녀는 점차 침착하게 대답할 수 있게 되었고, 때로는 희미한 웃음조차 머금었다. 빌이 애정을 갖고 이끄는 대로, 그녀는 조셉 윌슨으로 알고 있었던 사나이와 더불어 지내던 생활을 자세히 말했다. 그녀에 대한 조셉 윌슨의 관심, 그의 사랑, 두 사람이 처음으로 알았던 무렵의 일, 구혼, 결혼, 그 뒤의 일상 생활에 대해 자세히 이야기했다.

빌은 범죄가 생기기 바로 전 무렵의 일로 천천히 요점을 옮겨갔다.

루시는 그것에 대하여 자세히 이야기했다. 빌의 생일을 축하하는 뜻으로 뭔가 선물하자고 부부가 함께 의논한 일, 조셉 윌슨이 그가 죽기 전날인 금요일에 워너메이커에서 선물을 사겠다고 그녀에게 약속한 일, 그날 밤 그가 문구 세트를 사가지고 돌아와 루시가 포장을 풀고 내용물을 본 일, 토요일 아침 그가 선물을 들고 집을 나갔고, 그날 안으로 빌에게 들러 선물을 건네주겠다고 약속한 일 등등……

루시는 하루 반에 걸쳐 증인석에서 직접심문에 답했다. 빌이 심문을 마쳤을 때 루시는 이로써 모든 일을 해명했고, 검사의 온갖 주장을 부정했다. 그리고 그것이 끝나자마자 폴린저 검사의 공격이 시작되었다.

폴린저는 루시의 증언을 악의적으로 마구 공격했다. 그는 루시의 진술 모두를 의심했고, 과장된 몸짓과 여러 가지 말투를 쓰며 질문의 화살을 퍼부었다. 검사는 자신의 결백을 주장하는 루시를 비웃었다. 그는 루시가 남편의 진짜 신분을 몰랐고, 또 의심 품은 일도 없다고 진술한 점에 대해 조롱했다. 여자가 10년이나 한 남자와 함께 살며 그에 대해 알아야 할 일을 아무것도 알지 못했다는 것은, 특히 그가 의심스러울 만큼 항상 집을 비웠는데도 그것을 이상하게 여기지 않았다는 것은 어떤 배심원이라 하더라도 믿지 않을 것이라고 퍼부었다. 검사의 반대신문은 무자비했고, 빌은 일어나 계속 이의를 제기했다.

어떨 때에는 폴린저는 호통을 쳤다.

"윌슨 부인, 당신은 훨씬 전부터 진술할 기회가 있었습니다. 여러 번 진술할 기회가 있었지요?"

"그렇습니다……"

"그런데 어째서 당신의 지문이 페이퍼 나이프에 묻어 있었다는 말을 하지 않았습니까? 대답하십시오!"

"나는…… 나는 아무도 물어 보지 않았으므로……"

"하지만 그 칼에 당신 지문이 묻었다는 것은 알고 있었겠지요?"
"나는 이해하지 못하고……."
"당신은 당신에게 형세가 불리하다고 깨닫고 변호인과 의논하여 갑자기 속이 훤히 들여다보이는 얄팍한 변명을 늘어놓았소. 그런 일이 얼마나 다른 사람에게 나쁜 인상을 주고 있는지는 압니까?"
이 질문에 격분한 빌이 이의 제기를 하여 모두 취소되기는 했으나 타격은 확실히 컸다. 배심원들은 얼굴을 찌푸렸고 루시는 고뇌에 못 이겨 자기 손을 가만 두지 못했다.
"당신이 한 증언에 따르면 남편은 토요일 아침 당신 오빠 사무실에 들러 이 선물을 건네주겠다고 약속했다고요?" 폴린저가 사납게 물었다.
"네, 그랬어요."
"그런데 그는 들르지 않았지요? 그 선물은 필라델피아로부터 몇 마일이나 떨어진 외딴 오두막에서 처음 포장지에 포장된 채 발견됐지요, 안 그래요?"
"나는…… 그건 남편이 잊어버렸을 거예요. 그는 틀림없이……."
"윌슨 부인, 당신이 그 선물에 대해 거짓말하고 있는 것을 여기 있는 모든 사람이 이미 똑똑히 알고 있다는 사실을 당신은 이해 못합니까? 당신이 그 선물을 자택에서 보았다는 건 거짓말이지요? 당신은 그 오두막에서 처음으로 그것을 보았고……."
빌이 온 힘을 다해 검사의 비난조 질문을 취소시켰음에도 폴린저가 반대신문을 끝냈을 때 루시는 완전히 자제력을 잃고 울다가 화를 냈고, 폴린저의 말의 덫에 걸려 몇 번이나 자신이 증언한 내용과 모순되는 말을 지껄였다.
폴린저는 참으로 교묘했다. 그의 잔인성은 모두 꾸민 것으로, 실제로는 증인 자신의 불확실한 점에 교묘하게 달라붙기 위해 적당히 계산된 감정의 표현이었던 것이다. 마음속으로 그는 기계처럼 냉정하고 냉혹했다.

루시가 히스테리에서 회복될 때까지 법정은 잠시 휴식하지 않을 수 없었다. 빌은 배심원석으로 웃음을 보내며 끈질기게 변론을 진행시켰다. 그는 부지런히 증인을 소환했다. 이웃사람들, 친구들, 상인들. 피해자가 죽기 전날 밤까지 그녀와 정답게 살고 있었다는 루시의 증언을 입증시키려고 노력했다.

모두들 윌슨의 이중 생활에 대해 조그만 의혹도 갖지 않았다고 증언했고, 루시가 그것을 알아차린 듯한 태도는 전혀 보이지 않았다고 증언했다. 빌은 몇 사람의 증인을 소환하여 루시는 남편이 '장사차 여행을 떠나' 집을 비우는 토요일 밤에는 반드시 시내로 영화를 보러 가는 습관이 있었다는 것을 증언시켰다. 그는 또 루시의 친구와 그녀가 단골로 다니는 양장점 점원을 불러 그녀가 한 번도 베일을 산 일이 없으며 또 몸에 지닌 적도 없었다는 것을 증언하게 했다. 그 동안에 폴린저는 끊임없이 냉정하고 확실하게 방해를 계속하며 증언의 허점을 지적했고, 또 증인이 피고에 대해 동정적인 태도를 취하면 곧 이를 지적했다.

그 다음으로 빌은 자동차 문제로 들어갔다. 빌은 폴린저가 앞서 소환한, 포드를 조사한 경찰 지문 전문가가 증언할 때부터 그 자동차에서 루시 것 말고는 지문이 발견되지 않았다는 사실은 무의미하다고 계속 주장해 왔다. 그 자동차는 루시의 것이며 요 몇 년 동안 루시 혼자 써 왔으므로 그 자동차 곳곳에 지문이 묻어 있는 것은 아주 당연한 일이라고 주장했다. 그는 또 그 자동차 핸들과 변속 레버에 있는 얼룩은 장갑 낀 손으로 만진 것이라고 주장했으나 이 점에 대해 그 지문 전문가는 반대하며 양보하지 않았다.

빌은 이번에는 그 자신이 몇 사람의 전문가를 증인석으로 소환하여 그 점에 대한 반론을 펴려고 했다. 그러나 검사는 그 증인들은 전문가로서의 신뢰성이 결여되었다는 점, 법정 증언의 전력이 좋지 않았다는 점, 편견 등을 이유 삼아 사무적으로 반박했다. 바퀴 흔적의 확실성에 대해서는 빌은 일부러 전혀 언급하지 않았다. 그 대신 빌은 연방 표준국에 근무하는 금속 전문가를 소환했다.

그 증인은 라디에이터 캡의 부러진 반쪽을 분석한 결과 이 조그마한 쇠붙이는 검찰 측이 주장한 것처럼 금속이 너무 삭아서 차가 출렁이는 바람에 저절로 떨어질 수는 없다고 증언했다. 그는 부러진 부분을 조사한 결과 상당히 날카로운 것으로 강하게 타격을 가하지 않는 한 발목 부분이 부러질 수 없다고 덧붙였다. 그리고 또 그는 금속의 장력 및 부식 문제까지 상세히 설명했다. 이 의견에 대해 폴린저는 끈질기게 반대신문을 행한 뒤에 그 의견을 뒤엎을 수 있는 다른 전문가를 원고 반박시에 소환하여 증언시키겠다고 말했다.

피고 측 변론 나흘째에 빌은 엘러리를 증인석으로 불러냈다. 엘러리가 어느 만큼 직업적 범죄 연구가로서 자신의 경력을 이야기하자 빌은 곧 심문을 시작했다.

"퀸 씨, 당신은 경찰관이 오기 전에 이미 범행 현장에 가 있었지요?"

"그렇습니다."

"당신은 순수한 직업적인 관심에서 범행 현장을 철저하게 조사했습니까?"

"그렇습니다."

빌은 조그만 물건을 들어 보였다. "당신은 조사할 때 이것을 본 기억이 있습니까?"

"기억하고 있습니다."

그것은 싸구려 접시였다.

"당신이 그 방을 살펴보았을 때 이것은 어디 있었습니까?"
"그 방의 단 하나뿐인 탁자 위에 있었습니다. 그 탁자 뒤에 시체가 있었습니다."
"굉장히 눈에 띄기 쉬운 곳에 있었군요. 사람이 못 볼 수는 없었습니까?"
"없습니다."
"퀸 씨, 당신이 이것을 보았을 때 이 접시 속에 무엇인가가 들어 있었습니까?"
"있었습니다. 종이성냥이 여러 개비 들어 있었습니다. 그것은 전부 타다 남은 성냥개비였습니다."
"그것은 성냥을 켰다가 껐다는 뜻입니까?"
"그렇습니다."
"당신은 이 법정에서 검찰 측이 제출한 의견을 전부 들었습니까? 당신은 이 공판이 처음으로 열린 때부터 이 법정에 출석했습니까?"
"그렇습니다."
빌은 신중하게 물었다.
"이 접시, 또는 당신이 범행 현장에서 이 접시 속에 담겨 있는 것을 본 성냥개비에 대해 검찰 측에서 한 번이라도 언급한 일이 있었습니까?"
"없습니다."
폴린저는 벌떡 일어났다. 그리고 5분 동안 폴린저와 빌은 메난더 판사 앞에서 격렬한 언쟁을 벌였다. 마침내 빌이 심문을 계속하도록 허락받았다.
"퀸 씨, 당신은 범죄 연구가로 이름난 분입니다. 당신은 검찰 측이 고의로 무시한 이 성냥개비에 대해 배심원 여러분에게 뭔가 설명하실 것이 있습니까?"

"있습니다."

여기서 다시 아까보다 긴 격렬한 논쟁이 벌어졌다. 폴린저는 분노로 몸을 떨었으며 엘러리는 계속할 것을 허락받았다. 엘러리는 성냥개비가 담배 피울 목적으로 쓰여졌다고는 이론상 생각할 수 없다는 점에 대해 며칠 전 밤에 그가 빌에게 이야기한 추론을 되풀이해 이야기했다.

빌이 재빨리 끼어들었다.

"퀸 씨, 지금 당신의 설명에 따르면 그 성냥은 담배 피우는 데는 쓰이지 않았습니다. 그렇다면 당신은 그 집을 살펴보았을 때 성냥이 어디에 쓰였는지 납득할 만한 설명을 할 수 있는 증거를 발견했습니까?"

"발견했습니다. 그날 밤 나뿐만 아니라 드 종 서장과 서장의 부하 형사들도 모두 조사한 물건이 하나 있었습니다. 그 물건의 상태를 보면 성냥이 어디에 쓰였는지 필연적인 결과가 나옵니다."

빌은 무엇인가를 쳐들고 흔들었다.

"당신이 말하는 물건이란 이것입니까?"

"그렇습니다."

그것은 페이퍼 나이프 끝에 꽂혀 있던 불태운 코르크였다.

이때 다시 아까보다 더 맹렬한 검찰 측 이의가 제기되었다. 격렬한 응수가 있은 뒤에 판사는 그 코르크를 피고 측 증거물로 채택할 것을 허락했다.

"퀸 씨, 이 코르크는 당신이 발견했을 때 불에 그슬려 있었습니까?"

"틀림없이 그러했습니다."

"그것은 김볼을 죽인 칼 끝에 꽂혀 있었습니까?"

"그렇습니다."
"당신은 범죄학자로서 이 코르크가 무엇을 뜻하는지 설명할 수 있습니까?"
"단 한 가지 해석밖에 생각할 수 없습니다. 칼이 김볼의 심장을 찔렀을 때는 그 코르크가 칼 끝에 꽂혀 있지 않았습니다. 그러므로 그 코르크는 범인이 살인을 한 뒤 칼 끝에 꽂았습니다. 그런 다음 범인은 접시 속에서 발견한 작은 종이성냥으로 되풀이하여 코르크를 그슬렸다고 생각합니다.

 범인은 왜 그런 일을 했을까요? 칼 끝에 꽂은 코르크를 불에 그슬려 무엇에 사용할 수 있지요? 그것은 엉성하지만 훌륭한 필기구가 됩니다. 칼은 펜대가 되고, 칼 끝에 꽂힌 탄소화한 코르크는 읽을 수 있는 글자를 쓸 펜촉 역할을 합니다. 달리 말하면 범인은 범행을 저지른 뒤 어떤 목적을 위해 무엇을 썼습니다."
"범인은 왜 좀더 간단한 기구를 사용하지 않았을까요?"
"간단한 기구가 없었기 때문입니다. 그 집이나 피해자의 몸에 잉크든 만년필이나 연필, 그 밖의 필기구라고는 없었습니다. 있는 것은 펜과 잉크함이 있는 문구 세트뿐이었습니다. 그러나 그 펜과 잉크함도 새것이라 잉크가 없었습니다.

 만일 범인이 뭔가 쓰려고 생각했는데 필기구를 갖고 있지 않다면 어떻게 하든 필기구를 만들어야 했겠지요, 그래서 범인은 필기구를 만든 겁니다. 코르크는 물론 문구 세트에 들어 있었습니다. 범인은 범행을 저지를 때 칼 끝에서 코르크를 빼놓았을 겁니다. 따라서 범인은 글을 쓸 필요가 생기기 전부터 이미 코르크의 존재를 알고 있었을 겁니다. 코르크를 태워서 필기구로 쓴 점으로 말하자면 극장에서 코르크를 태워 글을 쓰는 일이 흔히 있고, 세상 사람들도 그것을 잘 알고 있습니다. 범인이 그것을 생각해 냈다 해서 신기한 일은 아닙니다."
"당신은 이제까지 검사가 피고에 대한 증거를 제시하는 과정에서 이 불태운 코르크에 대해 언급한 것을 들었습니까?"
"아니오."
"범행 현장에서 편지든 뭐든 쓴 것을 발견했습니까?"
"아니오."
"이것에 대한 당신의 결론은 무엇입니까?"
"누군가 범인이 메모한 것을 가져간 게 분명합니다. 만일 범인이 무엇을 썼다면 그것은 누구에게 보내기 위해서입니다. 따라서 논리적으로 생각하면 쓴 것은 그 인물이 가져갔겠지요. 그리고 그 사실은 이제까지 생각지도 못했던 새로운 요소가 이 사건에 끼여 있다는 것을 뜻합니다. 또——이것은 이치에 맞지 않는 일입니다만———범인인 그녀 자신이 그것을 가져갔다고 하더라도, 그 일 자체로서 검찰 측 증거로는 설명되지 않는 사실이 나타난 셈이 됩니다."

엘러리와 폴린저는 증인석 난간을 사이에 두고 한 시간쯤 언쟁을 벌였다. 폴린저의 공박 요점은 엘러리가 두 가지 이유로 증인으로서는 부적당하다는 것이었다. 첫째, 그는 피고의 개인적인 친구고, 둘째는 그의 명성이 '실무가 아니라 이론'에 바탕을 두고 있다는 것을 강조했다.

이윽고 엘러리가 증인석에서 내려왔을 때는 두 사람 모두 땀을 흠뻑 흘리고 있었다. 그리고 신문들은 모두 피고 측이 이로써 크게 점수를 땄다고 했다.

이때부터 빌의 태도가 싹 달라졌다. 그의 눈은 자신감으로 밝게 빛나기 시작했고, 그것은 배심원에게도 반영되었다. 배심원 2호는 날카로운 인상을 한 트렌턴의 상인이었는데, 그가 세상 일에는 관심이 없다는 듯 멍청한 표정을 한 옆자리 남자에게 뭐라고 열심히 속삭이는 것을 볼 수 있었다. 그러자 그 멍청한 표정이 사라지고 무엇인가를 깊이 생각하기 시작하는 것 같았다. 다른 배심원들도 이 며칠 동안에는 볼 수 없었던 깊은 관심을 품기 시작한 듯했다.

마지막 날 아침, 그리 중요하지 않은 피고 측 몇몇 증인에 대한 심문이 끝난 뒤 빌이 앞으로 나섰을 때, 그는 어금니를 꽉 다물고 있어 누가 보아도 그의 진지함을 알 수 있었다. 이전만큼은 아니지만 그의 얼굴은 좀 창백해 보였다. 그가 법정을 둘러보는 눈길이 매서워서 폴린저도 뭔가 생각에 잠긴 눈으로 그를 바라보았다.

그는 곧 시작했다.

"제시카 보든 김볼 부인, 증인석으로 나오십시오!"

검사석 뒤에 있던 앤드레가 놀란 소리로 작게 외쳤다. 김볼 부인은 토할 것 같은 표정이 되었다가, 믿을 수 없다는 표정을 지었고, 마지막으로 격분한 모습이 되었다.

폴린저 검사 옆에 앉아 있던 프루에 상원의원이 공판 시작부터 앞장서서 뭐라고 분주하게 의논을 했으나, 마침내 상류사회 부인은 억지로 얼굴을 누그러뜨리며 증인석에 앉았다.

빌은 인정 사정 없이 김볼 부인을 다그쳤다. 폴린저의 항의를 물리치며 가혹하게 파고드는 그의 심문에 부인은 분노로 얼굴이 창백해졌다. 분노로 떠는 그녀의 항변에도 불구하고 강행한 빌의 심문이 끝났을 때 김볼 부인이야말로 이 세상 누구보다도 김볼을 살해할 커다란 동기를 가졌다는 인상을 모두가 받게 되었다.

폴린저가 반대신문을 통하여 김볼 부인을 온순하고, 남의 오해를 받고 있는, 비탄에 잠긴 부인으로 보이도록 그녀가 처한 불리한 입장을 완화시키려 했다. 더욱이 김볼에게 그토록 못된 짓을 당하고도 정식 결혼이라는 위로조차 얻지 못한 가엾은 여자임을 나타내려 했다.

폴린저는 사건이 있던 날 밤의 김볼 부인의 행동을 언급했다. 그녀가 워돌프 아스토리아 호텔의 자선무도회에 참석하고 있던 일. 이것은 빌이 심문한 일이었다. 그리고 그녀가 도중에 빠져 나와 128킬로미터나 자동차를 몰아 범행 현장으로 갔다가, 아무도 모르게 호텔에 돌아오는 것은 불가능에 가까운 일이라고 강조했다.

빌은 곧 그로브너 핀치를 증인석으로 불렀다. 그는 핀치에게 김볼 부인은 김볼이 죽기 몇 주일 전까지도 그의 보험수익자였음을 인정하게 했다. 그리고 핀치가 부정하는 가운데 김볼 부인은 핀치를 통해 보험수익자 변경을 알았을 가능성이 있다고 지적했다. 그리고 마지막으로 빌은 핀치를 추궁하여 범행이 일어나던 날 밤, 그가 드 종에게 다음과 같이 말한 것을 상기시켰다.

"우리 가운데 누구든 살그머니 빠져 나와 조 김볼을 죽일 수 있었다."

폴린저는 속기록에 기록된 그때의 다음과 같은 정확한 말을 인용하여 반박했다.

"만일 당신이 '우리 가운데 누구인가가 살그머니 빠져 나와 자동차로 여기까지 달려와서 조 김볼을 찔러 죽였을 수도 있다'고 한다면, 그것은 가설로는 옳을지 모릅니다."

그리고 폴린저가 핀치에게 물었다.

"핀치 씨, 이 말을 어떤 뜻으로 하신 겁니까?"

"나는 이론상이라면 이 세상에서는 어떤 일이라도 가능하다는 뜻으로 말했습니다. 그러나 나는 그때도 지적했지만 그것이 얼마나 터무니없는 소리냐고……."

"당신은 김볼 부인이 그날 밤 워돌프의 무도회장에서 얼마 동안 자리를 떴는지 말할 수 있습니까?"

"김볼 부인은 그날 밤 호텔 밖으로 나가지 않았습니다."

"당신은 김볼 부인에게 남편이 별안간 다른 사람을 보험수익자로 만들었다는 것을 말한 일이 있습니까?"

"없습니다, 절대로. 나는 그 점에 대해 셀 수 없을 만큼 증언했습니다. 내가 김볼이 보험수익자를 바꾼 일에 대해 암시 비슷한 것이라도 비쳤다고 내 앞에 나와서 말할 수 있는 사람은 절대로 없습니다."

"핀치 씨, 이상입니다."

빌이 일어서서 분명한 목소리로 불렀다. "앤드레 김볼."

앤드레 김볼은 마치 긴 여행의 마지막 여정을 걷는 사람처럼 지친 걸음 걸이로 증인석으로 갔다. 눈은 내리깔았고, 앞으로 마주 꽉 잡은 두 손은 떨고 있었다. 뺨에는 핏기가 없었다. 그녀는 형식적으로 선서를 마친 뒤 너무도 조용히 자리에 앉았으므로 정신을 잃은 게 아닌가 여길 정도였다.

법정 안 모든 사람들은 곧 아무도 모르는 사연이 있다는 것을 느꼈다. 폴린저는 손톱을 깨물고 있었다. 그의 뒤에 앉은 김볼 집안 사람들은 눈에 띄게 신경을 곤두세우고 있었다.

빌은 증인석으로 몸을 내밀며 조용히 그녀를 바라보았다. 마침내 김볼 부인이 자력에 이끌린 듯 눈을 들어 빌을 보았다. 불과 한 뼘 공간을 사이에 두고 두 사람의 눈이 서로 얼마나 고통스러운 신호를 주고받았는지 아무도 모른다. 그러나 두 사람 모두 동시에 얼굴에서 핏기가 빠지며 서로 눈길을 돌렸다. 빌은 법정의 뒷벽을 보았고, 그녀는 시선을 떨구고 자기의 손을 내려다보았다.

빌은 묘하게 평온한 목소리로 물었다.

"김볼 양, 6월 1일 밤 어디 있었습니까?"

그녀의 목소리를 겨우 알아들을 수 있었다.

"뉴욕의 워돌프에서 있었던 어머니 파티에 참석했습니다."

"저녁 내내 있었습니까?"

그 목소리는 그녀를 위로하는 듯했으나 그 말투는 먹이의 뒤를 밟는 야수같이 조용하면서도 잔인했다. 그녀는 대답하지 않고 숨을 들이마셨다.

"질문에 대답하십시오!"

그녀는 흐느낌을 억눌렀다.

"당신의 기억을 일깨워 드릴까요, 김볼 양? 아니면 그 기억을 되살려 줄 증인을 부를까요?"

"제발…… 빌…….'' 그녀는 속삭이듯 말했다.

"당신은 진실을 말하겠다고 선서했습니다." 빌은 돌처럼 차갑게 말했다. "나는 대답을 들을 권리가 있습니다! 당신은 그날 밤 워돌프에 없었던 시간 동안 어디서 보냈는지 생각나지 않습니까?"

웅성거리는 검사석 한가운데서 폴린저가 사납게 말했다. "판사님, 변호인은 증인을 비난하고 있습니다."

빌은 검사에게 빙긋 웃었다. "판사님, 이것은 살인 재판입니다. 나는 적의가 있는 상대편 인물을 증인으로 소환했습니다. 나는 상대편 증인을 직접 심문할 권리가 있다고 생각합니다. 왜냐하면 검사가 이 증인을 소환하지 않아서 나는 이 증인을 반대신문하고, 그 증언을 기록에 올릴 수 없었기 때문입니다. 나의 질문은 적절하고 중요한 것으로, 만일 검사가 내게 기회를 준다면 나는 곧 그것을 사건과 결부시키겠습니다."

그는 어금니를 깨물며 한 마디 덧붙였다.

"그런데 이상하게도 검사는 내게 그 기회를 주지 않으려는 듯합니다."

메난더 판사가 말했다. "피고 측 변호인이 상대편 증인을 소환하여 직접심문을 하는 것은 정당합니다. 에인절 씨, 진행하십시오."

"질문을 읽어 주십시오." 빌이 사납게 말했다.

속기사가 질문을 읽었다. 앤드레가 절망에 빠진 지친 목소리로 대답했다.
"네."
"그날 저녁에 당신은 어디 있었는지 배심원 여러분에게 말씀해 주십시오."
"강 옆…… 강 옆의 집에 있었습니다……."
"김볼이 살해된 그 오두막 말입니까?"
그녀는 들릴 듯 말 듯 대답했다. "네."
법정이 떠나갈 듯이 소란스러워졌다. 김볼 측은 아우성치며 일어섰다. 오직 한 사람, 폴린저만이 감정을 나타내지 않았다. 이 소란 속에서 빌은 표정을 바꾸지 않고 있었고, 앤드레는 눈을 감았다. 법정이 조용해질 때까지 몇 분이 걸렸다.
그러자 앤드레는 죽어 가는 듯한 목소리로 이야기하기 시작했다. 의붓아버지의 전보를 받은 그녀가 약혼자의 캐딜락 스포츠카를 빌려 타고 트렌턴으로 달려간 일, 현장에 도착하니 한 시간쯤 빨랐으므로 그 근처를 드라이브한 뒤 완전히 해가 진 뒤에 다시 가보니 집은 텅 비고 김볼이 혼자 바닥에 누워 있었던 일 따위를 진술했다.
"당신은 그가 사실은 살아 있었는데 죽었다고 생각했습니까?"
"네……."
"김볼 양, 그의 몸에 손을 댔습니까?"
"아, 아뇨, 아니에요!"
그녀가 자신이 놀랐던 일, 비명을 지른 일 그리고 집 밖으로 도망쳐 나온 일 등을 설명하고 있을 때 엘러리는 종이쪽지를 꺼내 짧은 메모를 적어 빌에게 건넸다. 앤드레는 말을 멈추고 공포로 눈을 크게 떴다. 그녀의 푸른 눈동자가 잿빛으로 바뀌었다.
빌의 입술이 기묘하게 일그러졌다. 그가 들고 있는 종이쪽지가 떨렸다.
"당신이 두 번째로 갔을 때 그 집 안에 얼마나 있었습니까?"
"모르겠어요, 모르겠어요. 겨우 몇 분이었어요."
그녀는 완전히 공포에 사로잡혔다. 자신을 지키려는 듯 두 어깨를 약간 웅크리고 있었다.
"몇 분이라고요. 당신이 8시에 처음 갔을 때 두 개 차도에는 자동차가 있었습니까?"
그녀는 고통 속에서도 생각을 정리하여 조심스레 할 말을 고르는 것 같았다.
"앞 자동차 길에는 차가 없었어요. 옆 자동차 길에 낡은 패커드 세단이 있었어요. 그 차는 집 옆 작은 포치에 닿을 듯 세워져 있었어요."
"그것은 윌슨의 자동차입니다. 그럼, 당신이 거기에 두 번째로 간 시각은, 당신이 겨우 몇 분 동안 집 안에 있었다고 하니 9시쯤이 아니었습니까? 당신이 떠나는 것을 내가 봤을 때가 9시 8분이었으니까요."
"그쯤 됐을 겁니다."
"그럼, 당신이 9시에 거기 갔을 때 패커드는 물론 그대로 있었겠군요. 두 개의 자동차 길에 다른 자동차는 없었습니까?"
앤드레가 서둘러 대답했다. "아뇨, 없었어요."
"처음에 갔을 때나 두 번째 갔을 때나 집안에는 아무도 없었다고요?"
빌은 용서없이 다그쳤다.
"아무도 없었어요, 한 사람도요." 그녀는 숨을 헐떡였다. 그리고 눈길을 들었다. 너무나도 고통스러워 하는 그 눈에는 비난과 말없는 호소가 담겨 있었으므로 빌은 얼굴을 붉혔다.

"두 번째 갔을 때 앞 자동차 길에 바퀴 자국이 나 있는 것을 보지 못했습니까?"
"나는…… 잘 기억나지 않아요."
"당신은 처음에 너무 일찍 갔으므로 한 시간쯤 램버튼 가도를 따라 캠든 쪽으로 드라이브했다고 증언했습니다. 갈 때나 돌아올 때 베일을 쓴 여자가 운전하는 포드 쿠페를 지나친 적이 있습니까?"
"생각나지 않아요."
"그렇군요. 그럼, 그날 밤 당신이 뉴욕으로 돌아간 것은 몇 시인지 기억합니까?"
"11시 30분쯤이었어요. 나는…… 일단 집으로 돌아가 이브닝드레스로 갈아입고 워돌프에 가서 어머니 파티에 참석했어요."
"당신이 오랫동안 그곳에 없었는데 아무도 말을 않던가요?"
"나는…… 아니, 아니오."
"당신 약혼자는 당신이 없는 동안 죽 거기 있었습니다. 그리고 어머님과 핀치 씨와 다른 친구분들도 있었을 텐데 아무도 당신이 없었던 것에 대해 언급하지 않았습니까? 당신은 우리가 그것을 믿을 거라 생각합니까?"
"난…… 난 몹시 흥분하여 누가 무슨 말을 했는지 기억하지 못하겠어요."
빌은 입술을 일그러뜨리며 배심원석으로 얼굴을 돌렸다. "그런데 김볼 양, 범인이 당신에게 남긴 그 편지는 어쨌습니까?"
폴린저는 자기도 모르게 벌떡 일어섰다가 생각을 고친 듯 말없이 다시 앉았다.
"편지요?" 앤드레는 더듬거렸다. "편지라니, 무슨 얘기지요?"
"코르크로 쓴 불태운 편지 말입니다. 당신은 퀸 씨의 증언을 들었지요? 당신은 그 편지를 어떻게 했습니까?"

"무슨 말을 하는지 모르겠어요." 그녀의 목소리가 높아졌다. "거기에는 아무것도 없었⋯⋯. 아니, 나는 편지에 대해서는 아무 것도 몰라요!"

"범행 현장에는 세 사람이 있었습니다, 김볼 양." 빌이 긴장해서 말했다.

"피살자, 범인 여자, 그리고 당신입니다. 이것은 당신 말을 믿고 하는 말입니다. 범인은 범행을 저지른 뒤 편지를 썼습니다. 따라서 그 편지는 피살자 앞으로 쓴 게 아닙니다. 범인이 범인 자신에게 쓴 것은 물론 아닙니다. 그 편지는 어디 있습니까?"

"편지에 대해서는 몰라요!" 그녀는 히스테리를 부리며 부르짖었다.

"판사, 이쯤이면 충분하다고 생각합니다." 폴린저가 일어서며 천천히 말했다. "이 증인은 재판 받고 있는 게 아닙니다. 그녀는 이의를 신청해도 좋은 질문까지 충분히 대답했습니다."

빌은 완강히 반론을 제기했다. 그러나 메난더 판사는 머리를 가로저었다. "지금 질문에는 충분히 대답했다고 생각합니다. 심문을 진행하십시오."

"이의를 제기합니다!"

"알았습니다. 계속하십시오."

빌은 격렬한 기세로 증인석에 몸을 돌렸다. "김볼 양, 당신은 배심원 여러분에게 당신이 그날 밤에 겪은 일들을 이 범죄 수사당국 사람들, 그러니까 드 종 서장과 폴린저 검사 및 그 부하들에게 말했다고 설명해 주시겠습니까?"

폴린저가 또 일어서려다가 다시 앉았다. 앤드레는 그쪽을 흘끗 보고 입술을 핥았다.

"당신 자신의 얘기를 듣고 싶습니다." 빌이 빈정댔다. "검사의 구원을 청하지 마시기 바랍니다."

그녀는 장갑을 만지작거렸다. "나는…… 네, 이야기했습니다."
"아, 이야기했다고요. 당신은 이 이야기를 자진해서 했습니까? 자신의 자유의사로 한 겁니까?"
"아니오, 나는……."
"그럼, 드 종 서장이나 폴린저 씨가 당신에게 왔습니까?"
"폴린저 씨예요."
"그러니까, 만일 폴린저 씨가 오지 않았다면 당신은 자진해서 당국에 이야기하러 갈 의사는 없었던 겁니까? 폴린저 씨, 잠깐 기다리십시오. 당신은 당국이 물으러 올 때까지 기다렸다는 말이군요! 그게 언제였습니까, 김볼 양?"
그녀는 법정 안의 눈길을 피하려 눈을 가렸다. "확실히 기억하지는 못하지만 1주일쯤 뒤였어요……."
"범행 1주일 뒤라구요? 이렇게 말하는 걸 두려워할 필요는 없습니다, 김볼 양. 범행이라는 말이 두렵습니까?"
"나는…… 아니오, 두렵지 않아요."
"범행 1주일 뒤에 검사가 당신을 찾아와서 질문했군요. 그 1주일 동안에 당신은 그 살인 사건이 있었던 날 밤 범죄 현장에 갔다는 것을 당국에 이야기하지 않았습니다. 맞습니까?"
"그게…… 그게 중요한 일이라고는 여기지 않았어요. 나는 도울 수도 없었고, 휘말려들고 싶지도 않아서……."
"흉한 소동에 휘말려들고 싶지 않았다는 말입니까? 그런 말입니까? 그럼, 김볼 양, 그날 밤 현장에 있는 동안 당신은 그 칼을 만졌습니까?"
"아니오!" 그녀는 기운을 되찾아 대답했다. 눈이 다시 파랗게 빛났다. 난간을 사이에 두고 두 사람은 서로 노려보았다.

"칼은 어디 있었습니까?"
"탁자 위에요."
"손가락 하나도 대지 않았습니까?"
"네."
"그날 밤 당신은 장갑을 끼고 있었습니까?"
"네, 하지만 왼쪽 장갑은 벗고 있었어요."
"오른쪽은 끼고 있었습니까?"
"네."
"당신은 그 집에서 도망쳐 나올 때 문에 손을 부딪쳐 약혼 반지의 다이아몬드를 빠뜨렸지요?"
"네."
"당신은 그것을 잃어버렸다고 생각했지요? 떨어뜨렸다는 것은 몰랐지요?"
"몰랐어요."
"범행이 있던 날 밤 내가 그 다이아몬드를 발견하고 그 이야기를 당신에게 했습니다. 그러자 당신은 필사적으로 그 일을 아무에게도 말하지 말아 달라고 부탁했습니다. 이 점은 틀림없지요?"
그녀는 화가 나 있었다. "네!" 뺨이 새빨개졌다.
"그때 당신은 내가 그 사실을 경찰에 알리지 못하도록 하려고 내게 키스를 한 것이 사실이지요?"
빌은 갈라진, 격한 목소리로 물었다. 그녀는 너무나 놀라서 의자에서 반쯤 일어섰다. "아니, 당신은……! 그토록 약속하고서……. 당신은, 당신은……."
그녀는 눈물이 나오는 것을 참으려고 입술을 깨물었다.
빌은 머리를 세우고 끈질기게 달라붙었다.
"당신은 범행이 있던 날 밤 범인을 보았습니까?"

앤드레의 뺨에서 붉은빛이 사라졌다. 그리고는 모기 소리 같은 목소리로 말했다. "아니오."

"당신은 범인을 보지 못했나요? 오두막 안에서도, 오두막 근처에서도, 오두막과 캠든 사이의 길에서도?"

"못 보았어요."

"하지만 범행이 있은 날 밤 당신이 범행 현장에 갔다는 것은 인정하지요? 그리고 당신은 그 일을 검사가 묻기 전까지는 남에게 숨기고 있었지요?"

폴린저가 소리치며 일어섰다. 그리고 긴 논쟁이 벌어졌다. 빌이 쉰 목소리로 다시 심문을 시작했다.

"김볼 양, 당신은 의붓아버지가 이중 생활을 하고 있었다는 사실을 몰랐습니까?"

"몰랐어요!"

"당신은, 그가 6월 1일이 되기 얼마 전에 당신 어머니를 100만 달러 보험수익자에서 제외시켰다는 것을 알았습니까?"

"몰랐어요!"

"당신은 의붓아버지를 증오하고 있었지요?"

다시 언쟁이 벌어졌다. 앤드레는 분노와 수치로 얼굴이 파랗게 질렸다. 검사석에서는 김볼 측이 격분하여 들끓었다.

"됐습니다. 제게는 이만하면 충분합니다. 질문하십시오." 빌이 내뱉듯 말했다.

폴린저가 증인석으로 성큼성큼 다가갔다. "김볼 양, 그 범행 1주일 뒤 내가 당신을 찾아갔을 때 내가 뭐라고 말했습니까?"

"당신은 스포츠카를 추적하여 그 자동차가 내 약혼자 것이라는 걸 알았다고 말했습니다. 당신은 내게 범행이 있던 날 밤 현장에 갔지 않았느냐고 묻고, 만일 갔다면 어째서 당신을 찾아가 말하지 않았었느냐고 했습니다."
"당신은 내가 당신을 두둔하려 한다든가, 당신 이야기를 묵살시키려 하는 듯한 인상을 받았습니까?"
"아니오, 당신은 나를 엄하게 대했어요."
"당신은 지금 배심원에게 말한 이야기 그대로 그때 내게 말했습니까?"
"네."
"그에 대해 내가 뭐라고 말했나요?"
"당신은 내 말을 자세히 조사하겠다고 했습니다."
"내가 질문을 했습니까?"
"네, 여러 질문을 했습니다."
"사건에 관계된 것이었습니까? 증거에 대해서였습니까? 당신이 본 것과 보지 않은 것들에 대해 물어보았습니까?"
"그렇습니다."
"그리고 당신 이야기에는 피고에 대한 검찰당국의 증거와 어긋나는 점이 하나도 없으므로 공판 때 증인석에 불러서 당혹함과 고통을 맛보지 않게 하겠다고 내가 말했지요?"
"그렇습니다."
폴린저는 아버지처럼 웃으며 물러났다.
빌이 발소리를 요란하게 하며 앞으로 나왔다. "김볼 양, 이 공판에서 검찰 측이 당신을 증인으로 소환하지 않은 건 사실이지요?"
"네."
그녀는 지치고 기력을 잃어 축 늘어져 있었다.
"배심원 여러분이 듣는다면 피고의 범죄 행위에 대해 당연히 의문을 품을 만한 사실을 당신이 알고 있는데도 말입니까?"
이로써 피고 측 심문은 끝났다.

재판 213

배심 평결을 기다리는 몇 시간이 하루가 되고, 다시 이틀이 되었으나 배심원으로부터는 아무런 발표도 없었다. 그리고 검찰 측 논고가 끝났을 무렵에 비해 여론이 많이 변화되었다는 소문이 돌았다. 배심원실에서 회의가 길어지고 있는 것은 피고 측에 유리한 징후였다. 적어도 그것은 배심 회의가 교착 상태에 빠졌다는 것을 뜻했다. 빌은 힘이 솟았다. 시간이 흐름에 따라 그는 희미한 웃음을 떠올리기까지 했다.

원고가 짧게 끝낸 반박 뒤에 있은 변호인의 최종 변론은 금방 끝났다. 빌이 먼저 최종 변론을 했다.

그는 변론을 통하여 폴린저 개인을 강경하게 고발했다. 빌은 검사가 고발한 모든 혐의를 피고 측이 모두 납득할 수 있도록 밝혔을 뿐만 아니라 폴린저는 위법적인 직무 태만을 저질렀다고 주장했다. 폴린저가 중대한 증거, 그러니까 앤드레 김볼이 범죄 현장을 찾아간 사실을 숨긴 것을 큰 소리로 비난했다. 검사의 직분은 피고를 괴롭히는 일이 아니고, 사실을 숨기는 일도 아니며, 진실을 밝히는 일이라고 말했다.

게다가 폴린저는 고의적으로 두 가지 중요한 사실을 무시했다고 말했다. 두 가지란 성냥개비와 그슬린 코르크로서, 만일 피고 측의 빈틈없는 증인의 증언이 아니었다면 문제되지 않고 묻혀 버렸을 것이라고 했다. 검찰 측은 그것을 전혀 설명하지 않았고 피고와 결부시키지도 못했다. 게다가 검찰 측은 베일이 피고의 것이라는 것을 입증하지 못했고, 그 베일의 출처를 증명하지도 못했다고 강경하게 변론했다.

마지막으로 빌은 피고 측의 이론을 간추려 진술했다. 루시 윌슨이 누군가에 의해 남편 살해범으로 모함된 것이 분명하다. 재력과 사회적 지위를 지닌 자가 이 가난하고 무력한 희생자, 김볼로부터 애정밖에는 아무것도 받지 못했던 한 여자를 택했다. 누군가가 그녀를 희생자로 만든 것이 틀림없다고 빌은 말했다.

그는 자기 이론을 뒷받침하는 것으로 표준국 감정관의 '절대적'인 증언, 그러니까 라디에이터 캡은 자연적으로 떨어진 것이 아니라는 증언을 내세웠다. 그렇다면 그것은 틀림없이 누가 부러뜨린 것이다. 만일 누가 부러뜨렸다면 그것은 일부러 한 게 확실하다. 그리고 그것은 그 캡이 달려 있던 자동차 소유주, 그러니까 루시 윌슨을 이 사건에 끌어 넣으려는 의도 아래 이루어진 일이라고 그는 논술했다.

이 점부터 시작한 빌은 지난밤 엘러리와 더불어 열띠게 검토했던 순서에 따라 토론을 펴 나갔다. 이 가증스러운 음모를 재구성하기란 아주 쉽다. 범인은 루시의 자동차를 훔쳤다. 그리고 나서 범인은 주유소 주인에게 그 자동차와 베일을 쓴 운전자의 모습을 또렷이 기억하게 할 목적으로 휘발유를 구실로 그 가게에 들렀던 것이다.

"이것은 그녀에게 휘발유가 필요하지 않았다는 사실로 증명되었습니다." 빌은 절규했다. "그 자동차 탱크에 들어 있는 휘발유만으로 아직도 100킬로미터 내지 130킬로미터쯤을 달릴 수 있었습니다."

그는 범인이 그 오두막에 가서 선물 카드가 있는 문구 세트에서 페이퍼 나이프를 발견하고, 그 칼로 김볼을 죽인 다음 필라델피아로 돌아가서 경찰 눈에 띄기 쉬운 곳에 자동차를 충돌시키고 버린 것이라고 설명했다.

"만일 피고, 그러니까 내 누이동생이 살인범이라면 그녀는 무엇 때문에 베일을 썼겠습니까?" 빌은 목청을 높였다. "루시는 그 오두막이 외딴집이며, 곧 죽게 될 피살자 아닌 다른 사람 눈에는 자기 모습이 발견될 우려가 없다는 것을 충분히 알고 있었을 것입니다. 그러나 진짜 범인이 루시를 모함하려 했다면 베일을 쓸 필요가 있습니다! 남이 자기의 얼굴을 보면 모함 계획은 실패하고 맙니다. 그리고 루시가 범인이라고 가정한다면, 무엇 때문에 그 베일을 자동차 안에 버려 발견되도록 했겠습니까? 그러나 진범이 루시에게 죄를 뒤집어씌우려고 했다면 그럴 만한 충분한 까닭이 있습니다.

게다가 만일 루시가 진범이라면, 그녀가 저지른 일은 모두 믿을 수 없을 만큼 어리석은 일뿐입니다. 그녀가 진범이라면, 곧 탄로날 자기 자동차를 썼겠습니까? 자기 자동차 바퀴 자국을 진흙길 위에 남겼겠습니까? 자기 자동차를 발견될 만한 곳에 뒀겠습니까? 베일을 차에 뒀겠습니까? 어째서 알리바이를 만들 생각을 못했을까요? 장갑을 끼는 주의조차 하지 않고 칼을 집어 찌르겠습니까? 어리석습니다, 실로 어리석기 그지없습니다! 너무나 어리석어서 그 어리석음 자체가 그녀의 결백을 증명하고 있습니다. 그런데 루시를 함정에 빠뜨리려 한 여자는 이와 같은 명백한 흔적을 남겨야 할 충분한 이유가 있었습니다!"

이것은 아주 감동적인 최종 변론으로 배심원에게 강한 인상을 남겼다. 빌은 조용한 목소리로 '유죄 평결을 하려면 추호도 의문의 여지가 없어야 한다'는 점을 강조하고 변론을 마쳤다.

"배심원 여러분 가운데 피고를 유죄로 하는 데 있어 '의문의 여지가 전혀 없다'고 양심의 가책 없이 잘라 말할 수 있는 분이 단 한 사람이라도 있다면……."

그는 두 손을 높이 쳐들어 보이고 자리에 앉았다.

폴린저가 마지막 공격을 시도했다. 그는 피고 측의 '눈에 빤한' 음모설을 조롱했다.

"이야말로 승산 없는 피고 측의 우는 소리에 지나지 않습니다."

폴린저는 피고의 어리석음에 대해 엘러리에게 뜻 있는 눈길을 보내며 '실제적인 문제'에 경험이 많은 범죄학자들은 모든 범죄자가 어리석다는 것을 알고 있다고 말했다. 그리고 전지전능한 범죄자가 나타나는 것은 책뿐이라고 덧붙였다. 이 피고는 상습적인 범죄자가 아니다. 따라서 흔히 원한으로 살의를 품은 여자의 경우대로 그녀는 맹목적으로 행동하여 스스로는 전혀 의식하지 못하는 상태에서 범죄 흔적을 남긴 것이라고 검사는 논했다.

검찰 측은 범행 직전에 이르기까지 피고의 행동을 충분히 입증했다고 힘 있게 말했다. 그녀가 범행 몇 분 전에 오두막으로 통하는 길에 모습을 나타냈고, 오두막 쪽으로 자동차를 몰고가는 것이 목격됐다. 피고의 자동차는 오두막 앞 진흙길 위에 뚜렷한 바퀴 자국을 남겼으며, 그 바퀴 자국이 찍힌 상태로 미루어 검찰 측이 입증한 대로 그 자동차는 범행 시각 전후에 오두막에 간 게 증명되었다. 지금까지의 사실로 피고가 범행 현장에 있었음을 추정할 수 있다. 만일 포드를 운전하고 있던 여자로 확인하는 데 있어 조금이나마 의문을 품는 사람이 있다면, 피고가 남편을 죽인 칼에 묻어 있던 그녀 자신의 지문이 그 의문을 여지없이 없애 줄 것이라고 검사는 지적했다.

검사는 다시 비웃듯 말을 이었다. "지문이란 조작될 수 없습니다. 내가 말한 책에는 그런 일이 이따금 있지만."

배심원들이 웃음을 지었다.

"피고는 오두막에서 칼에 손을 댔습니다. 그러므로 검찰 측은 그녀와 시체를 결부시킬 수 있습니다."

그는 정황 증거에 의존하는 사건에 있어서 지금 말한 사실은 모든 의문을 없애기에 충분하다고 말했다. 칼에 묻은 무엇보다도 중요한 지문에 대해 피고 측은 뭐라고 대답할 것인가? 그녀의 지문은 범행 전날 밤 그녀의 집에서 칼에 찍혔다고 합니다! 그러나 그 속들여다 보이는 꾸며낸 이야기의 증거는 어디 있지요? 이 변명을 뒷받침할 증인이 한 사람도 없습니다. 피해자가 금요일 밤 필라델피아 집에서 지냈다는 것조차도 아무 증거가 없습니다……. 게다가 피고 측은 이 변명을 언제 늘어놨지요? 칼에 지문이 있다는 사실이 밝혀지고 난 다음입니다! 이것이야말로 불리한 사실을 감추기 위해 만들어낸 이야기라는 뚜렷한 증거가 아니겠습니까?

"이 법정에서 자신의 누이동생을 변호하는 데 이토록 유능한 솜씨를 발휘한 가엾은 젊은이를 나는 진심으로 깊이 동정하는 바입니다." 검사는 열을 내며 말했다. "그는 이 가장 불리한 사건을 유리하게 이끌기 위해 오랫동안 지칠 줄 모르고 노력을 계속했습니다. 우리는 깊이깊이 안타깝게 생각합니다.

배심원 여러분, 이로 인해 조금이나마 이 사건에 대한 여러분의 판단력이 흔들려서는 안 됩니다. 배심은 진실을 결정하는 것이므로 동정은 무시되어야 합니다. 여러분은 평결에 즈음하여 재판의 공정성을 해치는 감정에 지배되는 일이 있어서는 안 됩니다."

그는 피고 측이 범행이 일어난 날 밤 피고의 알리바이를 전혀 입증하지 못했다고 덧붙였다. 폴린저는 살인 동기에 대해 대략의 설명을 마친 뒤 계획 살인 문제를 간단히 언급했다.

"이미 밝혔듯이 동기는 복합적입니다. 그러니까 10년에 걸쳐 그녀를 속여 온 사나이에 대한 복수와 그의 거짓을 벌함으로써 생겨나는 이익에 대한 욕망입니다. 그가 조셉 켄트 김볼이라는 것, 또 그가 100만 달러의 보험에 가입해 있으며, 더욱이 최근 그 보험수익자를 김볼 부인으로부터 자기 자신으로 바꾼 것 등, 윌슨 부인은 6월 1일 훨씬 전부터 여러 가지 사정을 환히 알고 있었던 게 틀림없습니다.

실제로 김볼이 오랫동안 그녀에게 저지른 부도덕에 대한 보상의 뜻으로, 그녀가 그에게 보험수익자를 자기 명의로 바꾸도록 강요하지 않았다는 증거는 아무데도 없습니다. 사실, 심리적으로 볼 때 모든 사실이 그녀가 그렇게 했다고 말해주고 있습니다.

이런 관점에서 볼 때, 이 사건이 미리 계획된 살인 사건이라는 것을 누가 의심하겠습니까? 만일 여러분이 의심을 품고 있다면 이 피고가 변장하고——확실히 졸렬한 변장이기는 하지만 적어도 얼굴을 감추려는 노력은 한 셈입니다——남편을 살해한 집에 왔다는 것을 생각해 주십시오.

피고 측에서는 새로 산 페이퍼 나이프를 흉기로 썼으니 이 범죄는 순간적으로 일어난 충동적인 범죄라고 주장합니다. 따라서 루시 윌슨이 남편을 살해했다 하더라도 그것은 계획적이 아닌 살인이라고밖에 생각할 수 없다는 주장인 것입니다.

그렇지만 이 사건을 밝은 빛에 비추어 살펴보면 그것이 얼마나 그릇된 의견인지 밝혀집니다! 왜냐하면, 만일 누군가 루시 윌슨을 모함했다는 피고 측의 주장대로 생각해 보면 여러분은 곧 그 칼은 피고가 편리해서 썼다는 것을 알 수 있습니다. 만일 누가 루시 윌슨을 모함했다면 그는 실행에 훨씬 앞서 계획을 세웠을 것입니다. 그러나 이 있을 성싶지 않은 '누구'는 조셉 윌슨이 죽기 전날 문구 세트를 사리라고는 생각지 못했을 겁니다. 따라서 그 이른바 '음모자'는 윌슨을 다른 방법으로 죽일 생각을 했을 것입니다. 이를테면 권총, 교살, 또는 칼조차도 생각했을지 모릅니다. 그러나 범행에 이 칼을 쓸 생각을 했을 리는 없습니다. 그럼에도 실제로 이 칼이 쓰여졌습니다. 이 사실이 '음모자' 따위는 없다는 것을 보여 주는 것이 아니겠습니까?

피고 측 이론은 완전히 그릇된 것입니다. 루시 윌슨은 어쩌면 권총 또는 다른 칼을 준비하고 조셉 켄트 킴볼을 죽이러 왔을지 모릅니다. 그리고 그와 마주쳤을 때 흥분한 나머지 그 자리에 있던 페이퍼 나이프를 썼을 겁니다. 그러니 칼을 썼다는 자체는 아무런 의미도 없습니다."

검사의 결론은 걸작이라고 할 만큼 강하게 사람을 납득시키는 힘을 지니고 있었다. 그는 손수건으로 목을 닦으며 조용히 자리에 앉았다.
 배심원에 대해 메난더 판사가 내린 훈시는 놀랄 만큼 짧았다. 그는 평결의 종류를 말하고 정황 증거에 관한 법칙을 설명했다. 법정에 익숙한 방청인들이 뜻밖이라 여긴 것은 유명한 법학자인 판사가 겨우 25분 동안 한 훈시 가운데 판결을 암시하는 자신의 의견을 전혀 개입시키지 않은 일이었다……. 이것은 극형에 관련된 재판에 있어 판사의 훈시 가운데 자신의 의견을 광범위하게 발표하는 것을 인정하는 주(州)에서는 실로 기이한 현상이었다.
 사건은 배심으로 넘어갔다.

 거의 71시간 가까이 흐른 뒤에 이윽고 배심원들이 평결에 이르렀다는 통지가 있었다. 그것은 해질 무렵이 가까운 시각으로, 스테이시 트렌트 호텔의 빌의 방에 신문기자들이 모여 즉석 기자회견을 한창 하고 있는 중이었다. 평결이 오래 끌어 빌은 최후의 승리를 확신하고 있으므로 완전히 원기를 되찾아 지나칠 만큼 명랑했으며, 웃음소리와 위스키가 쏟아져 나오고 있었다.
 그가 낙관하는 데는 충분한 이유가 있었다. 배심원이 물러간 지 6시간 뒤에, 10대 2로 면소설(免訴說)이 유력하다는 정보가 흘러나왔던 것이다. 평결이 늦어지는 것은 그 두 사람의 배심원이 완강한 것에 지나지 않는다. 따라서 지금의 평결이 끝났다는 소식은, 그 완강한 두 사람이 겨우 납득했음을 뜻하는 것에 틀림없었다.
 재판정에 출두하라는 통지를 받고 빌은 찬물을 끼얹은 듯 대번에 취기가 가셨다. 그들은 달려갔다.
 빌은 루시가 이웃 구치소에서 '한숨의 다리'를 건너 법정으로 이끌려 오는 것을 기다리며 조심스레 주위를 둘러보았다. 그리고 그는 의자 깊숙이 몸을 맡겼다. "승리의 고함을 지르는 것만 남았군. 김볼 패거리들은 도망쳤나 봐." 빌은 엘러리를 보고 한숨지었다.
"눈이 좋군." 엘러리가 빈정대듯 대답했다.
바로 그때 루시가 끌려 들어왔다. 두 사람은 이야기할 틈도 없을 만큼 바빠졌다. 루시는 거의 넋을 잃은 상태로, 피고석으로 걸음을 옮기는 것도 힘겨워 보였다. 엘러리는 의사가 루시에게 안정제를 먹이는 동안 그녀의 손을 가볍게 두드리고 있었다. 빌이 아주 자연스럽고 기분 좋게 말을 걸고 있어서 그녀의 눈이 차츰 원기를 되찾았고 뺨에 핏기가 살아났다.
언제나처럼 개정이 늦어졌다. 폴린저가 보이지 않았다. 그때 누군가가 서둘러 그를 붙잡아 재빨리 법정으로 밀어 넣었다. 카메라맨들이 군(郡) 치안관 부하들과 말다툼을 벌였고 법정에서 쫓겨나는 사람도 있었다. 정리가 정숙하라고 소리쳤다……
마침내 배심원들이 한 줄로 나타났다. 배심원 12명은 지쳐 쓰러질 정도였고, 그들의 눈에는 한결같이 사람들 눈길을 피하는 듯한 표정이 떠올라 있었다. 배심원 7호는 기분 나쁜 듯 화난 얼굴이었다. 배심원 4호는 거만한 표정을 하고 있었다. 그러나 이 두 사람조차도 서기석 앞 넓은 공간으로 눈길을 돌리지 않았다. 배심원의 얼굴을 본 순간 빌은 몸을 굳히며 새하얗게 질렸다.
법정 안이 너무나 조용하여 정면 벽에 걸린 큰 시계가 초를 새기는 소리가 유난히 또렷이 들렸다. 배심원장이 일어서서 떨리는 목소리로 평결을 발표했다.
배심원들은 루시 윌슨을 제2급 살인 유죄로 평결했다. 루시는 정신을 잃었다. 빌은 손가락 하나 움직이지 않았다. 그는 의자에 얼어붙은 듯했다. 15분 뒤 루시는 의식을 되찾고 메난더 재판장은 20년 금고형을 선고했다.

한참 뒤, 들끓는 군중 속에서 엘러리가 알아낸 바에 따르면, 배심원 4호와 7호가 그 놀라운 결과를 가져온 듯했다. 그 찌는 듯한 배심실 안에서 70시간 33분에 걸친 논쟁 끝에 이 두 배심원은 처음에는 10대 2로 무죄로 기울어져 있던 형세를 12대 0으로 유죄라는 데까지 몰고 간 것이다. 사형을 주장한 배심원 4호와 7호는 교묘하게 양보하여 끝내 다른 약골들을 설득했다. 실로 놀라운 솜씨라고 엘러리는 생각했다.

나중에 배심원 4호가 신문 기자들에게 말했다.

"칼에 있는 지문이 말했어요. 우리는 도저히 그녀를 믿을 수 없었습니다."

이 배심원 4호는 억센 턱을 가진 우람한 몸집의 여자였다.

짐을 챙기고 호텔 짐꾼을 전화로 부른 다음 어슬렁어슬렁 복도를 걸어 빌 에인절의 방으로 들어간 엘러리는 가슴이 죄어드는 듯한 고통을 느꼈다. 그는 얼굴 표정을 가라앉히고 노크를 했다. 대답이 없었다. 손잡이를 돌리는데 뜻밖에도 잠겨 있지 않았다. 그는 살그머니 열고 안을 들여다보았다.

빌은 옷을 벗다 말고 침대에 누워 있었다. 더러운 구두 때문에 시트는 흙투성이였다. 넥타이는 뒤틀리고 와이셔츠는 옷을 벗지 않고 샤워에 들어갔다 나온 듯 후줄근하게 젖어 있었다. 빌은 무표정하게 천장을 바라보고 있었다. 눈이 붉게 충혈되어 있었고, 엘러리는 그가 울었다고 생각했다.

"빌."

따뜻한 목소리로 불렀으나 빌은 꼼짝도 하지 않았다.

"빌."

엘러리는 다시 한 번 부르고 방으로 들어가 손을 뒤로 하여 문을 닫고 등을 기댔다.

"뭐라 해야 할지……."

엘러리는 자기 마음을 어떻게 나타내야 좋을지 알 수 없었다.

"떠난다고 말하러 왔어. 나는 아직 이 사건을 단념하지 않았어. 자네에게 그 말을 하지 않고 갈 수는 없었어. 어떤 의미로는 그런 판결을 받은 것이 루시에게는 다행이야. 사형이었다면……. 이제는 시간에 쫓길 필요가 없어."

빌이 빙긋 웃었다. 새빨간 눈이 움푹 들어간 데드마스크 같은 얼굴이 웃음 짓는 게 묘한 느낌이 들었다.

"자네는 감방에 들어간 적 있나?" 빌이 아무렇지 않게 말했다.

"자네 마음은 알아, 빌." 엘러리는 한숨을 쉬었다. "하지만 사형보다는……. 내가 이제부터 나서 보겠어, 빌. 그 말을 하려고 왔어."

빌은 여전히 위를 쳐다보며 말했다. "고맙게 생각하고 있어, 엘러리. 다만 나는……." 그가 입술을 꽉 다물었다.

"내가 한 일은 아무것도 없어. 실로 알 수 없는 수수께끼였어. 이제와 생각하니 점점 모르겠어. 그러나 빛이 좀 보이기는……. 하지만 지금 그 이야기는 그만두자고, 빌."

"응?"

엘러리는 카펫을 발로 긁었다. "저, 돈은 어떤가? 이번 일로 자네는 빚을 퍽 졌을 거야. 항소에는 돈이 많이 들지?"

"안 돼, 엘러리, 금전적 도움은 받을 수 없어……. 정말 고맙게 생각하고 있어. 자네는 믿을 만한 친구야."

"그래, 그럼."

잠시 엘러리는 머뭇거리며 서 있다가 침대로 가서 빌의 젖은 어깨를 두드리고 방을 나갔다. 엘러리가 문을 닫고 돌아보니 빌의 방 맞은편 벽에 앤드레 김볼이 몸을 기대고 있었다. 잠깐 그는 놀라서 꼼짝을 못했다. 이 아가씨가 잔뜩 구겨진 옷을 입고 젖은 손수건을 움켜쥔 채 빌과 마찬가지로 충혈된 눈으로 이 방 밖에 서 있는 모습은 어쩐지 옳지 못하다는 생각이 들었다. 그녀는 다른 사람들과 함께 희생물로 제공된 군 고기에 만족해하며 떠나야 하지 않았던가.

"아니, 이게 누구지요? 밤샘에 때맞춰 왔군요, 김볼 양." 그가 천천히 말했다.

"퀸 씨." 그녀는 입술을 훑았다.

"김볼 양, 돌아가시는 게 좋을 겁니다."

"그분은……?"

"지금 만나는 것은 좋지 않을 것 같군요. 조용히 혼자 있고 싶어할 것 같습니다."

"네," 그녀는 손수건을 비틀었다. "나도 그렇게 생각했어요."

"그런데도 오셨군요. 친절한 분이십니다……. 김볼 양! 잠시 내 얘기를 들어주십시오."

"무슨?"

엘러리는 그녀에게 가서 팔을 잡았다. 더운 날인데 그녀의 팔은 이상하게 차가웠다.

"당신은 빌에 대해 뭘 했는지, 감옥에서 20년을 살아야 할 그 가엾은 부인에게 뭘 했는지 알고 있습니까?"

그녀는 대답하지 않았다.

"당신은 잘못된 걸 바로잡으려고 노력하는 게 당연하다고 생각하지 않습니까? 당신이 그들에게 가한 위해(危害)를 없애는 일 말입니다."

"내가…… 내가 가한 위해?"

엘러리는 한 발짝 물러서서 부드럽게 말했다. "모든 것을 내게 털어놓을 때까지 당신은 편안히 잠자지 못할 겁니다. 당신이 알고 있는 진실을 말하기까지는. 당신도 그것을 알고 있겠지요?"
"나는……." 그녀는 입술을 떨며 말을 잇지 못했다.
엘러리는 조용히 그녀를 쏘아보았다. 그리고 눈을 가늘게 뜨고 일부러 천천히 돌아서서 자기 방 쪽의 복도를 걸어갔다. 짐꾼은 그의 가방을 들고 벽에 축 늘어져 있는 여자를 이상한 듯이 바라보며 기다리고 있었다. 엘러리는 발을 떼어놓을 때 분명히 그녀의 말을 들었다. 그러나 그녀 자신은 그것이 다른 사람에게 들렸는지 자기 입에서 나왔는지 어떤지조차 모르고 있으리라고 그는 생각했다. 그것은 호소하는 듯한, 기도하는 듯한 목소리로 너무나 고통에 차 있어서, 그는 돌아서서 앤드레에게 돌아가려는 생각을 했을 정도였다.
"어떻게 해야 되지요? 오, 하느님. 정말 어떻게 해야 되지요?"
엘러리는 그 충동을 억눌렀다. 그녀는 자기 마음속으로부터 밀고 나오지 않는 한 도저히 입 밖에 내지 못할 어떤 일을 간직하고 있었다. 엘러리는 짐꾼에게 눈짓하여 엘리베이터로 가서 발을 들여놓으면서 다시 앤드레를 흘끗 보았다. 엘러리는 곧 깊은 생각에 잠겨들었다.
앤드레는 그대로 서서 손에 난 땀으로 흠뻑 젖은 손수건을 비틀며 빌 에인절 방의 조용한 문을 바라보고 있었다. 그녀로서는 도저히 미치지 못할 평화가 문 너머에 있는 듯한 눈길이었다. 훨씬 뒤까지도 엘러리의 마음엔 고뇌와 절망에 사로잡힌 그녀의 모습이 떠나지 않았다. 그리고 엘러리는 그녀의 가냘픈 몸 주위에 세상을 떠들썩하게 한 윌슨, 김볼 사건의 전모를 근본적으로 뒤엎어 버릴 어떤 알 수 없는 무엇이 감돌고 있다는 확신을 더욱 굳게 가졌다.

The Trap
함정
"어떤 이는…… 화살로, 또 어떤 이는 함정으로."

"뭐냐, 또?" 퀸 경감이 정 떨어진다는 듯이 말했다.
 엘러리는 서랍장 위의 거울을 보고 보타이를 바로잡으며 휘파람을 불어댔다.
 퀸 경감이 불만스럽다는 듯 중얼거렸다.
 "너는 네 친구가 그 트랜턴의 추하고 떠들썩한 다툼에 휘말려 든 뒤부터 브로드웨이의 깡패라도 된 것 같구나. 어디 가느냐?"
 "외출합니다."
 "혼자겠지?"
 "아아뇨, 요즘 말하는 데이트라는 거지요. 상대는 굉장한 미인이고, 부자며, 더할 나위 없이 갖고 싶은 귀족적인 젊은 여자입니다. 게다가 약혼자까지 엄연히 있는 아가씨입니다."
 엘러리는 거울 속의 자기 얼굴을 자세히 살펴보았다.
 "그러나 나는 그까짓 빌어먹을 점을 문제삼지 않습니다."
 "네 말투는 내가 알고 있는 어느 건방진 놈팡이와 똑같구나." 노인은 콧구멍에 코담배를 밀어 넣으며 중얼거렸다. "네가 하는 소리를 듣고 있자니 자신이 잘난 줄 아는 풋내기 같은 소리만 하는구나. 넌 예전에는 그래도 여자들은 거들떠보지도 않을 만큼 똑똑했었다."

"세월이란 사물을 변화시키는 나쁜 버릇이 있습니다."

"그 김볼이라는 아가씨냐?"

"맞습니다. 하지만 요즘 상류 사회에서 그 김볼이라는 이름은 증오의 대상입니다. 제시카 보든이나 앤드레 보든이라고 불러 주십시오. 파크 애버뉴 사람들 앞에서는 그 밖의 호칭은 삼가 주십시오."

"그 사람들을 부를 기회가 있겠니? 그런데 목적이 뭐냐, 엘러리?"

엘러리는 재빠르게 윗옷을 입고 공단 옷깃을 사랑스러운 듯 매만졌다.

"목적은 주로 탐험입니다."

"하하! 웃기지 말아."

"정말입니다. 이따금 사교계에 나가는 것도 괜찮은 일이지요. 비록 일시적이나마 특권 계급에 한몫 낀 듯한 착각을 맛볼 수 있으니까요. 그 대신 나는 가끔 이스트 사이드(뉴욕의 빈민 지구)에 잠깐 들러 균형을 잡습니다. 비교란 좋은 것이더군요."

"뭘 탐험하는 거냐?"

경감이 퉁명스럽게 물었다.

엘러리는 다시 휘파람을 불기 시작했다. 집안일을 도맡아하는 주나가 발소리를 내며 침실로 들어왔다.

"아니, 또 나가십니까?"

주나는 마음에 안 든다는 듯이 크게 소리질렀다. 엘러리가 고개를 끄덕였고 퀸 경감은 두 손을 쳐들었다.

"여자가 생긴 모양이군요." 주나가 험상궂게 말했다. "소포가 왔는데요."

"뭐라고?"

"소포예요. 지금 막 심부름꾼이 가져왔습니다. 대장 같은 차림을 한 사람이었어요."

주나는 커다란 꾸러미를 침대 위에 던지고 코를 킁킁거렸다.

"풀어 봐, 이 개구쟁이야."

주나가 포장지를 뜯었다. 고상하게 생긴 깡통, 편평한 상자 그리고 문장(紋章)이 찍힌 편지지에 쓴 쪽지가 있었다.

"피에르라는 사람에게 담배를 주문했어요?"

"피에르? 피에르가 누구지? 아, 그래. 그 친절한 재커리 양이로군. 아버지, 부자들과 교제하면 이런 좋은 일이 생깁니다." 엘러리는 싱글거리며 쪽지를 집어들었다.

쪽지에는 다음과 같이 씌어 있었다.

친애하는 퀸 씨,

늦어서 죄송합니다. 우리는 외국 잎담배를 수입 배합해서 쓰는데 최근 유럽에서 노동쟁의 때문에 담배 발송이 묶였습니다.

이 담배는 틀림없이 마음에 드시리라 믿습니다. 또한 종이성냥을 한 갑 함께 넣었으니 받아주십시오. 우리 가게의 관습상 실례를 무릅쓰고 성냥갑에 이름을 써넣었습니다. 혹 이 담배가 지나치게 독하다든지 약하다고 여겨지면 즉시 말씀해 주시면 앞으로는 바라시는 대로 배합해서 보내드리겠습니다.

피에르 담배 가게 주인 드림

엘러리는 쪽지를 한쪽으로 밀어 놓았다.

"친절한 피에르군. 이것을 가족용 담배통에 넣어, 주나. 그럼 여러분, 나는 나갑니다."

"알고 있다." 경감은 못마땅하게 말했다. 그는 엘러리가 모자를 삐딱하게 쓰고 지팡이를 들고 휘파람을 불며 나가는 모습을 걱정스러운 듯이 바라보았다.

"당신이 이런 데 데리고 오리라고는 생각하지 않았어요, 엘러리 퀸. 이제까지 다닌 무허가 술집 쪽이 훨씬 재미있어요." 그날 밤늦게 앤드레가 나무라듯 말했다.

엘러리는 라디오 시티 꼭대기에 위치하여 밤하늘이 가깝고, 조용하고 우아한 클럽을 둘러보았다. "모든 일을 성급하게 앞질러서는 안 됩니다. 이런 사회학 공부는 천천히 해야 합니다. 너무 빵과 물만 먹고 살아도……."

"피……, 춤춰요."

두 사람은 조용히 춤췄다. 앤드레는 몸을 완전히 음악에 맡기고 있어 그녀와 춤추고 있는 엘러리는 육체적인 즐거움을 느꼈다. 품안의 그녀는 그의 움직임에 따라 너무나 가볍게 밀고 밀리어 그는 혼자서 춤추고 있는 듯한 기분이었다. 다만 그녀의 머리칼 내음이 아련히 코를 찔러, 트렌턴의 그 오두막 밖에서 그녀가 다가서 있었을 때의 빌의 표정을 떠올리며 엘러리는 마음이 아팠다.

"당신하고 춤추면 기분이 좋아요." 음악이 끝났을 때 그녀가 가볍게 말했다.

"고맙다는 말로 그치라고 나의 판단력이 경고하고 있습니다."

엘러리가 한숨지었다. 그녀의 눈이 놀란 듯 반짝 빛났다. 그러나 곧 그녀는 웃었고 두 사람은 탁자로 돌아갔다.

"안녕, 젊은이들." 그로브너 핀치의 목소리가 들렸다. 그는 두 사람을 보며 빙긋 웃고 있었다. 그 옆에 프루에 상원의원이 탄력 없는 작은 몸에 위엄을 띠고 못마땅하다는 표정으로 서 있었다. 두 사람 모두 야회복 차림이었는데 핀치는 입장 곤란한 표정이었다.

"친구분들이 오셨군요." 엘러리가 앤드레에게 의자를 권하자 그녀는 앉았다. "웨이터, 의자를 가져와. 자 여러분, 앉읍시다. 오늘 저녁에 추적하느라 고생은 많이 않으셨는지요?"

"더키, 이게 대체 어떻게 된 일이지요?"

앤드레가 싸늘하게 물었다.

핀치는 쑥스러운 표정으로 자리에 앉아 손으로 흰 머리칼을 쓸어 넘겼다. 프루에 상원의원은 부드럽고 아름다운 턱수염을 어루만지며 잠시 망설이다가 성난 표정으로 의자에 앉아 엘러리를 노려보았다.

엘러리가 담뱃불을 붙였다. "자, 이러지 마십시오, 핀치 씨. 사과를 훔치다가 들킨 시골 개구쟁이 같습니다. 편히 앉으십시오."

"더키!" 앤드레가 발로 바닥을 '쾅' 찼다. "당신에게 묻고 있어요."

"저, 그것은 이렇게 된 거야, 앤드레. 어머님께서……." 중역은 턱을 쓸며 중얼거렸다.

"역시 그렇군요!"

"하지만 앤드레, 나는 어쩔 수가 없었어. 여기 있는 사이먼까지 제시카 편을 들었으니. 이러지도 저러지도 못하게 되어……."

"곤란해하실 것 없습니다." 엘러리가 상냥하게 말했다. "앤드레나 나나 뭐 아무렇지도 않습니다. 당신들은 뭘 의심하고 있습니까. 내 오른쪽 주머니에는 폭탄, 왼쪽 주머니에는 〈데일리 워커〉(좌익 신문)라도 들어 있다고 생각합니까? 아니면 내가 미성년자에게 부도덕한 일을 시키는 사람이라고 여기는 겁니까?"

"이 일은 내게 맡겨 주세요, 퀸 씨." 앤드레가 작고 하얀 이 사이로 사납게 말했다.

"더키, 확실히 알고 싶어요. 당신들은 오늘 밤 어머니의 지시로 우리 뒤를 졸졸 밟았어요?"

상원의원이 통통한 손으로 화가 나서 턱수염을 쓰다듬었다. "앤드레, 그건 무례한 말이야. 졸졸이라니!"

"아, 사이먼, 그만해." 핀치가 얼굴을 붉히며 말했다. "우리는 그 말을 들어도 싸. 나는 처음부터 반대했어. 그런데, 앤드레, 어머니 말이……."

"어머니가 뭐라고 하던가요?" 앤드레가 계속 따졌다.

핀치가 힘없이 손을 흔들었다. "그건…… 빈민가 탐방 같은 것 때문이야. 어머니는 퀸이 당신을 좋지 않은 곳으로 데려간다고 걱정하시는 거야."

"불쌍한 록펠러." 엘러리는 그 클럽 안을 둘러보며 머리를 저었다. "만일 록펠러가 그 말을 들었다면 화를 내겠어요, 핀치."

"아, 여기를 말하는 게 아닙니다." 핀치의 얼굴이 더욱 빨개졌다. "제기랄, 나는 제시카에게…… 여기야 물론 문제가 없지만 다른 곳들은……."

"아 참, 앤드레, 나는 오늘 밤 당신을 랜드 스쿨(근로자에게 경제학, 노동 문제 등을 교육하는 뉴욕에 있는 사회과학 학교)에 안내할 생각이었어." 엘러리가 천천히 말을 이었다. "두 분이 거기 오셨을 경우를 생각해 봐요, 여러분. 거기 모이는 프롤레타리아 인텔리들은 꽤 억세거든요."

"그게 재미있으라고 하는 농담이오?" 프루에 상원의원이 성난 목소리로 말했다. "이봐요 퀸, 어째서 당신은 앤드레를 가만히 놔두지 않는 거요?"

"어째서 당신들은 남의 일에 공연히 간섭을 합니까?" 엘러리가 명랑하게 물었다.

핀치의 얼굴이 흰 머리 끝까지 새빨개졌다. 그가 멋쩍은 웃음을 지

함정 231

었다. "우리는 그 말을 들어도 할 말이 없어. 그만해, 사이먼. 이건 처음부터 잘못된 일이야."

변호사의 턱수염이 떨어지다가 도중에 멈춘 폭포처럼 흰 탁자보 위에서 부들부들 떨었다. "퀸은 바보가 아냐. 만일 앤드레가……."

"더 이상 참지 못하겠어!"

"조용히 해, 앤드레. 이 사람에게 까놓고 물어 봐야 해. 도대체 당신이 찾는 게 뭐요, 퀸?"

엘러리는 담배연기를 '후욱' 하고 내뿜었다. 그러나 그의 눈은 비웃듯이 번뜩였다. "사람이 구하는 것은 무엇일까요? 시골에 작은 집을 사서 뜰을 가꾸고 아이들을 키우며……."

"장난치지 말아. 나를 속이지는 못해, 퀸. 당신은 아직도 그 윌슨 사건을 뒤적이고 있지, 안 그래?"

"이것은 신문입니까, 아니면 그저 물어 보는 겁니까?"

"내가 묻는 뜻을 알고 있잖아!"

"글쎄," 엘러리는 입 속으로 중얼거렸다. "당신에게 말할 필요가 있을까? 모처럼 물어 보니 대답하지요. 그래요, 뒤적이고 있어요. 그것이 당신과 무슨 상관이 있지요?"

"사이먼……." 핀치가 불안스러운 듯이 입을 열었다.

"그로브너, 약하게 굴지 마. 우리가 알고 싶은 건 이거요. 우리는 앤드레의 친구로서……."

"당신들은 친구가 아녜요." 앤드레가 차갑게 말했다. 그러더니 탁자보를 손바닥으로 쓸고 있는 그녀의 얼굴이 창백해졌다.

"트렌턴에서 그 여자가 판결 받은 뒤로 당신이 앤드레에게 달라붙어 떨어지지 않는 것은 단순히 교제를 하기 위해서가 아니라는 것을 알고 있어. 대체 당신이 원하는 게 무엇이오?"

"평화입니다." 엘러리가 한숨을 쉬고는 말했다. "그러나 당신과는 절대로 교제하고 싶지 않습니다. 이만하면 공평합니까?"

"당신은 왜 앤드레에게 달라붙는 거요? 그녀의 어떤 점을 의심하고 있소?"

"이제 그만하면 됐어요. 당신은 너무 심하게 굴고 있어요, 프루에 의원님. 그리고 더키, 어째서 당신은 그렇게…… 하기야 어머니 때문이겠지요. 당신은 어머니라면 꼼짝 못하니까."

"앤드레……." 키 큰 사나이는 비참한 목소리로 말했다.

"관둬요! 그리고 의원님, 잊어버리신 모양인데 나는 내 생각을 갖고 있는 성인이에요. 아무도 나를 억지로 끌어낼 수는 없어요. 내가 퀸 씨와 함께 지내고 싶다면 내 마음대로 하지 당신 지시 따위는 받지 않아요. 나는 내 일은 스스로 할 수 있다고 생각해요." 그녀는 씁쓸하게 웃으며 덧붙였다. "혹 모르고 있더라도 곧 알게 되리라고 생각해요. 제발, 우리 둘만 남기고 두 분은 돌아가세요."

"원한다면 그러겠어, 앤드레." 뚱뚱한 사나이는 의자에서 벌떡 일어섰다. "나는 당신 가족에 대한 내 책임을 다하고 있을 뿐이야. 앞으로는……."

엘러리는 일어서서 정중하게 기다렸다. 아무도 입을 열지 않자 그가 나직이 말했다. "상원의원님, 당신의 직분은 법률 고문인줄 알았는데 탐정 일도 하십니까? 만일 그렇다면 기꺼이 동업자로 맞이하겠습니다."

"야비한 놈 같으니!" 상원의원은 턱수염을 잡아당기며 사납게 한마디 더 했다.

"당신, 조심해!" 그는 몸을 흔들며 나갔다.

"미안해, 앤디." 핀치는 그녀의 손을 잡았다.

"당신 탓이 아녜요, 더키." 그녀는 빙긋 웃으며 손을 뺐다.

그는 한숨을 쉬고 엘러리에게 고개를 끄덕인 다음 뚱뚱한 친구 뒤를 좇았다.

"이제는 집에 가고 싶겠군요, 앤드레. 오늘 밤은 흥이 깨졌을 테니." 엘러리가 선 채로 말했다.

"농담 마세요. 이제부터인 걸요. 춤출래요?"

엘러리는 듀센버그를 출발시켰다. 자동차는 늙은 사자고, 엘러리가 그의 꼬리를 잡아당긴 듯 부르릉거리며 점점 속도를 냈다. 지옥의 악마에게 쫓기기라도 하듯 콘크리트 길을 달렸다.

"야!" 앤드레는 모자를 움켜잡으며 소리질렀다. "당신의 운동 신경은 좋아요? 나는 아직 젊고, 인생은 즐거워요."

"그럼요." 그는 위태로운 손놀림으로 담배를 찾으며 말했다. "나는 힘의 상징이야."

"그러지 말아요!" 그녀는 소리치며 자기 담배를 그의 입에 물려 주었다. "이것이 자동으로 달릴 수 있는 자동차인지 모르지만 모험을 하기는 싫어요."

그리고는 별안간 덧붙였다.

"아무래도 좋아요."

"그래요? 뭐가요?"

그녀는 그의 옆자리에 몸을 파묻으며 리본처럼 갑자기 나타났다가 사라지는 도로를 멍하니 바라보았다.

"아무것이나 전부요. 하지만 이제 감상에 젖지 않기로 해요. 지금 어디로 가는 거예요?"

엘러리는 담배를 손에 들고 흔들었다.

"아무데면 어떻습니까? 넓은 차도, 아름다운 여자 친구, 다른 자동차는 거의 오가지 않고 태양은 밝게 비치니…… 나는 행복합니다."

"좋으시겠어요."
"왜 그러지요? 당신은 행복하지 않습니까?"
그는 그녀를 흘끗 바라보았다.
"물론 행복해요, 황홀하리만큼."
앤드레는 눈을 감았다.
엘러리는 차를 조용히 몰았다. 한참 뒤 그녀는 눈을 뜨고 명랑한 목소리로 말했다.
"무슨 일이 있었는지 알아요? 나, 오늘 아침에 흰 머리를 발견했어요."
"맙소사! 벌써요? 프루에 상원의원이 걱정할 만하군요. 그래, 뽑았습니까?"
"바보, 그야 물론 뽑았어요."
"흰 머리가 없어지고 대머리가 되면 슬픔이 완화된다는 말이군."
엘러리가 빈정대듯 말했다.
"그게 무슨 뜻이지요? 무슨 은어 같아요."
"그 이상입니다. 〈토론에 의한 요법〉에 있는 말입니다. 당신도 학교를 졸업만 하면 된다는 식으로 생각하지 말고 좀더 공부를 해 두었더라면 키케로가 말한 금언쯤은 외고 있을 텐데요. 그의 말에 따르면, 슬픔을 누그러뜨리기 위해 머리칼을 뽑는 것은 어리석은 일이다. 그것은 마치…… 대충 이런 문구입니다."
그녀는 다시 눈을 감았다.
"당신은 내가 처참한 기분으로 살고 있다고 생각하시지요?"
"내가 뭔데 남을 판단합니까? 하지만 내 의견을 원한다면 당신은 파멸의 길로 빠르게 치닫고 있어요."
그녀는 화를 내며 발딱 몸을 일으켰다.
"고맙군요! 이 2, 3주일 동안 내가 누구보다도 당신과 많이 만난

다는 사실을 몰랐나요?"
엘러리는 핸들을 힘껏 꺾어 열을 받아 콘크리트가 부풀어 오른 곳을 피해 갔다.
"만일 나 때문에 당신이 비참하게 되었다면 나는 능지처참을 당해 마땅합니다. 그때는 기꺼이 그 일을 돕겠다는 사람도 분명히 몇 명 나올 테지요. 그러나 내가 놀이 상대로 재미없을지는 모르나, 당신을 그처럼 처참한 처지에 몰아넣은 것이 나라고는 믿지 않습니다."
"그럴까요?" 앤드레가 반박했다. "어젯밤에 내가 집에 돌아갔을 때 어머니가 상원의원의 보고를 듣고 그 문제에 대해 뭐라고 하셨는지 말씀드리고 싶어요."
"아, 당신 어머니." 엘러리는 한숨을 쉬었다. "훌륭한 미망인께서 퀸 경감의 아들을 딸의 상대로 찬성하리라고는 꿈에도 생각지 않습니다. 어머님은 무엇을 의심하는 겁니까? 당신을 유혹한다든지, 당신의 돈을 노리고 있다든지 하는 겁니까?"
"그런 천박한 말은 하지 마세요. 이렇게 함께 다니는 것이 나쁘다는 거예요."
"그럼, 엘러 애머티의 이른바 '중간지점' 비극에 내가 관여하고 있다는 것 아닙니까?"
"제발," 앤드레는 애원하듯 말했다. "이제 그 일은 잊기로 해요. 그렇지 않아요. 당신이 나에게 좌익 영화며 헨리 거리의 협동 시설이며 시영 공동주택을 보여준 뒤로 어머니의 분노가 폭발했어요. 당신은 내게 독 같은 존재라 생각하고 계세요."
"아주 근거가 없는 혐의는 아니군요. 나의 바이러스가 침범하기 시작했어요?"
"시작하지 않은 것도 아니에요. 나는 이제까지 비참하다는 게……."
앤드레는 좀 떨면서 모자를 벗었다. 그녀의 머리카락이 태양에 반짝이며 나부꼈다.

"어머니는 당신이 세상에서 가장 무서운 사람이라 여기는 것 같아요. 하지만 나는 어머니가 당신을 어떻게 생각하든 상관하지 않아요."

"앤드레! 갑자기 그게 무슨 소리지. 언제부터 내게 빠지게 됐어?"

"어머니는" 그녀는 얼굴을 찌푸렸다. "당신이 준 그 포크너의 소설에 나오는 비행사들과 비슷한 데가 있어요. 제목이 〈파일론(Pylon)〉이었던가요? 신문 기자가 비평하는 대목이 있잖아요? 그들은 쥐어짜면 피 대신 윤활유를 뿜어낼 것 같은 사람들이라고."

"나로서는 그 비유를 잘 이해하지 못하겠는데, 당신 어머님이라면 뭘 뿜어낼까?"

"오래된 포도주요. 그것도 오래된 정통 포도주, 너무 오래되어 안타깝게도 초로 변해 버린 포도주예요. 가엾은 어머니! 한평생을 짓밟히며 살아오고도 자기가 어떤 봉변을 당하는지조차 모르고 계세요."

엘러리는 소리내어 웃었다. "정곡을 찔렀습니다. 하지만 앤드레, 그 표현은 퍽 불효막심하군요."

"어머니는…… 역시 어머니예요. 당신은 어머니를 이해할 수 없을 거예요."

"이해할 것 같기도 합니다. 당신은 믿지 않을지 모르지만 내게도 옛날에 어머니가 있었으니까요."

앤드레는 한동안 잠자코 있었다. 그리고 꿈꾸는 듯한 목소리로 말을 계속했다. "할아버지는…… 그래요, 할아버지의 수척한 몸을 쥐어짜면 백혈구밖에는 나오지 않을 거예요. 할아버지에게는 적혈구가 하나도 남아 있지 않아요."

"펀치 씨는 어떻습니까? 나보다는 당신이 그를 잘 알고 있겠지요."

"그분은 설명하기가 쉬워요." 앤드레는 둘째손가락 끝을 빨았다. "더키, 더키는…… 포트와인이에요! 아니, 그것도 포도주잖아. 그래요, 방향제가 든 술 말이에요. 끔찍하죠?"

"구역질이 나올 지경예요. 어째서 방향제입니까?"

"더키는 결코 잘못을 저지르지 않는 사람이거든요. 당신은 내 말을 이해하지 못할 거예요. 나는 방향제라면 으레 YMCA의 숨막힐 듯한 침실과 감기가 연상돼요. 까닭은 묻지 마세요. 자란 환경이 형편없었기 때문일 거예요."

"앤드레, 당신 취했어. 그 거만한 부자와 YMCA를 결부시키다니, 알코올의 힘을 빌리지 않고는 할 수 없는 이야기입니다."

"바보 같은 소리 말아요. 내가 술을 마시지 않는다는 것은 알잖아요. 그래서 어머니가 놀라는 거예요. 점잖은 아가씨가 갑자기 굉장한 술꾼이 되지 않았니 어쩌시고…… 다음은 톨스토이."

"누구요?"

"상원의원 말예요. 전에 톨스토이의 초상을 봤는데 그 사람 생각이 났어요. 정말 기분 나쁜 턱수염이에요! 그분이 턱수염을 소중히 다루는 건 새로 한 퍼머 머리를 다루는 여자들보다도 더 해요. 그 사람의 혈관에 무엇이 흐르는지 물론 알겠지요?"

"토마토 주스입니까?"

"아니오, 순수 포름알데히드(방부제)예요. 만일 그분이 감정을 느낀 적이 있다면 그것은 40년쯤의 과거일 테고, 지금은 딱딱하게 말라비틀어져 있을 거예요. 이것으로 이 이야기는 끝이에요." 그녀는 한숨을 쉬었다. "이제부터는 무슨 이야기를 할까요?"

"잠깐, 존스는 어떻습니까?"

앤드레는 잠시 아무 말 하지 않았다.
"얘기하고 싶지 않아요……. 버크와는 벌써 2주일째 안 만났어요."
"맙소사, 만일 이 끔찍하게 사이좋던 한 쌍을 내가 방해했다면……."
"제발, 농담이 아녜요. 버크와 나는……."
앤드레는 말을 끊고 좌석에 머리를 기대며 찻길을 바라보았다.
"분명합니까?"
"이 세상에 분명한 것이 어디 있나요? 한때는 분명하다는 생각을 가졌어요. 그 사람이야말로 여자가 바랄 수 있는 흠잡을 데 없는 남자라고 생각했지요. 몸집이 크고——나는 항상 체격이 우람한 사람을 좋아했어요——지나치게 잘생기지도 않았고 맥스 베어(권투 헤비급 챔피언) 같은 몸집에 예절바르고……."
"나는 출신이 그리 좋은 남자라는 인상은 받지 못했는데……." 엘러리는 시큰둥하게 말했다.
"그 사람은…… 그 사람은 약간 쇼크를 받은 것 같아요. 집안도 좋고, 돈도 많고……."
"하지만 머리는 텅 비었지요."
"당신이 그런 밉살스러운 말을 할 줄 알았어요. 하기는 그럴지도 몰라요. 지금 돌이켜보면 어리석은 생각이었던 것 같아요. 그런 것들이야 중요한 게 아니잖아요?"
"중요하지 않다고 생각해요."
"옛날에는" 그녀는 고통스러운 듯한 묘한 웃음을 지었다. "나도 그보다 나을 게 없었어요."
엘러리는 잠시 아무 말 없이 자동차를 몰았다. 앤드레의 눈꺼풀이 무거워졌다. 듀센버그는, 몇 킬로미터나 되는 거리가 입으로 빨아들

여겨, 기분좋은 졸음을 가져오는 진동으로 바뀌면서 뒤편으로 흘러갔다. 엘러리가 몸을 움직였다. "당신 자신을 잊고 있었군요."
 "무슨 말이지요?"
 "만일 누군가가, 이를테면 빌 에인절이 나타나 아까 우리가 한 그 비유를 당신에 대해 한다면……."
 "아, 그거." 앤드레는 웃었다. "나에 대하여는 내 스스로 판단하는 편이 좋을 거예요. 다른 사람은 안 돼요. 나는 인간의 친절심이라는 젖(맥베스 1장 2절)이에요."
 "약간 응고된 젖이 아닐까요?" 엘러리가 나지막이 물었다.
 그녀가 몸을 발딱 일으켰다.
 "그게 무슨 뜻이지요, 엘러리 퀸?"
 "모르겠습니까?"
 "어째서…… 빌 에인절을 들먹이지요?"
 엘러리는 어깨를 으쓱했다. "이거 실례했습니다. 나는 정직하다는 룰로 게임한다고 생각했는데, 내가 잘못 생각한 것 같군요."
 엘러리는 앞 노면만 주시했다. 앤드레는 아무 말 않고 있는 그의 옆얼굴을 바라보고 있었다.
 이윽고 그녀는 입술을 떨며 눈길을 돌렸다.
 "좋은 날씨군요." 한참 뒤 엘러리가 말했다.
 "그래요." 그녀가 가라앉은 목소리로 대답했다.
 "하늘은 파랗고, 들은 푸르며, 길은 굴껍데기처럼 하얗게 빛나고, 누렇고 붉은 빛깔의 소들도 있고…… 볼 수만 있다면." 그는 말을 끊었다가 다시 중얼거렸다. "볼 수만 있다면."
 "무슨 말을 하고 있는 거예요……?"
 "나는 '볼 수만 있다면'이라고 말했습니다. 누구나 다 볼 수는 없어요."

엘러리는 그녀가 너무나 조용해 혹 듣지 못한 게 아닌가 생각했다. 그녀를 흘끗 보았다. 그녀의 뺨이 길보다 더 하얀 빛을 띠고 있었다. 금발이 얼굴을 휘감으며 찢겨 날아갈 듯이 바람에 나부끼고 있다. 그녀는 무릎에 놓인 모자를 계속해서 손으로 쥐어뜯고 있었다.

"나를 어디로 데려가는 거예요?"

앤드레가 무거운 목소리로 나직이 물었다.

"어디 가고 싶습니까?"

그녀의 눈이 반짝 빛났다. 그녀가 반쯤 일어서자 몸이 바람을 받고 휘청거렸다. 그녀는 앞유리창 윗부분을 붙잡으며 몸을 지탱했다.

"차를 세워요! 세워 주세요!"

듀센버그는 순순히 도로 한 옆 부드러운 흙길 쪽으로 미끄러져 가서 멎었다.

"섰습니다. 이제 어떻게 하지요?"

엘러리가 조용히 물었다.

"차를 돌려요!" 앤드레가 소리치고는 그에게 물었다. "어디로 갈 셈이지요? 나를 어디로 데려갈 생각이지요?"

"누군가를 방문하는 겁니다." 엘러리가 아주 조용하게 말했다. "당신과 달리 자유롭게 볼 수 없는 사람입니다. 당신의 그 조그만 손바닥으로 가릴 수 있을 만큼 자그마한 파란 하늘조차 볼 수 없는 가엾은 사람입니다. 오늘 누군가가 그녀 대신 맘껏 경치를 보아주면 아주 기뻐할 겁니다⋯⋯. 그녀를 위해서."

"그녀를 위해서?" 앤드레가 속삭였다.

엘러리가 그녀의 손을 잡았다. 그녀의 손은 차갑고 힘이 없었다.

두 사람은 한참 동안 그대로 앉아 있었다. 이따금 그 옆으로 자동차가 빠르게 지나갔다. 한 번은 뉴저지 주 경찰의 하늘색 제복을 입은 젊은 경관이 오토바이를 몰고 지나갔다. 경찰은 속도를 줄이고 흘끗 돌아보다가 머리를 긁적이며 다시 속력을 내어 사라졌다.
 멈춰선 자동차 안에 태양이 뜨겁게 내리쬐었다. 앤드레의 이마와 작은 코에 땀이 배어 나왔다. 이윽고 그녀는 눈을 내리깔고 손을 뺐다. 그녀는 아무 말도 하지 않았다.
 엘러리가 기어를 넣자 커다란 듀센버그가 움직였다. 차는 처음부터 향하고 있던 방향 그대로 달려갔다. 엘러리의 미간에는 걱정이 담긴 주름이 희미하게 나 있었다.

 제복 입은 몸집 큰 여장부가 두 사람을 쏘아보았다. 제복 여장부는 천천히 옆으로 비켜서며 교통순경처럼 커다란 손으로 안쪽 어두운 복도에 있는 누구에게인가 신호를 보냈다.
 모습이 보이기 전에 루시의 발소리가 들렸다. 장례 행렬처럼 천천히 움직이는 음침한 발걸음 소리였다. 두 사람은 끄는 듯한 발소리가 커짐에 따라 눈을 크게 떴다. 무어라 말할 수 없는 불쾌한 냄새가 코를 찔렀다. 석탄산, 쉰 빵, 전분, 헌 구두, 빨래 구정물의 악취 등이 한데 섞인 듯한 냄새였다.
 루시가 나타났다. 쇠그물 울타리에 매달린 동물원의 원숭이처럼 연극 구경이라도 하듯 조용히 숨죽이고 있는 두 사람을 보자 그녀의 눈이 반짝 빛났다. 발소리가 빨라지더니 보기 흉한 죄수 신발을 신은 그녀가 두 손을 조금 내밀고 다가왔다.
 "잘 와 주셨어요, 고맙습니다."
 보랏빛 그늘에 움푹 들어간, 괴로움으로 빛을 잃은 그녀의 눈이 부끄러운 듯 앤드레의 굳은 얼굴에 와 닿았다.
 "두 분이 이렇게!"
 루시가 작은 소리로 말했다. 두 사람은 그녀를 볼 수가 없었다. 그녀의 그 보기 좋던 몸에서 모든 활기와 싱그러움이 빠져나간 것이 마치 기름짜는 기계에 들어갔다 나온 듯했다. 올리브색으로 윤기 흐르던 피부는 딱딱한 슬레이트처럼 잿빛으로 바뀌어진 게 죽음을 연상하게 했다.

앤드레는 가까스로 목소리를 냈다. "안녕하세요, 루시 윌슨?" 그녀는 애써 웃으려 했다.

"몸은 어때요, 루시. 괜찮아 보이는군요." 엘러리는 되도록 거짓말이 아닌 것처럼 보이려고 애썼다.

"고마워요. 아주 좋아요, 나는……." 루시의 얼굴엔 언뜻 쫓기는 자처럼 공포의 그림자가 스쳤다. "빌은 안 왔어요?"

"꼭 올 거요. 당신은 언제 그를 만났소?"

"어제요." 루시는 핏기 없는 손가락으로 쇠그물을 잡았다. 쇠그물 저편 그녀의 얼굴은 인쇄한 사진에서 다시 찍어낸 서투른 복사판을 보는 것 같았다.

"어제 왔어요. 날마다 와요. 가엾은 빌. 오빠는 아주 수척해졌어요, 엘러리. 당신이 어떻게 좀 해주지 않겠어요? 그렇게 걱정해 주지 않아도 되는데……."

루시의 목소리는 힘없이 사라졌다. 그녀의 말은, 가슴에 간직한 본심을 감추려 해도 저도 모르는 사이에 입 밖으로 흘러나오는 것처럼 들렸다.

"빌은 당신도 잘 알 듯이 뭔가 걱정거리가 없으면 세상이 재미없는 사나이잖소."

"그래요." 루시는 어린애처럼 말했다. 목소리와 마찬가지로 그녀의 마음과는 아무 관계없는 아련한 웃음이 입술에 떠올랐다.

"빌은 언제나 그랬어요. 강한 사람이에요. 오빠가 곁에 있으면 나는 늘 든든했어요."

루시의 목소리는 높아졌다가 낮아지더니 자기 말에 고무된 듯 다시

함정 243

높아졌다.
 앤드레는 뭐라고 말하려 하다가 그만뒀다. 그녀는 장갑 낀 손가락으로 쇠그물을 잡았다. 루시의 얼굴이 바로 눈 앞에 있었다. 앤드레는 손가락에 힘을 주며 느닷없이 물었다. "여기서 잘해 주던가요?"
 그녀가 서둘러 말을 이었다. "내 말은……."
 루시의 눈이 천천히 앤드레의 얼굴을 바라보았다. 그 눈도 목소리와 마찬가지로 유리에 덮여 자유롭고 넓은 세상과 격리된 듯이 보였다.
 "아주 잘해 줘요. 고마워요. 조금도 불편하지 않아요. 모두 친절해요."
 "뭐 부족한 건 없나요……?"
 앤드레는 얼굴이 달아올랐다.
 "혹시 할 수 있다면…… 내가 도와 드릴 수 있는 일이 있어요, 윌슨 부인?…… 뭐 필요한 게 있으면 갖다 드릴까요?"
 루시는 놀란 표정을 지었다.
 "필요한 거라구요?"
 루시는 뭔가 생각하는 듯 짙은 눈썹을 가운데로 모았다.
 "아뇨, 아무것도 없어요."
 그리고 놀랍게도 웃기 시작했다. 그것은 조금도 비웃음이나 냉소가 깃들이지 않은 순진하고 경쾌한 웃음소리였다.
 "갖고 싶은 것이 꼭 하나 있지만 갖고 올 수 없을 거예요."
 "그게 뭐지요?" 앤드레는 재빨리 물었다. "무엇이든 괜찮아요……. 정말 도와 드리고 싶어요. 뭐가 필요한지 말해 주세요, 윌슨 부인."
 루시는 다시 희미한 웃음을 지으며 머리를 저었다.
 "자유예요." 순간 공포의 그림자가 루시의 얼굴을 다시 스치고 사라졌다.
 앤드레의 얼굴에서 핏기가 가셨다. 엘러리가 팔꿈치로 옆구리를 찌르자 그녀는 기계적으로 빙긋 웃었다.
 "아, 그건 좀……."
 "빌은 어디 있을까요?"
 루시는 면회인 출입구 쪽으로 눈길을 천천히 옮겼다. 앤드레는 입술을 일그러뜨리며 눈을 감았다.
 잠시 뒤에 루시가 말했다.
 "나는…… 감방을 예쁘게 꾸몄어요. 빌이 꽃이며 사진이며 다른 것을 갖다 주었어요. 규칙상으로는 안 되지만 빌은 그런 일을 처리하는 데 솜씨가 아주 좋아요."
 루시는 두 사람을 불안스러운 듯 바라보았다.
 "정말예요. 여기는 생각보다는 나쁘지 않아요. 게다가 아주 잠깐인 걸요. 빌이 그러는데 금방 나갈 수 있대요. 항소가 잘 되면……."
 "그래요, 루시. 그런 마음 자세를 가져야 해요. 기운 내요." 엘러리는 쇠그물을 통하여 그녀의 차가운 손가락을 가볍게 두드렸다. "그리고 당신에게는 끝까지 당신을 위해 일하고 있는 친구들이 있다는 점을 절대로 잊지 말아요. 꼭 기억해요, 알았지요?"
 "그걸 한순간이라도 잊어버리면 나는 미칠 거예요." 그녀가 낮은 목소리로 말했다.
 "윌슨 부인……." 앤드레는 말을 더듬었다.
 "루시……."
 루시의 검은 눈동자에는 갈망하는 빛이 담겨 있었다. "오늘 바깥은 어때요? 여기서 보면 날씨가 너무나 좋은 것 같아요."
 벽 위쪽에 달린 들창의 굵은 창살이 햇빛을 가로막고 있었다. 그곳을 통하여 네모진 파란 하늘이 보였다.

"비가 올 것 같아요. 그다지 좋은 날씨는……." 앤드레는 숨막히는 목소리로 말했다.

그들과 떨어져서 벽에 기대섰던 여장부가 사람의 목소리 같지 않은 억양 없는 금속성으로 말했다.

"시간 됐습니다."

다시 공포가 엄습하더니 이번에는 좀처럼 사라지지 않았다. 루시는 상처를 손가락으로 쑤실 때처럼 턱의 근육이 부들부들 떨렸다. 그녀의 눈에서 유리가 산산이 깨어져 나가고 나니 안쪽에 있던 깊은 고민이 드러났다.

"벌써 그렇게 됐나요?"

루시는 그렇게 속삭인 뒤에 웃으려 했다. 그러나 곧 얼굴을 찌푸리고 입술을 깨물더니 별안간 얼굴 전체를 일그러뜨리며 울음을 터뜨렸다.

"루시……." 엘러리가 중얼거렸다.

루시가 우는 목소리로 말했다. "고마워요, 고마워요."

그리고 하얗게 자국이 난 손가락을 쇠그물에서 떼고 돌아섰다. 그리고 성별을 알 수 없는 우람한 간수에게 이끌려 어두운 문 안쪽으로 빨려들어갔다.

쇠그물 뒤에 여자의 체취만 아련히 남기고 그녀가 사라진 뒤에도 복도에 끌리는 먼 발걸음 소리가 언제까지나 들려오고 있었다. 앤드레의 아랫입술에 빨갛게 피가 맺혀 있었다.

"도대체 여기서 뭣들 하고 있는 거야?"

면회인 출입구 쪽에서 사나운 목소리가 들렸다.

엘러리는 놀란 고양이처럼 홱 돌아섰다. 그는 이렇게 되기를 바라지 않았다. 빌 에인절은 종이에 싼 꽃다발을 오른손에 들고 있었다.

"빌, 우리가 온 것은……." 엘러리가 서둘러 말을 꺼냈다.

"그래," 빌은 앤드레를 잔인하게 노려보았다. "당신은 여기가 어떻소? 맘에 드오?"

앤드레는 엘러리의 팔을 더듬었다. 엘러리는 그녀가 자기 두 팔을 꽉 잡는 것을 느꼈다.

"오, 나는……." 앤드레는 기어들어가는 목소리로 말했다.

"부끄러워서 기절 안 한 게 신기하군, 뻔뻔스런 여자 같으니." 욕설은 화살이 되어 아프게 과녁에 꽂혔다. "여기에 오다니! 고소해하려고 왔어? 누이동생을 봤으니 오늘 밤에는 편한 잠을 잘 수 있을 것 같아?"

엘러리는 두 팔이 아팠다. 앤드레는 부자연스럽게 눈을 크게 뜨고 있었다. 그녀는 엘러리의 팔을 놓고 빌 쪽으로 뛰어갔다. 그의 앞에 이르자 발걸음이 중심을 잃었다. 빌이 노려보며 마지못해 한 발짝 비켜섰다. 그녀는 머리를 수그린 채 쏜살같이 그 곁을 지나갔다.

"빌."

엘러리가 조용히 불렀다.

빌은 대답하지 않았다. 그는 손에 든 꽃을 내려다보다가 일부러 등을 돌렸다.

앤드레는 복도 끝에서 하얀 벽에 기대어 흐느끼며 엘러리가 오기를 기다리고 있었다.

"자, 앤드레. 이제 그만해요."

"집에 데려다 주세요." 그녀가 목멘 소리로 말했다. "어서 이런 무서운 곳에서 데리고 나가 줘요."

엘러리가 문을 두드리자 빌 에인절이 지친 목소리로 대답했다.

"들어오시오."

엘러리가 문을 열었다. 아스터 호텔의 기다란 구식 방 안에서 빌 에인절은 놋쇠침대에 앉아 가방을 싸고 있었다.

"탕아의 귀가로군. 안녕, 멍청이." 엘러리는 문을 닫고 기대섰다.

빌의 머리는 헝클어지고, 불만이 가득 찬 듯이 턱을 반항적으로 내밀고 있었다. 그는 그 방에 자기 혼자만 있는 것처럼 아무 말 없이 계속해서 짐을 쌌다.

"바보 같은 짓은 그만해, 빌. 양말은 그만 만지고 내 말을 들어."

빌은 대답하지 않았다.

"나는 자네를 찾아 세 주를 헤맸어. 뉴욕에는 뭐하러 왔나?"

빌은 허리를 폈다. "무엇 때문에 이제 와서 내 일에 갑자기 흥미를 갖기 시작했지?"

"나는 흥미를 잃은 적이 없어."

빌은 웃었다. "엘러리, 나는 자네와 싸울 마음이 없어. 자네를 나무라지도 않아. 자네 인생은 자네 것이니까. 그리고 그것을 나나 루시에게 저당잡힌 것도 아니고. 그러나 한번 손을 뗐으면 그대로 가만히 있어 줘. 이 방에서 나가 주면 고맙겠어."

"누가, 내가 손을 뗐다고 하던가?"

"나는 장님이 아냐. 자네가 뭘 하고 있는지 잘 알아. 루시가 판결받은 후 자네는 줄곧 김볼, 그 여자를 쫓아 다녔어."

"자네 내 뒤를 밟았나, 빌?" 엘러리가 중얼거렸다.

"뭐라 해도 좋아." 빌은 얼굴을 붉히며 말을 이었다. "나는 아무래도 이상하다고 생각해. 만일 자네가 직업적인 관심으로 그녀를 쫓아 다니는 거라면 이상할 것은 없어. 하지만 직업적인 관심 때문에 몇 주일 동안이나 계속해서 여자를 클럽이며 댄스 홀이며 선술집으로 끌고 다닌다는 이야기는 듣지 못했어. 나를 어떻게 생각하는 건가? 내가 바보인 줄 알아?"

"그래, 자넨 바보야."

엘러리는 문에서 떨어지더니 모자와 지팡이를 침대에 던지고 냅다 빌의 배를 주먹으로 내질렀다. 빌은 비명을 지르며 침대에 쓰러졌다.
"거기서 꼼짝 말고 잘 들어, 이 멍청아!"
빌은 벌떡 일어나 주먹을 움켜쥐었다. "아니, 이게……."
"새벽에 피스톨 결투라도 할까?"
빌은 얼굴을 더욱 붉히며 주저앉았다.
"첫째로, 만일 자네 머리가 정상적으로 돌아가고 있다면 이런 너절한 짓을 할 리가 없지." 엘러리는 담뱃불을 붙이며 차분하게 말을 이었다. "하지만 지금의 자네는 사정이 다르지. 그러니 용서해 주겠네. 자네는 그 아가씨에게 빠져 있어."
"웃기지 마. 자네가 빠져 있어."
"자네는 앤드레에 대한 애정과 루시에 대한 양심이나 책임감을 지키려는 두 가지 생각으로 갈등이 일어나 머리가 전혀 움직이지 않게 되어 버렸어. 나를 질투하다니! 부끄럽지도 않은가."
"질투라고!" 빌은 고통스럽게 웃고 나서 말했다. "친구니 충고하겠네. 자신만만한 얼굴을 하고 있지만 자네 역시 남자에 지나지 않아. 그녀를 조심해. 나도 한 대 먹었지만 자네도 역시 그녀에게 당할 거야."
"감정적인 면에서 보면 자네는 19살 소년으로 돌아갔어. 문제는 자네가 자신의 상태를 모르고 있다는 점이야. 그녀가 꿈에 나타나지 않는다는 거짓말은 하지 말아. 자네는 그 어둠 속에서 그녀와 키스했을 때의 일을 잊지 못해. 자네는 쇠줄에 묶인 듯 24시간 내내 고민하고 있어. 나는 그 공판 때부터 죽 자네를 관찰하고 있었어. 빌, 자네는 바보야."
"자네 말을 내가 왜 듣고 있는지 모르겠어." 빌이 사납게 말했다.
"무엇이 자네를 그처럼 빙빙 돌게 하고 있는지는 프로이트 선생에게 묻지 않아도 알 수 있어. 아까 말한 그 앤드레에 대한 '직업적인 흥미설'부터가 너무 졸렬해."

"내가 사랑에 빠졌다고? 나는 그녀의 구석구석을 경멸하고……."

"물론 그럴 테지." 엘러리는 싱긋 웃었다. "하지만 나는 그런 미묘한 감정에 관해 강의를 하러 온 게 아냐. 이제부터 사정을 자세히 설명할 테니 듣고 사과나 해."

"설교는 여태껏 충분히 들었어……."

"앉아! 루시가 트렌턴에서 유죄 판결을 받았을 때 무엇보다도 두드러지게 눈에 띄는 일이 하나 있었어. 그것은 앤드레가 증인석에 나가기 전과 거기 섰을 때와 그 뒤에 취한 그녀의 이상한 행동이야. 그래서 나는 생각했지."

빌은 비웃는 소리를 냈다. 엘러리는 말을 이었다.

"나는 생각한 끝에 하나의 결론에 이르렀지. 그 결론에 따라 그 아가씨와 교제하기 시작했어. 그 밖에는 달리 손쓸 길이 없었어. 다른 방법은 모두 실패했기 때문이야. 나는 이 사건을 온갖 각도에서 몇 번이나 되풀이 검토해 봤어. 다른 곳에는 의심할 만한 것이 전혀 없었어. 어디를 보아도 공백뿐이었어."

빌은 눈썹을 찌푸렸다. "그녀를 끌어내어 뭘 알아내겠다는 거야? 내가 이상하게 여기는 것도 당연하지 않나……."

"아, 이성을 되찾은 것 같군. 내가 젊은 아가씨에게 온갖 정성을 다 바친 것에 대해 걱정한 사람은 자네뿐이 아냐. 김볼 부인, 아니 제시카 보든이라고 해야겠지. 그녀는 더할 나위 없이 쇠약해졌고, 프루에 상원의원은 입에 거품을 물고 야단이야. 핀치는 손질이 잘 된 손톱이나 깨물고 있을 뿐이야. 또 존스 청년은 얼마 전에 들은 바로는 폴로 말을 죽일 것처럼 날뛴대. 아주 잘됐어! 내 생각대로 됐다고. 나는 얼마쯤 성공했어."

빌은 머리를 가로저었다. "무슨 말인지 통 모르겠군."

엘러리는 침대 옆으로 의자를 당겼다. "내 질문에 먼저 대답해. 자네는 뉴욕에 뭐하러 왔어?"

"결말을 지으러." 빌은 침대에 누워 천장을 바라보며 말을 이었다. "재판소에 명령신청을 했어. 공판 뒤에 나는 내셔널 생명보험에 사망 증명서를 내고 보험금 지불을 청구해 놓았지. 물론 이것은 단순한 제스처야. 내셔널은 보험수익자가 피보험자를 살해했다는 유죄 판결을 받았다고 내 지불 청구를 무시하고 보험 증서의 액면 금액을 지불하기를 거절했어."

"그렇게 됐군."

"보험회사는 김볼의 유산 관리인인 그 집의 친지이며 유력 인사에게 앞으로 어떤 형식의 요구도 않는다는 조건으로 김볼의 유산으로써 보험 해약 반환금에 상당하는 금액을 지불할 용의가 있다고 통지했어. 아마 지금쯤 지불이 끝났을 거야."

"유죄 판결 때문에 보험 증서가 무효가 됐다는 말인가?"

"그래."

"항소는 어떻게 됐나?"

"이쪽에서는 뉴저지 주가 그 경비를 부담하도록 했어. 이것은 신문에 실렸으니 자네도 읽었겠지. 나는 여러 기술적 방법을 동원해서 사건을 오래 끌고 나갈 생각이야." 빌의 표정이 어두워졌다. "그 동안 루시는 트렌턴 구치소에 있어야 해. 경찰서 유치장에 있는 것보다는 좀 낫겠지."

그는 천장을 올려다보며 얼굴을 찌푸렸다.

"자네는 어째서 그 여자를 거기 데리고 왔어……"

"그 여자라니?"

"그…… 제기랄, 앤드레 말야!"

"이봐, 빌." 엘러리가 조용히 말을 꺼냈다. "앤드레는 어째서 그토록 증인석에 서는 것을 두려워했을까?"

"도저히 그 이유를 모르겠어. 그녀의 증언에는 이쪽을 불리하게 만든 것이나 중대한 의미를 지닌 것도 없었잖나?"

"그건 그래. 그래서 나는 어째서 그녀가 그토록 증인석에 서기를 싫어했는지 더욱 이상스러웠지. 자기가 범죄 현장에 간 것이 알려지는 게 싫었기 때문은 아니야. 우리가 그것을 알아내기 전이었다면 남에게 알리고 싶지 않아서 그랬을지 모르지. 그러나 자네에게 소환당하고 나서는 더 이상 그 일에 구애받을 필요가 없었어. 실제로 그녀로서는 자네가 바라는 것이라면 무엇이든 기꺼이 응할 이유가 있어."

빌은 비웃었다. "그래, 있을 테지!"

"그만 바보같이 굴어. 그녀는 자네를 좋아해. 자네가 가슴 아파할까봐 더 심한 표현은 삼가고 있어." 빌의 얼굴이 붉어졌다. "그녀는 루시를 동정하고 있어……."

"연극이야! 그 여자는 나도 속였어……."

"빌, 말은 그렇게 해도 자넨 이미 다 알고 있을 거야. 그녀는 훌륭한 여자야. 그녀는 좋지 않은 환경에서도 꿋꿋하게 소양을 가꿔온 참한 아가씨야. 더더욱 위선자는 아니야. 이것이 보통의 경우였다면 그녀는 기꺼이 루시를 도왔을 게 틀림없어. 그런데…… 그녀가 어떤 태도를 취했는지 자네도 보아서 알고 있겠지."

"그녀는 우리를 위해 아무 일도 안 해. 그녀는 울타리 저쪽에 있는 사람이야. 김볼 때문에 우리를 증오하고 있어."

"말도 안 되는 소리. 그날 밤 그 오두막에서 루시에게 인간다운 연민의 정을 보여준 것은 그녀 한 사람뿐이었잖나."

빌은 하얀 침대 시트를 계속해서 비틀었다 놓았다 하고 있었다.

"알았어. 그래, 해답은 뭐야?"

엘러리는 창문 쪽으로 갔다. "앤드레가 그 집을 찾아간 일이 알려진 뒤 그녀는 어떤 식의 감정을 눈에 띄게 드러냈지?"

"공포야."

"맞았어. 그럼, 무엇에 대한 공포였지?"

"그게 뭔지 나도 궁금해." 빌은 신음하듯 말했다.

엘러리는 되돌아와 침대의 가로막대를 잡았다. "분명히 자기가 아는 것을 말하는 게 두려운 거야. 그렇다면 어째서 그것을 두려워하지?"

빌은 어깨를 으쓱하고 다시 시트를 비틀기 시작했다. 엘러리는 말을 이었다.

"자네는 그녀의 공포가 그녀 자신 속에서 나오는 게 아니라 외부에서 오는 것이라는 게 눈에 보이지 않나? 억압으로 인한 공포, 협박에서 오는 공포가 아닐까?"

"협박?" 빌은 눈을 껌벅거렸다.

"자네는 그 불에 그슬린 코르크를 잊어버렸군."

"협박!"

빌은 벌떡 일어섰다. 그의 얼굴이 놀라우리만큼 희망으로 빛났다.

"오, 엘러리. 그 생각은 전혀 못했어……. 가엾은 여자!"

그는 입 속으로 뭐라고 중얼거리며 침대 앞을 왔다갔다했다.

엘러리는 야릇한 눈길로 빌을 바라보았다. "나는 얼마 전부터 그것을 알고 있었어. 온갖 물리적, 심리적 사실을 고려하여 볼 때 생각할 수 있는 단 하나의 논리는 그것이었지. 그녀는 자네를 돕고 싶었으나 그렇게 할 수 없었던 거야. 그날 밤 만일 자네가 그녀의 얼굴을 봤더라면…… 아니지, 자네가 봤을 리 없지. 자네는 눈뜬 장님이었으니까. 그녀는 말할 수 없는 고통 속에 있는 거야. 그녀를 침묵시키는

함정 253

외부의 힘이 작용하고 있지 않았다면 그토록 심한 고통을 참을 이유가 뭔가? 그녀가 겁내고 있는 것은 자신에 관계된 것이 아니라는 것이 분명해."

"그래서 그녀가……."

"이 문제는 대략적인 분석밖에는 할 수 없었어. 만일 그녀가 누구로부터 입을 다물라는 협박을 받고 있다면 그 협박자는 그녀의 입에서 뭔가가 새어나가는 것을 두려워하고 있는 게 분명하다고 생각했어. 거기서 내 활동 방향이 결정되었지. 내가 그녀를 독차지함으로써 두 가지 효과를 노렸던 거야. 하나는 그녀의 선량한 성품을 이용하여 결국은 그녀가 알고 있는 사실을 털어놓게 하는 일."

엘러리는 담배 연기를 급히 뿜어냈다. "그리고 또 하나는 그녀를 협박하고 있는 자가 행동하도록 압박을 가하는 것이었어."

빌이 재빠르게 말했다. "하지만 엘러리, 그런 짓은……."

"그래, 사실 그런 짓은 앤드레를 위험에 빠뜨리는 일이야."

"자네는 그 여자를 위험에 빠뜨릴 권리가 없어!"

"말투가 바뀌었군. 어느새 앤드레의 편이 됐어." 엘러리가 낮게 웃고는 말했다. "지금은 누가 잘했다 못했다 할 때가 아냐, 빌. 앤드레를 협박하고 있는 사람은 내가 그녀와 깊이 교제하고 있다는 것을 지금은 알고 있을 거야. 그들은 내가 이 사건에 관심을 가지고 있다는 것도 알아. 그래서 내가 그녀에게서 무엇을 알아냈는지 궁금할 거야. 걱정하고 있을 테지. 다시 말해서 그들은 행동을 시작한 거야."

"그럼," 빌은 윗옷을 집어들며 외쳤다. "여기서 꾸물거리고 있을 때가 아니잖아."

엘러리는 웃음을 지으며 담배를 재떨이에 비벼 껐다. "어쨌든 나는 결과가 나올 수 있게끔 일을 처리했어. 지난번에 앤드레를 트렌턴으로 데려간 것은 그녀의 마지막 방어선을 무너뜨리기 위해서였어. 루시가 현재 처한 모습을 보여주면 진실을 얘기하리라고 생각했지. 그녀는 뉴욕에 올 때까지 자동차 안에서 내내 울었어. 어쩌면 오늘쯤……."

그러나 빌은 벌써 복도로 나가 엘리베이터 단추를 누르고 있었다.

물고기처럼 무표정한 그 사나이는 얼굴을 찌푸렸다.
"앤드레 아가씨는 안 계십니다."
빌을 바라보며 하는 그의 말투는, 찾아와봐야 앤드레를 만날 수 없다는 뜻이 깃들여 있었다.
"쓸데없는 소리 하지 마." 빌은 사납게 말하고 그 사나이를 밀어젖혔다. 그리고 두 사람은 보든과 김볼의 복층 아파트 거실로 들어갔다. 빌은 재빨리 거실 안을 둘러보았다.
"앤드레는 어디 있지? 머뭇거리고 있을 시간이 없어."
"무슨 말씀이십니까?"
빌은 하인의 좁은 가슴을 손바닥으로 밀었다. 물고기 얼굴의 사나이는 고개를 수그렸다. 그리고 겁먹은 표정으로 뒷걸음질쳤다. "말하지 않으면 억지로라도 말하게 할 거야."
"죄송…… 죄송합니다만 앤드레 아가씨는 정말 안 계십니다."
"어디 갔나?" 엘러리가 날카롭게 물었다.
"한 시간쯤 전에 서둘러 나가셨습니다."
"어디로 간다고 말하던가?"
"아무 말씀하지 않았습니다."
"지금 집에는 누가 있어?" 빌이 물었다.
"보든 씨뿐입니다. 오늘은 간호사가 오후에 쉬는 날이라 나가고 없습니다. 보든 씨는 지금 방에서 주무시고 계시는데, 워낙 용태가 나쁘니 방해하지 마시기 바랍니다."

"김볼 부인은 어디 있어?"

하인은 난처한 표정을 지었다. "역시 외출하셨습니다. 오이스터 만(灣)에 있는 별장에 가셨습니다."

"혼자?" 엘러리가 이상한 듯이 물었다.

"그렇습니다, 정오 무렵에 가셨습니다. 며칠 쉬고 오실 것 같습니다."

엘러리의 표정이 심각해졌다. 그를 보고 빌도 갑자기 온몸이 싸늘해졌다.

"부인이 나갈 때 앤드레 양은 집에 있었나?"

"안 계셨습니다."

"앤드레 양이 한 시간 전에 아무 말 없이 나갔다는 말이지? 혼자서?"

"그렇습니다. 전보를 받으시고……."

"뭐라고!" 엘러리가 소리쳤다.

"우리가 늦었어!" 빌이 외쳤다. "엘러리, 자네 때문이야. 어째서 자네는……."

"진정해, 빌. 아무것도 아닐지 몰라. 그 전보는 어디 있어? 알고 있으면 빨리 말해!"

하인도 이제는 겁이 나는 눈치였다. "제가 아가씨 방으로 갖다 드렸습니다. 아마 아직 거기에……."

"방으로 안내해!"

하인은 서둘러 앞장서서 층계를 올라가 두 사람을 2층으로 안내했다. 그는 방문을 가리키고 겁먹은 얼굴로 물러섰다.

엘러리가 문을 열었다. 방은 비어 있었다. 급히 떠난 듯한 흔적이 뚜렷했다. 녹색과 흰색으로 치장된 방은, 고요한 것이 못내 불길한 느낌이 들게 했다.

빌은 비명을 지르며 카펫 위에 마구 구겨 버린 노란 종이에 덤벼들었다.
그것은 전보였다.

중대사건이 일어났음. 아무에게도 알리지 말고 곧 혼자 오도록. 오이스터 만과 로슬린 사이의 가도에 있는 노스쇼어 여관에 있음. 빨리 오기 바람. 엄마가.

"빌, 낌새가 좋지 않네. 노스쇼어 여관은 그 오케스트라 지휘자 벤 더피의 소유야. 벌써 몇 달 전부터 비어 있어." 엘러리는 천천히 말했다.

빌은 울상이 되었다. 그는 아무 말 없이 그 전보를 집어던지고 문 밖으로 뛰어나갔다. 엘러리는 허리를 굽혀 그 노란 종이를 집어들고 잠시 망설이다가 주머니에 집어넣고 뒤쫓았다. 빌은 벌써 아래층에 가 있었다. 엘러리는 복도에 박힌 듯 서 있는 하인에게 물었다.

"오늘 낯선 사람이 찾아오지 않았나?"

"찾아왔느냐고요?"

"그래, 그래. 방문객 말야. 빨리 말해!"

"아, 왔습니다. 신문사에서 온 여자였습니다. 이름이 좀 이상했는데……"

"엘러 애머티 양이라고 하던가?" 엘러리가 눈을 껌벅거렸다.

"그렇습니다! 그런 이름이었습니다."

"언제쯤 왔어? 누구를 만났지?"

"아침 일찍 왔는데 아무도 만나시지 못한 줄 압니다……. 확실하지는 않습니다. 제가 비번이어서요."

"제기랄!" 엘러리는 층계를 뛰어내려갔다.

'노스쇼어 여관'이라고 씌어진 낡은 간판이 달린 널찍하고 칙칙한 건물의 자동차 길로 엘러리의 듀센버그가 미끄러져 들어간 것은 제법 해가 기울었을 무렵이었다. 창문은 널빤지로 막혀 있었고 사람 기척이 없었다.

두 사람은 자동차에서 뛰어내려 입구로 달려갔다. 기분 나쁘게도 문이 좀 열려 있었다. 두 사람이 뛰어든 곳은 넓은 응접실인데, 온통 먼지가 끼고 벽은 칠이 벗겨져 있었다. 낡은 탁자 위에는 금빛 의자가 높직이 쌓여 있었다. 컴컴해 내부를 자세히 볼 수 없었다.

빌이 욕지거리를 하자 엘러리가 손을 뻗어 제지했다.

그가 중얼거렸다.

"서두르지 마, 부케팔루스(알렉산더 대왕의 애마). 아무것도 모르면서 덮어놓고 덤비는 건 좋지 않아. 설마 했는데……. 우리가 늦었나. 건방진 범인 계집!"

빌은 엘러리의 손을 뿌리치고 안으로 들어갔다. 그는 탁자, 의자 따위를 밀치며 방 안을 헤집고 있어 먼지가 자욱이 일어났다. 엘러리는 눈썹을 찌푸리고 서 있다가 '체크 룸'이라고 써 붙인 카운터가 있는 곳으로 갔다. 그가 눈을 가늘게 뜨고 카운터 너머로 몸을 굽혀 안을 들여다보았다.

"빌!"

엘러리는 나직이 부르고 카운터를 뛰어넘었다. 빌이 달려왔다. 얼굴 표정이 미친 사람 같았다. 엘러리는 그 작은 방 안에 쓰러져 있는 앤드레 옆에 무릎꿇고 있었다. 그녀는 무릎을 오그리고 먼지투성이 바닥에 쓰러져 있었다. 모자가 벗겨지고 머리는 헝클어진 채 꼼짝도 안 했다. 어둠 속에서 그녀의 얼굴이 창백하게 보였다.

"오, 하느님. 그녀는…… 그녀는……."

빌은 갈라진 목소리로 속삭였다.

"죽지 않았어. 물이나 들통으로 하나 길어 와. 식당에 가면 어딘가에 물이 나오는 수도가 있을 거야. 자네는 코를 어디 두고 다녀? 클로로포름 냄새도 못 맡나!"

빌은 꿀꺽 침을 삼키고 서둘러 달려갔다. 그가 돌아오니 엘러리는 여전히 무릎꿇고 앉아 의식을 잃은 앤드레를 일으켜 앉힌 다음 품에 안고 그녀의 뺨을 계속해서 때리고 있었다. 뺨에 그의 손가락 자국까지 날 정도가 되어도 앤드레는 여전히 시체처럼 축 늘어져 움직이지 않았다.

"안 되겠군." 엘러리가 조용히 말했다. "깊이 마취된 것 같아. 빌, 물을 거기 놓고, 수건이든 탁자보든 냅킨이든 헝겊을 찾아 와. 더러워도 괜찮아. 좀 영웅적인 행동을 취해야겠어. 의자도 두세 개 가져와."

빌이 의자 두 개와 헝겊을 한아름 가지고 비틀거리며 돌아왔다. 엘러리는 그녀의 윗몸 위에 엎드려 뭔가 재빨리 손을 쓰고 있었다. 빌은 놀라서 눈이 휘둥그레졌다.

"무슨 짓을 하는 거야!" 그가 고함쳤다.

"여자의 속살을 보는 게 쑥스러우면 돌아서. 그녀의 가슴을 풀어 젖히는 거야. 세상에 이런 샌님이 있나. 응급 처치를 하는 거라고, 이 바보야. 우선 의자 두 개를 집 밖에 놔. 둘을 붙여서. 이 여자에게는 무엇보다도 신선한 공기가 필요해."

빌은 침을 꿀꺽 삼키고 재빨리 정문에 가서 문을 열어 젖혔다. 그는 뒤돌아보고 다시 침을 꿀꺽 삼키고 밖으로 사라졌다. 잠시 뒤에 엘러리가 앤드레의 축 늘어진 몸을 안고 나왔다.

"물은 어쨌어? 의자는 붙여 놓으라고 했잖아! 됐어. 이젠 물을 가져와."

빌이 물통을 들고 왔다. 앤드레는 붙여 놓은 의자 위에 반듯이 누워 있었다. 머리는 의자 바깥으로 축 늘어져 있었다. 엘러리가 그녀의 스포츠 상의 밑의 옷을 허리에서 찢고 브래지어가 보이게 가슴을 헤쳤다. 핑크 빛 레이스가 화사했다.

 빌은 곁에 서서 멍하니 보고만 있었다. 엘러리는 말없이 움직였다. 그녀의 허리 밑에 탁자보를 뭉쳐 넣은 다음 냅킨을 물통에 담갔다. 그리고 한 장을 젖은 채로 꺼내 이발소의 뜨거운 타월처럼 코 끝과 콧구멍만을 남기고 앤드레의 얼굴 전체를 덮었다.

 "정치가처럼 뻣뻣하게 서 있지만 말고 그쪽으로 돌아가 그녀의 다리를 들어 올려." 엘러리가 호통쳤다. "높이 들어 올려야 해. 그리고 그녀가 의자에서 떨어지지 않도록 조심해. 왜 그래, 빌? 여자 다리 본 적 없어?"

 빌은 얼굴이 빨개진 채 앤드레의 비단 스타킹에 싸인 다리를 두 손으로 받쳐들고 자꾸 말려 올라가는 스커트를 연신 끌어내렸다. 엘러리는 냅킨을 몇 장 더 물에 적셔 그녀의 맨가슴에 올려놓았다. 그리고 그 냅킨을 집어들고 가슴을 몇 번 세게 때렸다.

 "왜 그러는데?" 빌이 메마른 입술로 물었다.

 "간단해. 머리를 낮게 하고 다리를 높여 혈액을 뇌로 보내는 거지. 혈액 순환을 시키자는 거야. 이건 몇 년 전에 홈즈라는 젊은 의사로부터 배운 방법이야. 그때의 피해자는 나의 아버지였는데, 연세 때문에 오늘보다 훨씬 위험한 상태였지. 그 '샴 쌍둥이' 사건 때였어. 기억하지?"

 "그럼, 그럼." 빌은 고통스러운 목소리로 대답했다. 그는 어두워지는 하늘만 바라보고 있었다.

 "다리를 좀더 높이 들어! 자, 됐어……. 아가씨, 기분 어때요? 이건 무용학교 선생님에게 꾸중들을 자세지만 이제 곧 정신이 돌아올 테니 참으십시오." 엘러리는 가슴의 냅킨을 바꾸었다.

"흠, 다른 게 또 있었는데. 그게 뭐였지? 그래, 인공호흡이었어! 치료 방법 중에 가장 요긴한 거였어."

엘러리는 그녀의 얼굴을 덮은 냅킨 밑으로 손을 넣어 억지로 그녀의 입을 벌렸다. 그가 냅킨을 집어 올리자 핏기를 약간 되찾은 물투성이 얼굴이 나타났다.

"역시 효과가 있었군."

엘러리는 얼굴을 찌푸리며 그녀의 혀를 꺼냈다. 그리고 그녀의 윗몸 위로 무릎을 구부리고 그녀의 팔을 아래위로 펌프질했다.

빌이 힘없는 웃음을 지었다.

"마치 루브 골드버그(미국의 풍자만화가)의 만화 같군."

갑자기 앤드레가 눈을 떴다.

빌은 여전히 그녀의 다리를 높이 들어올린 채 입을 벌린 멍한 얼굴로 그녀를 내려다보고 있었다. 엘러리가 그녀의 머리 밑에 팔을 넣어 쳐들었다. 처음에 어리둥절하여 움직이던 그녀의 눈이 빌의 얼굴 위에 멎었다.

엘러리가 만족스러운 듯 말했다.

"퀸 박사의 솜씨가 어때요? 이제 걱정 말아요, 앤드레. 친구들이 왔으니까."

그녀의 핏발 선 눈이 빠르게 의식을 되찾았다. 뺨이 붉어졌다.

"뭐하고 있는 거예요?" 그녀가 놀라서 물었다.

빌은 여전히 멍하니 입을 벌리고 있었다. 엘러리가 핀잔을 주었다.

"제기랄, 다리를 내려놔, 빌. 지금 우리가 뭐하는 것 같아?"

빌이 뜨거운 것에 닿기라도 한 듯 서둘러 손을 놓았다. 다리는 소리를 내며 떨어지고 앤드레는 다리가 아픈지 몸을 움찔했다.

"이런 바보!" 엘러리가 고함을 질렀다. "도와 달라고 한 내가 나쁘지. 이제 앉아 봐요, 앤드레…… 자, 됐어. 기분이 어때요?"

"어지러워요."

엘러리는 앤드레를 부축하여 앉히고 그녀의 이마에 손을 대보았다. "무슨 일이 있었지요? 아, 더러워!"

앤드레는 물통을 보던 눈을 자갈 위에 널려 있는 더러운 냅킨에 옮겼다가 자기 몸을 내려다보았다. 스타킹은 무릎께가 찢어지고 옷에는 진흙이 묻어 있었다. 손은 흙투성이였다. 이윽고 그녀는 자기의 가슴을 보았다.

"어머나!" 그녀는 허둥지둥 옷깃을 여몄다. "나는…… 당신이…… 당신네들 이렇게……."

"그래요, 우리가 그랬어요." 엘러리가 즐거운 듯이 말했다. "걱정 말아요, 앤드레. 빌은 보지 않았고 나는 중성이니까. 우리가 당신을 의식불명에서 깨어나도록 할 수 있어 다행입니다. 기분이 어때요?"

그녀는 얼굴을 찌푸리며 웃었다.

"좋지 않아요. 몸이 많이 불편해요. 누가 한 시간 동안 계속해서 내 배를 때린 것 같아요."

"마취제 때문입니다. 곧 괜찮아질 겁니다."

그녀는 여전히 얼굴을 붉힌 채 빌을 보았다. 그는 넓은 등을 돌리고 도로 저편에 붙은, 낡아서 글자도 읽을 수 없는 간판을 열심히 바라보고 있었다.

앤드레가 나직이 속삭였다. "빌, 빌 에인절."

그의 어깨가 움찔했다. 그는 돌아선 채 무뚝뚝하게 말했다. "지난번에는 미안했소."

그녀는 한숨지으며 엘러리의 팔에 기댔다. "그건 이미 지난 일이에요."

빌이 돌아섰다. "앤드레…….

"아무 말 마세요." 그녀는 눈을 감았다. "잠시 마음을 가라앉히게 해주세요. 여러 가지 일이 너무 얽혀 있어서……."

"이봐, 앤드레, 내가 바보였어."

주위가 어두워짐에 따라 날씨도 차가워졌다.

"당신이?" 앤드레는 서글픈 웃음을 떠올렸다. "빌, 당신이 바보라면 나는 뭐지요?"

"두 사람이 그렇게 나오니 내가 굳이 뭐라고 말을 하지 않아도 되겠군." 엘러리가 말했다.

"함정이었어요." 그의 팔에 기댄 앤드레가 긴장한 목소리로 말을 이었다. "함정이었어요, 그 전보는……."

"우리는 전보에 대해 다 알고 있어요. 어떻게 된 일이지요?"

앤드레가 갑자기 몸을 일으켰다.

"어머니! 나는 어머니께 가야 해요……."

"이제는 걱정 안 해도 돼요, 앤드레. 그 전보는 가짜야. 어머니가 친 게 아닐 거요. 그건 당신을 여기로 불러내기 위한 것이었어."

그녀는 몸을 떨었다. "어머니에게로 데려다 주세요."

"당신은 자동차로 오지 않았소?"

"아뇨, 기차로 와서 역에서 여기까지 걸어왔어요."

"뭔가 우리에게 하고 싶은 말이 있지요, 앤드레?"

그녀는 손가락으로 입술을 만졌다. 흙이 묻었다. "나는…… 나는 먼저 생각을 해봐야겠어요."

엘러리는 물끄러미 그녀를 바라보다가 명랑하게 말했다. "내 차는 2인승이지만 뒤에 보조석이 있어요. 괜찮다면……."

"내가 거기 앉아 가겠어." 빌이 불쑥 말했다.

"셋이 함께 앞에 탈 수 있을 거예요."

"빌이나 내 무릎에 앉아 가겠다는 겁니까?"

"내가 운전할게." 빌이 말했다.

"자네는 안 돼. 이 자동차를 운전할 수 있는 사람은 이 퀸 박사뿐이야. 정말 안됐어, 앤드레. 소문에 따르면 빌의 무릎만큼 앉기 불편한 좌석도 없다던데."

빌은 뻣뻣한 자세로 차를 향해 걸어갔다.

앤드레는 헝클어진 머리를 쓰다듬으며 나직이 말했다. "모험 좀 해보죠, 뭐."

휘파람을 불며 엘러리는 한가로이 자동차를 몰았다. 빌은 두 손을 옆구리에 댄 채 나무토막처럼 멍청이 그 옆에 앉아 있었다. 앤드레는 그의 무릎 위에 얌전하게 올라앉아 있었다. 대화는 없었다. 이따금 앤드레가 엘러리에게 나직한 목소리로 길을 알려주고 있을 뿐이었다. 차는 어찌된 까닭인지 여느 때보다 몹시 흔들렸다. 엘러리는 도로의 작은 요철조차 잘 피하지 못하는 것 같았다.

별장에 도착하고 15분쯤 지나 앤드레는 비탈진 뜰에 있는 두 사람에게 돌아왔다. 그녀는 흙투성이 옷을, 주위가 어두워서 빛깔이 분명하지는 않으나 서늘해 보이는 옷으로 갈아입고 있었다.

앤드레가 등나무의자에 앉은 뒤 한참 동안 아무도 입을 열지 않았다. 정원사가 뿌린 물과 오후의 태양열로 뜰에 퍼져 있는 촉촉하고 따뜻한 습기는 화단의 꽃내음과 어울려 세 사람의 피곤한 살갗을 부드럽게 어루만져 주었다. 저 멀리 롱아일랜드 해협의 수면이 푸른 벨벳처럼 조용히 물결치고 있는 것이 내려다보였다. 주위가 고요해 평화로운 기분이 들게 했다.

앤드레가 의자에 몸을 깊숙이 파묻으며 말했다.

"어머니가 안 계셔요. 차라리 잘됐어요."

"여기 안 계십니까?" 엘러리는 파이프 너머로 눈썹을 찌푸렸다.

"전부터 친하게 지내는 케얼 씨 댁에 가셨다는군요. 하인들에게는 내가 여기 왔을 때의 상황에 대해 아무 말 하지 말도록 주의를 주었어요. 어머니를 놀라게 해 드릴 필요는 없으니까요."

"물론······. 앤드레 양, 당신은 내가 언젠가 본 영화의 주인공과 아주 비슷하군요. 가는 곳마다 의상실이 대령하고 있으니 말입니다."

앤드레는 대답하기조차 힘겨운 듯 웃음만 지었다. 그러나 빌이 긴장된 목소리로 딱딱하게 물었다.

"어떻게 된 거요?"

앤드레는 서늘한 나뭇가지를 올려다보며 얼른 대답하지 않았다. 하인이 쟁반에 뿌옇게 이슬이 맺힌 높다란 유리잔 셋을 받쳐들고 소리 없이 나타났다. 또 한 하인이 탁자와 탁자보를 들고 있었다. 앤드레는 한 모금만 마시고 일어나 두 사람 앞의 수풀과 화단 사이를 왔다 갔다 했다. 얼굴은 두 사람을 외면한 채였다.

"앤드레, 얘기할 때가 됐다고 생각지 않아?" 엘러리가 끈기 있게 물었다.

빌은 손에 잔을 든 채 몸을 앞으로 내밀었다. 그는 꼼짝도 하지 않았다. 눈은 느릿느릿 걷고 있는 여자에 못박혀 있었다. 앤드레가 글라디올러스의 긴 줄기를 꺾었다. 그리고는 손가락으로 관자놀이를 누르며 돌아섰다.

"이제 나는 숨기기에 지쳤어요." 그녀가 외쳤다. "악몽이었어요. 더 이상 억누르다가는 틀림없이 미쳐 버릴 거예요. 당신들은 몰라요. 내가 얼마나 고민했는지 모를 거예요. 내가 그런 고생을 해야 했다니 공평치 못해요!"

"브라우닝은 《책과 반지》에서 '극단적인 나쁜 일에 대해 올바르다고 생각하는 권리'라고 말했지요." 엘러리가 낮은 목소리로 말했다.

그 말을 듣고 그녀는 조용해졌다. 그녀는 노란 수선화에 다가가 꽃을 만지다가 한숨을 내쉬며 등나무의자에 앉았다. 그리고 낮은 목소리로 말했다.

"무슨 말을 하려는지 알겠어요. 나는 내가 저지르는 일이 나쁜 줄 알면서도 옳은 것이었다고 생각했어요. 그렇게밖에 생각할 수 없었어요. 그런데 지금은 잘 모르겠어요. 이제 아무것도 모르게 돼 버렸어요. 생각하고 또 생각해서 눈이 빙빙 돌 지경이에요. 지금은 다만…… 두려울 뿐이에요."

"두렵다고요?" 엘러리가 조용히 말했다. "그렇겠지요. 우리는 당신이 두려울 거라 생각하고 있었어요, 앤드레. 당신이 두려워하는 것을 알기 때문에 당신이 가엾은 루시를 도와주도록 당신을 도우려는 겁니다. 우리가 힘을 합해 협동 전선을 펴야 당신의 두려움을 내쫓고 위험을 막을 수 있다고 생각하지 않습니까?"

"당신은 내가 두려워하는 것을 알고 있었단 말예요?" 그녀가 숨가쁘게 물었다.

"모든 것을 알고 있던 것은 아닙니다. 절반도 모를 겁니다. 내가 알고 있는 것은 당신이 그 델라웨어 강가의 오두막을 찾아간 날 밤 뭔가가 있었다는 것입니다. 틀림없이 당신에게 무슨 일이 있었던 겁니다. 루시 윌슨의 공판 때 그 성냥개비와 불태운 코르크를 올바르게 평가했다고 생각합니다. 범인인 여자는 연필 대신 그 코르크로 무엇을 썼습니다. 그런데 쓴 것이 없어졌습니다. 그리고 당신도 자취를 감췄습니다. 그렇다면 편지는 당신 앞으로 쓴 게 틀림없습니다. 그 뒤 당신 행동을 보면 당신이 그 편지 때문에 위협받고 있다는 것을 알 수 있습니다."

엘러리는 손을 들어 파이프에서 피어오르는 연기를 휘저었다.

"하지만 이건 추측에 지나지 않습니다. 나는 사실을 알고 싶습니다. 진실을 알고 싶습니다. 그리고 범인인 여자가 아닌 그 진실을 말할 수 있는 오직 한 사람인 당신으로부터 그것을 듣고 싶은 겁니다."

"얘기를 들어도 아무 도움이 안 될 거예요." 그녀가 어둠 저쪽에서 속삭였다. "도움이 될 수 없어요. 그것 때문에 내가 그토록 양심과 싸워 온 것을 모르세요? 만일 그것이 루시 부인에게 도움이 된다고 생각했다면 옛날에 이야기했을 거라는 생각은 안 하셨나요?"

"그 판단을 내게 맡겨 봐요, 앤드레."

그녀는 한숨을 쉼으로써 그러겠다는 뜻을 나타냈다.

"내가 전에 말한 이야기들은 거의 정말이지만…… 전부가 진실은 아니었어요. 하지만 전보는 확실히 받았으며 토요일 오후 버크의 스포츠카를 빌려 타고 트렌턴에 간 것도 사실이에요."

"그래서요."

"그곳에 도착한 것은 8시였어요. 경적을 울렸지만 아무도 나오지 않아서 안으로 들어갔어요. 집 안은 비어 있더군요. 벽에 걸린 남자 양복, 탁자 같은 것이 보였는데 어쩐지 이상한 기분이 들었어요. 뭔가 무서운 일이 일어났든가 아니면 이제 곧 일어날 것 같았죠. 그래서 나는 밖으로 뛰쳐나와 자동차를 타고 캠든 쪽으로 달렸어요. 여러 가지 일을 잘 생각해 보기 위해서였지요."

그녀는 말을 끊었다. 듣고 있는 두 사람도 아무 말 하지 않았다. 주위가 어두워져서 의자 위에 조용히 앉아 있는 아름다운 그녀의 모습이 희미해지자 빌은 눈을 크게 떠 자세히 보려고 애를 썼다. 그의 얼굴도 그녀의 드레스만큼이나 창백했다.

앨러리가 조용히 입을 열었다.

"그리고 당신은 그 집으로 되돌아왔어요. 한데 그것은 9시가 아니었지요, 앤드레? 당신은 9시라고 했지만 실제는 9시보다 훨씬 전이었을 겁니다."

"자동차 계기판 시계로 8시 35분이었어요."

"틀림없습니까?" 빌이 쉰 목소리로 물었다. "앤드레, 이번에는 사실대로 말하지 않으면 안 됩니다. 확실히 그렇습니까?"

"오, 빌." 그녀는 울부짖은 뒤에 갑자기 울음을 터뜨렸다. 빌은 흠칫하다가 곧 의자를 박차고 달려왔다. 그리고 떨리는 목소리로 말했다.

"앤드레, 나는 이제 어떻게 되든 상관하지 않겠어. 울지 말아요. 내가 심했어요. 제발 울지 말아요. 나는 몰랐어요. 그건 알아주겠지요? 누이동생 일로 정신이 없었던 겁니다. 만일 내가……."

앤드레의 손이 빌의 손을 찾았다. 빌은 그것을 더없는 보물인 듯 소중히 감싸쥐고 그대로 숨도 안 쉬고 한참 동안 서 있었다. 이제는 어둠이 짙어져서 엘러리의 파이프 담뱃불빛만이 빨갛게 보였다.

앤드레가 떨리는 목소리로 이야기하기 시작했다.

"내가 8시에 처음 갔을 때는 집 안이 어두컴컴했어요. 그래서 탁자 위의 전등을 켰지요. 그리고 8시 30분이 지나 다시 가 보니 그 전등이 그대로 켜져 있었어요. 앞문 창을 통해 불빛이 보였어요."

엘러리가 갑자기 물었다.

"당신이 두 번째로 그곳에 갔을 때는 반원형 앞 자동차 길에 포드가 멈춰서 있었지요?"

"네, 나는 그 뒤쪽에 자동차를 세웠어요. 그때 누구의 자동차일까 생각했던 게 기억나요. 낡은 포드 쿠페로, 안에는 아무도 없었어요."

앤드레는 입술을 깨물었다.

"나중에 그것이 루시 부인의 자동차라는 것을 알았지요. 하지만 그때는 몰랐었어요. 나는 조가 있으려니 하고 안으로 들어갔어요."

"그래서요?"

엘러리가 재촉했다.
그녀는 씁쓸한 웃음을 짧게 웃었다.
"나는 불안했어요. 그러나 그곳에서 발견한 것은 전혀 뜻밖의 것이었어요. 나는 문을 열고 입구에 섰어요. 탁자와 그 위에 접시와 전등이 보였어요. 나는 그때 이미 무서워서 죽을 것 같았어요. 육감이라고 할까, 무엇에 이끌려서 두세 발짝 안으로 들어가자……."
"앤드레."
빌이 속삭였다. 그녀의 손이 빌의 손 안에서 떨었다.
"탁자 너머 바닥에 다리가 두 개 보였어요. 다리는 꼼짝도 않고 있었어요. 나는 손으로 입을 막았지요. 얼마 동안 아무것도 생각할 수 없었어요……. 그리고 갑자기 눈 앞이 깜깜해졌어요. 뒤통수가 깨지듯이 아팠고 내가 쓰러지는 것을 느꼈을 뿐이에요."
"그 여자가 때렸단 말이오?"
빌이 고함쳤다. 빌이 외친 목소리가 메아리치며 사라질 때까지 아무도 말을 하지 않았다.
이윽고 엘러리가 입을 열었다.
"그가 누군지는 모르지만 당신의 자동차 소리를 듣고 누가 온다는 것을 알았을 겁니다. 그녀는 옆문으로 도망칠 수도 있었겠지만 포드를 몰고 가고 싶었던 겁니다. 루시를 모함하자는 그녀 계획에 차가 필요했기 때문입니다. 그래서 그녀는 앞문 뒤에 숨어서 기다렸을 겁니다. 당신이 들어서자 뒤에서 당신의 뒷머리를 때렸겠지요. 좀더 일찍 내가 그 점을 알아차렸어야 했어. 그럼 편지 문제……계속해요, 앤드레."
"내가 모자를 쓰고 있어서 다행이었어요." 앤드레는 히스테릭하게 웃었다. "어쩌면 그녀, 그 여자가 세게 때리지 않았는지도 모르지요. 9시가 조금 지나 나는 정신이 들었어요. 머리가 어지러운데도 손목시계를 본 것이 기억나요. 집 안은 다시 텅 비어 있었어요. 아니, 처음에는 비었다고 생각했어요. 나는 맞았을 때 그대로 탁자 앞에 쓰러져 있었어요. 머리가 몹시 아프고 입 속이 솜 같았어요. 어지러운 것을 참고 일어나 탁자에 기댔어요. 그때 내 손에 뭔가 쥐어져 있다는 것을 알았어요……."

"어느 쪽 손입니까?" 엘러리가 재빨리 물었다.

"오른쪽이었어요. 장갑 낀 쪽이었어요. 그것은 포장지 조각이었어요. 그 맨틀피스 위에서 본 것과 같은 포장지로, 찢은 것이었어요."

"내가 서툰 짓을 했군! 그 포장지를 좀더 자세히 살펴보았어야 하는 건데. 그러나 그것은 마구 찢어져 있어서…… 미안해요, 앤드레, 계속해요."

"현기증을 참고 그것을 보니 뭐가 씌어 있었어요. 그때 나는 탁자의 전등 옆에 있었어요. 전등불로 그 편지를 읽었어요."

"앤드레, 그 편지는 어디 있습니까? 하느님, 제발 도와주십시오! 당신은 그것을 간직해 두었습니까?"

어두워서 엘러리에게는 아무것도 보이지 않았다. 그러나 어두운 심연 밑바닥에서 생명의 줄에 매달리듯 앤드레의 손을 잡고 있던 빌은, 그녀의 다른 한 손이 재빠르게 가운의 가슴께에서 뭔가 꺼내는 것을 느꼈다.

"나는 언젠가 반드시 필요하리라 여기고…… 이것을 간직했어요."

"빌!"

엘러리가 날카롭게 외치며 일어나 재빨리 그들 곁으로 다가가는 바람에 두 사람은 깜짝 놀라 몸을 움츠렸다.

"불을 켜. 내 주머니에서 성냥을 꺼내게. 불을 켜…… 손은 나중에 얼마든지 잡을 수 있어. 어서 불이나 켜."

얼마 동안 부스럭거린 끝에 겨우 성냥불이 켜졌다. 빌의 상기된 뺨이 검붉게 드러났다. 앤드레는 조그만 불빛에 눈을 감았다. 하지만 엘러리는 그 마구 구겨진 종이 조각이 신성한 고문서라도 되듯 한 자 한 자를 자세히 살폈다.

불이 꺼졌다. 빌이 곧 성냥을 다시 켜고, 또 켰다. 한 갑을 거의 다 썼을 무렵 엘러리는 그제야 몸을 일으켰다. 대문자로 형편없이 긁적거린 그 편지를 이상하다는 듯이 얼굴을 찌푸리고 보고 있는 엘러리의 얼굴에는 약간 실망의 빛이 깃들여 있었다.

"어때? 뭐라고 씌어 있어?"

어둠 속에서 빌이 물었다.

"응?"

엘러리는 다시 의자로 돌아갔다. "많이 쓰지는 않았지만 요점을 찌르고 있어. 앤드레, 이것은 내가 가지고 있겠어요……. 여기에는 이렇게 씌어 있어, 빌. '오늘 밤 여기서 보고 들은 일은 아무것도 입 밖에 내지 말 것. 만일 어머니의 목숨이 아깝다면'. '아무것도'라는 단어에는 굵게 밑줄이 그어져 있어. 빌, 우리는 이 아가씨에게 깊이 사과해야겠어."

"앤드레."

빌은 호소하는 듯 불렀으나 더 이상 말이 나오지 않는 것 같았다. 엘러리는 앤드레의 한숨 소리를 들었다. 빌은 자기가 다시 잡은 손이 약간 꿈틀거리는 것을 느꼈다.

"흥미롭군." 아무렇지도 않다는 듯 엘러리가 말했다. "앤드레, 이것으로 당신이 왜 아무 말 하지 않아야 한다고 생각했는지 그 까닭을 잘 알았습니다. 당신은 범인 여자로부터 어머니의 목숨이 당신 침묵에 달렸다는 협박을 받았습니다. 일이 일어난 뒤인 오늘에야 비로소 똑똑히 알았습니다."

빌이 화난 듯 혀차는 소리가 들렸다. "내가 저지른 바보 짓은 심한 비난을 받아 마땅합니다. 당신은 언제 어디서 일이 터질지 몰랐습니다. 대단히 흥미롭군요. 어머님은 아무것도 모르시겠지요?"
"오, 어머니는 모르세요!"
"당신은 오늘 밤까지 누구에게도 이 얘기를 하지 않았겠지요?"
"내가 어떻게 말할 수 있겠어요?" 앤드레는 몸을 떨었다.
"나도 그런 큰 짐은 지기 싫습니다." 엘러리가 무겁게 말했다.
"하지만 오늘 밤에는 그 여자도 두려워졌나 봐요. 그 무서운 여자 말이에요. 어리석은 건 나지 당신이 아녜요. 내 생각이 모자랐어요. 하지만 오후에 전보가 왔을 때는 완전히 넋을 잃어 제정신이 아니었어요. 그래서 내가 완전히 당했어요. 나는 어머니에게 닥친 여러 가지 나쁜 생각을 하며 그 여관으로 허둥지둥 달려갔어요……. 누군지 모험은 하지 않았어요. 내가 로비로 뛰어든 순간, 속았다고 깨달을 새도 없이 어떤 손이 부드럽고 이상한 냄새가 나는 것을 내 코에 댔고, 나는 정신을 잃었어요. 그러고 나서 정신을 차렸을 때 나는 그 의자 위에 누워 있었고 곁에 빌이 있었어요."
그녀가 말을 마치자 빌은 어린아이처럼 수줍어했다.
"뭔가 못 보았습니까…… 얼굴이나 손이나 옷자락을?"
"아무것도 못 봤어요."
"손의 감촉은요?"
"손을 느끼지도 못했어요. 손이라고 여겨질 뿐이에요. 생각나는 것은 그 헝겊뿐이었어요. 아마 클로로포름을 적신 손수건이었을 거예요."
"경고입니다. 또 경고를 한 겁니다. 이거 놀랄 일이군요!"
"내가 놀랄 일이라는 거야?" 빌이 물었다.
"미안하네. 내 생각이 입 밖으로 튀어나왔어. 하지만 앤드레, 그 경고는 효과가 없어요. 당신의 입을 막으려다가 오히려 모두 털어놓게 만들었으니까."

"오늘 정신이 들었을 때 곧 알게 됐어요." 앤드레가 외쳤다. "오늘 나를 습격한 여자는 그날 밤 그 집에서 내 머리를 때리고 그 편지를 손에 쥐어 준 여자라는 것을. 그래서 나는 똑똑히 알게 된 거예요."

"무엇을 말입니까?" 빌이 멍청한 표정으로 물었다.

"그 여자는 결코 당신의 누이동생이 아니라는 것 말예요. 바보같이! 그날 밤 조를 죽이고 나를 습격한 여자가 루시가 아니라는 것은 처음부터 믿고 있었지만 확신할 수는 없었지요. 그것을 오늘 확실히 알았어요. 그녀는 구치소에 있으니 틀림없는 일 아녜요? 모르시겠어요? 이제야 확실해 진 거예요. 그래서 결심이 섰어요. 물론 어머니를 보호하는 것이 중요해요⋯⋯. 전보다 더욱 어머니를 보호하지 않으면 안 돼요. 하지만 루시가 그런 부당한 취급을 받고 있다고 생각하면⋯⋯ 나는 이야기를 하지 않을 수 없었어요."

"그 때문에 당신 어머님이⋯⋯."

"당신 생각에는 혹시 누가⋯⋯?" 그녀가 속삭였다.

"우리가 여기 있는 것은 아무도 몰라요." 엘러리가 부드럽게 말했다. "어머님이 돌아오시면 그분 모르게 보호해 드리도록 손쓰겠습니다. 하지만 이 협박장은⋯⋯ 수취인 이름도, 서명도 없어요. 그건 당연한 일이겠지요. 문장도 이렇다 할 특징은 없었습니다. 그러나 이것은 꽤 길어서 쓴 사람은 애먹었을 겁니다. 이 마지막 글귀 '어머니의 목숨'이라는 글자가 차츰 엷어져 끝에 이르러서는 거의 읽을 수 없을 정도입니다.

이 편지의 길이가 성냥을 여러 개비 쓴 것을 잘 설명하고 있습니다. 코르크를 태운다 하더라도 표면밖에 타지 않지요. 한두 자 쓰면 검게 탄 부분이 없어져 다시 불로 태우지 않으면 안 됩니다⋯⋯. 앤드레, 당신이 그 집에 들어가서 머리를 맞기 전에 탁자 위에서 끝에 코르크를 꽂은 칼을 봤습니까?"

"아니오. 그때는 없었어요. 정신을 차린 뒤에야 칼을 보았어요."

"그 점이 중요하군요. 당신이 맞기 전에 칼은 김볼의 심장에 꽂혀 있었습니다. 당신이 맞았을 때부터 깨어날 때까지 사이에 그 여자는 칼을 뽑아 끝에 코르크를 꿰어 불로 태운 다음 포장지를 찢어 당신 앞으로 협박장을 쓴 겁니다. 그리고 당신이 깨어나기 전에 손에 메모를 쥐어 준 다음 루시의 포드를 타고 도망쳤습니다. 앤드레, 당신은 때린 사람을 흘끗 보지도 못했습니까?"

"못 봤어요."

"그녀의 손도, 아무것도 보지 못했습니까?"

"너무나 급작스레 일어난 일이었어요."

"정신이 든 뒤에는 어떻게 했지요?"

"협박장을 읽었어요. 그때 나는 공포에 질려 떨고 있었어요. 그리고 탁자 너머에 조가 보였어요. 가슴이 피로 물들고 바닥에 쓰러져 …… 죽은 것 같았어요. 조라는 것을 깨달았을 때 나는 비명을 질렀을 거예요."

"그때 당신이 지른 비명을 꿈속에서 몇 번이나 들었는지 모릅니다." 빌이 중얼거렸다.

"가엾은 빌……. 나는 핸드백을 집어들고 문으로 뛰었어요. 그러자 바로 옆 가도에서 자동차 헤드라이트가 보였지요. 비로소 내가 위험한 상황에 놓여 있음을 깨달았어요……. 시체가 된 의붓아버지 곁에 혼자 있었으니까요. 그래서 서둘러 스포츠카에 올라타 떠났어요. 그리고 그 자동차를 지날 때 손수건을 얼굴에 댔어요.

그때는 물론 그것이 누구의 자동차인지, 누가 타고 있는지 몰랐어요. 돌아갈 때는 큰길을 피해 옆길로 돌았으므로 11시 30분쯤 뉴욕에 닿았어요. 아무도 모르게 아파트로 들어가 이브닝 드레스로 갈아 입고 워돌프 아스토리아 호텔로 자동차를 몰았지요. 사람들에게는 두통이 났다고 얼버무렸는데, 아무도 그리 자세히 캐묻지는 않았어요. 그 뒤 일은 아시는 대로예요."
앤드레는 지친 모습으로 한숨을 쉬었다.
"그 뒤 또 연락을 받았습니까?" 엘러리가 조용히 물었다.
"한 번요. 그건 저…… 공판 판결이 난 다음 날로, 전보가 왔어요. 간단히 '아무 말 말라'고 씌어 있었어요."
"그 전보는 어디 있습니까?"
"찢어 버렸어요. 전보였길래……."
"발신국은 어디였습니까?"
"자세히 보지 않았어요. 나는 놀라서 망연자실했어요." 앤드레가 목소리를 높이며 다시 말했다. "오, 나는 함부로 말해서는 안 돼요. 틀림없이 누가 어둠 속에서 보고 있다가 내가 한 마디라도 하면 어머니에게 어떤 해를 입힐지 몰라요."
"이야기하지 말아요, 앤드레." 빌이 부드럽게 말했다.
"하지만 빌, 내가 이야기하면 루시의 입장이 달라지지 않겠어요? 이제부터는 당신네들이 어머니와 나를 보호해 주시면 되잖아요? 오늘 내가 습격당한 일이 증거가 되어 루시는 범인이 아니라고……."
"그렇지 않아요, 앤드레. 법률적 입장에서 보면 이것은 증거가 되지 못해요. 폴린저는 오늘 당신이 기습받은 것은 이미 유죄 판결이 내린 범죄에 대해 루시가 무고한 것처럼 보이게 하기 위해 그녀 편이 꾸며낸 연극이라고 할 거예요."
"나도 빌과 동감입니다." 엘러리가 끼어들었다. "우리는 이제부터 계획을 완전히 바꿔야 합니다. 앤드레, 나는 당신을 세상에서 흔히 말하는 식으로 차 버리겠습니다. 앞으로는 당신과 같이 다니지 않겠습니다. 당신은 아무에게도 오늘 노스쇼어 여관에서 일어난 일에 대해 말하지 마십시오. 어머니에게도 아무 말 마십시오.

 그렇게 되면 당신을 습격한 인물은 당신이 아무 쓸모 없어서 내가 차 버렸다고 생각할 것이고, 경고한 대로 아무에게도 말하지 않은 줄로 생각하겠지요. 이건 앞으로는 더 이상 습격당하지 않도록 하기 위한 훌륭한 보호책입니다. 다행히 당신을 마취시킨 사람은 살의는 품고 있지 않은 듯합니다. 당신은 안전할 겁니다."

 "무엇이든 당신이 하라는 대로 하겠어요." 앤드레가 나직이 말했다.

 "하지만 엘러리……." 빌이 불만스러운 듯이 말했다.

 "아니, 우리가 손을 떼면 결코 위험은 없어." 엘러리가 의자를 뒤로 밀었다. "빌, 우리는 돌아가는 게 좋겠어. 앤드레 어머님이 곧 돌아오실 것 같은데 이렇게 있다가 공연한 변명을 늘어놓을 필요는 없어……. 당신에게는 나중에 다시……."

 누군가가 나무 숲 사이를 헤치고 오는 소리가 났다. 엘러리는 입을 다물었다. 소리가 점점 커졌다. 커다란 동물이 나무 숲과 덤불을 헤치며 돌진해 오는 듯했다.

 엘러리가 속삭였다.

 "빌, 말소리를 내지 말게. 빨리 이리 와! 앤드레, 가만히 앉아 있어요. 무슨 일이 일어나면 죽어라고 도망쳐요."

 빌은 어둠 속을 조심해서 다가왔다. 엘러리는 그의 팔을 꽉 움켜잡았다. 잔디밭 저쪽에서 앤드레는 아무 소리도 내지 않았다.

 "앤드레!" 탁한 남자 목소리가 외쳤다.

 "버크에요." 앤드레가 속삭였다.

 "앤드레, 도대체 어디 있어?" 버크가 화가 난 듯 고함쳤다. "어두워서 뭐가 보여야지."

'우두둑' 숲에서 잔디밭으로 나오는 소리가 들렸다. 이어 달음박질한 뒤 내는 소리 같은 거친 숨소리가 들렸다. "여기에요, 버크." 앤드레가 등나무의자에 앉은 채 차분하게 말했다.

존스가 뭐라고 중얼거리며 그녀 쪽으로 더듬더듬 다가가는 듯했다. 엘러리 옆에 웅크린 빌은 소리나는 쪽을 노려보고 있었다.

"여기 있었군, 앤디." 존스의 굵은 웃음소리가 잔디밭에 울려 퍼졌다. "나를 피하는 거야? 약혼자를 이렇게 대하다니 너무하잖아. 찾느라고 애먹었어. 당신 아파트에 전화했더니 하인이 어머니와 함께 여기 갔다고 하더군. 키스 한번 하자고, 자, 어서……."

"내 몸에서 손 떼요. 돼지처럼 취했군요."

"친한 사인데 한두 잔 마셨기로서니 어때. 자, 앤디, 열렬한 키스를 해줘."

옥신각신하는 소리가 나더니 얼굴 때리는 소리가 종지부를 찍듯 '찰싹' 날카롭게 들렸다.

"손 치우라니까요. 주정뱅이가 만지는 건 질색이에요. 돌아가요, 버크!" 앤드레가 침착하게 말했다.

"그렇게 나오겠다는 말이지?" 존스가 사납게 말했다. "좋아, 앤디. 당신이 그렇게 나오니 구식 사랑을 해줘야겠어. 자, 그러지 말고 이리 와……."

"왜 이래요! 이 지저분한……."

"그 멍청한 필라델피아의 변호사 녀석을 좋아하지? 약혼녀가 다른 남자와 어울리는 것을 내버려둘 줄 알아? 안 돼. 당신은 내 거야, 앤디. 내 것이니 내 맘대로 할 테야. 자, 빨리 키스해줘."

"버크, 이제 우리는 끝났어요. 어서 돌아가요."

"끝났다고? 아냐, 끝나지 않았어. 끝났다니 무슨 소리를 하는 거야?"

"나는 약혼을 취소하겠어요. 그건 잘못이었어요. 버크, 당신은 지금 제정신이 아녜요. 취했어요. 나중에 후회할 짓 하기 전에 어서 돌아가요."

"단단히 혼이 나야겠어. 뭐, 약혼을 취소한다고? ……이리 와!"

뜰 저쪽에서 밀고 당기는 기척이 났다. 빌은 엘러리의 손을 뿌리치고 조용히 앞으로 나갔다. 엘러리는 망설이다가 어깨를 으쓱하고 나무 숲 안쪽으로 더 깊이 들어갔다. 뭔가 찢기는 소리가 났다.

존스가 놀라서 외쳤다. "아니, 이게 뭐……."

"나는 빌 에인절이다. 나쁜 자식, 얼굴은 안 보이지만 뜰 저쪽에서도 누군지 냄새로 알 수 있어. 팔은 어때?"

"이 자식아, 목을 놔!"

"팔은 나았어?"

"벌써 나았다. 이거 놓지 않으면 내가……."

억센 주먹이 뼈에 부딪는 소리가 나고, 털썩 잔디밭에 쓰러지는 소리가 들렸다.

"술 취한 놈하고 싸운다는 게 창피하지만 네놈은 혼 좀 나야 해." 빌의 목소리가 어둠 속에서 들렸다.

"빌, 네놈이군. 어둠 속에서 밀회를 즐기고 있었군." 존스가 입에 담지 못할 욕을 하고 빌을 치려고 했다.

"빌, 그만둬요!" 앤드레가 외쳤다.

빌의 강한 주먹이 소리를 내자 존스가 다시 쓰러졌다.

"존스, 이제 이만하면 폴로 선수 노릇이나 얌전히 하겠지? 어서 돌아가. 사라지지 않으면 엉덩이를 걷어차겠어."

"빌!"

존스는 이제 조용했다. 엘러리는 잔디밭에 웅크리고 있는 그의 모습을 어렴풋이 볼 수 있었다. 갑자기 그가 다시 덤벼들었다. 그로부터 몇 초 동안 거친 숨소리와 둔탁한 주먹 소리만 들렸다. 이윽고 누군가가 쓰러졌다. 존스가 욕설을 퍼부었다. 그리고 그가 일어나 비틀거리며 걸어가는 발소리가 들렸다. 한참 뒤 멀어져가는 자동차 엔진 소리가 들려왔다.

엘러리는 잔디밭으로 나갔다. 그리고 차갑게 말했다.
"나의 영웅 나리. 자네가 뭔줄 알아, 갤러하드 경(아서 왕의 원탁의 기사 중 한 사람)? 자네는 바보야."
"간섭 말아." 빌이 대들듯 말했다. "이기적인 그놈의 못생긴 얼굴을 처음 보았을 때부터 두들겨 주고 싶었어. 앤드레에게 그런 짓 하는 녀석은……"
"앤드레는 어디 있지? 이상하게 조용해."
"여기예요." 앤드레의 낮은 목소리가 들렸다.
"어딥니까?"
"아무에게나 알리고 싶지는 않은 장소라고 여쭙고 싶사옵니다."
앤드레가 나직이 말했다.
엘러리는 두 손 들었다. "큐피드의 화살을 맞은 사람들이 수사에 도움 줬다는 말은 아직 들은 적이 없어. 하는 수 없지. 축복을 빌어. 앤드레, 집에 데려다 줄까요?"
"자동차에서 기다려 줘." 빌의 꿈꾸는 듯한 목소리가 들렸다. 엘러리는 어둠 속에서 싱긋 웃었다. 그는 두 사람이 천천히 걸어가는 소리를 들었다.

빌은 환한 얼굴로 말없이 엘러리의 자동차로 돌아왔다. 엘러리는 계기판 불빛에 비친 빌의 얼굴을 흘끗 곁눈질해 보고, 낮은 소리로 웃더니 자동차를 출발시켰다. 엘러리는 로슬린 큰길에 차를 세우고 약국에 들어갔다. 그는 좀처럼 나오지 않았다. 이윽고 약국에서 나오더니 이번에는 전신국으로 들어갔다.

  5분쯤 지나 그는 생각에 잠긴 얼굴로 돌아왔다.

"뭘 했지?"

"두어 군데 전화를 했어. 트렌턴에도 한 통화했어."

"트렌턴?"

"엘러 애머티에게 할 이야기가 있었어. 오늘은 하루 종일 신문사에 나오지 않았다는군. 일이 있어 어디 갔겠지. 똑똑한 여자야. 그리고 벨리 경사와 통화했어."

"개인적인 일이 있었던 모양이군." 엘러리는 자동차를 몰기 시작했다. 빌은 좌석에 파묻혀 다시 황홀한 표정을 지었다.

"개인적인 일이라고 할 수도 있겠지." 엘러리는 소리 죽여 웃겠다. "벨리 경사는 내게는 바위같이 믿음직한 존재야. 나는 기운을 잃으면 반드시 그의 굳센 어깨에 매달려. 그는 아버지의 충복으로 미라가 된 파라오처럼 입이 무거워. 어쨌든 벨리는 민완탐정을 고용해서 곧 조사시키겠다고 했어."

  빌은 갑자기 몸을 일으켰다. "엘러리, 그럼 자네는……."

"당연하잖나. 바보 같으니! 자네가 오이스터 만에서 그런 활약을 해서 나는 계획을 바꾸는 수밖에 없었어. 내가 있다는 것을 모르게 하려고 나는 숨어 있었어. 그렇더라도 그가 떠들면 피해를 입게 될지도 몰라. 자네가 거기 있었던 것이 알려지면 의심을 품을 인물이 있을지도 모르지."

"그 따위 놈이 앤드레에게 함부로 구는 걸 보고만 있을 수는……." 빌이 자기 고집을 늘어놓기 시작했다.

"알았네, 알았어, 로미오, 그렇게 되어 유리한 점도 있어. 호위란 보호받는 자 모르게 하는 편이 차라리 효과가 있어. 벨리의 동료가 앤드레와 그녀 어머니에게 바짝 붙어 감시할 테니 걱정 말아. 지금으로서는 그것이 가장 좋은 보호 수단이야."

"하지만 만일 범인이 눈치채면……."

엘러리는 기분이 언짢은 듯 말했다. "이것 봐, 빌. 내가 안전하다고 생각하고 있으니 자네는 만족해도 돼. 나는 미묘한 문제 처리에는 신경을 많이 쓴다고."

"그래, 잘 알았어. 하지만 만일 범인이 알게 되면 큰일이야. 앤드레가 말한 것을 알면……."

"무엇을?"

"무슨 소리야?"

"앤드레가 뭘 말했는데?"

"아니, 앤드레가 그날 밤에 일어난 일을 자세히 말했잖나?"

"그래, 그런데 거기서 뭘 알아낸 거지?"

"무슨 말인지 못 알아듣겠어." 빌이 얼굴을 찌푸렸다.

엘러리는 오랫동안 말없이 자동차를 몰다가 작은 목소리로 말하기 시작했다. "빌, 범인은 앤드레가 그날 밤에 범행 현장에 갔던 일과 관련된 무엇인가를 두려워하고 있어. 자네는 앤드레의 이야기를 들었어. 하지만 그 이야기로 뭔가 새로운 사실을 알게 된 게 있어? 그 이야기에서 진실에 이르는 어떤 결정적인 단서를 찾았어? 수사상으로 볼 때 그 이야기가 누구에게 불리한 지적이라도 한다는 말이야?"

"아니."

"그런데 그런 점들이 있어야만 해. 만일 앤드레가 그 범인 여자의 얼굴이나 몸매 또는 옷, 하다 못해 손이라도 보았다면 이 그림자 같은 여자가 앤드레를 협박하여 입을 막는 것이 당연해. 그러나 범인은 앤드레가 아무것도 못 보았다는 것을 알고 있어. 앤드레는 뒤통수를 얻어맞고 곧바로 의식을 잃었으니까. 그렇다면 범인이 겁내는 것은 무엇이지?"

"나는 모르니 자네가 얘기해 봐."

엘러리는 아무렇지도 않게 말했다. "빌, 오늘 밤 우리 집에서 자지 않겠나?"

다시 액셀을 밟아 차가 속력을 내자 엘러리가 중얼거렸다. "어쩌면 될지도 몰라."

"무슨 소리를 하는 거야?"

"아니, 아무것도 아니야."

"자네 전신국에는 왜 갔나?"

"아, 그거! 오늘 앤드레를 노스쇼어 여관으로 불러낸 전보를 조사하려고."

"뭘 알아냈지?"

"아무것도 없어. 직원은 전보 친 사람을 기억하지 못하더군."

이튿날 아침, 퀸 경감이 센터 거리에 있는 경찰본부로 나간 뒤 퀸의 아파트 거실에서 두 사람이 두 잔째 커피를 마시며 잡담하고 있는데 초인종이 울렸다. 주나가 문가에 있는 작은 응접실에서 누구냐고 날카롭게 묻는 소리가 들렸다.

"주나, 누구지?"

엘러리가 식탁에서 소리쳤다.

"여자입니다."

거실로 얼굴을 들이민 주나가 아주 못마땅한 듯 말했다. 그는 어린 나이에 어울리지 않게 극단적인 여성혐오자였다.

"세상에," 그의 뒤에서 앤드레 김볼의 목소리가 들렸다. "이 어린 괴물 때문에 목이 날아갈 뻔했잖아요. 여자 손님은 좀처럼 없는 모양이지요……. 어머나!"

빌이 엉거주춤 일어났다. 그는 엘러리의 팥색과 갈색 줄무늬 파자마 위에 걸친 실내복 깃을 잡고 당황해하며 침실 문을 흘끗 보았다.
 그도 "이런" 하더니 바보처럼 웃고는 다시 앉았다.
 "이 사내는 '점잔과잉증'이라는 병이 있어요." 엘러리는 싱글싱글 웃었다. "잘 오셨습니다, 앤드레. 오늘은 우리가 내복 바람인 걸 보시는군요……. 괜찮아요, 어서 들어오십시오. 주나, 다음에 이분에게 목소리를 높이면 네 목을 비틀겠어."
 주나는 얼굴을 찌푸리며 부엌으로 갔다. 그러나 곧 예쁜 커피 잔과 티스푼과 냅킨을 화해의 표시처럼 받쳐들고 돌아왔다.
 "커피 드십시오."
 그가 무뚝뚝하게 말하고 곧 사라졌다.
 엘러리가 커피를 따르는데 앤드레가 웃으며 말했다. "재미있는 애군요. 나는 쟤가 좋아요."
 "그도 당신을 좋아합니다. 마음에 드는 사람에게만 사납게 구는 놈이지요."
 "빌 에인절, 어쩔 줄 몰라하니 왜 그러는 거예요? 독신 남자분들은 언제 어디서나 자신 있게 행동하는 줄 알았는데요."
 "파자마 때문입니다." 빌은 여전히 바보같이 웃고 있었다.
 "하긴 색이 좀 이상하군요. 당신 건가요, 퀸 씨?……. 고마워요."
 앤드레는 커피를 마셨다. 오늘 아침은 밝은 빛깔을 한 경쾌한 드레스를 입고 있어 아주 싱싱하고 즐거워 보이기까지 했다. 전날에 무서운 경험을 한 흔적은 어디서도 찾아볼 수 없었다.
 "내 잠재된 욕망이 밖으로 표출되어 그렇습니다. 그런데 앤드레, 오늘 아침은 좋아 보입니다."
 "네, 기분이 좋아요. 어젯밤 푹 자고, 오늘 아침에는 말을 타고 공원을 한 바퀴 돈 다음 이리로 왔어요. 그런데 이럴 줄이야. 당신들 두 사람은 10시 30분인데 아직 옷도 갈아입지 않았잖아요!"

"빌 때문입니다. 그는 코를 곱니다. 심하게 고는데다 기술도 뛰어나더군요. 덕분에 나는 새벽녘까지 한잠도 못 잤지요."
빌은 화가 나서 얼굴이 빨개졌다.
"어머나, 빌!"
"거짓말입니다. 나는 태어나서부터 코를 곤 적이 없습니다."
"저런, 어쩌지요. 나는 정말이지 남자가 코고는 것은 참을 수 없을 것 같아요."
"아, 그래요?" 빌이 대들었다. "나도 마음만 먹으면 얼마든지 골 수 있어. 그렇지만 여자가……."

앤드레가 심술궂게 말했다. "어머, 빌. 화나셨네. 당신이 화가 나서 그렇게 눈을 번쩍거리면서 이상한 표정을 지을 때 당신이 정말 좋아요……."

"그런데 앤드레," 엘러리가 재빨리 끼어들었다. "어젯밤에는 일이 잘되었습니까?"

"네, 그래요." 앤드레는 진지한 얼굴이 되었다. "당신들이 돌아간 뒤 곧 어머니가 돌아왔어요. 내가 있으니까 깜짝 놀라는 듯했지만 멋지게 둘러대고 곧 모시고 뉴욕으로 돌아왔어요."

"아무 문제도 없었습니까?" 빌이 걱정스러운 듯이 물었다.

"네, 당신이 말하는 문제라는 것은 일어나지 않았어요." 앤드레의 표정이 약간 굳어지더니 말을 이었다. "집에 돌아와보니 버크의 어머니로부터 야단스러운 연락이 몇 번 왔다고 하더군요. 당신들은 그분을 모르지요?"

빌은 못마땅하다는 표정을 지었고 엘러리가 무뚝뚝하게 말했다.

"모릅니다. 그 여자도 말을 좋아합니까?"

"좋아하는 정도가 아녜요. 빨리 달리는 것밖에 모르는 여자예요. 간섭을 많이 해서 프로 기수들은 그녀를 겁내지요. 반백의 머리를 짧게 잘랐고, 코는 시저 같고, 마이더스처럼 돈이 많아요. 그 존스 부인이 소중한 아들 버크가 어찌 된 거냐고 잔뜩 화가 났어요."

빌은 근심스러운 표정으로 앤드레를 바라보았다. "어젯밤 버크는 눈이 붓고, 코가 깨지고, 앞니 하나가 부러져서 돌아왔나 봐요. 버크는 자기 외모를 자랑스럽게 여기는 사람이니 당분간 사람들 앞에 나오지 못할 거예요."

"덕분에 말들이 편하게 됐군." 빌이 작은 목소리로 말했다. "그래서 당신은……"

앤드레는 말을 계속했다. "존스 부인은 내게 어째서 약혼을 취소하느냐고 따졌어요. 그때 어머니가 끼어들어 잠깐 동안 신나는 일이 벌어졌어요. 어머니가 발작을 일으키지 않나 제가 얼마나 걱정했는지 아세요?"

"그래서 당신은……" 빌이 다시 말을 시작했다.

"아니오, 나는 아무 말도 하지 않았어요." 앤드레는 바닥을 내려다 보았다. "어머니를 여러 번 놀라게 할 수는 없어요. 나중에 차차……"

그녀의 목소리는 가라앉았다. 그리고 곧 웃으며 목소리를 높여 말을 이었다. "오늘 아침에 왜 왔는지 궁금하지 않으세요?"

"사실은 하루에 한 가지씩만 들어도 족하노라." 엘러리가 연극적으로 말했다.

"그게 아녜요. 그보다도 오늘 아침 잠이 깨자 어젯밤 깜박 잊고 있었던 일이 생각났어요. 하찮은 일이지만, 당신이 아주 하찮은 일이라도 말하라고 해서 왔어요."

"앤드레," 엘러리는 일어섰다가 다시 자리에 앉았다. "오두막에 갔던 날 밤 일입니까?"

"네, 그 무서운 여자에게 얻어맞기 전에 본 게 있어요."

"본 게 있다고요?" 엘러리의 목소리는 흥분으로 떨고 있었다. "본 게 뭐요, 앤드레? 하찮은 일이라도 상관없소. 그 점은 내가 판단할 테니까. 뭐였습니까?"

"성냥이에요." 앤드레는 어깨를 으쓱했다. "접시에 담긴 노란 종이성냥이에요. 하찮은 일이라고 내가 말했잖아요. 하지만 성냥이 달랐어요."

빌이 벌떡 일어나 갑자기 무슨 생각이 난 듯이 창문가로 갔다. 아래에는 검은색 고급 자동차가 87번가가 끝나는 모서리 보도 끝에 멎어 있었다. 그 몇 걸음 뒤에 이렇다 할 특징이 없는 세단이 있었는데 날카로운 얼굴의 사나이가 운전석에서 담배를 피우고 있었다.

"앤드레, 오는 게 아니었어! 머리가 어떻게 된 게 아닙니까? 나는 지금에야 생각이 미쳤습니다. 저런 고급차로 오다니! 만일 살인범이 눈치채면……."

앤드레는 얼굴이 창백해졌다. 그러나 엘러리는 답답하다는 듯이 말했다.

"위험하지 않아 빌. 그런 일을 가지고 할망구처럼 걱정이나 하고. 자, 자. 앤드레! 그 성냥의 어디가 어땠지요? 성냥이 어떻게 달랐지요?"

그녀는 눈을 크게 뜨고 빌을 바라보았다. 그리고 낮은 목소리로 말했다.

"그 수가 그리 많지 않았어요."

"많지 않았다고요? 언제 말입니까?"

엘러리가 재빠르게 물었다.

"머리를 얻어맞기 전, 탁자 앞에 서 있었을 때요. 접시는 또렷이 보였고, 모두 사진처럼 분명하게 눈에 남아 있어요. 아마 신경이 예민했던 탓이겠지요. 신경이 곤두서 있었고 여러 생각을 하고 있어서……."

엘러리는 두 주먹을 탁자에 짚고 몸을 기댔다. 주먹 마디가 하얘졌다. "그 여자에게 맞기 전에는 접시에 있던 성냥이 적었다고 했는데, 언제보다 적었다는 겁니까?"

"내가 의식을 되찾았을 때보다요. 그때 내 손은 종이 조각을 쥐고 있었고, 그녀는 이미 갔고, 조만이 쓰러져 있었어요."

엘러리는 탁자에서 한 발자국 물러섰다. 그리고 조용히 말했다.

"이봐요, 앤드레, 우리 그 대목을 확실하게 합시다. 당신은 집 안에 들어가 탁자 옆으로 다가갔습니다. 그리고 접시를 봤습니다. 그때 얻어맞았습니다. 그리고 의식을 되찾았을 때 접시 위에는 처음 집 안으로 들어갔을 때보다 성냥이 많았다…… 이 말이지요? 그럼, 몇 개비쯤 더 있었지요?" 그의 목소리가 열기를 띠었다. "제발 잘 생각해 봐요. 나는 정확한 숫자를 원해요."

앤드레는 놀란 표정이었다. "하지만 그게 무슨 의미가 있다고……."

"앤드레, 내 질문에 대답해요!"

그녀는 눈썹을 찌푸렸다. "정신 차렸을 때 몇 개비가 늘어났는지는 기억하지 못해요. 생각나는 건 집 안에 들어갔을 때 있던 개비 수뿐이에요."

"그것도 괜찮아요."

"여섯 개비였어요. 분명해요. 접시에 성냥이 여섯 개비. 아마 무의식중에 세었나 봐요."

"여섯 개비, 여섯 개비." 엘러리는 앤드레와 빌 사이를 서성거렸다. "탄 성냥이었지요?"

"네, 물론이에요. 모두 반쯤 탔어요."

"그렇군, 성냥 여섯 개비에 모두 불을 붙여서 다 사용했군."

엘러리는 입술을 꾹 다물고 멍한 눈으로 계속해서 서성거렸다.

"그런데 엘러리," 빌이 힘없이 물었다. "앤드레가 몇 개비를 본 것으로 뭐가 달라지지?"

엘러리는 귀찮은 듯 손을 내저었다. 앤드레와 빌은 처음에는 당혹하여 서로 마주보았으나, 엘러리가 의자에 앉아 자기 손가락으로 말없이 계산하기 시작하자 두 사람은 흥분된 눈초리를 주고 받았다.

엘러리는 계산을 끝내고 침착한 표정을 되찾았다. "앤드레, 당신이 처음 집으로 들어갔을 때 그 접시 상태는 어땠습니까?"

"8시에 갔을 때 말인가요?"

"그래요."

"그때는 접시가 비어 있었어요."

"훌륭해요! 앤드레, 이건 중대 뉴스입니다. 당신은 뭔가 빠뜨린 게 없습니까? 어떤 한 가지 점이 있는데…… 혹시……."

엘러리는 다시 말을 끊고 코안경을 벗어 자기의 입술을 가볍게 두드렸다.

앤드레는 어리둥절한 모습이었다. "빠뜨리지 않고 모두 말한 것 같은데요. 그게 다예요."

"잘 생각해 봐요, 앤드레. 문제는 탁자입니다. 본 그대로 탁자를 눈 앞에 떠올려 봐요. 8시에는 그 위에 무엇이 있었습니까?"

"빈 접시와 불을 켜지 않은 전등뿐이었어요. 그리고 전에 말했듯이 내가 전등을 켰지요. 그뿐이에요."

"그리고 나서 8시 35분에 당신이 집에 들어갔을 때, 다시 말해서 머리를 맞기 직전에는 무엇이 있었지요?"

"전등과 여섯 개비의 성냥이 담긴 접시와…… 오!"

"무엇이 기억났군요!" 엘러리가 외쳤다. 앤드레는 숨을 급히 쉬었다. "뭔가가 하나 더 있었어요. 이제 생각나요. 접시 위에 종이 성냥갑이 있었어요. 접힌 채로!"

"호," 엘러리는 코안경을 다시 코에 올려놓았다. "재미있어지는군요."

그의 말투와 테 없는 안경 속에서 번쩍 빛나는 그의 눈초리를 보고 빌은 저도 모르게 엘러리를 날카롭게 바라보았다.

"앤드레, 그 종이 성냥갑과 관련해 뭔가 떠오르는 게 없어요?"

"없어요. 그냥 접혀 있었을 뿐이에요. 흔한 종이 성냥갑으로, 성냥을 긋는 부분이 있는 곳에 뚜껑을 끼울 수 있는 것이었어요."

"알았어요, 뭘 말하는지 알겠어요. 그게 전부입니까, 앤드레? 확실합니까?"

"그게 뭐가 그리 중요한지 모르겠네……. 그래요, 그게 전부예요."

그의 눈이 진정되었다. "그럼, 피습되기 전 일은 끝났습니다. 의식을 되찾았을 때는 탁자 위에 무엇이 있었습니까?"

"그 노란 성냥개비가 잔뜩 담긴 접시와——그 성냥들은 그날 밤에 당신도 보았지요?——전등과 그리고 그 무서운…… 피가 묻고 불에 탄 코르크가 끝에 꿰여 있는 페이퍼 나이프가 있었어요."

"그 밖에는 아무것도 없었습니까?"

그녀는 잠깐 생각했다. "아무것도 없었어요."

"종이 성냥갑은 없었습니까?"

"네."

"흠." 엘러리는 잠시 묘한 표정으로 그녀를 바라보았다. 그리고 그는 의자에서 일어나 빌에게 말했다.

"자네 며칠 동안 앤드레를 따라다녀야겠어. 나는 생각을 고쳤어. 아무래도 어젯밤보다는 위험할 것 같아."

"그러기에 내가 뭐랬나." 빌은 화가 나서 팔을 휘둘렀다. "앤드레, 공공연히 여기 오다니 정말 어린아이 같은 짓을 했소. 내가 어떻게

함정 289

하면 되지, 엘러리?"

"앤드레를 집에 바래다주게. 그리고 죽 거기 있어. 이 아가씨 그림자가 되는 거야. 특별히 힘드는 일은 아니지?"

"그럼, 당신은 내가 정말로 위험하다고……." 앤드레가 힘없이 말했다.

"그 편이 안전해요, 앤드레. 이봐, 빌, 그렇게 타소 부인의 밀랍 인형처럼 서 있지만 말아!"

빌은 침실로 뛰어 들어갔다. 그는 놀라우리만큼 빨리 나왔다. 완전히 옷을 차려 입은 그는 귓불까지 빨갛게 붉히고 있었다.

"잠깐 기다려." 엘러리는 침실로 들어가 38구경 리볼버 경찰 권총을 들고 나왔다. "이 쇠붙이를 지니고 있는 게 좋겠어. 총알이 들어 있으니 안전핀을 건드리지 말아. 권총 다루는 법쯤은 알고 있겠지?"

"약간 다뤄 봤어." 심각한 얼굴로 빌은 권총을 받아 들었다. "아니, 앤드레, 그렇게 걱정을 하지 않아도 되오. 이건 안전을 위한 예비 조치일 뿐이오. 자, 둘은 어서 가요. 그럼 빌, 부탁하네."

"앤드레 가족들과 말썽이 날지 몰라서 이걸 주나?" 빌은 권총을 휘두르며 빙긋 웃었다.

"그 물고기 같은 얼굴을 한 하인에게 쓰게 될지도 모르지." 엘러리는 심각하게 말했다.

빌은 웃음을 지으며 앤드레의 팔을 잡고 놀란 앤드레를 아파트 밖으로 서둘러 데리고 나갔다. 엘러리는 재빨리 창문으로 갔다. 빌과 앤드레가 아래층 돌층계를 뛰어내려가는 것이 보일 때까지 그는 꼼짝하지 않고 거기에 서 있었다. 빌은 왼손으로 앤드레의 팔을 잡고, 오른손은 주머니에 찌르고 있었다. 두 사람은 고급 자동차에 올라타고 떠났다. 그러자 뒤에 있던 평범한 세단도 곧 떠났다.

엘러리는 눈을 빛내며 침실로 뛰어들어가 장거리 전화교환을 불렀다. 기다리는 동안 그의 입술이 뭐라 말할 수 없는 묘한 표정으로 일그러졌다.

"여보세요, 드 종…… 드 종 서장입니까? 엘러리 퀸입니다. 그렇습니다, 뉴욕에서 거는 겁니다……. 잘 있습니다, 고맙습니다. 이봐요, 드 종. 윌슨 사건의 증거물은 어떻게 되었습니까?"

"아니, 당신은 아직도 그 사건에 매달려 있소?"

드 종이 딱딱거리며 말했다.

"어느 증거물 말하는 거요?"

"사건 날 밤 당신이 가져간 금 간 접시가 있었지요? 성냥개비가 많이 담긴 접시말입니다."

"아, 그거라면 보관하고 있소, 왜 그러지요?"

트렌턴 서장의 목소리가 갑자기 호기심을 띠었다.

"지금은 구체적으로 말할 수 없지만 충분한 이유가 있어요. 드 종, 부탁 좀 들어줘요. 그 접시를 꺼내서 성냥개비가 몇 갠지 봐줘요."

"무슨 소리요?"

그는 눈을 껌벅거리는 드 종의 얼굴이 보이는 것 같았다.

"나를 놀리는 건 아니겠지?"

"내 생전 이렇듯 진지했던 적은 없어요. 성냥을 세어 주세요. 기다릴 테니 전화해 주십시오."

그는 자기 전화번호를 가르쳐 주었다. 드 종은 투덜대며 전화를 끊었다. 기다리는 동안 엘러리는 줄곧 서성거렸다. 이윽고 전화 벨이 울렸다.

"몇 개지요?" 엘러리가 사납게 물었다.

"스무 개비."

"스무 개비라." 엘러리는 느릿한 목소리로 말했다. "아, 이거, 그렇게 됐군. 드 종 서장, 정말 고맙습니다. 수고 많았습니다."

"도대체 뭐가 어떻게 돌아가는 거요? 성냥개비를 세어 보다니! 나는 도대체 뭐가⋯⋯."

엘러리는 소리없이 웃고, 입 속으로 뭐라고 중얼거린 다음 전화를 끊었다. 그는 잠시 생각에 잠겨 서 있다가 침대에 벌렁 드러누웠다. 한참 뒤에 다시 일어나 윗옷 주머니에서 담배를 꺼냈다. 담배를 피우며 장식장 위 거울에 비친 자기 얼굴을 물끄러미 바라보다가 담배를 재떨이에 집어던지고 거실로 들어갔다. 아침 식탁의 뒤치다꺼리를 하고 있던 주나가 앤드레가 마신 커피 잔을 보고 그 가무잡잡한 집시 얼굴을 찌푸렸다.

그는 잠깐 얼굴을 들었다. "그 여자는 그의 애인인가요?"

"응? 아, 그럴지도 모르지."

주나는 안심했다는 표정을 지었다.

"그 여자는 괜찮은 것 같아요. 영리한 여자야."

엘러리는 창문 쪽으로 가서 뒷짐을 진 채 말했다. "주나, 너는 수학을 잘하지. 20에서 20을 빼면 얼마가 남지?"

주나는 의심스럽다는 표정을 지었다. "그야 어린아이도 다 알지요. 하나도 남는 게 없어요!"

"아니야." 엘러리는 돌아보지 않고 말했다.

"너는 틀렸어. 20에서 20을 빼면 이상하게도⋯⋯ 모두가 남아. 정말 이상하잖아, 주나?"

주나는 콧방귀를 뀌며 일을 계속했다. 이런 때 이치를 따져 봐야 아무 소용없다는 것을 그는 잘 알고 있었다.

한참 뒤 엘러리는 놀라움을 금치 못하겠다는 목소리로 말했다. "전부가 남아! 모든 게 명백해졌어."

"그렇겠군요." 주나가 빈정거렸다.

엘러리는 경감의 커다란 안락의자에 앉아 두 손으로 얼굴을 감쌌다.

"'명백해졌다'는 게 무슨 말이지요?" 주나는 얼굴을 찡그렸고 엘러리는 아무 대답도 하지 않았다. 주나는 어깨를 으쓱하더니 쟁반을 들고 부엌으로 갔다.

"이제 모든 것을 다 알겠다." 엘러리는 갑자기 의자에서 일어났다.

"그래, 틀림없어!" 엘러리는 소리쳤다.

그는 무슨 일을 할 것인지 확실하게 아는 사람만이 취할 수 있는 결단을 내리고 전화기가 있는 침실로 향했다.

독자에의 도전

토머스 드 퀸시는 '세상 사람들은 짐작하는 데 서툴다'고 했다. 이 쾌락주의자가 자기 시대의 대중에게 한 이 말이 맞는다면 지난 1세기 동안에 많은 사람들이 굉장히 변했다고 하는 수밖에 없다. 왜냐하면 오늘날의 범죄소설 작가라면 누구나, 현대 독자들은——적어도 미스터리 소설에서 오락을 찾는 사람들은——범인을 잘 짐작한다고 생각하기 때문이다. 내가 보기에는 지나치게 잘 짐작하는 것 같다. 실제로 나에게 배달되는 편지를 읽어보면 독자가 속아 넘어가는 일은 거의 없다고 할 정도다.

하지만 우리에게도 어엿한 주장이 있다. '짐작해서 맞추는' 것은 페어플레이가 아니다. 미스터리소설이라는 게임에서 작가는 저마다 호일(에드먼드 호일, 1672~1769, 영국인, 트럼프 게임의 룰을 정했음.)이 되어 자신의 룰을 만들지만 근본적인 원칙에 대해서는 의견이 일치하고 있다. 짐작으로 맞추는 것이 페어 플레이가 아니라고 하는 이유는 미스터리소설에는 등장인물이 한정되기 때문이다. 따라서 이야기 줄거리가 어느 단계에 이르면 독자는 악한 범인으로 마지막에 가면이 벗겨지는 인물이 누구라는 의심을 품기 시작하게 된다.

내 몇 년 전부터 큰소리로 독자들에게——이것은 나

의 허영심 때문에 그러는 것은 아니다——부디 '짐작으로 맞추겠다'는 생각을 버리고 과학적으로 게임을 해주기 바란다고 외쳐 왔다. 분명히 그 편이 힘은 들지만 훨씬 재미있다.

 독자 여러분은 이 조셉 켄트 김볼 살인 사건을 계기로 그 방식대로 사건을 풀어 보면 어떻겠는가?

 이 단계에 있어 여러분은 이 범죄를 완벽하게 논리적으로 해결하기 위해 필요한 모든 재료를 갖고 있다. 독자 여러분은 중요한 단서들을 찾아내고, 그것을 이론적으로 종합하여 오직 범인만을 지적해 내는 추리를 하면 된다. 가능하다. 나중에 가서 알 수 있듯이 실제로 추리할 수 있다.

 만일 도저히 뜻대로 되지 않으면 다시 전처럼 '짐작으로 맞춰' 보라. 그리고 보기 좋게 맞췄으면 어떻게 맞췄는지 내게 알려주기 바란다. 사실, 이런 부탁은 쓸데없다고 생각한다. 만일 짐작해서 맞췄다면 여러분은 내게 틀림없이 알려줄 테니까. 그것도 퀸 경감 말대로 확실하게!

엘러리 퀸

The Truth
진실
'우리가 사물을 조사하노라면 뜻밖의 곳에서 진실을 발견할 때가 있다.'

 조셉 켄트 김볼의 죽음에 얽힌 수수께끼는 앤드레가 여섯 개비의 성냥 이야기를 하기 전까지는 운명의 검은 손에 잡힌 채 정지하고 있었다. 그렇지만 그 이야기가 밝혀지자 정지는 활동으로 바뀌고, 신비는 지식이 되고, 의혹은 확신으로 변했다. 엘러리 퀸은 이 문제를 운명의 검은 손에서 빼앗은 뒤 오랜 기간에 걸친 범죄 진단 경험에서 얻은 주의력과 능숙한 수단으로 문제를 풀어 나가기로 했다.
 그 뒤 며칠 동안 엘러리는 굉장히 바빴다. 그는 자기가 하고 있는 일을 거의 아무에게도 알리지 않았다. 두 번이나 서둘러 트렌턴으로 갔으나 이 일 또한 아무도 알지 못했고, 수십 번 여기저기로 전화했으나 그것도 전화 받는 상대 말고는 아무도 몰랐다.
 또 그는 여러 종류의 험상궂게 생긴 사람들과 은밀히 만나 이야기했고, 벨리 경사를 찾아 전문가로서의 의견을 듣기도 했다. 그리고 만일 아버지 퀸 경감이 알면 놀라 기절할 만큼 자유 시민의 권리를 완전히 무시한 범법 행위까지 했다.
 그리하여 완벽한 계획이 세워지자 그는 모습을 나타냈다.

묘하게도 전투 개시는 토요일이었다. 우연의 일치인지, 아니면 어떤 의도를 가지고 일부러 이 날을 택했는지 엘러리는 아무 설명도 하지 않았다. 토요일이라는 것만으로도 긴장이 감돌았다. 모인 사람들은 싫어도 그 언젠가 소름끼치는 토요일 사건을 생각하지 않을 수 없었다. 김볼이 차가운 쇠붙이 끝이 심장을 파고드는 것을 느꼈던 그 토요일. 그들의 긴장된 얼굴은 그날 기억을 뚜렷이 반영하고 있었다.

그날 오후, 파크 애버뉴에 있는 보든의 아파트에서 엘러리는 입을 열었다.

"오늘 여러분을 이렇게 모이도록 부탁드린 것은 나의 하찮은 연설을 들려 드리기 위해서가 아닙니다. 곧 기적이 일어날 듯합니다. 그리고 시간은 내게 그 요술을 빨리 부리라고 다그치고 있습니다. 여러분 가운데는 자신이 아무런 문제 없는 사건 이전의 단조로운 생활을 유지하며 안전하리라 여기는 분도 있겠지요. 만일 그렇다면 굉장히 안타까운 일이지만, 오늘이 지나기 전에 놀라운 사실을 밝혀 드리겠습니다."

"무슨 말을 하는 거예요?" 제시카가 사납게 말을 이었다. "우리는 편안하게 살 수도 없나요? 당신은 무슨 권리로 그런 말을……."

"법적으로는 내게 그럴 권리가 없습니다." 엘러리는 한숨을 쉬었다. "그러나 나의 작은 상상력에서 나온 말을 듣는 것이 좋을 겁니다. 왜냐하면 나는 조셉 켄트 김볼의 죽음을 다시 파헤칠 작정이니까요."

"당신은 그 사건을 다시 열어 조사한다는 말이오, 퀸 씨?"

재스퍼 보든 노인이 마비되지 않은 반쪽 입술을 일그러뜨리며 불만에 찬 목소리로 물었다. 그는 사람들이 말리는 것도 듣지 않고 아래층으로 자신의 몸을 옮기게 했다. 사람들 사이에 앉은 그는 죽은 사람처럼 꼼짝 않고 있었다. 다만 성한 한쪽 눈만을 날카롭게 굴리고 있었다.

"그 사건은 묻힌 적이 없습니다. 필라델피아의 루시 윌슨은 유죄 판결을 받았습니다. 그러나 판결 그 자체가 사건을 해결하지 않았습니다. 왜냐하면 트렌턴에 있었던 그 괴상한 공판 뒤에 끊임없이 어떤 힘이 작용하고 있었기 때문입니다. 그 힘은 결코 노력을 게을리하지 않았습니다."

그의 표정이 굳어졌다.

"나는 기꺼이 지금에 와서 그 노력이 열매를 맺었음을 알려드리는 바입니다."

"그런 것이 이 선량한 분들과 무슨 상관이 있는지 모르겠소." 프루에 상원의원이 턱수염을 쓰다듬으며 날카로운 눈으로 엘러리를 노려보았다. "혹 당신이 새로운 증거를 발견했다면 마서 군 지방검사에게 가지고 가요. 어째서 여기 모인 사람들을 계속해서 괴롭히는 거요? 당신이 싸울 생각이라면 내가 법정에서 직접 상대해 주겠소. 규정쯤은 나도 알고 있소."

엘러리가 빙긋 웃었다. "이상하게도 그 얘기를 들으니 옛날 마르쿠스 발레리우스 마르티 알리스(로마의 시인)가 한 말이 생각납니다. 그는 '아프리카 사자는 소는 습격하지만 나비는 습격하지 않는다'고 했습니다. 짧은 풍자시로서 이 말은……"

변호사는 얼굴이 새파래져서 고함쳤다. "당신의 음모에 이 사람들을 끌어들이지 말아!"

"손을 떼라는 말입니까?" 엘러리는 한숨을 쉬었다. "나도 그렇게만 할 수 있다면 이런 일을 하고 싶지 않습니다. 싫겠지만 잠깐만 참아 주십시오. 나중에는…… 아니, 앞일은 말하지 말기로 합시다. 어차피 미래는 오게끔 되어 있으니 한낱 인간의 힘으로 그 진행을 막을 수는 없습니다."

제시카는 불쾌한 듯이 손수건을 만지작거리고 있었으나 평정을 잃지 않으려는 듯이 몸을 긴장시키고 있었다. 그로브너 핀치는 그녀를 보며 불안한 모습이었다. 한쪽에 조용히 앉은 앤드레와 그녀 의자 뒤에 선 빌 에인절만이 주위에서 일어나고 있는 일에 아랑곳하지 않는 것 같았다. 그러나 두 사람의 눈은 엘러리의 얼굴에 못박혀 있었다.

"달리 이의가 없습니까? 고맙습니다." 엘러리가 중얼거리고 손목시계를 보았다. "그럼, 가 볼까요."

"가 봐?" 핀치가 이상하다는 듯이 물었다. "우리를 어디로 데려가려는 거요?"

엘러리가 모자를 집어들었다. "트렌턴입니다."

"트렌턴!" 앤드레의 어머니가 소리쳤다.

"범죄 현장을 다시 한 번 찾아가는 겁니다."

그 말을 듣고 모두의 얼굴에서 핏기가 사라졌다. 한참 동안 너무 놀라서 말하는 사람이 없었다. 이윽고 프루에 상원의원이 일어서서 살찐 주먹을 휘두르며 고함쳤다.

"이건 너무 심하군! 당신에게는 그럴 권리가 없어. 나는 결코 내 의뢰인들을 그런 곳에……."

"상원의원님, 당신은 범죄 현장에 가기 싫은 개인적인 이유라도 있습니까?"

"나는 가본 적도 없어!"

"그럼, 안심입니다. 결정났습니다. 어서 떠납시다."

빌 말고는 아무도 움직이지 않았다. 백만장자 노인이 굵은 목소리로 조용히 물었다. "이런 비정상적인 일을 해서 무엇을 얻으려는 거요, 퀸 씨? 당신이 생각하고 있는 어떤 목적 때문에 이처럼 성가신 요구를 하는 것이라는 것은 알고 있소."

"보든 씨, 내가 바라는 것은 지금 말하지 않는 편이 좋다고 생각합니다. 그러나 이제부터 하려는 일은 아주 간단합니다. 다 같이 어떤 극적인 일을 하는 겁니다. 다시 말해서 조셉 켄트 킴볼의 살해 장면을 한 번 더 연출해 보려는 것입니다."

보든이 눈을 감았다. "꼭 그럴 필요가 있소?"

"필요는 발명의 어머니라던가요. 그러나 내가 연출하려는 상황은 예술적이라고 할 만큼 사실을 분명하게 묘사할 겁니다. 자, 여러분, 나는 여러분을 데리고 가기 위해 경찰의 힘을 빌리고 싶지는 않습니다."

"나는 가기 싫어요." 제시카 보든이 시무룩하게 말했다. "충분히 당했어요. 그는 죽었어요. 그리고 그 여자는…… 어째서 당신은 우리를 가만히 내버려두지 않는 거지요?"

"준비해라, 제시카." 늙은 환자는 성한 눈을 딸에게 돌렸다.

그녀는 고개를 끄덕이고 아랫입술을 깨물었다. 그리고 "네, 아버지" 하고 다소곳이 대답하고 일어서서 위층의 자기 방으로 올라갔다.

아무도 입을 열지 않았다. 이윽고 게스퍼 보든이 힘들여 말했다.

"나도 가야겠다. 앤드레, 간호사를 불러라."

앤드레는 놀라서 움찔했다. "하지만 할아버지……!"

"시키는 대로 해."

엘러리는 문 앞에 서서 기다렸다. 사람들은 그제야 일어나서 슬슬 걷기 시작했다. 물고기처럼 생긴 집사가 손님들의 모자를 잔뜩 안고 나타났다.

"엘러리." 빌이 낮은 목소리로 불렀다.

"아, 빌. 지난 며칠 동안 자네 임무는 어땠나? 긁힌 자국이나 상처가 안 보이는군."

빌의 표정은 굳어 있었다. "혼났어. 그 할멈은 악마야. 나는 오늘에야 이 집에 처음으로 들어왔어. 앤드레와 나는 계획을 세우고 그대로 실행했어. 나는 날마다 집 밖에서 감시했어. 그리고 그녀는 내가 없을 때는 한 발자국도 밖에 나오지 않았어. 그 밖의 시간은 둘이 밖에서 보냈어."

"결혼할 한 쌍에게는 출발이 좋은 셈이군." 엘러리가 빙긋 웃었다. "무슨 말썽이라도 일어날 기미는 보이지 않았어?"

"아니."

앤드레가 외출복으로 갈아입고 나왔다. 엷은 코트를 입고 오른손을 주머니에 넣고 있었다. 주머니 속에 권총이라도 쥐고 있는 것 같았다. 빌이 걱정스러운 듯이 그녀 쪽으로 한 걸음 다가가자 앤드레는 머리를 저으며 주위를 둘러보고 푸른 눈을 들어 엘러리에게 눈짓했다. 그는 앤드레의 주머니를 보고 눈썹을 모았다. 그는 빌에게 거기 있으라고 눈짓한 다음 앤드레와 함께 복도로 나왔다.

앤드레는 재빨리 속삭였다. "가기 전에 말해야 한다는 생각이 들어서……." 그녀는 다시 걱정스러운 듯 주위를 살폈다.

"도대체 왜 그래요, 앤드레?"

"이것 때문에 그래요." 그녀는 주머니에서 손을 꺼냈다. "이것이 오늘 아침 질 나쁜 종이에 포장되어 내게 배달되었어요."

엘러리는 그것을 받지 않았다. 그리고 잠시 그녀의 얼굴을 살피듯 바라보았다 그 물건을 들고 있는 그녀의 손이 떨렸다. 그것은 붉은 빛으로 얼룩덜룩하게 칠한 석고 인형으로, 조그만 원숭이 세 마리가 앉아 있는 조상(彫像)이었다. 한 마리는 손으로 입을 막고, 또 한 마리는 눈을, 다른 한 마리는 귀를 막고 있었다.

앤드레가 작은 목소리로 소곤거렸다. "보지도 말고, 듣지도 말고, 말하지도 말라는 뜻이에요. 순서가 어떻든 그런 뜻이에요. 좀 미친 짓 같잖아요? 그러나 나는 겁이 나요. 이건 틀림없이……." 앤드레는 히스테릭하게 웃었다.

"또 한 번의 경고군." 엘러리가 눈썹을 모았다. "우리의 적이 불안해진 겁니다. 포장지는 보관해 두었나요?"

"어머나, 버렸는데요. 하지만 포장지에서는 아무것도 얻을 수 없을 거예요."

"쳇! 당신들은 왜 그처럼 자신 있지? 지문이 있었을지도 모르는데 전부 망가뜨렸겠군. 이 일을 빌에게 말했소?"

"아니오, 걱정 끼치고 싶지 않았어요. 가엾은 빌. 지난 며칠 동안 빌이 곁에 있어서 얼마나 마음 든든했는지……."

"주머니에 넣어요! 누가 와요." 엘러리가 날카롭게 말했다.

엘리베이터 문이 열리고 키 큰 사나이가 나타났다.

"아, 존스! 어서 와요." 엘러리가 말을 걸었다.

앤드레는 얼굴을 붉히며 방 안으로 뛰어 들어갔다. 존스는 충혈된 눈을 부릅뜨고 닫힌 문을 노려보았다. 그리고 취기가 있는 목소리로 말했다.

"당신 편지를 받았어. 내가 여기 왜 왔는지 모르겠어. 이 집에서는 나를 싫어한다고."

그는 분명히 취해 있었다.

"나도 이 집을 싫어하기는 마찬가지야." 엘러리가 유쾌하게 말했다.

"이번에는 또 무슨 일이오, 셜록 홈즈 씨? 또 어려운 문제요?"

"당신도 같이 가는 걸 좋아할지 모른다고 생각해서 불렀소. 지금부터 트렌턴으로 가서 실험을 할 거요."

존스가 웃었다. "지옥에라도 따라가지. 나야 어디나 마찬가지니까."

오렌지 빛으로 물든 해가 델라웨어 강 맞은편 기슭 숲에 반쯤 잠겼을 무렵 그들은 선착장 가까이 그 오두막에 닿았다. 엘러리의 듀센버그가 한 무리의 자동차 선두에 서서 트렌턴 교외를 오른쪽으로 돌아 조심해서 램버튼 가도로 나왔다. 이것은 도시 안을 헤매다니는 호기심 많은 신문 기자들의 눈을 피하기 위한 조치였다.

찌는 듯이 더웠다. 오두막 주위 나뭇잎들은 까딱도 하지 않았다. 나뭇잎들이 조용하게 하늘을 찌르고 있는 이상한 주위 풍경은 마치 생명이 없는 풍경화 같았다. 나무숲 사이로 보이는, 소리없이 흐르는 강의 수면조차 유리처럼 번쩍거릴 뿐이었다. 그 황량한 풍경화 속에 단 한 번의 붓놀림으로 칠한 듯 오두막이 조용히 서 있었다.

엘러리는 재빨리 주위를 살펴보고 마음 내켜 하지 않는 사람들을 집 안으로 안내했다. 어느 한 사람도 입을 열지 않았다. 모두들 행동거지를 조심하느라 애쓰고 있었다. 오직 재스퍼 보든만이 험악한 얼굴의 외눈을 날카롭게 번뜩이면서 모든 것을 관찰하고 있었다. 핀치와 빌이 힘들여 노인이 탄 휠체어를 자동차에서 내려 집 안으로 옮겼다. 이윽고 모두가 집 안으로 들어가서 겁먹은 어린아이들처럼 말없이 벽 앞에 나란히 섰다. 어두운 집 안에 있는 탁자 위의 전등이 켜지고, 엘러리는 무대 한가운데 서 있었다.

엘러리는 사람들이 분위기에 익숙해질 때까지 말없이 서 있었다. 몇 주 전, 그 사건이 일어난 날 밤 이후 방 안은 아무것도 달라진 게 없는 듯했다. 다만 탁자 저쪽, 시체가 있던 자리가 깨끗이 치워지고 벽에 걸렸던 옷가지가 없어졌으며 주검의 냄새가 사라졌을 뿐이었다. 그러나 이 고요 속에서 사람들이 앉아서, 또는 서서 텅 빈 공간을 바라보는 동안 그들의 눈 앞에는, 그날 밤 마룻바닥 위에서 고통에 몸부림치며 죽어가던 김볼의 시체가 뚜렷이 떠올랐다.

갑자기 엘러리가 문 앞으로 가며 말했다.

"소도구를 가져오기 위해 잠깐 실례하겠습니다. 이제부터 연극을 시작할 테니 연극 용어를 쓰도록 하겠습니다. 모두들 움직이지 말고 기다려 주십시오."

그가 빠른 걸음으로 방에서 나가 문을 닫자 빌이 문 앞에 막아섰다. 옆문은 닫혀 있었다. 그러나 숨막힐 듯한 무거운 침묵을 깨뜨리고 별안간 옆문에서 소리가 났다. 모두가 깜짝 놀라 그쪽을 보았다. 문이 열려 있었다. 그리고 열린 문을 배경으로 엘러 애머티의 늘씬한 몸이 나타났다.

"안녕하세요."

그녀는 빙 둘러보며 천천히 말했다. 엘러는 모자를 쓰지 않아서인지, 밖으로부터 비친 역광을 받은 그녀의 빨강머리가 불타는 듯이 흩날리고 있었다.

"여러분, 나 엘러예요. 들어가도 되겠지요?"

그녀는 조용히 들어와 문을 닫고 눈을 반짝이며 가만히 섰다. 이윽고 사람들은 눈길을 돌렸다. 여기자의 코가 벌름거렸다.

"조가 여기서 낭했다는 말이지." 존스가 충혈된 눈으로 탁자 뒤 바닥을 보며 말했다.

"조용히 해, 버크." 핀치가 불쾌한 목소리로 말했다.

프루에 상원의원은 턱수염을 쓰다듬던 손길을 멈췄다가 다시 부지런히 쓰다듬기 시작했다. 앤드레는 살인이 있었던 날 밤에 루시 윌슨이 앉았던 팔걸이의자에 앉아 잠든 것처럼 꼼짝도 하지 않았다. 빌은 열이 나는 듯 뺨을 물들인 채 끊임없이 사방을 둘러보고 있었다.

앞문이 열리자 모두 몸을 움찔했다. 엘러리가 커다란 여행가방을 들고 들어왔다. 그가 문을 닫고 돌아섰다.

"엘러 애머티! 당신은 어디서 나타났지?"

엘러리는 방해받은 게 불안스러운 표정이었다.

"오늘 이 근처에서 무슨 일이 있다고 작은 참새가 가르쳐 주었어요. 그래서 왔지요. 나에게 아무 말 하지 않다니 당신은 나빠요."
빨강머리 여자가 가볍게 말했다.
"어떻게 여기까지 왔지요?"
"걸어서 왔어요. 미용에 좋아요. 걱정 말아요, 나는 아무 일도 꾸미고 있지 않으니까. 나는 달을 따라 강가를 걸었어요. 아니, 낮이니까 해를 따라 걸었다고 해야 하나요? 아무래도 좋아요. 무슨 일예요?"
"조용히 있으면 알게 될지 몰라요."
엘러리는 탁자로 가서 여행가방을 올려놓았다.
"빌, 시내로 심부름을 가 줘야겠어."
"무슨……?"
빌은 마음에 들지 않는 표정을 지었다. 엘러리가 그에게 서둘러 다가가 낮은 목소리로 재빠르게 속삭였다. 빌은 고개를 끄덕이고는 이상하게 험악한 눈으로 사방을 둘러보더니 문을 열고 밖으로 사라졌다. 엘러리는 문이 신경에 거슬리는 듯 꼭 닫았다. 그는 말없이 탁자로 돌아와 여행가방을 열고 속에 든 물건을 꺼내기 시작했다.

그 물건들은 첫 조사가 끝난 뒤 드 종 서장이 범행 현장에서 갖고 갔던 실제 증거물들이었다.

엘러리가 말없이 물건을 방 안에 늘어놓고 있는데 밖에서 자동차 엔진 소리가 들렸다. 창문에는 커튼이 쳐 있어 아무것도 보이지 않았다. 그러나 사람들은 빌 에인절이 트렌턴에 무슨 심부름을 가는 것이라 생각하고 불안한 듯이 서로 마주보았다. 빌의 자동차가 말썽을 부리는 것 같았다. 엔진 소리가 너무 시끄러워 엘러리가 얘기를 시작했을 때 사람들은 앞으로 몸을 내밀어야 했다. 어느새 밖은 깜깜해졌고 탁자 위 전등 불빛이 반가웠다.

엘러리는 마지막 물건을 제자리에 놓은 다음 탁자로 돌아가 전등

불빛을 받고 조용히 섰다.

"자, 여러분. 무대장치가 끝났습니다. 김볼의 옷은 먼저대로 벽에 걸려 있고, 빌 에인절의 생일 선물인 문구 세트는 맨틀피스 위에 있습니다. 그리고 아무것도 담기지 않은 빈 접시가 다시 탁자 위 전등 옆에 놓여 있습니다. 다만 한 가지 빠진 것은 피살자의 시체인데 그것은 여러분의 상상력으로 보충할 수 있으리라 생각합니다."

엘러리는 어깨 너머로 손가락질을 했다. 모두의 눈길이 손가락 가리키는 대로 바닥에 떨어졌다. 지금은 아무것도 없었지만 엷은 갈색 카펫 위에 길게 쓰러져 있던 시체가 보이는 듯했다.

엘러리는 전등 불빛에 눈을 번뜩이며 활기 있게 말했다.

"자, 여기서 6월 1일 범행이 일어나기 전까지 어떤 일이 있었는지 다시 살펴보려 합니다. 그때 상황의 요점을 간추려 다시 더듬어 보면 그 뒤에 일어난 사건을 이해하는 데 도움이 되겠습니다. 나는 시간표를 만들어 보았습니다. 이것이 완전하고 정확하지는 않지만, 관계된 상대적 시간을 알 수 있어 우리의 목표를 달성할 수 있습니다."

"무슨 속셈인지 모르지만, 이런 터무니없는 이야기는……."

프루에 상원의원이 항의하려 했으나 엘러리에게 가로막혀 입술을 핥았다.

"지금은 제 차례입니다, 의원님. 당신이나 여기 여러분이나 지금은 말을 하지 말아 주셨으면 감사하겠습니다. 나중에 실컷 말할 기회를 드리겠습니다."

"조용히 해, 사이먼." 재스퍼 보든이 한쪽 입을 움직여 말했다.

"감사합니다, 보든 씨." 엘러리는 손가락을 휘둘렀다.

"잘 들으십시오, 여러분. 지금은 6월 1일, 토요일 오후입니다. 밖에는 비가 내리고 있습니다. 굉장한 비입니다. 비는 창문을 때리고 있습니다. 방에는 아무도 없습니다. 밖은 아직 밝아 전등은 켜져 있지 않습니다. 저 꾸러미도 아직 맨틀피스 위에 없습니다. 그리고 문은 닫혀 있습니다."

누군가가 떨리는 듯 한숨을 쉬었다. 엘러리는 가차없이 재빠르게 말을 이었다.

"시각은 5시입니다. 조셉 켄트 김볼은 뉴욕의 자기 사무실에 있습니다. 그는 낡은 패커드를 타고 필라델피아에서 왔습니다. 아마 그 도중에 이 집에는 들르지 않았을 겁니다. 들렀다면 패커드는 여기 두고 링컨을 타고 뉴욕으로 갔을 테니까요. 패커드가 옆 자동차 길에 있던 점으로 보아 그가 마지막으로 쓴 차는 패커드입니다.

자, 그는 이미 전보 두 통을 쳤습니다. 한 통은 빌 에인절에게, 다른 한 통은 앤드레에게. 두 개의 내용은 같았고, 전보를 받는 사람에게 오늘 밤 9시에 그와 이곳에서 만나자는 내용이었습니다. 전보에는 이 집으로 오는 길이 자세히 설명되어 있었습니다. 오후에 그는 필라델피아에 있는 빌의 사무실로 전화하여 오늘 밤 꼭 와달라고 되풀이 다짐했습니다.

그는 5시에 무엇을 했을까요? 그는 뉴욕의 자기 사무실을 나와 사무실 가까이에 세워 둔 패커드를 타고 트렌턴으로 가려고 자동차를 네덜란드 터널 쪽으로 몰았습니다. 자동차 안에는 윌슨으로 행세할 때 쓰는 가짜 상품 견본 상자와 전날 필라델피아의 워너메이커 백화점에서 산, 처남에게 줄 생일선물 꾸러미가 있었습니다. 그는 7시에 이 오두막에 도착하여 옆 자동차 길로 들어갔습니다. 비는 여전히 내리고 있었습니다. 조금 뒤 비는 그쳤습니다. 자동차 길에 난 발자국과 자동차 바퀴 자국은 그 동안에 내린 비에 완전히 씻겨 땅 위에는 아무런 자국도 없습니다."

진실 307

"늙은 할멈의 쓸데없는 잔소리로군."

프루에 상원의원이 입 속으로 중얼거리다 백만장자 노인이 노려보자 입을 다물었다.

"조용히 해요, 의원님." 엘러 애머티가 사납게 말했다. "여기는 국회가 아니잖아요. 계속해요, 엘러리. 당신 얘기에 홀딱 빠졌어요."

"김볼은 이 방에 있습니다." 엘러리는 방해에도 아랑곳하지 않고 차갑게 말을 계속했다.

"그는 방 안을 서성거리다가 맨틀피스 위에 선물을 놓고, 창문가에 가서 하늘을 살핍니다. 그는 하늘이 개었다는 것을 알아차립니다. 아직 시간은 이릅니다. 그는 마음이 불안하고 또 걱정스럽습니다. 그는 어려운 고백을 하지 않으면 안 됩니다. 그래서 어떻게든 그 고통을 덜어 보려 합니다. 그는 옆문으로 나가 보트 하우스로 걸어갑니다. 이때 비가 그쳐 진흙 위에 발자국을 남깁니다. 그는 범선을 꺼내 타고 델라웨어 강을 내달리며 불안한 마음을 달래려 합니다. 이때가 7시 15분입니다."

앉아 있는 사람들은 의자팔걸이를 꽉 잡으며 앞으로 몸을 내밀었고, 서 있는 사람들은 앞에 놓인 의자 등받이를 움켜잡았다.

엘러리는 얘기를 계속했다.

"지금까지는 상상해서 이야기한 것입니다. 왜냐하면 여기까지는 죽은 사람의 행적이기 때문입니다. 하지만 이제부터 살아 있는 사람의 일로 옮깁니다. 앤드레, 당신의 도움이 필요합니다. 지금은 8시입니다. 당신은 존스 씨로부터 빌린 캐딜락 스포츠카로 이 집에 도착하여 캠든 쪽을 향해 앞 자동차 길에 차를 세웠습니다. 그때 한 일을 여기서 반복해 주시겠습니까?"

앤드레는 말없이 일어나 문으로 갔다. 그녀의 청순한 얼굴이 핏기를 잃고 파랗게 질려 있어 핼쑥해 보였다.

"밖으로…… 밖으로 나가야 하나요?"
"아닙니다, 당신이 지금 문을 열었다고 합시다. 문이 열려 있다 치고 행동해 주십시오."
"전등은 켜 있지 않았어요." 그녀는 작은 목소리로 말했다.
엘러리가 움직였다. 방이 어두워졌다. 어둠 속에서 그의 목소리가 사람소리 같지 않게 울렸다. 듣고 있는 사람들은 등골이 오싹해졌다.
"그때는 지금만큼 어둡지 않았을 겁니다. 바깥이 아직 밝았을 테니까. 계속해요, 앤드레!"
그녀가 천천히 탁자로 다가가는 소리가 들렸다. "나는…… 나는 안을 들여다보았어요. 빈 방이었어요. 꽤 어두웠지만 방 안이 보였어요. 그래서 나는 안으로 들어가 전등을 켰지만…… 이렇게."
딸깍 소리가 나고 전등이 켜졌다. 앤드레는 얼굴을 돌리고 탁자 옆에서 싸구려 전등갓 밑으로 늘어진 사슬을 잡고 있었다. 그녀는 손을 놓고 한 발짝 물러서서 난로며 옷걸이며 더러운 벽을 둘러보았다. 그리고 흘끗 자기의 손목을 보고 뒤로 돌아서서 문 쪽으로 되돌아갔다.
"그때 내가 한 일은 이게 다예요." 앤드레가 속삭였다.
"이것으로 제1장은 끝입니다. 고맙습니다, 앉아 주십시오."
그녀는 앉았다.
"앤드레는 한 시간 일찍 왔다는 것을 알았습니다. 그래서 밖에 나가 스포츠카를 타고 캠든 쪽으로 달렸습니다. 그녀는 한 시간쯤 드라이브했다고 하니 더크 섬까지 갔을 겁니다……. 범인은 8시 15분에 도착합니다."
엘러리는 말을 멈추었다. 견디기 힘든 침묵. 사람들의 얼굴은 대자연의 오랜 격동에 의해 낡은 바위에 새겨진 석상 같았다. 어두운 밤, 음울하고 보잘것없는 방, 밖에서 들려오는 음산한 작은 소리. 이런 것들이 사람들 마음에 깊이 파고들었다.

"범인은 8시 15분에 캠든 쪽에서 포드 쿠페를 몰고 옵니다. 이 차는 그녀가 페이먼트 파크의 루시 윌슨의 차고에서 훔친 것입니다. 언제 훔쳤느냐는 문제되지 않습니다. 그녀는 이제 집 밖에 있습니다. 그녀는 문 밖 돌층계에 조심스레 발을 올려놓습니다. 그녀는 문을 엽니다. 재빨리 안으로 들어가 곧 문을 닫고 몸을 홱 돌립니다……."

엘러리는 문께에서 자기가 말하는 대로 몸을 움직였다. 사람들은 넋을 잃고 그의 행동을 바라보았다.

"하지만 그녀는 방이 비었다는 걸 압니다. 그녀는 안심하고 베일을 걷어올립니다. 그녀는 한참 동안 이상하다고 생각합니다. 희생자가 안에 있다고 생각했기 때문입니다. 이윽고 그녀는 조가 왔다가 어딘가 갔다는 것을 압니다. 밖에 패커드가 서 있고 전등이 켜 있기 때문입니다.

기다리자. 김볼은 가까이에 있다. 방해할 이는 없다. 이곳은 도시에서 멀리 떨어진 외딴집으로 이 집이 김볼과 관계 있다는 것은 자기와 김볼 말고는 아무도 모른다. 그녀는 마음이 안정되지 않아 집 안을 살핍니다. 그리고 맨틀피스 위의 꾸러미를 발견합니다."

엘러리는 벽난로 곁으로 다가가 꾸러미의 포장지를 거칠게 찢었다. 선물 세트가 나타났다. 엘러리는 그 꾸러미를 탁자에 옮겨 놓고 그 위로 몸을 구부렸다.

"그녀가 자기의 흔적을 남기지 않기 위해 장갑을 끼고 있었다는 것은 말할 필요가 없습니다."

그는 아직 피가 묻어 있는 페이퍼 나이프와 많은 손가락 자국으로 꺼멓게 더러워진 작은 카드를 집어들었다.

"운명이 이 여자 앞에 무엇을 내던졌는지 잘 보십시오."

그는 몸을 일으키며 날카롭게 말했다.

"그녀는 카드를 발견하고 이 문구 세트가 루시 윌슨과 조셉 윌슨의 선물이라는 것을 알게 됩니다. 그녀는 루시 윌슨에게 죄를 씌우기 위해 그녀의 자동차를 훔쳐냈는데, 여기서 뜻밖에도 더 좋은 물건을 발견했습니다. 그것은 루시 윌슨을 범행과 연관시킬 수 있는 흉기입니다.

 범인은 쓰려고 했던 흉기 대신 페이퍼 나이프를 쓰기로 합니다. 이것이야말로 루시 윌슨을 사건에 연결시킬 수 있는 또 하나의 강력한 고리이기 때문입니다. 물론 그녀는 자기가 얼마나 운이 좋은지 미처 몰랐습니다. 왜냐하면 이 칼에 루시 윌슨의 지문까지 찍혀 있다는 것을 그녀가 알 리 없기 때문입니다. 어쨌든 그녀는 꾸러미를 다시 맨틀피스 위에 올려놓습니다. 그러나 칼은 거기에 없습니다. 칼은 그녀 손에 있습니다."

귀부인이 꽉 다문 입술 사이로 신음 소리를 냈다. 그녀는 자기가 무얼 했는지 알지 못하고 여전히 눈을 번뜩이며 엘러리를 노려보았다. 엘러리는 피묻은 칼을 꽉 움켜잡고 살그머니 옆문으로 다가갔다.

"그녀는 강 쪽에서 다가오는 발소리를 듣습니다. 틀림없이 희생자라고 생각합니다. 그녀는 칼을 쳐들고 이 문 뒤에 숨습니다. 문이 열리고, 그녀의 모습을 가립니다. 거기에는 강에서 범선을 타고 돌아온 조셉 켄트 김볼이 서 있지요. 그는 문턱에다 구두창에 묻은 흙을 문질러 텁니다. 그는 등 뒤의 위험을 전혀 모르고 문을 닫고 안으로 들어갑니다. 이때 시각은 8시 30분이 조금 지났습니다……. 아마 몇 초 또는 몇 분밖에 지나지 않았을 겁니다."

엘러리는 별안간 앞으로 나갔다.

"그녀가 움직일 때 소리가 납니다. 김볼은 탁자 저쪽에서 몸을 홱 돌립니다. 한순간 두 사람은 얼굴을 마주봅니다. 그녀는 이미 베일을 다시 드리우고 있었으므로 그에게는 그녀의 모습과 옷만 보입니다. 이때 칼이 조의 심장에 꽂히고 그는 쓰러집니다. 죽은 것 같습니다."

놀랍게도 앤드레의 어머니가 엘러리를 노려보며 흐느끼기 시작했다. 눈물이 여윈 뺨을 타고 줄을 그으며 떨어졌다. 그녀는 화난 듯이 흐느껴 울었다.

"그런데 무슨 일이 생겼지요?" 엘러리가 속삭이듯 말을 이었다. "칼은 김볼의 가슴에 꽂혀 있습니다. 범죄를 완전하게 끝내기 위해서 이제 도망치기만 하면 됩니다. 그런데……"

"그때 내가 돌아왔어요." 앤드레가 나직이 말했다.

"아니, 뭐! 앤드레. 전에는 다르게 말했잖아……." 핀치가 쉰 목소리로 말했다.

"잠깐!" 엘러리가 소리를 질렀다. "당신이 어떻게 생각했든 상관없습니다. 이제까지 너무도 많은 점이 잘못 설명되어 진상을 밝히는데 큰 지장을 가져왔습니다. 앤드레, 어떻게 됐는지 계속하기로 해요."

그는 앞문으로 달려가 그 옆에 섰다.

"범인은 자동차 소리를 듣습니다. 누군가 오고 있습니다. 무언가 잘못 됐다! 그녀는 자동차가 그대로 지나갔으면 합니다. 그러나 차는 앞 문 밖에 섭니다. 그녀가 옆 문으로 도망칠 시간은 아직 있습니다. 그러나 그녀는 포드를 필라델피아에 다시 갖다 놓고 싶습니다. 그녀는 이 고비를 넘길 수 있다고 생각합니다. 그녀는 문 뒤에 숨어 기다립니다……."

앤드레가 문으로 다가갔다. 그녀는 몽유병자처럼 엷은 갈색 카펫 위를 천천히 걸어 탁자로 다가갔다. 그녀의 눈은 탁자 뒤 카펫 위에 쏠려 있었다.

"보이는 것은 두 다리뿐입니다." 엘러리가 낮게 말했다.

앤드레는 탁자 앞에서 내려다보며 잠시 망설였다. 그러자 엘러리가 그녀에게 덤벼들어 그녀의 뒤통수를 치는 시늉을 했다. 순간 앤드레가 숨을 들이켰다.

"범인인 여자는 등 뒤에서 앤드레를 습격하여 기절시켰습니다. 앤드레는 바닥에 쓰러집니다. 범인 여자는 서둘러 움직입니다. 그리고 자기가 습격한 사람이 누군지 알았습니다. 그녀에게 경고장을 남겨야 합니다. 그녀는 글 쓸 도구를 갖고 있지 않습니다. 앤드레의 핸드백을 뒤지지만 거기에도 없지요. 그녀는 집 안을 뒤졌으나 역시 펜도 연필도 없습니다. 김볼의 주머니에 꽂힌 만년필도 잉크가 떨어졌습니다. 문구 세트에도 잉크는 들어 있지 않습니다. 어떻게 해야 할까요?

이때 그녀는 페이퍼 나이프 끝에 꽂혀 있던 코르크를 발견하고 영감을 얻습니다. 그녀는 포장지 한 귀퉁이를 찢습니다. 코르크를 가지고 탁자로 돌아옵니다. 그리고 시체의 가슴에서 칼을 뽑아 그 끝에 코르크를 꿴 다음 종이성냥을 꺼내 그 코르크를 그슬리기 시작합니다. 그녀는 그슬리고는 쓰고, 다시 그슬리고는 쓰며 접시에 성냥을 버립니다. 가까스로 협박장이 완성됐습니다. 그것은 앤드레에게 쓴 것으로, 그날 밤 그녀가 겪은 일에 대해 누구에게도 일절 말하지 말도록 경고하고 있습니다. 그리고 만일 입 밖에 내면 그녀 어머니의 생명이 위태롭다고 씌어 있습니다."

"아, 앤드레." 제시카가 힘없이 신음했다.

엘러리는 한 손을 흔들며 말을 계속했다.

"범인은 축 늘어진 앤드레의 손에 협박장을 쥐어 줍니다. 칼끝에 그슬린 코르크가 꽂혀 있는 페이퍼 나이프를 탁자에 올려놓습니다. 그녀는 그리고 포드를 타고 사라졌습니다. 앤드레는 9시쯤 의식을 되찾습니다. 앤드레는 협박장을 읽습니다. 시체가 의붓아버지라는 것을 알자 그가 죽었다고 생각하고 비명을 지르며 달아났습니다. 그런 다음 빌 에인절이 와서 죽어 가는 그 사람과 이야기한 것입니다…… 이상이 남들이 내게 말한 이 연극의 대본입니다."

엘러리는 이상한 말투로 얘기를 끝맺었다. 다시금 방 안은 무시무시한 침묵 속에 빠졌다. 이윽고 프루에 상원의원이 분노도 원망도 섞이지 않은 조용한 목소리로 물었다.

"그게 무슨 소리요, 퀸?"

"제 말은 대본 한 쪽이 빠졌다는 겁니다." 엘러리가 차갑게 말을 이었다. "뭔가 틀림없이 빠졌습니다. 앤드레!"

앤드레는 눈길을 들었다. 주위에는 묘한 기운이 감돌았다. 앤드레는 경계하는 듯한 긴장된 표정으로 몸을 내밀고 있었다. "네?"

"당신이 두 번째로 여기 와서 머리를 맞기 전에 무엇을 보았습니까? 이 탁자 위에서 뭣을 봤지요?"

그녀는 입술을 축였다. "전등과 접시와 그 속에…… 그 속에……"

"속에 뭐가 있었지요?"

"성냥 여섯 개비가 있었어요."

"이거 재밌군요."

엘러리는 사람들 쪽으로 몸을 구부리며 눈을 가늘게 떴다. 눈초리가 날카로웠다.

"지금 한 말을 들었습니까? 성냥개비 여섯 개. 이 일에 대해 좀더 과학적으로 살펴봅시다. 앤드레는 머리를 맞기 전에, 범인이 아직 여기 있을 때 접시에 반쯤 탄 성냥개비가 여섯 개 담겨 있는 것을 봤다고 합니다. 이것은 의미심장한 얘기입니다. 이로써 모든 것이 바뀌었습니다, 안 그래요?"

엘러리의 목소리가 너무나 묘해, 사람들은 저마다 자신의 혼란스럽고 두려운 생각을 다른 사람들도 갖고 있는지 확인하려는 듯 얼굴을 서로 바라보았다. 엘러리가 다시 목청을 돋구었다.

"그러나 이것은 코르크를 그슬리기 전입니다. 그러므로 그 여섯 개비의 성냥은 코르크를 그을리기 위해 쓰지 않았습니다. 나는 여태껏 그 스무 개비의 성냥 모두를 범행 후에 쓴 줄 알고 있었기 때문에 성냥을 전부 코르크를 그슬리는 데 썼다고 추리했습니다. 그런데 여섯 개비는 전혀 다른 목적으로 쓰여진 것입니다. 그런데 여섯 개비가 코르크를 그슬리기 위한 것이 아니었다면 어째서 불을 붙였을까요?"

"어째서 붙였는지 말해 봐요." 엘러 애머티가 재빨리 말했다.

"간단합니다. 너무 간단합니다! 보통 성냥이란 어떤 때 켭니까? 물건을 태우기 위해서? 그러나 여기에는 불로 태운 흔적이 전혀 없습니다. 전에도 설명했듯이, 이 집 안에서나 밖에서나 탄 찌꺼기나 재를 하나도 찾을 수 없습니다. 또 코르크를 그을리는 데 쓰였다고도 생각할 수 없습니다. 왜냐하면 앤드레가 성냥 여섯 개비를 봤을 때 칼은 아직 시체에 꽂혀 있었기 때문입니다. 그러고 보면 무엇을 태우는 데 쓰지는 않았습니다.

그렇다면 어두워서 성냥으로 불을 밝혔을까요? 하지만 집 안에는 전등이 있고 집 밖에는 김볼의 발자국 말고 다른 발자국은 없습니다. 그리고 밖에서는 불빛이 필요하지 않았습니다. 그가 돌아와서 찔렸을 때 밖은 아직 밝았으니까요. 그럼, 난방을 위해서? 그러나 벽난로에는 재가 하나도 없었고, 그 낡은 석탄 스토브는 전혀 쓸 수 없었습니다. 이 집에는 가스도 들어와 있지 않아요.

가능성은 희박하지만 고문에 쓰였다는 생각도 할 수 있습니다. 이론상으로는 가능합니다. 잔혹한 범죄였으니 피해자로부터 뭔가 알아내려고 불로 고문했을지도 모르지요. 그런데 내가 검시의에게 피해자의 몸에 화상이 있는지 살펴보도록 부탁했더니 전혀 없다는 대답이었습니다. 그렇다면 이 여섯 개비의 성냥은 무엇에 쓰였을까요?"

"이상하군." 존스가 중얼거렸다.

"만일 또 하나의 쓸 곳이 없다면 정말로 이상했을 겁니다. 남은 것은 하나뿐입니다. 담배를 피우기 위해 쓴 겁니다."

"담배! 하지만 당신은 재판 때 담배 피우기 위해 성냥을 쓰지 않았다고 했잖아요!" 엘러 애머티가 말했다.

엘러리는 눈을 껌벅거렸다.

"그때 나는 범인이 코르크를 그슬리기 전에 앤드레가 여섯 개비의 성냥을 썼다는 사실을 몰랐습니다. 다른 이야기로 옮겨갑시다……. 앤드레."

앤드레는 그녀답지 않은 조심스럽고 멍한 표정을 지었다. 엘러리는 여행가방에서 봉투를 꺼냈다. 그리고는 그 안에 있는 것을 탁자 위 접시에 쏟았다. 타다 만 성냥개비가 쏟아졌다. 사람들은 이상하다는 듯이 그를 바라보았다. 그는 성냥 여섯 개비만 남기고 나머지를 봉투에 도로 넣었다.

"이리 와요."

앤드레는 몹시 지친 듯이 일어서서 뻣뻣한 걸음걸이로 엘러리에게 다가갔다.

"네?" 앤드레가 다시 물었다.

"근사하게 되어 가고 있지 않아요?" 엘러리의 목소리에는 비웃음이 담겨 있었다. "좋습니다. 당신은 그날 밤 8시 35분에 여기 돌아와 탁자로 다가가다 머리를 맞는 순간에 있습니다. 여기 여섯 개비의 성냥이 접시에 담겨 있습니다."

"그래서요?"

앤드레는 목소리마저 지쳐 있어, 그 젊은 나이에 이미 인생의 종말에 다다른 듯한 늙은 목소리로 들렸다.
"탁자를 봐요, 앤드레."
날카롭고 차가운 그의 목소리에 놀란 앤드레는 멍한 상태에서 깨어나 겁먹은 듯이 한 발짝 물러섰다. 그녀는 눈을 내리떴다가 얼굴을 들어 탁자를 보았다.
"전등과 성냥 여섯 개비가 담긴 접시, 그것이 전부였나요?"
"전부였냐고요?"
"다른 뭐가 있지 않았나요? 생각해 봐요, 앤드레! 깊이 잘 생각한 뒤에 진실을 말해요."
그리고 그는 사정없이 재촉했다.
"이번에는 진실을 말해요, 앤드레!"
그의 말투 가운데 무엇인가 그녀의 신경을 건드렸다. 그녀는 퀭한 눈길로 자기를 바보처럼 바라보는 사람들의 얼굴을 훑어보았다.
"나는……."
그녀가 말을 시작하는가 싶더니. 믿을 수 없는 일이 일어났다. 그녀는 탁자 위의 성냥개비가 담긴 접시를 잠시 바라보았다. 그것을 바라보던 눈길이 어떤 저항할 수 없는 힘에 이끌리듯 접시에서 8센티미터쯤 떨어진 지점으로 천천히 옮겨갔다. 그곳에는 아무것도 없었다. 그러나 앤드레는 거기에서 무엇을 보았다. 그녀의 얼굴, 눈, 갑자기 움켜쥔 주먹, 헐떡이는 숨결에서 그것을 알 수 있었다. 압지에 잉크가 스며들듯 그녀는 어떤 사실을 분명히 빨아들였다. 사람들은 그녀의 얼굴에 나타난 초조와 불안 그리고 고통의 표정을 보고 그것을 확실히 알 수 있었다.
"오, 어떻게 해야 하지……."
그녀가 속삭였다.

"또 무슨 거짓말을 할 셈이오, 앤드레!"

엘러리의 목소리가 회초리처럼 매섭게 내리쳤다. 그녀의 어머니가 펄쩍 뛰었다. 그로브너 핀치는 뭐라고 알아들을 수 없는 말을 중얼거렸다. 프루에 상원의원은 얼굴이 창백해졌다. 버크 존스는 멍하니 입을 벌렸다. 어쩔 줄 몰라하는 사람들 가운데 휠체어에 앉은 노인만이 시체처럼 꼼짝도 하지 않았다.

"거짓말이라고요?" 앤드레는 목이 막혔다. "무슨 말이지요? 내가 지금 말하려 한 건……."

"다른 거짓말이겠지." 엘러리는 기분 나쁘게 조용히 말했다. "더 이상 거짓말을 들어야 하는 수고는 사양하겠소. 나는 이미 알고 있었어, 아가씨. 벌써부터 알고 있었지. 모두가 거짓말이야. 여섯 개비의 성냥은 거짓말이었어. 머리를 얻어맞았다는 것도, 경고장을 받았다는 것도 거짓말이야. 모든 게 거짓말이야! 그럼, 당신이 이 살인 방정식에서 어떤 요소로 작용을 했는지 말해 줄까? 내가……."

"오, 하느님." 앤드레의 어머니가 쉰 목소리로 말했다. 재스퍼 보든 노인의 보랏빛 입술 오른쪽 절반이 반항의 목소리를 냈다. 그 밖의 사람들은 꼼짝도 않고 있었다…….

앤드레는 전등 불빛을 받으며 꼼짝도 않고 서 있었다. 자기 지은 죄로 바닥에 못박혀 있는 듯했다……. 그녀의 입술도 할아버지의 입술과 마찬가지로 움직였으나 소리가 나오지 않았다. 갑자기 그녀는 공포에 사로잡힌 방 안의 사람들이 놀라는 가운데 재빠르게 옆문으로 달려가 사라졌다.

너무나 갑작스러운 일이었으므로 밖에서 엔진 소리가 들릴 때까지 모두 멍하니 꼼짝도 하지 못했다. 엘러리조차 그 자리에 못박혀 서 있었다. 엔진 소리가 커지며 자동차가 무서운 속력으로 멀어져가는 소리가 들렸다.

"앤드레가 무슨 짓을 한 거야?"

프루에 상원의원이 외치며 문으로 뛰어갔다. 그의 고함 소리에 주문(呪文)이 풀렸다. 사람들은 정신을 차리고 한덩어리가 되어 그의 뒤를 쫓았다. 다음 순간 오두막 방 안에는 휠체어에 앉은 노인만이 남아 있었다. 그는 홀로 앉아 성한 눈으로 열린 문을 멍하니 바라보고 있었다.

사람들은 밀고 밀리며 밖으로 나갔다. 어둠 속에서 자동차 미등이 더크 섬 쪽으로 램버튼 가도를 따라 멀어져 가고 있었다. 모두들 자동차 쪽으로 달려갔다. 누가 외쳤다.

"내 자동차가 움직이지 않아……"

다른 목소리도 외쳤다. "내 자동차도! 이게 어찌된……"

"휘발유 냄새가 나요!" 엘러리가 중얼거렸다. "누가 탱크의 기름을 빼 버린 것 같애!"

"빌어먹을 에인절 녀석!" 한 사람이 욕설을 퍼부었다. "그녀와 공모한 거야. 둘이서……"

그때 다른 목소리가 외쳤다. "내 자동차에는 기름이 아직 조금……"

엔진 소리가 들리고 한 대의 자동차가 튀어나와 두 바퀴로 커브를 돌아 램버튼 가도로 나갔다. 그 차도 앞선 자동차를 쫓아 곧 사라졌다.

남은 사람들은 한덩어리가 되어 어둠 속을 바라보고 있었다. 이런 밤, 이 하늘 아래, 이 오두막에서 일어난 모든 일이 불가능한 것으로 느껴졌다. 사람들은 멍하니 눈만 부릅뜨고 있었다.

"그녀는 멀리 못 갑니다. 어느 차에나 기름이 조금씩은 남아 있을 겁니다. 기름을 전부 모아 뒤쫓아갑시다." 엘러리가 말했다.

두 번째 자동차에 탄 사람은 멀리 보이는 붉은빛에 눈을 못박은 채 신경을 곤두세우고 정신없이 달려갔다. 길은 깜깜했다. 그들은 이미 더크 섬 가까이 이른 것 같았다. 밤, 하늘, 길이 끝도 없이 이어지는 듯싶었다. 앞서 가는 자동차의 빨간 미등이 미친 듯이 춤을 추다가 깜박거리며 멎었다. 두 번째 자동차가 질풍처럼 다가가자 빨간 미등이 점점 커졌다. 무슨 일이 일어난 것 같았다. 두려움에 넋을 잃은 앤드레가 여기까지 자동차를 몰고 올 수 있었다는 것이 이상할 정도였다.

　두 번째 자동차의 브레이크 소리가 크게 들리고 차체가 크게 흔들리며 멈추는 순간 운전석에 앉은 사람이 앞으로 쓰러졌다. 도로 너머 핸들에 매달려 있는 앤드레의 얼룩진 창백한 얼굴이 보였다. 그녀는 운전석에 푹 파묻힌 채 허탈한 눈길로 어둠을 바라보고 있었다. 그녀가 타고 도망친 차는 대형 세단이었다. 차는 도로에서 약간 벗어나 나무와 충돌했다. 멀리 있는 별빛 말고는 불빛이라곤 주위에 아무것도 없었다.

　"앤드레!"

　그녀는 듣지 못한 것 같았다. 그녀의 오른손이 목으로 올라갔다.

　"앤드레, 어째서 도망쳤지?"

　그녀는 겁을 먹고 있었다. 공포에 사로잡힌 머리를 가만히 돌렸다. 아련한 별빛에 그녀의 눈이 반짝거렸다. 뒤쫓아온 인물은 두 대의 자동차 사이에 서서 두 손을 축 늘어뜨리고 있었다.

　"앤드레, 나를 겁내지 말아. 나는 이제 정말로 지쳤어. 나는 너를 해치지 않아……. 내가 해치지 않는다는 것을 알기만 했더라도."

　차와 차 사이에 희미하게 보이는 얼굴이 흐트러졌다가 곧 평정을 되찾았다.

　"다들 곧 올 거야. 앤드레, 너는 그날 밤 탁자 위에서 그것을 본 걸 기억했어······."

앤드레의 입술이 움직였으나 공포로 목청이 일그러졌는지 아무 소리도 나오지 않았다.

멀리 어둠 속을 헤엄치듯 한 대의 자동차가 다가오고 있었다. 그 헤드라이트가 곤충의 촉수처럼 어둠 속을 더듬었다.

"사람들이 오기 전에 이것만은 말해 두고 싶어······."

어린아이같이 힘없는 한숨을 내뱉으며 그가 잠시 말을 끊었다.

"나는 너를 해칠 생각은 추호도 없었어. 그날 밤 네가 별안간 들어왔을 때, 넌 줄 모르고 쳤어. 그러자 너는 쓰러졌고······ 너를 죽일 수 없었어. 앤드레, 그런 미친 짓을 할 수는 없었어. 내가 조 김볼을 죽인 건 그는 살 가치가 없는 사람이었기 때문이야. 그 사람이 한 짓은 죽어 마땅했어. 어차피 누가 하든 해야 했어. 그래서 내가 했던 거야······. 그 일은 이제 끝났고, 이제 다 지나간 일이야.

저 사나이는 네가 조를 죽였고, 그 죄가 두려워서 도망친 줄 알고 있어. 하지만 나는 네가 왜 도망쳤는지 알고 있어, 앤드레. 너는 그날 밤 탁자 위에서 뭘 봤는지 생각났던 거야······. 네게 혐의가 씌워진 지금에 나는 더 이상 네게 침묵을 지켜 달라고 할 수 없어.

완전하게 처리할 수 있다고 믿고 있었어. 죽어 마땅한 사람을 죽였는데 나까지 희생될 필요는 없다고 생각했어. 하지만 이제 와서 생각하니 아무런 계략도 꾸미지 말고 간단하게 죽인 다음 자수했어야 했어. 그편이 훨씬······ 깨끗했을 거야."

그의 침착한 얼굴에 일그러진 웃음이 떠올랐다. 별안간 앤드레가 울음을 터뜨렸다. 그것은 두려움이 아니라 연민으로 인한 오열이었다.

그녀의 눈 앞에서 손에 든 것이 번쩍 빛났다. 세단 안에서 재빨리 움직이는 기척이 느껴짐과 동시에 조용한 말소리가 들렸다.
"안녕, 앤드레. 나를 잊지 말아줘. 그녀도…… 나를 기억해 주기 바라."
그리고 나서 이번에는 손이 위로 번쩍 올라갔다.
"오, 안 돼요!"
앤드레가 외쳤다.
"앤드레, 엎드려!"
세단 뒷좌석에서 빌 에인절이 외쳤다.
세단 뒤 도로 가에 손에 권총을 든 사람들의 그림자가 나타났다. 세단의 뒷문이 홱 열리고 빌이 도로에 뛰어내렸다.
길에 서 있던 뒤쫓아온 인물의 얼굴이 일그러졌다. 손가락을 꼬부리는 동시에 귀를 꿰뚫는 총소리, 섬광, 연기. 하지만 그 인물은 조금 비틀거렸을 뿐 쓰러지지 않았다. 그 단아한 얼굴에 더할 나위 없는 놀라움이 떠올랐다가 곧 비통한 표정으로 바뀌었다.
"나를 속였군!"
그가 낮은 목소리로 중얼거렸다.
그는 쓸모 없는 권총을 버리고 빌에게 덤벼들어 그의 권총을 빼앗으려 했다. 둘이 엉겨 붙어 도로에 뒹굴고 있는 모습을 때마침 달려온 세 번째 자동차 헤드라이트가 환히 비췄다. 길 옆에서 나타난 사나이들이 개미떼 몰리듯 엉겨 붙은 두 사람에게 달려들어 저마다 아우성치며 떼어놓으려고 했다.
다시 총소리가 한 방 울렸다. 그것이 신호인 양 격투가 끝나고, 사나이들이 흩어지며 어두운 하늘 밑이 조용해졌다. 세 번째 자동차에서 쏟아져나온 사람들은 그 자리에 못박혀 섰다. 조셉 켄트 김볼을 처형한 자의 얼굴에는 놀라움이 사라지고 오직 평화만이 감돌고 있었다. 도로 위에 평온하게 드러누운 그 모습은 영원한 잠에 빠진 죽음의 여유를 보이고 있었다.
 앤드레가 굳은 목소리로 말했다. "오, 빌. 빌, 당신이 죽였어요……."
 빌은 헐떡이며 밤 공기를 들이마시고 있었다. 그는 거칠게 숨을 들이키며 조용한 모습을 내려다보았다. 그는 아직 빌의 권총을 손에 꽉 쥐고 있었다. "자살했어. 내 권총을 빼앗으려고 했어. 어쩔 수 없었어. 죽었나요?"
 드 종 서장이 도로에 웅크리고 앉아 움직이지 않는 가슴에 머리를 대고 귀를 기울였다. 그가 심각한 표정으로 일어섰다. "죽었어……. 퀸 씨."
 엘러리가 달려왔다. "괜찮아요, 앤드레?"
 "괜찮아요." 그녀가 훌쩍거렸다. 갑자기 그녀는 세단의 앞문을 더듬어 열고 자동차에서 나와 빌의 팔에 흐느끼며 쓰러졌다.
 "퀸 씨." 드 종이 다시 불렀다. 그는 거북해 하는 모습이었다. "모두 기록했습니다. 도로 옆에서 속기사가 모조리 속기했지요. 이것은 틀림없는 자백입니다. 당신 덕분에 죄 없는 사람이…… 폴린저와 나는 당신에게 사과해야 할 것 같군요."
 "축하해야 할 사람은 이 젊은 아가씨입니다." 엘러리는 빌의 목을 휘감고 있는 차가운 손가락을 만지며 말했다. "정말 잘했어, 앤드레. 내가 가장 걱정한 것은 당신이 도망친 데 대한 그의 반응이었어. 당신에게 위험할 수도 있었으니까. 그것을 막기 위해 내가 알고 있는 사람들을 어느 장소에 미리 보내 위험한 실탄을 공포탄으로 바꿔 놓았어. 앤드레, 정말로 잘했어. 당신은 내가 지시한 대로 어김없이 실행했어."
 세 번째 차로 온 사람들은 아무 말도 하지 않았고, 아무 행동도 하지 않았다. 그들은 다만 도로에 누워 있는 시체를 바라보고 있었다.

월요일 아침에 엘러리가 "나는 바쁜 사람이지만, 이 자리에는 꼭 참석하고 싶었습니다"라고 말했다.

그들은 마서 군 법원 건물의 아이러 V. 메난더 판사 사무실에 있었다. 전날은 일요일이었으므로 수속 관계상 루시가 석방되지 않았다. 그리하여 월요일 아침에 빌은 '새로운 증거'가 나타났다는 이유로 메난더 판사에게 재심 신청을 제출했다. 따라서 폴린저도 자연히 참석하게 됐다. 재판장은 루시 윌슨에 대한 첫 판결을 취소했고, 폴린저는 기소중지 신청을 했다. 판사는 그것을 인정했다. 빌은 구치소장에게 내린 루시의 석방 명령서를 가지고 앤드레와 함께 '한숨의 다리'를 건너 옆에 있는 구치소로 갔다.

모두가 재판장의 요청으로 다시 돌아왔다. 루시는 갑작스러운 석방으로 얼떨떨했지만, 너무나 기쁜 나머지 얼굴이 상기된 채 말을 못하고 있었다. 폴 폴린저는 겸연쩍은 얼굴로 앉아 있었다.

메난더 재판장은 루시에게 공연한 고통을 받게 한 일에 대해 사과한 뒤 엘러리에게 물었다.

"퀸 씨, 나는 당신이 이 사건을 해결하는 데 특별한 이야기가 있다고 들었어요. 그 이야기를 듣고 싶군요. 당신의 운명은 참 이상하다고밖에 할 수 없겠어요. 나는 당신 소문을 들었어요. 이 사건에서는 어떤 요술을 부렸지요?"

"정말 요술이라고 할 수밖에 없습니다." 폴린저가 중얼거렸다.

엘러리는 판사실 가죽 소파에 앉아 어린아이들처럼 손을 잡고 있는 빌과 루시 그리고 앤드레 세 사람을 흘끗 바라보았다.

"요술이라고요? 숙달된 사람은 원시적인 요술은 쓰지 않습니다. 저는 옛날 방식대로 사실을 주워 모아, 논리를 넣고 잘 섞은 다음 거기에 상상력이라는 양념을 쳤습니다. 그러면 훌륭한 요리가 됩니다!"

"꽤 맛있을 것 같지만, 그것만으로는 잘 납득이 가지 않는군." 메난더 판사가 말했다.

"그건 그렇다고 하고, 지난 토요일 일은 어디까지가 연극입니까? 당신과 드 종 둘이서 나를 제쳐놓은 일은 화가 나는군요." 폴린저는 불만스러운 표정을 지었다.

"모두 연극입니다. 하지만 그 연극은 해야 했습니다. 나는 앤드레로부터 여섯 개비의 성냥 이야기를 듣고 이 놀랄 만한 사건의 전모를 파악했습니다. 나는 논리적으로는 완전하게 해결했지만 당신들이 말하는 법적으로는 충분하지 못했어요. 그래서 책략을 쓸 필요가 생긴 겁니다. 범인을 함정에 빠뜨려야 했습니다.

이 사건에서 범인의 가장 뚜렷한 특징은 앤드레를 아주 걱정하고 있다는 사실이었습니다. 나는 그 점을 전부터 알고 있었습니다. 앤드레가 그날 밤 탁자 위에 있던 어떤 물건을 보았기 때문에 범인에게 위험하다면 범인은 어째서 김볼과 마찬가지로 앤드레의 목숨도 빼앗지 않았지요? 게다가 경고하거나 클로로포름으로 마취시켰을 뿐입니다! 다른 범인이었다면 진작에 좀더 흉악한 방법을 썼을 텐데, 이 범인은 폭력을 쓰지 않고 협박만 했습니다. 그래서 나는 범인이 앤드레의 안전을 걱정하고 있다면 이쪽에서 그녀를 위험에 몰아넣을 계획을 세워야 한다고 생각했습니다.

그 가장 좋은 방법은 내가 그녀를 진범으로 의심하는 것처럼 꾸미는 것입니다. 그러면 범인은 두 가지 중 하나를 택하겠지요. 하나는 앤드레를 죽여 그녀가 갖고 있는 위험한 사실이 새어나가는 것을 막는 방법, 또 하나는 범인 자신이 손들고 나와 앤드레 양을 더 이상 괴롭히지 않는 방법이었습니다. 그때까지 상황으로 보아 두 번째 가능성이 많다고 생각했습니다.

범인이 그녀의 생명을 위태롭게 하지는 않을 것이라고 생각했지만 만일을 위해 나는 범인의 무기에서 실탄을 뺐습니다. 그리고 드종 서장과 부하들은 '도망친 자동차'가 고장을 일으킬 예정 지점에서 숨어 기다리도록 했습니다. 빌은 오두막 밖 도주용 자동차 안에 무기를 가지고 숨어 있었습니다. 그는 트렌턴에는 가지 않았습니다. 그가 간다고 한 것은 집 밖으로 나갈 구실을 만들기 위해서였지요. 그리고 드 종 서장의 부하들이 자동차의 휘발유를 빼 버리고 대기할 곳을 향해 떠날 때까지 빌은 자기 자동차의 엔진 소리를 높게 내고 있었습니다. 앤드레에게는 미리 해내야 할 역할을 잘 일러두었습니다. 또 앤드레와 범인의 자동차 탱크에는 손을 대지 않았습니다. 범인이 다른 자동차보다 한 발 먼저 쫓아가 앤드레에게 고백할 시간적 여유를 주기 위해서였지요."

"그럼, 당신은 누가 범인인지 알고 있었단 말입니까?" 검사가 물었다.

"물론이지요. 그것을 몰랐다면 계획을 세울 수 없습니다. 김볼을 죽인 인물을 일지 못했다면 누구의 자동차 연료탱크를 그대로 두어야 할지 모르잖습니까?"

"지금 생각하니 악몽만 같아요." 앤드레가 한숨을 쉬었다. 빌이 뭐라고 말하자 앤드레는 그의 어깨에 머리를 기댔다.

"이봐요, 퀸 씨, 언제나 그 이야기를 다 해주겠소?" 판사가 말했다.

"지금 얘기 하겠습니다. 어디까지 말했지요?"

엘러리는 토요일 밤에 오두막에서 이야기한 그의 추리를 판사와 검사에게 다시 이야기했다.

"그러므로 범인이 코르크를 그슬리기 전에 앤드레가 본 여섯 개비의 성냥은 담배를 피우기 위해 쓴 것이 분명했습니다. 거기서 당연히 일어나는 의문은 누가 그 여섯 개비의 성냥을 써서 담배를 피웠는가 하는 점입니다.

 앤드레가 그날 밤 8시 처음으로 갔을 때 집 안에는 아무도 없었고, 탁자 위 접시에는 아무것도 담겨 있지 않았다고 합니다. 그때 김볼의 자동차는 옆 자동차 길에 서 있었습니다. 8시 35분에 앤드레가 그 집에 두 번째로 갔을 때 김볼의 차는 그대로 서 있었으나 앞 자동차 길에 다른 자동차가 서 있었어요. 그리고 탁자 위의 접시에는 탄 성냥개비 여섯이 담겨 있었습니다.

 그렇다면 그 여섯 개비의 성냥은 앤드레가 없는 동안, 8시에서 8시 35분 사이에 썼습니다. 앤드레가 나간 사이에 누가 집 안에 들어왔지요? 물론 김볼은 돌아와 살해됐습니다. 바퀴 자국을 보면 앤드레가 없는 동안 그 집에 온 자동차는 그 포드뿐입니다. 걸어서 온 사람도 없습니다. 왜냐하면 땅 위에는 김볼의 발자국 말고는 없기 때문입니다.

 따라서 김볼은 앤드레가 갔다가 다시 온 사이에 살해당했고, 그 사이에 그곳에 온 자동차는 한 대뿐이며, 게다가 걸어온 사람이 아무도 없다면 범인이 그 자동차로 온 것이 틀림없습니다. 그러므로 그 여섯 개비의 성냥을 태운 인물은 김볼 아니면 그를 살해한 범인입니다.

 그런데 그 여섯 개비의 성냥을 담배를 피우기 위해 썼다면 그것은 김볼의 짓이 아닙니다. 그는 담배를 피우지 않습니다. 이에 대하여는 많은 증인과 증거가 있습니다. 그러면 남는 것은 범인뿐입니다……. 이론적으로는 그녀의 증언과는 달리 앤드레가 그 여섯 개비의 성냥을 썼다고도 생각할 수 있습니다. 그러나 성냥을 발견한 것이 그녀고, 또 그녀의 증언에 기초를 두고 추리하고 있으므로 만일 내가 그녀 증언의 진실성을 의심하면 더 이상 추리할 수 없습니다. 그러므로 그녀가 진실을 말하고 있다는 가정 아래 나는 그녀를 제외시켰습니다. 그녀가 방에 들어서서 곧 그 여섯 개비의 성냥을 발견했다면 그것을 쓴 사람이 그녀가 아니라는 것은 명백합니다."

"하지만 퀸 씨……." 판사가 눈을 가늘게 떴다.

"네, 무슨 말을 하시려고 하는지 나도 알고 있습니다." 엘러리가 빨리 말했다. "약점을 지적하는 데는 사법관이 명수지요. 그러나 나중에 설명드리겠지만 그것은 약점이 아닙니다. 지금은 설명을 계속하겠습니다.

여기서 나는 범인은 앤드레가 8시 35분에 그 집에 오기 전에 담배를 피웠고, 그 때문에 여섯 개비의 성냥을 썼다는 것을 알았습니다. 그럼, 범인은 무엇을 피웠을까요? 나는 이것이 대단히 중요하며 또 주목할 만한 점이라는 것을 곧 깨달았습니다."

"중요한지는 모르지만, 나는 도저히 이해할 수 없군." 판사가 빙긋 웃었다.

"범인은 담배를 피웠을까요? 그것은 있을 수 없는 일입니다."

"어떻게 그런 결론을 내릴 수 있지?" 폴린저가 물었다.

엘러리는 한숨을 쉬었다.

"성냥개비가 여섯 개 있었다는 것은 여섯 개의 담배 꽁초를 뜻합니다. 담배에는 보통 성냥 한 개비를 씁니다. 여섯 개비의 성냥을 그 정도로 타기까지 썼다는 것은, 만일 범인이 담배를 피웠다면 담배 여섯 대를 피웠다는 말이 됩니다. 좋습니다. 그럼, 담배를 피운 그 인물은 그 꽁초를 어떻게 했지요? 어디에 비벼 껐지요? 범인이 그 접시를 재떨이로 썼다는 것은 앤드레가 접시에서 성냥 여섯 개비를 봤으니 명백합니다. 그렇다면 범인은 담배도 접시에 비벼 껐다고 생각되지 않습니까? 그러나 앤드레는 접시에서 꽁초나 담뱃재를 못 봤습니다. 더욱이 그때 범인은 뜻밖의 방해자가 끼어들 것이라는 예상을 못하고 있을 때입니다. 따라서 꽁초를 어디다 감출 필요는 전혀 없었겠지요.

 그러므로 만일 앤드레가 나타나기 전에 범인이 담배를 피웠다면 꽁초와 재가 탁자 위 접시에나, 카펫에나, 벽난로 속에 또는 집 밖 창문 밑에 떨어져 있어야 합니다. 그러나 접시 속에도, 탁자 위에도 꽁초나 담뱃재가 없었습니다. 카펫이나 집 안 어디에도 꽁초나 재가 있었던 자국은 하나도 없었습니다. 카펫 위에는 꽁초를 발로 비벼 끈 자국이 없습니다. 발로 비벼 껐다면 나중에 범인이 꽁초나 재를 없앴다 해도 반드시 흔적이 남습니다. 창문 밖 땅 위를 살펴본 결과, 진흙 위에는 담배 꽁초나 재의 흔적이 없었고, 또 집 주위에 발자국도 김볼의 것 말고는 없었습니다. 그렇다면 범인이 꽁초와 재를 창문 밖으로 내던지고 나중에 도망치며 그것을 가지고 갔다고도 생각할 수 없습니다.

 이같은 분석 결과 범인은 앤드레가 도착하기 전에 담배를 피웠지만 그것은 일반적인 담배가 아니라는 것이 분명했습니다. 그러면 남은 것은 시가 아니면 파이프입니다."

엘러리는 어깨를 으쓱했다.

"어떻게 시가는 제외시켰지요?" 폴린저가 물었다.

"시가는 꽁초는 안 남지만 재는 남습니다. 일반 담배의 경우 재가 없다는 일이 문제된 것과 마찬가지로 시가의 경우도 재가 없다는 것이 문제됩니다. 그런데 파이프라면 담배 찌꺼기를 털어 내지 않는 한 재가 남지 않습니다. 그리고 찌꺼기를 반드시 털어 내야 하는 것도 아닙니다. 더욱이 성냥을 여섯 개비나 썼다는 것이 파이프 설을 뒷받침합니다. 파이프는 잘 꺼지므로 가끔 불을 다시 붙여야 하니까요. 그러나 나는 시가인가 파이프인가를 꼭 가려낼 필요가 없었습니다. 중대한 것은 일반 담배를 제외시켰다는 점이었으니까요."

폴린저가 얼굴을 찌푸렸다. "흠, 그렇군요. 알 것 같습니다."

"이제는 분명해졌습니다. 만일 범인이 시가나 파이프를 피웠다면 범인은 남자였습니다."

"근사하군." 메난더 판사는 열성적으로 고개를 끄덕였다. "확실히 그래. 그런 식으로 추리하면 여자가 제외되는 것은 당연해. 그러나 모든 증거는 모두 범인이 여자임을 지적하고 있었어."

"그렇다면 모든 증거가 잘못 되었던 것입니다." 엘러리가 반박했다. "논리를 바탕으로 추리를 하려면 끝까지 논리를 바탕으로 해야지, 아니면 짐작으로 그칩니다. 추리의 결과는 분명히 남자로 나왔는데 증거들은 여자를 가리키고 있습니다. 그렇다면 증거들은 우리의 눈을 현혹시키고 있든가 거짓이라고 할 수밖에 없지요.

증거는 두꺼운 베일을 쓴 여자가 범죄를 저질렀다고 외치고, 추리는 아니야, 남자야 하고 주장합니다. 따라서 범인은 여자 옷차림을 한 남자임에 틀림없습니다. 남자가 여자로 변장하기 위해 얼굴을 가리는 데 있어 베일이야말로 가장 중요한 은폐 수단이라고 할 수 있습니다.

나는 실제로 이렇게 추리를 하면서 시간이 지날수록 틀림없다는 확신을 갖게 됐습니다. 범인이 여자가 아니라는 데 있어 거기에는 적어도 하나의 심리적 뒷받침이 있습니다. 이것은 하찮은 것이지만 이 세상의 커다란 발견은 모두 하찮은 점이 계기가 됐습니다."

"그것이 무엇입니까?" 판사가 물었다.

"그것은 루주가 사용되지 않았다는 기묘한 점입니다." 엘러리가 빙긋 웃었다.

사람들은 무슨 말인지 모르겠다는 표정을 지었다.

폴린저가 턱을 쓰다듬으며 말했다.

"루주가 사용되지 않았다? 이거야말로 코난 도일의 소설에나 나올 법한 얘기군, 퀸."
"칭찬 감사합니다. 눈에 보이지 않습니까? 우리가 여자라고 알고 있던 범인이 앤드레에게 뭔가 노트를 남겼다는 것을 우리는 알고 있었습니다. 그런데 그곳에는 일반적인 필기구가 없었습니다. 이 점에 대해서는 나중에 이야기하겠습니다. 그래서 범인은 노트를 쓰기 위해 코르크를 그슬려야만 했습니다. 그것은 힘드는 작업입니다. 그런데 당신들은 여자는 누구나 거의 예외없이 글쓰는 도구를 지니고 있다는 사실을 생각하지 못했습니까? 루주가 있잖습니까? 핸드백을 열고 루주를 꺼내 쓰면 쉬운데 어째서 코르크를 그슬리는 힘든 일을 했을까요? 이것의 심리적인 대답은, 그녀는 루주를 가지고 있지 않았다는 것입니다. 이 사실만으로도 그 여자는 사실은 여자가 아니라 남자라는 것을 알 수 있습니다."
"그 범인은 여자였지만 루주를 갖고 있지 않았다고도 생각할 수 있잖소? 그럴 가능성도 있으니까." 메난더 판사가 자기 생각을 말했다.
"그래요, 확실히 그럴 수도 있습니다. 하지만 앤드레가 정신을 잃고 바닥에 쓰러져 있었습니다. 앤드레는 핸드백을 가지고 있었잖습니까? 앤드레는 당연히 여성의 무기인 루주를 가지고 있었을 게 아닙니까? 물론 가지고 있었습니다. 말할 필요도 없는 일입니다. 그런데 그 '여자'는 어째서 앤드레의 핸드백을 열고 루주를 꺼내 쓰지 않았을까요. 대답은 그 '여자'는 그 점에 생각이 미치지 못했다는 것입니다. 그러나 여자라면 루주에 생각이 미치지 않을 리 없지요. 거기서 다시금 심리적으로 생각하여 남자라는 해답이 나옵니다."
"그러나 루주를 쓰면 오늘날같이 현대 범죄과학이 발달한 시기에 화학적으로 분석하여 단서가 잡힌다는 것을 고려한 게 아닐까?"
폴린저가 반박했다.
"그렇습니까? 그럴 수만 있다면 얼마나 좋겠어요. 그렇다면 어째서 앤드레의 루주는 쓰지 않았지요? 그러면 단서가 잡히더라도 추적은 범인이 아니라 앤드레가 당하잖습니까? 아닙니다, 어떻게 생각하든 이 점에서 범인은 여자로 변장한 남자라는 심리적 뒷받침이 나옵니다. 여기서 우리는 범인을 묘사하는 두 가지 특징을 알았습니다. 범인은 남자며, 그리고 파이프를 피울 것이라는 점입니다."
"멋지군, 정말로 멋져." 판사가 다시 감탄했다.
"종이 성냥을 썼다는 것은 필연적으로 종이 성냥갑을 암시합니다."
엘러리는 힘 있게 말을 이었다.
"그랬기에 나는 앤드레에게 탁자 위에서 다른 물건을 보지 못했느냐고 물었습니다. 물론 범인은 종이 성냥갑을 주머니에 넣었을지도 모릅니다. 그러나 넣지 않았을 수도 있습니다. 그날 밤 앤드레가 나타난 것이 범인에게는 뜻밖의 일이었고, 또 범인은 그 무서운 범죄를 저지른 바로 뒤여서 아직 충분히 뒤처리를 하지 못했을 때라는 점에 주의해 주십시오.

나는 앤드레에게 접시에 담긴 여섯 개비의 성냥을 봤을 때 그 옆에 놓인 종이 성냥갑을 봤느냐고 물었습니다. 앤드레는 한참 생각한 뒤에야 어렵사리 봤다는 것을 생각해 냈습니다. 완전했습니다! 나는 마지막 단서를 잡았던 것입니다."
"그것이 왜 마지막 단서인지 모르겠는데." 판사가 비참한 목소리로 말했다.
"당신은 앤드레가 그 뒤에 말한 다음과 같은 사실을 모르고 있어서 그럴 겁니다. 그것은 그녀가 의식을 되찾았을 때는 그 종이 성냥갑이 없어졌다는 사실입니다. 없어졌다면 범인이 가져갔습니다. 왜 가져갔을까요?"
빌의 행복 가득한 얼굴이 흥미를 나타냈다.
"그건 당연한 일이야, 엘러리. 담배 피우는 사람은 항상 그래. 더욱이 파이프를 쓰는 사람은 항상 성냥이 떨어지므로 종이 성냥갑을 쓰고는 곧 주머니에 넣어."
"맞았어. 하지만 그것만으로는 과녁을 맞추지 못했어. 주머니에 넣었다면 아직 성냥갑에 성냥이 남아 있다는 말이 아냐?"
"물론이지."
"하지만 범인이 처음에 쓴 종이 성냥갑에는 성냥이 한 개비도 남아 있을 수가 없어." 엘러리가 조용히 말했다.
"잠깐 기다려." 판사가 재빨리 끼어들었다. "이것이 내가 말한 요술이야. 어떻게 그런 놀랄 만한 결론에 이르렀지?"
"그것은 간단합니다. 접시에 있었던 성냥개비가 몇 개였지요. 담배 피우는 데 쓴 것과 코르크 그슬리는 데 쓴 것 모두를 합치면?"
"스무 개비라고 알고 있어."
"흔히 쓰는 종이성냥에는 성냥이 몇 개비 들어 있지요?"
"스무 개비."
"그렇습니다. 그럼, 그것이 뜻하는 것은 무엇일까요? 그건 그날 밤 범인이 적어도 한 개의 성냥갑을 전부 썼다는 얘깁니다. 범인이 새 성냥갑이 아니라 열 개비만 남은, 쓰던 성냥갑을 쓰기 시작했다고 합시다. 그 열 개비를 다 쓰고 다시 새것을 하나 꺼내 성냥을 열 개비 더 썼다고 합시다. 그렇다면 처음 성냥갑은 다 썼습니다……. 다시 말해 빈 성냥갑 하나가 생겼습니다. 그런데 범인은 그것을 가져갔습니다. 왜 그랬지요? 사람들은 그러지 않습니다. 성냥을 다 쓰면 버립니다."
"보통 사람이라면 그랬을지도 모르지." 폴린저가 반박했다.

"그러나 이 사나이는 자기가 살인을 저지른 그 현장에 있어, 퀸. 그는 단서를 남기지 않겠다는 조심성 때문에 가져갔을지도 모르잖소."

"단서를 남기지 않기 위해서라는 말은 적절한 표현입니다."

엘러리는 장난기 있는 웃음을 지으며 중얼거렸다.

"그 흔한 보통 종이 성냥이 어떻게 단서가 될 수 있지요, 폴린저? 종이 성냥은 광고용으로 얼마든지 쓰이고 있어요. 뚜껑에 인쇄된 광고나 주소가 범인의 최근 동태를 알리는 단서가 된다고 범인이 생각했다는 겁니까? 말이 안 돼요. 성냥갑에 있는 광고를 갖고 어떤 결론을 내린다는 것은 불가능해요. 뉴욕에 있으면서 애크론이나 탬퍼나 에번즈빌의 성냥을 받는 것은 흔한 일입니다. 언젠가 나는 담배를 사고 샌프란시스코의 성냥을 받은 일조차 있습니다. 아닙니다, 범인이 종이 성냥갑을 가져간 것은 성냥갑에 찍혀 있는 광고나 주소 때문이 아닙니다.

그런데 그는 실제로 가져갔습니다. 왜일까요? 그는 성냥갑이 어떤 단서를 남길까 두려워하여 그것을 가지고 갔을까요? 그것은 직접적으로나 간접적으로 범인의 신분이 확인될 만한 단서가 성냥갑에 있기 때문이라는 게 분명합니다."

두 사람은 진지한 얼굴로 고개를 끄덕였다. 소파의 세 사람은 몸을 앞으로 내밀었다.

"자, 기억을 잘 떠올려 주십시오. 처음부터 범인은 앤드레가 범죄 현장에서 뭔가 자신에게 불리한 것을 봤다고 두려워하고 있었습니다. 그것은 확실히 그의 얼굴이나 신체의 일부분이 아닙니다. 그는 뒤에서 그녀를 쳤으므로 그녀는 습격한 사람을 볼 수 없었습니다. 그런데도 그는 앤드레가 본 것이 대단히 중요하다고 생각했습니다. 그래서 그는 피해자의 피가 아직 식지도 않은 무시무시한 범행 현장에서 시간을 내어 힘들게 협박장을 쓰고 범행 이튿날에는 다시 전보로 그녀에게 경고했습니다. 그리고 추적이 점점 가까이 온다는 것을 느끼자 또 한 번 교활한 경고를 했던 것입니다. 이러한 일들은 그가 아무리 은밀히 하려 해도 그에게는 커다란 위험이 따릅니다. 그런데도 그는 앤드레의 입을 막으려고 끈질긴 노력을 계속했습니다. 왜? 왜?

앤드레가 무엇을 봤길래, 또는 범인은 앤드레가 무엇을 봤다고 생각하길래 그가 그토록 두려워했을까요? 그것은 앤드레가 머리를 맞기 전에 여섯 개비의 성냥이 든 접시 옆에서 본 종이 성냥갑, 나중에 그가 갖고 간 그 성냥갑이라고밖에 생각할 수 없습니다.

우리는 그가 그 종이 성냥갑을 갖고 간 이유를 찾고 있습니다. 거기에 합당한 이유는 하나밖에 없습니다. 그 종이 성냥갑은 접혀 있었고 그는 그 사실을 알고 있었을 것입니다. 그리고 그것은 탁자 위 눈에 잘 띄는 곳에 있었습니다. 그가 그 종이 성냥갑에 대한 어떤 점을 두려워했든 간에 그것은 뭔가 간단하고, 금방 눈에 띄는 것이며, 보면 금방 알 수 있고, 그 종이 성냥갑 겉딱지와 관계가 있는 게 틀림없습니다.

범인은 왜 앤드레가 성냥이 범인의 것이라는 것을 알았을까봐 두려워했을까요? 그것은 좀 이해하기 어렵습니다. 사람들은 일반적으로 성냥갑에서 무엇을 '알아차리지' 못합니다. 또 알아차린다 해도 같은 성냥을 다른 사람이 쓰고 있을 수도 있습니다. 그러므로 생각할 수 있는 단 한 가지는 그 종이 성냥갑 위에 특정한 인물을 나타내는 어떤 표시나 이니셜 같은 간단한 기호가 있다는 겁니다."
"지금 생각하면 우스워요. 그때를 생각하면……."
앤드레가 목멘 소리로 말했다.
"그런데 우스운 것은 앤드레는 그 종이 성냥갑에 대해서 이렇다 할 기억이 없는 겁니다."
엘러리가 심각하게 말을 계속했다.
"분명히 그것을 보았지만 그때는 당황하고 겁이 나 있었으므로 머리에 새겨지지 않았던 것입니다. 내가 추리를 통하여 이미 해답을 얻고 난 다음, 지난 토요일 연극 계획을 짜면서 앤드레에게 물으니 그때서야 그녀는 처음으로 그것을 기억할 수 있었습니다.

 그러나 범인은 그녀가 못 보았을지도 모른다고 안심할 수는 없었지요. 어쨌든 범인은 그녀가 탁자 위를 바라보는 모습을 봤으니까요. 범인은 그녀가 그 종이 성냥갑에 씌어진 것을 읽고 범인이 누구인지 알았다고 생각했습니다.

 따라서 나는 범인에 대한 또 하나의 중요한 특징을 알게 되었습니다. 그는 남자며, 파이프를 피우고, 표면에 그의 신분을 나타내는 표지가 있는 종이 성냥을 쓰는 사람입니다."
"훌륭해요. 하지만 그게 다는 아니겠지. 나는 아직도······."
엘러리가 말을 끊고 담뱃불을 붙이는 동안 판사가 말했다.
"그게 다냐구요? 천만에, 이건 사슬의 첫 번째 고리에 지나지 않습니다. 두 번째 고리는 그 그슬린 코르크입니다. 나는 아까 범인이 코르크를 그슬려서 협박장을 썼다면 그곳에는 필기구가 없든지, 범인이 생각하지 못했다고 말했습니다. 여기서 생각하지 못했다고 하는 말은 범인이 남자이므로 루주 생각을 못했다는 것입니다. 이 말은 범인이 그때 만년필이나 연필을 갖고 있지 않았든지──협박장을 써야 할 필요성이 그때 뜻밖에 일어났다는 점을 기억해 주십시오──그가 만년필이나 연필을 가지고 있었더라도 그것을 쓰기 싫어할 만한 어떤 사정이 있었을 겁니다."
엘러리가 다시 말을 끊었다.
"폴린저 씨, 범죄 직후에 내가 살해된 사람이 김볼이냐 윌슨이냐

묻던 것을 기억합니까?"

폴린저는 얼굴을 찌푸렸다. "기억나. 당신은 그것이 이 사건 해결에 대단히 중대하다고 말했지."

"그게 얼마나 중대한 문제인지 그때는 나도 몰랐습니다. 그런데 그 점이야말로 이 사건을 해결하는 데 있어 더할 나위 없이 중대한 뜻을 지닌다는 것을 알았습니다. 그 사나이가 어느 쪽 인물로서 살해되었는가 하는 것을 명확히 모르고서는 사건을 해결할 수 없었을 겁니다. 왜냐하면 이 점으로 범인의 다른 두드러진 특징을 알 수 있었으니까요. 이 의문에 대한 답을 모르고서는 범인을 찾는다는 것은 무의미하고 막연하게 되었을 것입니다. 이 점이야말로 사건의 전모를 보여주는 것이라고 아무리 강조해서 말해도 지나치지 않을 것입니다."

"상당히 불길하게 들리는데."

판사가 말했다.

"범인에게는 불길하게 됐습니다."

엘러리가 싸늘하게 말했다.

"자, 이 피해자는 어떤 인물로 살해되었을까요? 김볼일까요, 윌슨일까요? 지금은 그 대답을 할 수 있습니다.

잘 들으십시오. 범인은 피살자를 죽이고 루시 윌슨에게 죄를 씌우려 했습니다. 그 점으로 미루어 보아 범인은 틀림없이 루시 윌슨이 경찰 당국으로부터 강력한 살인 동기를 갖고 있는 인물로 지목 받을 것이라고 생각했을 겁니다. 왜냐하면 아무도 살인 동기를 갖고 있지 않는 사람은 모함하지 않을 테니까요.

루시가 피해자의 아내라는 사실만으로 그녀를 범인으로 모함했다는 것은 논리적으로 설득력이 희박합니다. 그럼 루시 윌슨이 갖고 있는 살인 동기는 무엇일까요? 실제로 재판 때 그녀의 동기가

무엇이라고 지적되었지요? 여기 있는 현명한 분에 의해 지적되었던 점은,

첫째, 그녀는 범행 전에 조셉 윌슨이 사실은 조셉 켄트 김볼이라는 것을 알았고, 그가 10년에 걸쳐 자기를 속였다는 것을 알게 된 그녀는 애정이 증오로 변했다는 것입니다.

둘째, 그가 죽음에 따라 그녀가 100만 달러를 받는다는 것이었습니다.

그때는 이 두 가지만이 루시 윌슨의 동기라고 했지, 다른 동기는 없었습니다. 왜냐하면 그녀와 윌슨은 이상적인 가정 생활을 꾸려왔기 때문입니다.

한데 범인이 루시 윌슨에게 그 두 가지 동기가 있다고 생각했다는 건 범인 자신이 그 일을 알고 있다는 걸 뜻합니다. 따라서 범인은 조셉 윌슨이 실은 조셉 켄트 김볼이라는 사실을 알고 있었고, 또 조셉 윌슨이 죽으면 루시 윌슨이 김볼의 보험금 100만 달러를 지불받게 된다는 것도 알고 있었습니다. 이 두 가지 사실을 알고 있었다는 것은 범인은 그가 죽이려 하는 자가 김볼이자 윌슨이라는 것을 알고 있었고, 이 이중 생활을 몇 년 동안이나 계속하고 있었다는 것도 알고 있었던 게 틀림없습니다.

그러므로 범인이 자기가 죽이려는 사람이 이중 생활을 하고 있다는 사실을 알았다면 그는 조셉 윌슨만이 아니고, 또 조셉 켄트 김볼만도 아닌 양쪽 다를 죽인 겁니다. 따라서 피해자는 저마다 다른 두 사람의 인물로 살해당한 것이 아니라 두 사람으로 한꺼번에 살해당한 겁니다. 그리고 이것이 얼마나 중대한 일인가는 여러분 판단에 맡기기로 하겠습니다."

"그건 당신에게 맡겨야 할 것 같은데." 폴린저가 빙긋 웃었다.

"잘 모르시겠습니까? 만일 범인이 피살자가 김볼──윌슨, 두 사

람이라는 것을 알면서 죽였다면 필연적으로 다음과 같은 의문이 생깁니다. 그러니까, 범인은 어떻게 그가 두 사람이라는 사실을 알았을까요? 그는 어떻게 뉴욕의 상류사회 신사인 김볼이 필라델피아의 행상인 윌슨이라는 것을 알았을까요? 김볼은 오랜 세월 이중생활을 숨기려고 최대한 노력을 쏟아 왔고 의심하지 않았습니다. 김볼은 오랫동안 전혀 실수를 저지르지 않았습니다. 그리고 윌슨으로서도 오랜 세월 자기가 김볼이라는 것을 비밀로 해 왔습니다. 빌이 범행이 있던 날 밤 드 종과 내게 말한 바에 따르면 조는 빌에게 아무도 그 오두막의 존재를 알지 못한다고 했습니다.

그런데 범인은 범행 장소로 '중간지점'을 선택했습니다. 김볼이 그날 밤 빌과 앤드레에게 자기의 비밀을 털어놓으려고 했습니다. 그런데 그는 말하기 전에 살해당했습니다. 그가 다른 사람에게 비밀을 털어놓을 생각이었다 하더라도 그가 살해된 날 밤 이전에 이야기했을 리는 없습니다. 그런데도 범인은 모든 것을 알고 있었습니다. 그러면, 범인은 어떻게 그것을 알아냈을까요?"

"그것은 논리에 맞는 질문이야." 판사가 고개를 끄덕였다.

"그리고 거기에는 논리에 맞는 답이 있었습니다." 엘러리가 천천히 말했다.

"범인은 우연히 그것을 안 게 아닐까?" 빌이 소파에서 물었다.

"물론 그럴 수도 있지만 가능성이 희박해. 김볼은 결코 경계를 소홀히 하지 않았다는 것을 나는 알아. 자네와 앤드레에게 보낸 두 통의 전보를 설혹 범인이 봤다 하더라도, 그것으로는 '중간지점'——정말 멋진 이름이야!——이 어디 있다는 것밖에 몰라. 범인이 아는 게 '중간지점'이 있는 장소뿐이라면 충분하지 못해. 왜냐하면 범인은 김볼이 전보를 친 날——즉 그가 죽은 날——보다 훨씬 전에 김볼에 대한 모든 것을 알고 있었던 게 틀림없으니까. 범인은

진실 339

'중간지점'뿐만 아니라 윌슨의 진짜 아내에 대해 알고 있었어. 그녀의 주소, 습관, 배경 등을 다 알고 있었단 말이지. 그는 범행 계획을 세우기 위해 시간도 필요했고, 루시의 자동차에 대해서도 조사해야 했어. 그녀가 토요일 밤에 영화 보러 가는 습관이 있어서 알리바이를 대지 못한다는 것도 알아야 했어. 이와 같은 일은 시간이 많이 걸리는 일이야. 하루에 하지 못하지. 범인이 은밀하게 조사했다면 1주일 이상 걸렸을 거야. 아니야, 빌, 우연히 알게 된 것은 아냐."

"그럼, 어떻게 알았지?" 폴린저가 외쳤다.

"어떻게? 범인이 그것을 안 방법은 하나밖에 없어요. 그것은 너무나 분명해서 나는 무시할 수가 없었어요. 범인이 김볼의 이중 생활 배경을 우연히 알았을지도 모른다는 설을 논리적으로 완전히 부정하기는 곤란합니다. 그러나 그 우연설을 부정할 수 있는 구체적인 증거가 있습니다.

김볼은 자신이 처해 있는 곤란한 입장을 양쪽 집 대표자 두 사람에게 털어놓기로 마음먹자마자 살해당했습니다. 그가 비밀을 털어놓기로 마음먹고 맨 먼저 취한 조치는 그의 보험금 수익자를 가짜 아내인 제시카로부터 진짜 아내인 루시로 바꾸는 일이었습니다. 이것을 생각하면 김볼이 사실을 털어놓기로 한 일과 살해된 일이 우연의 일치라고는 도저히 생각할 수 없습니다.

모르시겠습니까? 그의 이중 생활에 대한 기록이 있었던 겁니다. 9개의 기록입니다. 그것은 보험금 수익자 변경 신청서 원본과 8통의 보험 증서에 적힌, 정정된 새 보험금 수익자의 이름과 주소입니다! 그렇다면 그는 이 기록에 의해 살해됐습니다.

범인은 이것을 통해 김볼이 윌슨이고 윌슨이 김볼이라는 사실을 알았다는 것을 나는 의심할 수 없었습니다. 이 변경된 내용을 알게 된 자, 또는 그 보험 증서를 볼 기회가 있었던 자라면 누구나 이름과 주소를 통해 비밀을 알아내고, 김볼의 뒤를 밟아 '중간지점'을 알아 낼 수 있습니다. 그리고 그를 살해하고 루시를 범인으로 모함할 계획을 2주일 동안에 걸쳐 세울 수 있었던 것입니다."

루시는 소리 죽여 울고 있었다. 앤드레는 몸을 일으켜 울고 있는 여자를 껴안았다. 빌은 아버지가, 자랑스러운 두 아이가 장난치는 모습을 바라보는 듯한 얼굴로 둘을 바라보고 있었다.

"이로써 나는 범인의 전모를 그려낼 수 있었습니다. 그 특성을 열거해 보겠습니다.

첫째, 범인은 남자입니다.

둘째, 범인은 담배를 피우는, 아마도 파이프를 즐겨 피우는 남자입니다. 그것도 담배 인이 많이 박힌 사람입니다. 왜냐하면 범죄 현장에서 희생자가 나타나기를 기다리는 동안에도 담배 피운다는 것은 꽤 만성적으로 담배를 즐기는 자가 아니면 생각할 수 없는 일입니다.

셋째, 살인했을 때 범인은 이니셜 또는 비슷한 표시가 표면에 있는 성냥갑을 갖고 있었습니다.

넷째, 범인은 김볼과 윌슨 부인, 두 사람에게 범죄 동기를 갖고 있는 자입니다.

다섯째, 범인은 필기구를 지니고 있지 않았습니다. 혹 가지고 있었다 하더라도 그것에는 자기와 연관시킬 수 있는 어떤 특징이 있어서 쓰지 않았습니다.

여섯째, 범인은 아마 김볼 측에 속하는 인물일 것입니다. 루시를 모함했다는 점이 그것을 말하고 있습니다.

일곱째, 범인은 앤드레에게 호의를 가지고 있었습니다. 이것은 그녀를 습격할 때 되도록 과격한 방법을 쓰지 않았다는 점으로 미루어 알 수 있습니다. 범인은 앤드레의 어머니에 대해서는 더욱 깊은 애정을 품고 있었습니다. 왜냐하면 그는 제시카를 해치겠다는 협박만 했지 실행하지 않았기 때문입니다. 만일 해치는 흉내라도 냈다면 앤드레는 절대로 입을 열지 않았을 겁니다.

여덟째, 검시의에 의하면 범인은 김볼을 오른손으로 찔렀습니다. 따라서 범인은 오른손잡이입니다.

아홉째, 범인은 김볼이 보험금 수익자를 바꾼 것을 알고 있었습니다."

엘러리가 빙긋 웃었다.

"수학에서는 9라는 수를 써서 여러 재미있는 놀이를 합니다. 지금부터 살인 사건에서 9를 써서 조그만 놀이를 하려고 합니다……. 범인의 9가지 특징을 알았으나 나머지 분석은 어린아이라도 할 수 있습니다. 이제는 내가 만든 용의자 리스트에 있는 한 사람 한 사람을 그 9가지 특징과 대조하면 됩니다."

"놀랍군. 이 방법을 통해서 확실한 결론을 내릴 수 있다는 말이오?" 메난더 판사가 재미있다는 듯이 말했다.

"이 방법으로 용의자 가운데 한 사람만 남기고 모두 제외시킬 수 있습니다. 이제부터 한 사람씩 대조해 해보겠습니다.

우선, 첫째 특징에 의해 여자는 모두 제외됩니다. 범인은 남자입니다. 남자라면 누구누구지요? 우선 재스퍼 보든 씨……."

"오!" 앤드레가 놀라서 숨을 들이켰다가는 말했다. "지독한 사람 같으니! 할아버지를 단 한순간이라도 의심했단 말예요?"

엘러리는 싱긋 웃었다.

"아가씨, 객관적으로 분석을 행할 경우에는 모두가 용의자입니다. 어떤 사람이 늙고 몸이 불편하다고, 또 어떤 사람은 젊고 미인이라 해서 감상적일 수는 없어요.

내가 말한 대로 먼저 재스퍼 보든 씨. 당신은 이렇게 말할지도 모릅니다. 그는 환자다. 그는 절대로 집을 떠나지 않는다. 이것은 활동적인 남자가 행한 범죄다. 확실히 그렇습니다.

하지만 이것이 미스터리소설이라면 어떻지요? 보든 씨는 병자인 척하며 사람들이 잠든 한밤중에 파크 애버뉴의 아파트를 살그머니 빠져나와 어둠을 틈타 온갖 무서운 짓을 할 수 있습니다.

그러나 논리적으로 볼 때 재스퍼 보든 씨는 어떻지요? 그는 두 가지 점에서 완전히 제외됩니다. 그는 이제 담배를 피우지 않습니다. 그것은 그분 자신이 내게 그렇게 말했고, 그렇게 말할 때 곁에는 간호사도 있었습니다. 만일 노인이 거짓말을 했다면 그 무서운 간호사가 잠자코 있었겠습니까? 다음으로 이것은 미스터리소설이 아니니 보든 씨는 반신불수이고, 이런 범죄를 저지를 수 없습니다.

다음은 빌 에인절."

빌은 소파에서 몸을 반쯤 일으켰다. "아니, 이런 나쁜 녀석! 나를 정말로 의심했다는 말야?"

그가 빙긋 웃음을 지었다.

"물론 의심했어." 엘러리가 조용히 말했다. "내가 자네에 대해 아는 게 뭐지, 빌? 10년 이상이나 자네를 만나지 못했잖나. 그 동안에 끔찍한 악인이 됐는지도 알 수 없지. 그러나 자네는 몇 가지 점에서 제외됐어…… 넷째, 다섯째, 여섯째 점이야. 다시 말해 자네는 김볼에 대해 범죄 동기가 있을지는 모르지만 범인이 모함하려 한 자네 누이 루시에 대해서는 동기가 없어. 다섯째는 범인이 필기구를 갖고 있지 않았다는 점인데, 자네는 갖고 있었어."

"그걸 어떻게 알았지?" 빌이 놀라서 물었다.

"멍청한 친구. 세상에서 가장 간단한 방법으로 알아냈지. 그러니까 내가 보았던 거야. 스테이시 트렌트 호텔 바에서 만났을 때 깎은 연필을 주머니에 잔뜩 찌르고 다니는 걸 보니 꽤 바쁜 듯하군, 하고 내가 말한 게 기억 안 나? 그때는 범행이 있고 겨우 몇 분밖에 지나지 않았을 때였어. 만일 자네가 범인인데 주머니에 연필을 잔뜩 꽂고 있었다면 연필로 앤드레에게 협박장을 썼을 거야. 오늘날의 과학으로도 연필로 쓴 것을 추적할 수는 없어. 그 다음은 여섯째 점인데, 범인은 김볼 측 인물이야. 자네는 그렇지 않아. 따라서 논리적으로 자네는 제외됐어."

"나, 참." 빌이 낮은 목소리로 말했다.

"다음으로 재기 좋아하는 프루에 상원의원입니다. 그런데 어떻게 됐는지 압니까? 놀랍게도 상원의원은 이 모든 특징에 딱 들어맞았습니다! 그러나 그의 경우에 한해서, 그는 이 명단에는 올라 있지 않은 어떤 특징에 의해 완전히 제외됐습니다. 처음부터 이 점은 범인의 특징으로 넣어도 좋았습니다.

그것은 그에게는 턱수염이 있다는 것입니다. 그 수염은 가짜가 아닙니다! 그거야말로 그의 자랑이고 기쁨이며 지난 몇십 년이나 신문지상을 장식한 유명한 수염입니다. 그 가슴까지 내려오는 턱수염은 무슨 수를 써도, 비록 베일을 쓴다 하더라도 감출 수 없습니다. 그 베일을 쓴 여자를 똑똑히 본 증인이 있습니다. 그는 주유소 주인으로, 만일 그녀가 턱수염을 기르고 있었다면 그가 못 보았을 리 없겠지요. 베일은 겨우 턱까지밖에 오지 않으므로 수염이 있었다면 반드시 보였을 것입니다.

더욱이 그 증인이 말한 바에 의하면 그 여자는 억세고 몸집이 컸다고 합니다. 그런데 프루에는 몸집이 작고 뚱뚱합니다. 또 프루에 씨가 범행을 위해 턱수염을 깎았다 하더라도 그는 나중에 다시 수염을 갖고 있습니다. 그것이 가짜 수염일까요? 그토록 소중하게 여기는 것을 보면 가짜 수염이라고 생각할 수 없습니다. 혹 의심이

가거든 다음에 한번 잡아당겨 보십시오.

다음은 버크 존스입니다. 그는 여덟째 점에 의해 곧 제외됩니다. 그가 폴로 시합중에 팔이 골절되었다는 보도가 꾸며낸 것이라고는 도저히 생각할 수 없습니다. 그것은 몇백 명의 관중이 보는 앞에서 일어난 사건으로 신문에도 실렸습니다. 골절된 팔은 오른팔입니다. 그런데 범인은 오른손으로 흉기를 휘둘렀습니다. 따라서 존스 씨는 신체적인 여건으로 봐서 그 범행을 저지를 수 없습니다. 이제 범인의 묘사는 끝났습니다."

엘러리가 조용히 말을 계속했다.

"또 범인 아닌 사람들도 완전히 골라냈습니다. 나는 9가지 특징이 너무나 잘 맞아 의심할 여지가 전혀 없는 한 인물만을 남겼습니다. 그 사람은 물론 그로브너 핀치입니다."

긴 침묵이 이어졌다. 들리는 소리라고는 루시의, 지쳤으나 묘하게도 행복에 겨운 흐느낌뿐이었다.

"훌륭해." 메난더 판사가 말하고 목을 가다듬었다.

"아닙니다, 훌륭할 것은 없습니다. 상식에 지나지 않으니까요. 그럼, 핀치가 어떻게 들어맞나 볼까요?

첫째, 그는 남자입니다.

둘째, 그는 담배 애호가입니다. 게다가 파이프 담배를 피웁니다. 내가 그의 사무실을 방문했을 때 그의 비서 재커리 양이 내게 그의 담배를 권했습니다. 그것은 유명한 담배 가게에서 그를 위해 특별히 배합한 것이었습니다. 특별히 배합하도록 하는 것은 굉장한 파이프광이 아니면 할 수 없습니다.

셋째, 그는 나의 추리가 지적한 것보다 훨씬 분명한 특징이 있는 종이 성냥갑을 갖고 있었습니다. 내가 그의 담배가 좋다고 하자 그의 비서는 가게에 연락하여 그 담배를 내게 보내도록 하겠다고 약속했습니다. 그녀는 핀치의 선물이라고 했습니다. 그리고 얼마 뒤 5번가의 피에르라는 담배 가게에서 내게 담배 500그램을 보내왔습니다. 그때 그 담배와 함께 성냥을 한 상자 보냈는데, 그 성냥갑 하나하나에 내 이름이 모두 인쇄되어 있었습니다! 피에르는 고맙게도 편지까지 동봉했는데, 성냥갑에 고객의 이름을 인쇄하는 것이 그 가게의 습관이라고 씌어 있었습니다. 피에르가 고객에게 담배를 배달할 때는 반드시 성냥을 동봉하며, 성냥갑 뚜껑에 내 이름을 인쇄한 성냥이 배달되었고, 그러는 것이 그 가게의 관습이라면 핀치는 자기 이름을 뚜껑에 인쇄한 성냥갑을 많이 가지고 있지 않았겠습니까! 이것은 이니셜도, 기호도 아니며 성과 이름이 다 인쇄된 것입니다. 그가 걱정한 것도, 그가 다 쓴 종이 성냥갑을 가져간 것도 당연합니다. 또 그가 앤드레가 종이 성냥갑에 그로브너 핀치라고 쓴 것을 보았다고 생각한 것도 당연합니다."

"하느님 맙소사." 폴린저가 두 손을 들며 외쳤다.

"넷째, 범인은 조와 루시 윌슨 두 사람에게 범죄 동기를 가지고 있었습니다. 이것은 범인이 김볼의 이중 생활을 알았기 때문이었지요, 이점은 곧 설명해 드리겠습니다. 어쨌든 이 일을 알았을 경우 김볼 측 사람이라면 누구든 제시카 부인에게 치욕을 안겨 준 김볼을 죽이고 싶어했을 것이고, 김볼의 이중 생활의 산 증거인 루시에게 복수하고 싶어했을 것입니다. 그런데 핀치는 제시카 부인과 아주 친한 사이였지요.

다섯째, 필기구입니다. 그 협박장은 정말 묘한 것이었습니다. 내가 핀치의 사무실을 찾아간 날 나는 내셔널 생명보험을 위해 이 범죄를 조사해 달라며 내게 의뢰금으로 수표를 끊어주었습니다. 그때 그는 내 눈앞에서 수표를 썼습니다. 그런데 수표에 서명은 녹색 잉크로 씌어져 있었습니다! 그것은 어디서나 흔히 볼 수 있는 잉크가 아닌 특이한 색이었습니다. 그는 범행 현장에서 그 잉크로 협박장을 쓰는 위험한 일은 할 수 없었을 겁니다. 그는 다른 방법을 취하지 않을 수 없었습니다……. 그는 그날 만년필을 분명히 갖고 있었다고 생각합니다.

핀치 씨가 죽어서 그날 밤에 그가 어떤 옷차림을 하고 있었는지 정확히 알 수는 없지만 아마 바지를 걷어올리고 평상복 위에 여자옷을 걸쳐 입었을 겁니다. 코트로 목은 완전히 가릴 수 있었겠지요. 파이프와 성냥은 여자옷 속에 입은 남자양복 주머니에 넣고 있었을 겁니다.

여섯째, 그는 분명히 김볼 측에 속해 있습니다. 옛날부터 김볼 집안과 보든 집안, 양쪽 모두 친하게 지내 왔습니다.

일곱째, 그가 앤드레에게 호의를 갖고 있었다는 것은 의심할 여지가 없습니다. 우리는 그의 행동에서 여러 번 그 증거를 봤습니다. 앤드레 어머니에 대한 그의 감정은 특별히 눈에 띄게 나타난 것은 없지만 김볼이 죽은 뒤 그가 그녀에 대해 마음 쓰고 늘 따라다녔던 것으로 미루어 호의 이상의 감정을 품었던 게 틀림없는 것 같습니다.”

"그건 그래요.” 앤드레가 낮은 목소리로 말했다. "그분은 진실로 어머니를 사랑하고 있었나 봐요. 아주 오래 전부터요. 그분은 독신이었어요. 어머니가 아버지, 친아버지인 리처드 페인 몬스텔과 결혼했기 때문에 그분은 끝내 결혼하지 않았다고 어머니는 내게 자주 말씀하셨어요. 그리고 아버지가 돌아가시고 어머니가 조와 결혼하자……."

"앤드레, 그가 당신의 의붓아버지를 죽인 까닭 가운데 수긍이 가는 이유는 그가 당신 어머님을 사랑하고 있었다는 점입니다. 김볼이 불법으로 결혼하여 당신 어머니를 배신한 일을 알고, 또 그가 다른 곳에서 다른 여자와 함께 사는 것을 알게 되자, 그는 자기가 치른 희생이 물거품이 됐다는 것을 알았지요. 그때 핀치는 당신 어머님을 배신한 사나이를 죽이려고 마음 먹었던 것입니다.

 여덟째, 범인은 오른손잡이였습니다. 적어도 살인할 때는 오른손을 썼습니다. 이 특징에 핀치를 정확히 결부시킬 수는 없지만 다른 8가지 증거가 압도적으로 유력하므로 이 여덟째 점은 그리 중요하지 않다고 생각합니다. 적어도 핀치가 오른손을 썼다고 생각할 수는 있습니다.

 마지막 아홉 번째는 여러 가지 뜻에서 가장 중요합니다. 그것은 핀치가 100만 달러의 보험금 수익자가 바뀌었다는 사실을 알고 있었냐는 점입니다. 그가 이 사실을 알아내기란 간단했습니다. 이 보험금 수익자 변경 사실을 누가 알고 있지요? 두 사람입니다. 하나는 김볼 자신입니다. 아까도 이야기했듯 김볼은 아무에게도 그것을 말하지 않았습니다. 다른 사람은 핀치입니다. 용의자들 가운데 범행 이전에 보험금 수익자 변경 사실을 알고 있었던 사람은 오직 핀치 한 사람뿐입니다."

엘러리는 생각에 잠긴 듯 담배 연기를 내뿜었다.

"이 마지막은 아주 힘들었습니다. 추리하기가 어려웠습니다. 김볼의 이중 생활을 알게 된 오직 한 가지 방법은 보험금 수익자 변경 신청서 또는 보험증서를 보는 일입니다. 그런데 수익자가 변경된 때부터 김볼이 밀봉된 봉투를 빌에게 맡길 때까지 그 사이에 그 보험 서류를 볼 수 있었던 사람은 각 보험회사의 관계자뿐입니다. 그 사무를 취급한 보험회사 사원들은 가능성으로 보아 제외해도 좋겠지요. 그러나 핀치만은 그럴 수 없습니다. 그는 그 변경 내용을 알고 있었다고 자기 입으로 말했습니다. 그러니까 김볼의 개인 보험 브로커 자격으로 보험금 수익자 변경 신청서가 제출된 일을 회사에서 통보받아 알았던 것입니다.

 거기서 당연히 이 점이 문제됩니다. 다시 말해 핀치 자신은 그것을 부정하고 있지만 실제로는 다른 어떤 사람에게 그 보험금 수익자 변경 사실을 말하지 않았나 하는 점입니다. 그래서 이 중요한 사실을 다른 사람도 알고 있었던 것은 아닐까요? 핀치가 남에게 알리지 않았다고 한 것은 자신에게 불리합니다. 왜냐하면 그는 그렇게 주장함으로써 이 중대한 사실을 알고 있는 사람이 자기 혼자뿐이라는 것을 스스로 공표한 셈이기 때문입니다. 그가 이 일을 좀더 신중히 생각했더라면 반드시 누군가에게 알려주었다고 말해 의혹을 사는 범위를 넓게 만들었을 것입니다.

 그러나 만일 우리가 그의 주장을 믿지 않는다고 하면 그는 누구에게 알렸을까요? 김볼 부인일까요? 그러나 부인은 여자이므로 범인이 아닙니다. 범인은 남자입니다. 만일 김볼 부인이 다른 여자에게 그 말을 했다 하더라도 그 여자 또한 제외되어야 합니다. 혹시 그녀가 다른 남자에게 말했다든지, 핀치 자신이 다른 남자에게 직접 말하지는 않았을까요? 그러나 그것은 이 사건과 관계 있는 다른 남자가 앞에서 말한 범인의 특징 하나하나에 들어맞나 조사해 보면 알게 됩니다.

 그런데 어떻습니까? 이 아홉 가지 특징에 완전하게 들어맞는 사나이는 핀치밖에 없다는 결론이 났습니다. 이리하여 결국 핀치는 아무에게도 알리지 않았으며, 또 알렸다 하더라도 그것은 살인 사건과는 관계없다는 말이 됩니다.

 그가 사실을 알고 난 뒤에는 내가 앞서 말한 대로 행동했을 겁니다. 그는 의혹을 품고 필라델피아에 가서 비밀을 알아냈고, 또 '중간지점'도 찾아냈겠지요. 그리고 루시를 모함할 살인 계획을 세운 것입니다."

"물론 변장할 필요는 있었겠군요." 폴린저가 말했다.

"그렇습니다. 루시가 살인한 것처럼 꾸미기 위해서는 여자가 루시의 쿠페를 운전했다는 증거를 만들어야 했습니다. 그는 자기 얼굴을 가리기 위해 베일을 써야 했고, 주유소 주인에게 말하지 않았습니다. 목소리를 내면 변장이 탄로나니까요. 앞에서도 한 번 지적했지만 그는 일부러 기름을 넣으려고 주유소에 들러 루시에게 혐의가 가도록 꾸몄습니다. 그러나 그는 법률가가 아니므로 자기가 루시를 함정에 몰아넣으려고 만드는 상황 증거가 얼마나 형편없는지 알지 못했습니다. 만일 그가 그 페이퍼 나이프를 우연히 발견하지 못했다면, 또 루시가 전날 밤 집에서 그 칼을 만지지 않았더라면 그녀는 당연히 무죄가 되었을 겁니다."

"칼에 묻은 지문 증거가 없었다면 나는 변호인이 처음에 기각 신청을 냈을 때 받아들였을 거요." 판사가 머리를 가로저었다. "사실, 이 사건은 그 지문 증거가 있어도 약했어. 미안하네, 폴. 자네도 그 점은 알고 있을 거야. 나는 배심이 시들렀다고 생각해. 문제는 윌슨 부인을 믿느냐 안 믿느냐 하는 것이었는데, 어째서 그녀의 말을 안 믿었는지 나는 아직도 이상하게 생각하고 있어."

"그 몸집 큰 여자 때문입니다." 엘러리가 험악하게 말했다. "어쨌든 일은 그렇게 됐습니다. 판사님, 이제 요술이 아니라는 것을 아셨겠지요? 다만 상식으로 생각했을 뿐입니다. 그러나 내가 어떻게 사건을 해결했는지 설명하지 않는 편이 좋았을 겁니다. 듣고 나니 실망하셨지요?."

뉴저지의 두 법관이 소리내어 웃었다. 빌이 갑자기 진지한 얼굴이 되었다. 그는 침을 꿀꺽 삼키고 말을 시작했다.

"메난더 판사님……."

"잠깐 기다려요, 에인절 씨." 노판사가 몸을 앞으로 내밀었다.

"퀸 씨, 당신이 빠뜨린 것이 있습니다. 아까 내가 지적한 약점을 설명해 보는 게 어때요. 당신은 앤드레——아가씨, 앞으로는 앤드레라고 불러도 괜찮겠지?——가 성냥과 기타 문제에 대해 진실을 말한다는 가정 아래 추리를 했습니다."
판사가 엄한 목소리로 말을 계속했다.
"당신은 어떤 권리로 그런 가정을 했지요? 나는 당신은 확실한 사실에 따라서만 추리한다고 알고 있었어요. 만일 이 아가씨가 거짓말을 했다면 당신의 추리는 모두 허물어지는 게 아닙니까?"
"법률가라 다르십니다." 엘러리는 낮게 웃었다. "법률가와 주고받는 대화는 실로 재미있습니다! 그렇습니다. 모두 허물어집니다. 그러나 실제로는 허물어지지 않았습니다. 왜냐하면 앤드레가 진실을 말했기 때문입니다. 나는 추리를 끝냈을 때 그녀가 진실을 말했다는 것을 알았습니다."
"나는 무슨 말인지 모르겠군. 대체 어떻게 그것을 알 수 있었지?"
판사가 말했다.
엘러리는 다시 천천히 담배에 불을 붙였다.
"앤드레가 거짓말을 할 이유는 무엇이지요? 그럴 필요가 있었다면 그것은 그녀가 김볼을 죽인 범인이라서 수사를 혼란시킬 목적으로 거짓말을 했겠지요."
엘러리는 연기가 피어오르는 담배를 휘둘렀다.
"그러나 만일 그것이 거짓말이라면, 그녀의 거짓말이 어떤 결과를 가져왔지요? 그것은 그로브너 핀치에게 죄를 씌웠습니다! 얼마나 어리석은 짓입니까! 만일 앤드레가 진범이라면 그녀는 처음부터 루시 윌슨에게 죄를 씌우려 했을 겁니다. 그런데 루시 윌슨은 어디 있습니까? 유죄 선고를 받고 구치소에 갇히지 않았습니까? 따라서 앤드레가 범인이라면 그녀가 루시를 함정에 빠뜨리려고 세운 계획은 성공한 셈입니다.

 그런데 그녀가 내게 거짓말을 해서 핀치가 범인이라는 추리를 하게 한 것은 언제였지요? 그것은 루시 윌슨이 유죄 판결을 받은 뒤입니다! 그녀는 애써서 어떤 인물을 함정에 몰아넣는 일에 성공했는데 거짓말을 해서 이번에는 다른 인물에게 죄를 씌워 앞서의 성공을 물거품으로 만들겠습니까? 그건 도저히 생각할 수 없는 일입니다. 또 그녀는 자기가 거짓말한 것으로 말미암아 어떤 결과가 될지 몰랐다 하더라도 자기가 김볼을 죽이고 그 죄를 루시에게 뒤집어 씌웠으니 새삼스레 거짓말할 필요는 없겠지요. 그녀의 범행은 성공했고, 루시는 유죄 판결을 받았습니다. 그러므로 재판을 더 이상 혼란시키는 것은 결코 이익될 게 없습니다. 그래서 나는 앤드레가 진실을 말했다는 것을 알았습니다."
"당신은 자기 아버지도 의심할 분이에요." 앤드레가 말했다.
엘러리가 빙긋 웃었다.
"당신은 그 말을 악담으로 한 것 같은데 그런 일이 실제로 있었습니다. 내가 전에 어떤 사건을 다룰 때 그와 같은 경우에 부딪힌 적이 있지요. 그때 어떤 각도에서 추리를 해도 꼭 아버지 퀸 경감이 범인이라는 결론이 나왔습니다. 그때는 정말로 난감했습니다."
"그래, 어떻게 됐지?" 메난더 판사가 열심히 물었다.
"그것은 완전히 별개의 이야깁니다."
"우리 이야기는 아직 끝나지 않았어." 폴린저가 정색하며 말했다. "물고 늘어지는 것 같아 미안하지만 핀치가 보험금 수익자가 변경됐다는 것을 알고 있었다는 것이 당신 추리에 그토록 중대한 해결 요소라면 당신은 크게 자랑할 만한 일을 한 것도 아니야. 핀치가 그 일을 알고 있었다는 사실을 당신은 사건 처음부터 알고 있었잖아? 처음부터 그렇게 추리했더라면 윌슨 부인은 유죄 판결을 받지 않았을 것 아냐?"

엘러리는 신음 소리를 냈다.

"하느님 맙소사! 내가 어쩌다 법률가들과 사건을 논의하게 됐지? 폴린저 씨, 날카로운 생각입니다. 하지만 좀 빗나갔습니다. 핀치가 보험금 수익자 변경을 알고 있었다는 것은 이 사건에 대한 추리를 완전히 했을 때까지는 전혀 의미가 없었어요. 그 사실은 내가 범인은 반드시 보험금 수익자 변경 사실을 알고 있었어야 한다고 논리적으로 증명하기까지는 무의미했습니다.

첫 단계 추리가 끝났을 때 나는 범인이 그 변경된 사실을 알고 있어야 한다는 걸 몰랐습니다. 내가 범인은 보험금 수익자 변경 사실을 알고 있어야 한다고 깨달은 것은 범인이 김볼의 이중 생활을 알고 있었다는 것을 알고 난 뒤였습니다. 또 범인이 김볼의 이중 생활을 알고 있어야 한다고 깨달은 것은 범인이 루시 윌슨을 모함하려 했기 때문입니다. 내가 범인이 루시 윌슨을 모함했다는 것을 알게 된 것은 범인은 남자이므로 루시 윌슨은 무죄라고 판단했기 때문입니다. 이러한 단계를 거친 뒤가 아니면 최종적 사실은 무의미하게 됩니다."

"이제 모든 답이 나왔습니다." 빌이 재빨리 끼어들었다. "됐어요. 놀라워요. 브라보. 저, 메난더 판사님……."

"왜 그러나, 젊은이?" 판사가 조금 성급하게 말했다. "그 보험금 일이라면 아무런 문제가 없어요. 누이는 보험 증서의 액면가 전부를 지불받게 될 거요."

"그게 아닙니다. 판사님," 빌이 더듬거렸다. "그 일이 아니라……."

"나는 그 돈 필요 없어요." 루시가 간단히 말했다. 그녀는 이제 울고 있지 않았다. "나는 만지기도 싫어요……."

루시는 몸을 떨었다.

"하지만" 메난더 판사가 말했다. "그것은 당신 것이니까 받아야 합니다. 당신에게 주려는 것이 고인의 뜻이었어요."

루시의 검은 눈동자는 피로에 지쳐 흐트러지고 그늘져 있었으나 그녀는 웃음을 머금고 있었다. "내 것이라면…… 내 마음대로 할 수 있다는 건가요?"

"물론예요." 판사가 다정하게 말했다.

"그럼 곧 우리 식구가 될 사람에게 주겠어요……." 루시는 앤드레의 날씬한 어깨에 팔을 얹었다. "앤드레, 나와 조의 선물로 받아 주겠어요?"

"오, 루시!" 앤드레는 울음을 터뜨렸다.

"판사님, 나는 그 이야기를 하고 싶었습니다." 빌은 얼굴을 빨갛게 물들이며 재빠르게 말했다. "루시가 앤드레에 대해 한 말은…… 지난 주 앤드레와 나는 자동차로……."

그는 말을 더듬거리며 주머니에서 무엇을 꺼냈다. "여기 결혼 허가서가 있습니다. 우리 둘을 결혼시켜 주시겠습니까?"

판사가 유쾌하게 웃었다. "기꺼이 그렇게 하겠습니다."

"케케묵은 소리를 하는군." 엘러리가 시큰둥하게 말했다. "생각이 많이 모자라, 빌. 늘 그렇게 된다구. 주인공 둘이 결혼하여 영원히 행복하게 산다. 자네는 결혼이 어떤 것인지 아나? 결혼이란 힘들여 돈 벌고, 한밤중 2시에 일어나 우윳병을 데우고, 날마다 통근하는 등, 작가들이 일부러 쓰지 않고 덮어둔 온갖 힘드는 일을 해야 한다는 뜻이야."

"그래도 자네가 내 들러리를 서 줘야겠어. 앤드레도……."

"아, 그렇다면 이야기가 다르지……."

엘러리는 가죽 소파로 다가가 몸을 구부려 앤드레의 눈물에 젖은 얼굴을 두 손으로 받치고 소리 내어 키스했다.

"자, 됐어! 이것은 들러리의 특권이야." 그는 웃으며 손수건을 꺼내 입술을 가볍게 눌렀다. "이로써 나도 보수를 받은 셈이군!"

논리적 의문에 대한 놀라운 결론

　엘러리 퀸(Frederic Dannay, 1905~1982/Manfred B. Lee, 1905~1971)의 운명을 충실히 추적해온 끈질긴 미스터리소설 중독환자들이라면 이 작품을 보고 굉장히 뜻밖이어서 당황할 것이 분명하다고 나는 생각한다.
　엘러리 퀸의 열광적인 찬미자 가운데 한 사람인 나는, 오랜 세월 죽음과 죽음이 동반하는 그 부수물보다 더 확실한 것이 만약 이 세상에 존재한다면 그것은 바로 퀸이 고르는 제목이라고 생각하였다. 1929년 가을 그가 처음 쓴《로마 모자의 비밀》에서《스페인 곶의 비밀》에 이르기까지 그 제목들이 얼마나 오묘하고 적절하게 작품 내용들과 연관을 갖고 있었는지 나는 지금도 그 흥분을 생생하게 기억하고 있다. 그렇게 반복되는 완전한 제목들은 나로 하여금 끝없이 이어지는 무한한 고리 같은 느낌을 주었다. 한정된 지구라는 땅덩어리가 유일한 제약이 되겠지만 한동안은 무한에 가까운 선으로 두고두고 이어질 것임을 나는 믿어 의심치 않았다.
　그런데 7월에 내리는 눈처럼 뜬금없이《중간지점의 집》이라고 하는 것이었다.

"자네가 잘못한 거야."

뉴스에서 그 소식을 들은 나는 엘러리를 만나자마자 곧장 그 말부터 꺼냈다. "자네의 갖가지 기발한 작품들을 연구하다보니 나도 모르게 '왜?'라고 묻는 버릇이 생기고 말았는데, 도대체 왜 그랬나?"

엘러리는 서슬이 퍼런 내 기세에 조금 놀란 듯했다. "이보게 JJ, 그게 뭐 그리 대단한 일인가?"

"그럴지도 모르지. 어차피 크게 중요한 일도 아닐 테고. 하지만……그래, 솔직히 말하면 그래야 G·K·C의 새 단편을 읽고 있는 듯한 기분이 난다네. 브라운 신부가 갑자기 'Nuts(바보라는 의미의 미국 속어)'이라고 고함지르는 것을 듣고 있는 듯한 그런 기분 말일세."

"예가 썩 그럴싸한 것 같지는 않군." 엘러리도 지지않고 대꾸했다. "틀림없이 그런 예는 체스터튼의 마음에는 안 들걸세." 엘러리는 쿡쿡 웃었다. "물론 마음만 먹으면 브라운 신부가 'Nuts'를 뺀 다른 어떤 고함을 지른다 한들 전혀 어색하지 않은 상황을 나는 단박에 만들어낼 수도 있지만."

엘러리를 상대로 제대로 된 어떤 진지한 논의를 한다는 건 절대 불가능하다.

"자네가 그렇다면 물론 가능한 일이겠지. 그러나 그건 내 질문에 대한 답이 아니야."

"대답이야 간단하지. 가이어가 날 버린 거야."

"누가 누구를 버렸다고?"

"가이어. Tellus Mater 말이야. 대지의 여신."

"그럼, 지리적 제목의 가능성이 벌써 한계에 달했다는 말인가? 이보게 그 무슨……! 엘러리, 부디 그런 바보 같은 소리는 집어치우게. 자네도 잘 알지 않나?"

"이런 얘기는 본래 웃으면서 하는 법이지."

"내 말을 좀 진지하게 들어주게. 나는 원고를 읽어 보았네. 그런데 내가 도저히 이해 안 가는 것은, 왜 자네는 이번 책에 그런 제목을 …… 그래, 설령……."

그에 대해서는 이미 전문가였던 나는 '그야말로 톡 꼬집어 낸 듯한' 그런 제목을 이미 그 책에다 붙여 놓고 있었다. 솔직히 말하면 이곳으로 오는 도중 내내 그 제목을 생각하고 있었던 것이다!

그렇지만 미처 내가 그런 말을 꺼내기도 전에 엘러리가 선수를 쳤다.

"자네는 《스웨덴 성냥의 비밀》이니 뭐니 하는 그런 제목을 붙이지 못해서 안달이 난 거 아닌가, 안 그래?"

"젠장!"

나는 신음했다. "자넨 분명 악마야! 그런데 그 제목이 어디가 어떻게 문제란 말이지? 딱 자네 취향 아닌가?"

"J J," 엘러리는 웅얼거리듯 나지막히 말했다. "그건 스웨덴 성냥과는 아무 상관이 없어."

"잘난 척하기는! 그런 것쯤 나도 잘 알고 있어. 그러나 관의 구조가 그리스풍도 아니면서 《그리스 관의 비밀》이라는 제목을 서슴지 않고 붙이지 않았나? 게다가 《프랑스 가루분의 비밀》은 프랑스 화장품과는 아무 관계 없었고, 《네덜란드 구두의 비밀》 또한 네덜란드 전통 나막신과는 아무 상관 없었지? 그러니 그런 핑계 따위 내 겐 안 통해."

엘러리는 빙긋 웃었다.

"할 수 없군. 사실대로 말하지. 실은 엘러 애머티가 이 제목을 붙여주었어. 너무 딱 들어맞길래 도저히 버릴 수가 없었어."

"그렇게 적혀 있더군."

나는 쌀쌀맞게 말했다. "그러나 나는 믿지 않아. 그뿐 아니야, 지금도 안 믿어."

"자넨 오늘따라 유난히 참견이 심하군. 좀 전에 내가 한 설명은 바보 같다고 하더니 이제는 아예 거짓말쟁이로 몰고가는군."

"엘러 애머티(정다운 친구)라고? 쳇! 아예 엘러 디스코드(불화)라고 부르지 그래? 그 여자가 자네 생활에 끼어들어 감 놔라 대추 놔라 간섭하고 있나?"

"품위 없는 말은 그만두게."

"《중간지점의 집》이라고? 흥! 끝내주는 제목이군."

"대단히 끝내주지! 자넨 아직 이 제목의 완전한 아름다움을 몰라서 그래." 엘러리는 손을 내저었다. "윌슨 사건에 끼어맞췄을 때 이 제목이 가지는 의미가 말이야. 그 구제하기 어려운 로맨틱한 인종에게 트렌턴의 너절한 오두막은 그야말로 옴팔로스이고 생존의 중추이며 집단의 중심인 셈이지. 그곳에서 그 사나이는 필라델피아며 뉴욕의 선회작용으로 만들어진 소용돌이에서 완전히 이탈되었고, 일정한 거리를 유지하면서 기반을 단단히 굳히고 사물의 실체와 휴식과 정지 따위를 찾아낸 것이지. 그러니 참으로 적절한 제목이 아닌가?" 엘러리는 진짜로 흥분해서 큰소리로 떠들었다.

"어찌된 노릇인지, 난 도무지 이해가 안 가."

나는 눈썹을 찌푸렸다. "설령 그런 녀석이 뉴욕에 있었고 제시카를 만났다 치더라도, 길의 딱 절반지점과 3/4지점 사이에 도대체 무슨 의미의 차이가 있겠나……?"

"말 하나 하나에 그토록 집착하지 않아도 되네."

엘러리는 질렸다는 투로 말했다. "사실 트렌턴은 필라델피아와 뉴욕의 딱 절반되는 지점에 있지는 않아. 그렇지만 엘러의 제목에는 시적인 향기가 있어. 내가 말하고 있는 것은 순수하게 비유적인 의미일

세. 그럼 논리적 견지에서, 그 남자가 '중간지점의 집'에서, 도중의 역에서, 옴펄로스에서, 정지된 장소에서 살해된 사실은 무엇을 의미하나? 어떤 논리적 문제를 제기할 수 있을까? 그래……. 자네도 나만큼 잘 알고 있을 테니 어떻게 하면……?"

"그래, 알았네. 알았어." 나는 힘없이 고개를 끄덕였다. "자넬 믿겠네."

"그렇다면 범인에 대해서 한번 떠올려 보게."

엘러리는 파이프를 흔들면서 크게 떠들었다. "《중간지점의 집》이라는 공식에서 과연 범인에게 해당되는 것은 무엇일까? 무엇이 범인을 대표하는가? 바로 이 점이 문제지. 만약 이런 논리적 의문에 대해 해답을 얻지 못했다면, 나는 도저히 그 놀라운 결론에 도달하여 범인이 알고 있었을 게 뻔한 그런……."

그렇게 엘러리는 얼마쯤 내 질문에 대해 대답해 주었다. 여러분은 어떤가? 어쩌면 마음속으로 다소 알쏭달쏭한 그런 안개 같은 기분은 들지 않는가? 그렇지만 엘러리의 대답은 더할 수 없이 명확했다. 그럼에도 얼마간 혼란 비슷한 구석이 남는 것은 윌슨 사건을 소설화한 이 작품을 빨리 읽어보는 것밖에 달리 해결할 방법이 없을 것이다.

1936년 3월 뉴욕에서
J.J. 맥

덧붙임

그리하여 토론에 대한 열정은 내게서 사라져갔다. 게다가 다시 또 엘러리에게 다른 제목을 제안할 만한 신경도 내겐 없었고, 그러나 이 자리를 빌려 고백하건대, 이 책의 제목은 《세 도시 이야기》로 하는 게 훨씬 좋다는 생각이 든다.

참고
* 《중간지점의 집》이란 두 장소에서 보아 중간에 있는 집이라는 의미로, 보통 호텔이나 여관에 딸린 음식점 같은 곳을 가리키는 말이지만 적당한 말이 떠오르지 않아 그대로 직역했다.
* J.J. 맥은 《로마 모자의 비밀》 이후 엘러리 퀸의 소설 서문을 도맡아 썼다.
* 옴펠로스는 델포이의 아폴로 신전에 있는 반원형 돌제단으로 우주의 중심이라 믿어졌다.